本书为国家社会科学基金一般项目"18世纪英国小说述行性研究"（编号10BWW003）的结项成果。感谢国家社会科学基金的立项资助！

18世纪英国小说的述行性

王建香 著

中国社会科学出版社

图书在版编目（CIP）数据

18 世纪英国小说的述行性/王建香著. —北京：中国社会科学出版社，2019.8
ISBN 978-7-5203-4820-1

Ⅰ.①1… Ⅱ.①王… Ⅲ.①小说研究—英国—18 世纪 Ⅳ.①I561.074

中国版本图书馆 CIP 数据核字（2019）第 168289 号

出 版 人	赵剑英
责任编辑	郭晓鸿
特约编辑	王 潇
责任校对	李 莉
责任印制	戴 宽

出　　版	中国社会科学出版社
社　　址	北京鼓楼西大街甲 158 号
邮　　编	100720
网　　址	http://www.csspw.cn
发 行 部	010-84083685
门 市 部	010-84029450
经　　销	新华书店及其他书店
印　　刷	北京明恒达印务有限公司
装　　订	廊坊市广阳区广增装订厂
版　　次	2019 年 8 月第 1 版
印　　次	2019 年 8 月第 1 次印刷
开　　本	710×1000　1/16
印　　张	16.25
插　　页	2
字　　数	232 千字
定　　价	78.00 元

凡购买中国社会科学出版社图书，如有质量问题请与本社营销中心联系调换
电话：010-84083683
版权所有　侵权必究

目 录

绪言 …………………………………………………………………… 1

第一章　18世纪英国小说的民族性述行 ………………………… 10
第一节　丹尼尔·笛福《辛格顿船长》中英国性的确认 ………… 16
第二节　乔纳森·斯威夫特《格列佛游记》中英国性的调适 …… 31
第三节　奥里弗·哥尔斯密《世界公民》中英国性的重构 ……… 47

第二章　18世纪英国小说的道德述行 …………………………… 67
第一节　萨缪尔·理查森《帕梅拉》的女德培养 ………………… 72
第二节　托比亚斯·斯摩莱特《蓝登传》的消费道德批判 ……… 90
第三节　安·拉德克利夫《奥多芙的神秘》的道德趣味建构 …… 104

第三章　18世纪英国小说的现代性述行 ………………………… 122
第一节　丹尼尔·笛福《罗克珊娜》的现代生活探索 …………… 125
第二节　范尼·伯尼《伊芙琳娜》的城市化表征 ………………… 139
第三节　亨利·菲尔丁《汤姆·琼斯》的现代性反拨 …………… 152
第四节　萨拉·菲尔丁《大卫·素朴儿》的现代人体认 ………… 166

第四章　18 世纪英国小说的性别述行 …………………………… 179
　第一节　夏洛特·史密斯《艾米琳》的女性他者身份指认 ………… 184
　第二节　爱丽莎·海伍德《白希·少了思小姐历险记》的
　　　　　女性自我谈判 ………………………………………………… 198
　第三节　玛丽·沃斯通克拉夫特《女人的苦难》的女权诉求 ……… 216

结语 ……………………………………………………………………… 234
参考文献 ………………………………………………………………… 238
后记 ……………………………………………………………………… 256

绪　言

　　18世纪的英国已经成长为欧洲乃至世界强国，经济繁荣，人心凝聚，生产方式和人们的生活方式得到了极大的改变。而随着其君主立宪体制的建立以及资产阶级地位的不断巩固，系统的政治、经济理论和研究也应运而生。但是，正如黄梅在《18世纪英国小说和我们》一文中所说，在很长的时间里，学界却"在相当大程度上忽略了当时英国人亲身经历的思想危机和巨大困惑，以及他们对那些活生生的问题所做出的反应和思考"①。印刷术的发展、读者群性质的变化毫无疑问为18世纪英国文学革命及小说的兴起准备好了充分的外部条件。随着资产阶级社会地位逐渐中心化，旧有习俗、观念显得难以为继，而符合新形势的意识形态和社会规范尚未形成。社会政治、道德伦理乃至文学本身都充满着各种未定性和可能性，需要小说释放社会能量的现实空间已准备妥当。

　　许多社会学、政治学甚至文学史文献都试图对"18世纪英国"这段历史给出一个合适的定义来框定其关切的时段，但究竟始于何年、止于何年，目前并无定论。有说止于法国大革命的1789年（如Clive T. Probyn, *English Fiction of the Eighteenth Century*, 1700 – 1789, 1988），也有说止于英国正式放弃美国十三州的殖民统治并承认其独立的1783年（如Jeremy Black, *Eighteenth – Century Britain*, 1688 – 1783, 2001），还有认为止于英国宪法改革的1820年（如Jeremy Gregory and John Stevenson, *The Routledge Companion to Britain in the*

---

① 黄梅：《18世纪英国小说和我们》，《中华读书报》2003年9月24日。

Eighteenth Century，1688 – 1820，2007），等等。因此本书中的"18世纪英国"也只是一个笼统的概念，泛指那个"英国文学所喜欢自称的'奥古斯都时代'"①。这是一个文化转型时期，一个"自由思想开始形成"的时期，一个许多天赋禀异的思想家，其"智慧力量、诚实可靠、清醒意识，以及对真理无私的爱至今依然无法匹敌"②的时期，也是"现代世界"开始产生的时期。而在文学层面，它用来泛指17世纪后期之后的一个多世纪中，那些以革命性的写作形式、具有革命性的写作思想、关注现代社会热点问题的英国小说。因此从这个意义来说，虽然班扬（John Bunyan，1628 – 1688）的《天路历程》（*The Pilgrim's Progress*，1678）以其丰富多彩的具体场景、栩栩如生的人物性格和对现实生活的逼真影射，甚至细致入微的心理刻画影响巨大，但其依然承继了托马斯·莫尔（Thomas More）传统的寓言体形式，尚未展开新的文学体裁革命。而他同时代的小说家阿芙拉·贝恩（Aphra Behn，1640 – 1689），由于她以18世纪流行的人物传记式的文学样式，表达对女性问题、殖民地问题等现实问题的思考，则是当之无愧的18世纪"小说之母"，标志着一场新文学运动的真正开始。

尽管18世纪的英国从未停止对"小说"这个世纪"新生儿"的嫌恶，如有以蒲柏（Alexander Pope）为代表的从传统的高雅文学方向对它的发难，担心小说会导致低俗文化趣味的流行以及对诗歌造成严重威胁；有宗教、风俗与道德"检察官们"因担心小说对人们思想的腐蚀而从正统思想方向进行的围堵。但是18世纪英国小说依然在作家们的顽强努力下，在读者的强烈需求和期盼中艰难而苦壮地成长起来了。18世纪中期开始，小说已然成为一种独立的文类并且非常流行，大量来自不同背景的作家也改行加入其中，甚至成为小

---

① ［美］安妮特·T. 鲁宾斯坦：《英国文学的伟大传统》（上），陈安全等译，上海译文出版社1998年版，第284页。其实，即使关于文学的"奥古斯都时代"的起止时间亦无定论，有人认为它专指18世纪早期文学，但也有人把19世纪早期的简·奥斯汀称为"奥古斯都时期的作家"。参见W. A. Speck, *Literature and Society in Eighteenth – Century England* 1680 – 1820, London: Longman, 1998, pp. 2 – 3。

② Isaiah Berlin ed., *The Age of Enlightenment: The Eighteenth Century Philosophers*, New York: Signet Classics, 1956, p. 29.

说写作界的中流砥柱。"到了 1750 年,小说的文化意义已经非常巨大,足以影响(甚至在有些方面决定)任何一个(无论男女)对写作感兴趣者的职业。"①

转型时期的 18 世纪英国社会呼唤与之相适应的新的人生哲学和伦理体系、新的阶级观念和性别模式,而产生并兴盛于这一文化语境中的 18 世纪英国小说,立足于当时当地,表达作者对身处其中的时代和社会的某种观察和理解;为处在历史变迁中的读者营造与作者、小说人物共同的时间、空间兴趣和社会关切,与小说人物"生活"在同一现实中,面对同样的问题;文学人物的"经验"促使读者获得一种对更充实、更理想的生活的想象性满足的同时,也唤起他们的参与感,使他们重新认识自己,认识社会,并逐渐确立自己新的身份和行为规范。这就是 18 世纪英国小说的述行性(performativity)。

"述行性",是指话语"以言行事"(speech as act)的属性,也就是"言即行、说即做"的语用主张;而文学述行性作为一种研究和理解文学活动的理论视角,旨在认识和研究文学以言行事的价值和功用。米勒(J. Hillis Miller)在《文学中的言语行为》(*Speech Acts in Literature*,2001)一书中指出,文学述行性可以指"一部文学作品中的言语行为",也可以是"一部文学作品作为一个整体的述行功能",还可以指"通过文学(虚构)来达成某事"的行为②。文学言语行为理论以英国语言哲学家奥斯汀(J. L. Austin,1911 – 1960)提出的言语行为理论为基础。奥斯汀认为"述行话语"(performative utterance,也译为"施为话语"或"表演式话语")不只是一种"话语",更是一种"行动"。"述行话语"的目的在于"行事",在于"述行/表演",在于实施或者产生某种"行为"。它建构世界并成为世界的一部分。虽然作为语用学重要分支的言语行为理论很少正面展开对文学的研究,或只是将文学话语视为日常言语行为的对立面,视为一种"寄生的",因而"缺乏言外之力"③ 的

---

① J. Paul Hunter, "The Novel and Social/Cultural History", in John Richetti ed., *The Cambridge Companion to the Eighteenth Century Novel*, Cambridge: Cambridge University Press, 1996, p. 28.
② J. Hillis Miller, *Speech Acts in Literature*. Stanford: Stanford University Press, 2001, pp. 1 – 2.
③ Richard Ohmann, "Speech Acts and the Definition of Literature", *Philosophy and Rhetoric*, 4.1 (1971): 13.

言语行为，但这一理论将注意力从过于关注话语的形式属性转向话语作为行为的语用属性，因而赋予语言"以言行事"特征这一语言哲学思想，很快被文学理论"接纳和改编"①，为思考文学意义及其生产机制提供了一种新视域②。卡勒（Jonathan Culler）说，"述行话语"已成为当代文学和文化理论中一个非常活跃的概念，它"使得探讨语言的意义与效果问题成为重要议题"③。

文学述行理论主张，文学文本既不是一种被动的工具，也不是封闭自治的语言场，而是一个能够改变世界、创造世界的言语行为。韦勒克（René Wellek）、沃伦（Austin Warren）在谈到文学与社会的关系时曾指出，"文学是一种社会性的实践，它以语言这一社会创造物作为自己的媒介。……就其本质而言，都是社会性的"，"文学具有一定的社会功能或'效用'，它不单纯是个人的事情。因此，文学研究中所提出的大多数问题都是社会问题"④。雷蒙·威廉斯（Raymond Williams）、弗雷德里克·詹姆逊（Fredric Jameson）、特里·伊格尔顿（Terry Eagleton）等重要的新马克思主义思想家及文化研究批评家，也都分别在著作《马克思主义与文学》（*Marxism and Literature*，1977）、《政治无意识形态》（*The Political Unconscious*: *Narrative as a Socially Symbolic Act*，1981）和《审美意识形态》（*The Ideology of the Aesthetic*，1990）中表达了相同的旨趣，强调文学作为文化产品行使着符号行为社会化的功能。也就是说，即使是最纯粹的文学作品也不仅仅是语言创造物，而是具有鲜明而有力的社会性。

虽然言语本身即行为，但言语要产生言外之力，即言语行为要真正述行，就必须满足充分的条件。奥斯汀为此提出了"六大条件"。他认为，一个话语

---

① Ora Avni, *The Resistance of Reference*: *Linguistics*, *Philosophy and the Literary Text*, Baltimore: The Johns Hopkins University Press, 1990, p. 175.
② 关于文学述行理论的发展脉络及文献综述，参见王建香《当代西方文论中的文学述行理论》，中国广播电视出版社2009年版，第2—22页。
③ [美] 乔纳森·卡勒：《文学理论入门》，李平译，译林出版社2008年版，第94页。
④ [美] 雷·韦勒克、[美] 奥·沃伦：《文学理论》，刘象愚等译，生活·读书·新知三联书店1984年版，第92页。

成功述行的基本要求和前提条件，往往基于以下一系列复杂的因素：受相关的社会群体所接受的某一（些）规约；言说时的情境，言说者的身份，言说者与听者的关系，以及话语本身的"语法"；等等①。因此，固然文学述行有赖于作者有意为之，是作者的创始行为，但不管作者声称自己的作品具有多大的原创性，作品的言语行为效果也只有在对社会规约、语言规约、文学规约进行重复时才能出现。此外，虽然遵守规约被认为是日常言语行为成功述行的关键，但文学的述行性又恰恰在于规约性与创造性、规约的饱和性和不定性，即在遵守规约和打破规约之间达成。总之，文学作品的成功述行，取决于其"重复性"（iterability）或"引录性"（citationality）特征②，而这种"重复"或"引录"，既是遵守又是打破规约。

小说文本是一个由无数"微观言语行为"（micro-speech act）组成的"宏观言语行为"（macro-speech act），即一个"通过一系列可能不同的言语行为完成的整体的话语"③。它们作用于社会历史和文学双重语境之中，作者通过精心编织故事以期产生预料的效果，而读者也带着自己的需求和期待走进文本，并在文本中与作者相遇，他们通过阅读，受其影响并做出回应。小说家既是客观现实的"记述者"，他们将自己所看、所听或所感的事件记录下来。也是历史的"主观能动者"（agent）甚至"书写者"（scriber），如保罗·亨特（J. Paul Hunter）所说，小说"不仅是对已经发生事情的反映，而且也试图促成某些事情发生；它们既是再现也是修辞"④。因此文学述行理论不把文学作品看作缺乏言外之力的"伪言语行为"⑤，也不认为文学只是作者的意向行为，或是社会的客观反映，或是文学类型的简单创新。一方面，它

---

① 参见 J. L. Austin, *How to Do Things with Words*, Cambridge, Mass.: Harvard University Press, 1975, pp. 14–15。
② 参见王建香《当代西方文论中的文学述行理论》，中国广播电视出版社2009年版，第88—92页。
③ Teun A. van Dijk, *Text and Context: Explorations in the Semantics and Pragmatics of Discourse*, London: Longman, 1992, p. 215.
④ J. Paul Hunter, "The Novel and Social/Cultural History", in John Richetti ed., *The Cambridge Companion to the Eighteenth Century Novel*, Cambridge: Cambridge University Press, 1996, p. 30.
⑤ Richard Ohmann, "Speech Acts and the Definition of Literature", *Philosophy and Rhetoric*, 4.1 (1971): 13.

主张文学与现实的关系绝不只是反映与被反映的单向关系，应该是互文互构关系；文学作品也不只是某些思想、观念的传播者，而是其生产者、实行者。另一方面，文学述行理论并不割裂小说文本与文学活动各构成要素之间的关系，而是将其认作作者、读者、社会作用于作品之上的复杂而动态的关系。它认为文学作品的诞生及意义是个体和社会共同决定的，作品的内容、形式、技巧和指向等都是作者与社会规约之间互动的结果。作为一个述行的有机集合体，作者、文本、社会、读者同时作用于其中，共同达成言语行为。

伊格尔顿谈到文学述行性时说："文学作品本身可以被视为言语行为或言语行为的模仿。文学表面上看好像是在描写这个世界，……但它真正的功用是述行的：它在某些规约范围内使用语言，其目的是在读者身上取得某些效果。"① 哈贝马斯则强调文学之于公共领域转型的重要意义，他说，在教育远未普及、法律尚不健全、各种监控机制还未完善的18世纪英国，文学作为一种"具有政治功能的公共领域"，与政治、新闻一样是实现社会成功转型的生力军②。亨特更是将18世纪英国小说视为当时社会"变化和发展机制"的有机成分，甚或是"一种社会历史"本身，并且认为它们不仅试图记录18世纪这一历史时期人们的生活并按照某一内在的连贯模式讲述其故事，同时"它们也是某种文化的扮演者、代理人和塑造者"③。因此，18世纪英国小说的意义不仅在于它逼真地反映了18世纪风起云涌的外部现实，而更在于它与其他文化一道，积极参与文化现实的建构。

本书共分为四章，分别以民族性、道德、现代性、性别气质为主要研究维度，立足具体小说文本，联系18世纪英国的社会文化语境，深入揭示小说话语与社会现实、作者与读者之间的复杂互动关系，全面、系统地发掘18世纪英国小说蕴含的丰富而复杂的述行性。

第一章"18世纪英国小说的民族性述行"。英国小说兴起之时，正值英

---

① Terry Eagleton, *Literary Theory: An Introduction*, Oxford: Basil Blackwell, 1983, pp. 118-119.
② ［德］哈贝马斯：《公共领域的结构转型》，曹卫东等译，学林出版社2002年版，第34页。
③ J. Paul Hunter, "The Novel and Social/Cultural History", in John Richetti ed., *The Cambridge Companion to the Eighteenth Century Novel*, Cambridge: Cambridge University Press, 1996, p. 30.

帝国形成，英国具有强烈的意愿争夺和塑造世界霸主地位，需要对内建构民族自信心和自豪感，对外树立民族文化优势地位，从而使国家的政治、经济进一步提质升级。由此，发掘、塑造、调整、确认英国的民族性，即"英国性"，成为重要的国家文化工程，而18世纪英国小说在这一工程中发挥着重要的作用。本章以笛福的《辛格顿船长》、斯威夫特的《格列佛游记》和哥尔斯密的《世界公民》等小说为主要分析文本，探讨18世纪英国小说的民族性述行特征。这些小说作为一种想象性的故事言说，不仅反映了英国争夺和获取世界霸主地位的现实，更是成为英国民族属性的寻觅者、确认者、强化者、反思者和完善者。《辛格顿船长》以"自传式、游记式"的叙事方式表达了一种征服世界的强烈欲望和民族自信，建构了令人骄傲的大英帝国"想象共同体"，巩固和强化了英国民族认同。《格列佛游记》则将那些标榜为文明和优越的民族特性一层层剥开，露出其虚假、野蛮的真实内里，揭示"英国性"这一用来炫耀的优越种族神话其实是一种虚构，体现了它对英国性的反讽式建构。而《世界公民》则以一个"世界公民"中国哲学家为观察者，以中国为镜反观英国，从个人品格、国家责任以及世界情怀等方面表达对英国性的反思与重构。

第二章"18世纪英国小说的道德述行"。可以说，整个18世纪的英国小说写作就是一个巨大的道德建构工程。随着资本主义的发展和英帝国的对外扩张，原有的封建伦理和宗教戒律已日益不适应英国现实社会的需要，亟须一套适应当下的社会规则和道德价值。本章以理查森的《帕梅拉》、安·拉德克利夫的《奥多芙的神秘》和斯摩莱特的《蓝登传》为主要研究文本，探讨18世纪英国小说如何一方面反映当时社会道德、审美趣味和消费观念的变化；另一方面又承担着矫治社会、形塑伦理道德的大任。《帕梅拉》以一个"道德神话"向女性读者"承诺"：只要像"道德模范"帕梅拉一样就会获得丰厚的"回报"，通过小说强化父权制女德思想，为已登上历史舞台的资产阶级重构价值理念。《奥多芙的神秘》则试图对整个18世纪关切的哲学命题"美学趣味与道德之间的关系"作出文学回答，通过与下层阶级粗鄙的审美趣味以及贵族阶级奢靡的审美趣味相区隔，并且将二者"低级的"审美趣味等同于低下的道德，为渴望获得更多社会资本和文化资本的资产阶级建构合法的趣味道德。而《蓝登传》则是斯摩莱特通过小说表达对18世纪英国逐渐成为一个经济繁荣的现代社会的同时道德江河日下的社会现状的担忧，通过主人公从受炫耀性消费影响形成扭曲的价值观，到最终回归理性与传统道德的人生历程，试图建构一种公开的"反商业道德体系"。

第三章"18世纪英国小说的现代性述行"。随着工业化、商业化、城市化等进程如火如荼地展开，现代性图景在18世纪的"英伦三岛"日渐变成社会现实。现代生活带来丰裕的物质生活，但同时不复平静的生活和日益不古的人心也带来广泛的社会心理焦虑，憧憬现代性的热情和抵制现代进程的观念常常矛盾纠结。因此本章探讨18世纪英国小说对早期现代性的暧昧特征的揭示，对"人们刚刚开始体验的现代生活"的感受的表征。笛福的《罗克珊娜》、亨利·菲尔丁的《汤姆·琼斯》、范尼·伯尼的《伊芙琳娜》和萨拉·菲尔丁的《大卫·素朴儿》等18世纪英国小说，多侧面地表征了现代生活的神话，同时也对其有限性和危险性进行了批判性反思，引导社会追求更为合理的现代生活。笛福笔下的罗克珊娜投入现代性浪潮并亲自感受和体验到其巨大威力，一度成为成功的"女商人"，但由于现代性的双面性而成为现代与传统博弈下的牺牲品。《汤姆·琼斯》更是表征一种"对抗现代性"，表达对在现代性冲击下传统道德秩序危机的忧虑，以及对平衡传统与现代的理想期许。本章还选取两位18世纪颇负盛名的女性小说家伯尼和萨拉·菲尔丁，关注她们作为女性更为特殊、更为复杂的现代性体验。"城市观察家"伯尼的女主人公伊芙琳娜一方面对城市化的物质生活充满好奇，享受其中；另一方面又对现代性带给城市的功利、冷漠与粗俗进行了批判；同样，萨拉·菲尔丁的几个主要人物都选择一种生活于都市之中但又拒绝被都市"收编"的"流浪者"生活。

第四章"18世纪英国小说的性别述行"。以歧视女性为特征的双重性别标准在18世纪英国社会非常盛行，女性合理合法的政治、经济和文化权利得不到保障，她们从文化层面甚至生理学层面被刻写为被动而无创造性的性别群体。正如伊恩·瓦特（Ian Watt）、迈克尔·麦基恩（Michael McKeon）从18世纪寻找小说之源一样，以斯彭德（Dale Spender）的《小说之母》（Mothers of the Novel: 100 Good Women Writers before Jane Austen, 1986）为代表的大量文献试图从18世纪寻找英国女性小说之源，改写将奥斯汀作为"第一位英国女性小说家"的圈内圈外"共识"。斯彭德明确指出，其著作的任务是要发现，在奥斯汀之前的百多年间，哪些女性小说家为她留下了怎样的"丰厚遗产"，她们在小说兴起时有着怎样的地位，以及她们是如何"失去传统"[①]的。她不仅关注女性写作时对于作家身份的渴求与不安，更是观照她们通过小说为建构女性主体与自由和时代伦理标准的努力。因此本章选取当时非常流行但后来却被日渐埋没的三位女性小说家，研究她们如何以小说进行性别述行，探讨这段"由女性写、写女性、为女性写"的写作史。从夏洛特·史密斯《艾米琳》中女性他者身份的批判性指认，到爱丽莎·海伍德《白希·少了思小姐历险记》的女性主体气质的改写，再到玛丽·沃斯通克拉夫特《女人的苦难》对女权的强烈诉求，她们不仅对女性的屈从地位进行了表征和申诉，同时对两性气质尤其是女性气质进行了重新定义，对理想的两性关系、女性权利以及女性身份进行了有益的建构，并且通过小说为女性享有作为人的主体地位，为建构女性的自我价值鼓与呼。

总的来说，研究18世纪英国小说的述行性，就是以18世纪英国小说为研究对象，将它们放在特定的政治、经济和文化语境中，并视为一个个宏观言语行为，探讨它们是如何作为社会历史（而不只是为虚构而虚构）的一部分，如何积极共建（而不只是被动反映）当时的思想文化，又是如何影响人们日常生活的。

---

① Dale Spender, *Mothers of the Novel: 100 Good Women Writers before Jane Austen*, London: Pandora Press, 1986, pp. 1-2.

第一章 18世纪英国小说的民族性[①]述行

随着国内经济、军事实力的增强，尤其是海军实力取得领先地位，18世纪英国从上层阶级到普通百姓都已经不再满足于本岛的农牧经济，人们对非欧洲国家的关注也不只是出于文化猎奇，他们开始期望到更广阔的地方去开拓疆域，创造事业，积累财富，因此航行、冒险、对外贸易等海外事业日益成为一种社会风尚。虽然1783年美国独立后，英国不得不放弃对美国13个州的殖民统治，但不可否认的是，到18世纪末，英帝国的国际影响力更大，范围更广[②]，帝国主义思想深入人心，殖民足迹已经遍布全球。

在海外殖民扩张的同时，处于上升时期的英国资产阶级也在大肆进行个体文化身份建构和集体民族国家建构，即国民特性和民族特性的双重建构。英国性建构的第一阶段完成于18世纪六七十年代[③]。虽然早期的英国民族性在宗教、习俗、艺术等许多方面大略等同于欧洲性，许多小说家在文化表征和文化区分时也常将二者混用；但是对一心想成为海洋霸主的18世纪英帝国来说，欧洲以外的所有其他国家是它企图殖民的目标，而欧洲内部的法国、

[①] 民族性（nationality）：英文中"nation"一词，既可指民族，又可指国家，其所指其实是民族国家。所以，民族性亦可称国家性或者国族性，一般是指一个民族或者国家的文化、人民等呈现出来的基本风貌与特征，但也有理论家认为它与民族/国家一样，只不过是想象构成物。本章所探讨的民族性，特指英国的民族性、国家性，所以，文中常常根据语境称为"英国性"（Englishness）或"英国民族性"等。

[②] 参见 Jeremy Black, *Eighteenth-century Britain*, 1688–1783, Hampshire: Palgrave Macmillan, 2001, pp. 1–2。

[③] Kathleen Wilson, *The Island Race: Englishness, Empire, and Gender in the Eighteenth Century*, London: Routledge, 2003, p. 13.

荷兰、葡萄牙等老牌殖民国家则更是竞争对手甚至敌人。其自身的政治、经济、科学技术，甚至是人性都成为英国人骄傲的资本，成为其自以为能傲立甚至独霸世界的特性。

作为一个岛国，英国希望其国界远远超出其岛屿边界——"英国要统治世界"，因为"英国是最优秀的"，因为"我们有力量（工业的、技术的、军事的、道德的）而他们没有"，因为"他们低劣，我们优越"①。这里的"他们"可以是欧洲其他国家，但更是萨义德（Edward Said）所定义的"东方国家"，即所有非欧洲国家。文学更是推波助澜，甚至成为英帝国民族性建构与巩固的排头兵、先锋队，萨义德说："帝国在别的任何地方都没有像在英国小说里那样有规律和经常性出现。"② 因此研究18世纪英国小说的民族性述行，将它们置于当时英帝国形成和巩固的历史文化语境中，就可以看到它们在资产阶级、帝国主义意识形态建构过程中发挥的重要作用。

英国18世纪既是政治、经济、军事、文化全面发展的鼎盛时期，同时也是小说兴起以及文学作者、读者人数激增且规模空前的世纪。Q. D. 利维斯（Q. D. Leavis）指出，英国小说是表达关乎社会、政治、经济、宗教即集体精神诉求等全方位"人文关切"最合适的媒介，因此，"不仅国民生活的任何细微变化都会对它产生影响，……同时它也是影响英国国民生活最重要的艺术"③。18世纪的英国小说作者几乎无一例外地声称自己的文本具有现实性、真实性，读者也对文学寄予"娱乐加实用"的双重诉求，因此文本、作者、读者、社会构成一种紧密的互文关系——相互依赖、相互印证。小说这一想象性文体既是意义生产的媒介，又成为意义本身。正如安德森（Benedict Anderson）将"民族国家"这一看似是政治实体的东西去蔽还原，揭示其话语特征，认为它不过是一个现代性想象物，一个"文化人造物"④，民族性是一

---

① ［美］爱德华·W. 萨义德：《文化与帝国主义》，李琨译，生活·读书·新知三联书店2007年版，第145—147页。
② 同上书，第83页。
③ Q. D. Leavis, "The Englishness of the English Novel", *Higher Education Quarterly* 35. 2 (1982): 354.
④ Benedict Anderson, *Imagined Communities: Reflections on the Origin and Spread of Nationalism*, London: Verso Books, 1991, p. 4.

个永远"未完成"的建构过程，这对于经济、政治、文化都处于争斗状态的18世纪英国更是如此。小说也因此成为各种势力互相角力、争取的文化场域。

在这方面，表现尤其突出的是旅行小说，作为18世纪英国小说非常重要的一部分，各种旅行小说把英国作为"岛国天堂"的形象传播到世界各个角落。在谈到为什么笛福、斯威夫特等大批18世纪小说家都热衷于航海主题时，英国著名旅行小说研究者休尔姆（Peter Hulme）说，虽然启蒙时期的作家本身并非伟大的航海家，但他们都是不折不扣的旅行小说的忠实读者。他们将自己小说的主人公送到世界各地，有的如鲁滨孙在已知的世界范围内航行，有的像格列佛到世界的尽头去探险，以此思考人的本质究竟是什么等重要的时代问题①。确实，18世纪整个欧洲，尤其是英国，对欧洲以外的文化发生了从未有过的浓厚兴趣。商人、传教士以及许多职业旅行家的信件、日记、旅行手册、旅行报告，以及根据殖民、贸易过程编写而成的大量旅行故事，都为小说家们对神秘而极具召唤力的异域文化展开想象提供了丰富的素材，同时又成为他们反观自身文化的镜子。张德明在谈到旅行文学与西方现代性的互构性时说："无论是在古代还是现代，帝国的崛起从来就不只是凭借其经济实力和军事强力，它一定也需要包括政治、宗教、文化和意识形态等在内的软实力作为精神内核，而旅行和旅行文学无疑是其中最重要的构成因素之一。"他甚至将18世纪英国旅行文学称为"塑造大英帝国臣民的全球意识的最有影响力的文类"，认为它们对建构英帝国性具有重要的作用："现实世界中的空间实践与文本世界中的空间表征互补互动，在后启蒙时代的英国和欧洲想象中，建构起自我/他者、中心/边缘、帝国/殖民地等一系列矛盾对立的关系，这种想象不但肯定了作为统治主体的英国的地位，而且也标明了一种与之相异的并经常是对立的异域空间。"②

---

① Peter Hulme and Ludimilla Jordanova, eds., *The Enlightenment and Its Shadows*, London: Routledge, 1990, p. 8.
② 张德明：《英国旅行文学与现代性的展开》，《汉语言文学研究》2012年第2期。

18世纪的英国人常常骄傲地将自己所生活的时代称为"奥古斯都时代",以古罗马全盛时期自比,并以自己的文化作为衡量文明程度的标准。旅行小说更是通过两种文化并置有意无意地渲染、突出自己的民族优越性,建构文化认同。贝恩的小说《奥鲁诺克》(Oroonoko: or, the Royal Slave, 1688)中的同名主人公是被放逐的非洲王储,但其教养却是英国式或欧洲式的,他喜欢按"欧洲标准"来衡量一个人是否有教养。笛福的《鲁滨孙漂流记》更是一个欧洲文明的神话,一个依靠自己的勤劳、智慧与"神的赐福"征服和利用自然的神话,体现出"我们欧洲人"与"佐立""星期五"以及岛上"蛮族野人"相比的文明优越感。有学者甚至说:"在《鲁滨孙漂流记》之后,冒险文学便控制着整个国家的想象力,它作为'帝国主义充满活力的神话'起着一种意识形态的作用。"① 而斯威夫特将"我们英国人"的工业文明、战争文明、启蒙理性和文明教养与理想的大人国、贤马国对立起来,从另一个侧面表明了作者对英帝国民族性的反讽性建构。

威尔逊(Kathleen Wilson)在《岛国种族》(The Island Race: Englishness, Empire and Gender in the Eighteenth Century, 2003)这本关于英国性的重要文献中指出,"英国性是一种非英国性的表演②,一种试图通过一系列社会与戏剧化的实践和表现建构的白色文明修辞,将自己的表演者与'土人'的原始性相区隔",因此考察民族性的形成过程,就要看某一族人在主流话语体系中是如何"被定位和主体化"③ 的。在笛福的旅行小说《辛格顿船长》中,辛格顿一行是文明与智慧的代表,而他两次旅行他乡见到的当地人,尤其是多次

---

① Martin Green, *Dreams of Adventure, Deeds of Empire: A Wide-ranging and Provocative Examination of the Great Tradition of the Literature of Adventure*, London: Routledge, 1980, p. 3.

② 由于"述行"(performative)与"表演"(performance)的英文同源,因此在探讨身份的生成机制时,许多理论家和研究者同时赋予英文单词 perform/performance/performative/ performativity 以"表演"和"述行"的双重意义。美国著名女性主义哲学家巴特勒(Judith Butler)在揭示身份,尤其是性别身份的"询唤"(interpellation)与表演双重特征时所提出的"性别表演"(gender performativity)观是二者结合的最佳体现。参见王建香《当代西方文论中的文学述行理论》,中国广播电视出版社2009年版,第144—146页。

③ Kathleen Wilson, *The Island Race: Englishness, Empire, and Gender in the Eighteenth Century*, London: Routledge, 2003, pp. 4, 17.

给予他们无私帮助的非洲人则无来由地野蛮、愚笨。对于辛格顿来说,"我们"是当仁不让的"世界主人",而"他们"则是"我们"自然的"臣民",是等待文明化的原始人。作为笛福的第一部海盗小说,也是他乃至英国第一部"犯罪小说",《辛格顿船长》的主人公似乎是一个职业海盗,是以抢劫等犯罪行为为乐的恶棍,因此作为犯罪小说,它不像《摩尔·弗兰德斯》《罗克珊娜》等笛福的小说主人公有"贫穷乃一切罪恶之源"[1] 作为可原谅的理由;而作为旅行小说,它又似乎缺乏鲁滨孙流落荒岛、白手起家的励志精神。但辛格顿的海外经历可以说是"英国人讲自己爱听的故事",它以"梦想的形式","鼓励英国人实现走出国门走向世界,开发、征服和统治世界的意志"[2]。作为大英帝国缔造的见证者、实践者和维护者,笛福通过小说《辛格顿船长》努力建构令人骄傲的大英帝国"想象共同体"形象,建构"被想象成平等、深厚的同志感情"[3] 的英国民族认同。

像笛福的鲁滨孙和辛格顿一样,斯威夫特的《格列佛游记》的主人公所到之处嘴边也常常挂着"需要乃发明之母"这一洋溢着18世纪英国文化自信的口头禅。从他游历四个不同国家时表现出一贯的民族自信、专业智慧、语言天赋,以及对政治、社会价值、工程建设、军事技术等全方位的兴趣与才能来看,格列佛无疑是文明的资产阶级和优越的英国性的典型代表。但不可否认的是,他又是欧洲中心主义的"首要批评者"[4],是英国性的解构者。正如身份是一个对差异甚至优劣表征建构的过程,或者如朱迪斯·巴特勒(Judith Butler)谈到性别认同时所说:所有的身份认同,无论是阶级、性别还是民族认同,实际上都是一种与他者相关联但又相区分的关系,"'我们'的型

---

[1] [美] 安妮特·T. 鲁宾斯坦:《英国文学的伟大传统》(上),陈安全等译,上海译文出版社1998年版,第367页。

[2] Martin Green, *Dreams of Adventure, Deeds of Empire: A Wide – ranging and Provocative Examination of the Great Tradition of the Literature of Adventure*, London: Routledge, 1980, p. 3.

[3] Benedict Anderson, *Imagined Communities: Reflections on the Origin and Spread of Nationalism*, London: Verso Books, 1991, p. 16.

[4] Michael Seidel, "Gulliver's Travels and the Contracts of Fiction", in John Richetti ed., *The Cambridge Companion to the Eighteenth Century Novel*, Cambridge: Cambridge University Press, 1996, p. 73.

构过程，同时也是'他异性'的结构性在场"①。只不过格列佛对英国民族性重新认识过程中的"他者"不是笛福笔下天生就是奴隶的黑人或其他"野人"，而是心智、德行远超自己和国人的大人国国王和贤马国主人。斯威夫特将那些标榜为文明和优越的民族特性层层剥开，露出其虚假、野蛮的真实内里，揭示"英国性"这一用来炫耀的优越种族神话其实是一种自我的虚构，体现了他对现行英国性的批判以及对理想英国性的反讽式建构。

而在哥尔斯密的《世界公民》中，虽然作者对自己国家在经济、科学技术、海外旅行等方面的成就津津乐道，却暗示它们以国民人性堕落、生活奢靡、思想狭隘为代价。对于18世纪许多旅行小说家来说，"帮助读者全面了解自己的国家，尤其是对其国家的生活习俗、道德伦理以及政府制度诸方面进行批评，最好的办法就是将他放到一个陌生的国度，通过将当地人与自己的国人进行对比"②。但与这种"走出去"的方式不同，《世界公民》是以"请进来"的方式，以一个游历过许多国家、被作者称为"世界公民"的中国哲学家为观察者，通过他在英国的旅居经历，以中国为镜，对英国社会的各个层面进行反观，并且从个人品格、国家责任以及世界情怀等方面表达对英国性的反思以及对理想民族性的思考。

18世纪英国小说中的民族身份主题既是对当时英国民族认同意识的反映，也是以文学述行的方式对它的建（解）构和强化。因此，本章研究18世纪英国小说的民族性述行，就是要研究英国民族意识与英帝国形成和巩固之间的互文关系，研究小说这样一种想象性文本，是如何表征民族性、反思民族性甚至共谋建构民族性的，是如何成为民族意识的强化者、作为英帝国形象生成的推动者的。

---

① Judith Butler, *Gender Trouble: Feminism and the Subversion of Identity*, London: Routledge, 1990, p. 191.

② James Sutherland, *English Satire*, Cambridge: Cambridge University Press, 1958, p. 96.

第一节　丹尼尔·笛福《辛格顿船长》中英国性的确认

　　萨义德在《文化与帝国主义》(Culture and Imperialism, 1993) 一书中通过对一些经典英国小说进行重新评估，将文学文化形式与世俗历史视域重新联结起来，帮助读者看到它们二者带有明显的帝国时代的"典型的杂糅"特质，尤其是看到文学通过空间叙事表征、建构、强化欧洲在非洲、美洲、亚洲殖民主义实践的共谋角色。他认为，18 世纪英国小说的兴起与当时欧洲帝国主义意识形态稳固之间有着密切关系，因此他提醒读者注意二者之间的汇合，即"构成小说的叙述权威模式"与"作为帝国主义倾向的基础的一个复杂的意识形态结构"之间的汇合。他甚至说，帝国主义与小说相互扶持，"作为资产阶级社会的文化产品的小说和帝国主义如果缺少一方就是不可想象的"[①]。

　　小说虽为虚构文类，但在 18 世纪的英国，它与社会、历史之间却有着非常紧密的关联。18 世纪早期著名小说家笛福 (Daniel Defoe, 1660 - 1731)，伊恩·瓦特称他为"我们的第一位小说家"[②]，鲁宾斯坦称他为"资产阶级创造的也许是最伟大的艺术形式——小说之父"[③]，虽然他的旅行小说主人公通常被学界贴上"个人主义"的标签，但他们无疑也是英国性的代表，其海外冒险行为打上了笛福殖民思想的烙印。鲁滨孙的成功赢得了具有"全面盎格鲁—撒克逊精神"[④] 的美誉，而《辛格顿船长》(The Life Adventures and Pira-

---

[①] [美] 爱德华·W. 萨义德：《文化与帝国主义》，李琨译，生活·读书·新知三联书店 2007 年版，第 95—96 页。

[②] Ian Watt, The Rise of the Novel: Studies in Defoe, Richardson and Fielding, London: Chatto & Windus, 1963, p. 80.

[③] [美] 安妮特·T. 鲁宾斯坦：《英国文学的伟大传统》(上)，陈安全等译，上海译文出版社 1998 年版，第 343 页。

[④] Ian Watt, The Rise of the Novel: Studies in Defoe, Richardson and Fielding, London: Chatto & Windus, 1963, p. 90.

cies of the Captain Singleton，1720）虽然主题更加复杂，小说更是以英国人辛格顿在海上大肆抢劫积累了"足以填满世界上最贪婪、野心最大的欲壑"①的财富后回到英国，过着忏悔的生活而结尾，但同样体现了笛福宣称的英殖民扩张是英国应该关心的首要问题②。

笛福写作《辛格顿船长》之时，除了非洲西部大西洋沿岸及北部地中海沿岸之外，对于英国人来说，小说中辛格顿穿行的绝大部分非洲内陆地区还是一块陌生的大陆，同样，其海上航线也还只是为英帝国早期海外贸易与殖民扩张所觊觎。小说以"自传式、游记式"③的叙事手法，表现主人公对克服困难聚敛财富、控制他人（国）的强烈欲望和民族自信，这不仅满足了18世纪初读者对异域文化的猎奇心理，点燃了他们的英帝国民族想象，更是使读者在阅读时不知不觉，甚至毫无批判地接受了带有偏见的、贬低的他国想象（尤其是非洲形象），从而在思想上、道义上使帝国实践合法化，并最终强化英国民族认同。

一 英国人作为文明的民族

文明、理性、进步等是18世纪启蒙思想家信仰和传播的重要信条，同时也是包括英国在内的欧洲早期资本主义、帝国主义国家自以为傲的与他国相区分的现代性指数。伊斯雷尔（Jonathan Israel）提出，启蒙运动的全盛期不仅应该由人们公认的18世纪后半期往前推一个世纪，即1650—1750年才是启蒙运动最关键的时期；而且已经完全呈现跨国的、全欧的性质④。《辛格顿船长》中，无论是第一次横穿非洲大陆，由南往北的冒险，还是第二次作为职

---

① Daniel Defoe, *The Life, Adventures, and Pyracies of the Famous Captain Singleton*, Montana: Kessinger Publishing, 2004, p. 98. 本节正文中未标明文献出处的页码均出自该小说。

② ［美］安妮特·T. 鲁宾斯坦：《英国文学的伟大传统》（上），陈安全等译，上海译文出版社1998年版，第371页。

③ Lincoln B. Faller, *Crime and Defoe: A New Kind of Writing*, Cambridge: Cambridge University Press, 1993, p. 49.

④ Jonathan I. Israel, *Radical Enlightenment: Philosophy and the Making of Modernity*, 1650-1750, Oxford: Oxford University Press, 2001, p. 11.

业海盗的掠夺经历，辛格顿以及两次冒险关键时刻出现的英国人，都体现出一种强烈的"启蒙精神"以及英帝国民族自信。

"英国性"是在特定时期通过与特定的他者相比对显示出来的差异，更准确地说是优越性。小说中，辛格顿、"英国绅士""教友派威廉"等作为文明的英国人的形象与邪恶的葡萄牙人、不负责任的法国人、凶残的阿拉伯人和土耳其人、奸猾的荷兰人，当然最主要的是与野蛮、无文化的非洲人和各海岛上的土人相对。有学者甚至将辛格顿一行由于在航海中叛乱而被放逐到马达加斯加，跋山涉水艰辛回到欧洲这一过程简约化为"回归文明"，而认为路途中大量积累的黄金和象牙是对他们不屈不挠精神的奖赏①。而"回归文明"的成功离不开英国人辛格顿的英明领导，以及虽然着墨不多但帮助他们走出非洲的"神秘"功臣"英国绅士"的引领。对这位"英国绅士"，辛格顿一行并没有询问他的姓名，只是以"英国人"或"恩人"称呼他，因为尽管他像土著人一样赤身裸体，头发、胡子又长又邋遢，但就像无来由地感觉非洲人是"野蛮的"一样，同样凭感觉，"他是个绅士，不是个普通出身的家伙，也不是海员或干苦力的人。这些我们一开始跟他交谈，从他的言行举止就看出来了"，"发现他的行为举止是我见过的人里面最谦卑有礼、最惹人喜爱的。无论他说什么、做什么都表现出他是个最有教养的人……他是个学者，一个数学家；虽然他一点葡语也不会说，但他跟我们的医生说拉丁文，跟一位说法语而跟另一位又说意大利语"（59）。

"船长辛格顿"作为英国人的民族优越性更是贯穿于小说主体。首先体现在与葡萄牙、法国和土耳其等其他国家人的对比中。笛福在《鲁滨孙漂流记》中的核心价值观是"个人主义"甚至"经济个人主义"，因此其主人公谴责自己的国人是不适合谈生意的人而对西班牙总督、法国天主教教士或那个"可信的"葡萄牙船长大行赞美；但在《辛格顿船长》中，这些具有"经济美德"②

---

① Hans Turley, "Piracy, Identity, and Desire in *Captain Singleton*", *Eighteenth‑Century Studies* 31.2 (1997–1998): 199.

② Ian Watt, *The Rise of the Novel: Studies in Defoe, Richardson and Fielding*, London: Chatto & Windus, 1963, pp. 62, 66.

的"非英国人"又"化身"为最卑鄙的人。虽然辛格顿也承认童年道德教育、宗教信仰教育的缺失对自己的成长产生了不良影响,但他更多地将自己作为海盗为非作歹的行为归罪于葡萄牙船员对他错误的影响,而且多次将他们个体的行为上升为整个民族国家的错误。小说开篇不久,他就几次以形容词"最高级"贬低在他无处可去时收留他的葡萄牙人是"世界上所有国家里教授怎样当一个凶狠的盗贼和邪恶的水手最好的老师"(3);"世界上所有自称为基督徒的国家中,葡萄牙是其中最背信弃义、最道德败坏、最粗暴残酷的民族",而虽然命运安排了自己只能与他们为伍,但他"作为英国人,自然对他们的怯懦行为"、对他们"偷窃、哄骗"等最讨厌的行为"最深恶痛绝"(4)。即使作为一路并肩航行、极力推举他为"船长"的伙伴,辛格顿也不忘对整个葡萄牙国民表达自己的蔑视,"无论是从个体来说还是整个民族"(27—28),他们都是既无勇又无谋的盲从者。虽然看起来整个故事与法国人无关,但他们也没有免于被辛格顿嘲讽。辛格顿一行做出决定横跨非洲大陆后,打算叫几个当地黑人做向导,当看到他们由于害怕猛兽没有一个敢干时,辛格顿讽刺他们像法国人一样不愿承担责任(24)。小说中多次提到的阿拉伯人、土耳其人也都是凶蛮、残酷的代名词。

英国人作为文明的民族,更是全面体现在与各非欧洲国家的对比中。虽然所有非欧洲国家直到19世纪中期英国才进入殖民全盛期,但早在18世纪早期,非洲和印度洋各岛已经成为英帝国瞄准的主要殖民目标。笛福将这些地方想象为有待"西方文明化"的原始文明,即作为"另一个世界,欧洲的对立面,因此也是文明的对立面"被表征。正如著名的尼日利亚作家齐努瓦·阿切比(Chinua Achebe)在批评康拉德(Joseph Conrad)《黑暗的心灵》(*Heart of Darkness*, 1899)这部深受《辛格顿船长》影响[①]的非洲叙事时所说,"在那儿没有可以被看作人类的人"[②],在辛格顿的非洲冒险中,虽然

[①] 康拉德专门研究家麦克尔·塞德尔甚至认为康拉德许多非洲题材的作品中都有笛福的影子。参见 Michael Seidel, "Defoe in Conrad's Africa", *Conradiana*, Volume 17, 1985, pp. 145–146.

[②] [尼日利亚] 齐努瓦·阿切比:《非洲的一种形象:论康拉德〈黑暗的心灵〉中的种族主义》,[英] 巴特·穆-吉尔伯特等编:《后殖民批评》,杨乃乔等译,北京大学出版社2001年版,第188页。

"这个国家非常舒适、物产丰富，是一个很适合居住的地方"，但这里住着的居民却"几乎不是人类"（11），是"本性野蛮、奸诈、凶恶"的"野人"；虽然一路上若不是黑人无私友善的帮助，他们"回归文明"之路的艰辛难以想象，但他们依然无来由地称之为"一群无知的人，贪婪残暴的人"（11）。虽然客居他乡，但"野人"（"wild people"，23）或者"野蛮人"是辛格顿对非洲人最自然不过的称呼，其"野"字本身就是以设定自己是"文明的"西方人、以其他文明为"他者"作为前提的。

每到一个不同的非洲部落，辛格顿都会或繁或简地有一段对当地人的描写，但通常不外乎两个方面，一是其文明处于一切都等待开发的蒙昧状态；二是看到所有的黑人"不论男女，都赤身裸体，不知廉耻"（23，52，57等）。笛福甚至继《鲁滨孙漂流记》在加勒比海岸"发现"食人族后，让辛格顿一行人，在非洲也无时不担心被食人族吃掉，虽然他们从未见过（其实鲁滨孙的食人族，也只是他根据地上遗留的骨头想象出来的而已）。即使在当地人倾其所有，提供各种植物以及大量肉食供他们食用时，他们也还是成天生活在"被野人杀死或活吞"的想象的恐惧之中。

在第二次海上冒险中，辛格顿口中的其他国家的船长苛刻、小气、残酷，船员被逼倒戈；印度洋上有一个岛上住着野蛮、残酷的印第安人[①]，而另一个岛——锡兰岛上的居民更是不仅野蛮而且非常奸猾。他们不仅禁止本地人与欧洲人有任何交易或商务往来，而且伪装友好以欺骗、扣留过往船只，囚禁船上的外国人，如果不从就动用全部军力镇压。相比之下，只有英国人"最文明"，英国人威廉是"永远可靠的朋友"。

在辛格顿的叙述中，非洲是一片无人踏足、有待开发的"新大陆"，这里时而是物产丰富、动物成群的平原，时而又是寸草不生、一望无际的沙漠。由于启蒙、进步、现代性之间总是密切相关、互为印证的，因此辛格顿眼中的"原始""落后""未开化"的非洲、加勒比海沿岸、亚洲等非西方地域及非西方人，如果不被历史淘汰，那么就应当心甘情愿地接受比之文明的西方

[①] 原文为 Indians，但这里应该既不是印度人也不是美洲的印第安人，而是这个岛上的土人。

文化的拯救和教化。因此以恩主的身份，开发这片原始土地的自然资源，给这里的人民带来文明，就不是殖民更不是侵略，而是堂而皇之的世界"伟业"。

阿切比批判康拉德《黑暗的心灵》对非洲的妖魔化是"彻头彻尾的种族主义"①，而比康拉德早近两个世纪的笛福，其笔下的人物更是完全被类型化：除了文明的英国人之外，其他民族大多奸诈、邪恶，尤其各地土著人更是原始落后、野蛮残忍，他们是"野人""吃人的人"，甚至是"魔鬼民族"(11)。实际上，这种一方面将其他文化妖魔化而另一方面又自诩为文明的做法，只不过是给"西方启蒙思想包裹上糖衣，目的是掩盖'帝国'给受害者和施害者同时带来痛苦的真相"②。正如阿切比所说，这种"把非洲以及非洲人非人化的做法"恰恰体现了西方人对自己文明不稳定而产生的焦虑，因此"他们急需用非洲来不时地与其比较以取得心理平衡……不时地回过头来瞧一眼仍然处在原始野蛮时期的非洲"③，以此显示西方文明的优越性，并增加欧洲人对自己文明的信心和感情。

二 英国人作为智慧的民族

休谟（David Hume）在《论国民性》（"Of National Characters"，1748）一文中对白人与非白人有一段臭名昭著的对比和褒贬，"我倾向于认为，黑人（其实应该说所有其他种类的人，因为世界上还有四五种其他种类的人）④ 天生就不如白人。没有哪一种肤色的文明胜过白人文明，没有哪一个人的行为和思想比白人更优秀"，他甚至进一步说："没有哪一个皮肤深色的民族能够

---

① [尼日利亚]齐努瓦·阿切比：《非洲的一种形象：论康拉德〈黑暗的心灵〉中的种族主义》，[英]巴特·穆尔－吉尔伯特等编《后殖民批评》，杨乃乔等译，北京大学出版社2001年版，第188页。

② Daniel Carey and Lynn Festa eds., *The Postcolonial Enlightenment: Eighteenth‐Century Colonialism and Postcolonial Theory*, Oxford: Oxford University Press, 2009, pp. 8–9.

③ [尼日利亚]齐努瓦·阿切比：《非洲的一种形象：论康拉德〈黑暗的心灵〉中的种族主义》，[英]巴特·穆尔－吉尔伯特等编《后殖民批评》，杨乃乔等译，北京大学出版社2001年版，第192页。

④ 括号中的附加句在1777年该文的修改版中被删除。

称为文明国家；没有任何一个行为杰出、思想优秀的人出自其中……没有任何独创性产品出自其手，没有艺术、没有科学；而即使是再不开化、再原始的白人……也有其优秀的地方。"① 虽然休谟这些话在今天的读者听来显得非常刺耳，令人气愤，但是在很大程度上代表了相当长时期内欧洲人集体的种族偏见。

笛福笔下的白人，尤其是英国人，就是这样"优秀"的人。辛格顿虽然是一个"游离于社会结构之外、以文明为食的海盗"②，但以先进武器为代表的科学技术、以"自由贸易"为象征的现代商业理念、精湛的手艺不仅成为辛格顿两次成功冒险、生存和致富的"资本"，同时也成为白人物化、蔑视其他人种的理由，基于此，仰视、膜拜甚至"皈依"西方文明便是其他民族唯一的生存之道。

在权力纷争、战事频仍的17—18世纪欧洲，先进的武器和精湛的医术通常是文明进步的象征。从某种程度上说，这也是辛格顿的非洲冒险由东到西、由南到北，最终成功回到祖国的法宝。当辛格顿一干人因叛乱而被赶上马达加斯加岛，由于害怕岛上"凶残的民族"（7），宁愿囚禁或绞死在船上的请求未能获准后，他们宁肯舍弃日常生活用品，而带着枪支、弹药等"文明武器"登上非洲大陆以"自卫"。他们所到之处，黑人被白人"既能用他们看不见的东西远距离杀人，也能把杀死的人医好"（29）的神功所震慑，远远的枪声就足以震慑起初张牙舞爪的土人，甚至不少人被枪声吓死。辛格顿甚至借他人之口来美化自己"有天神之力"（35）的武器，当碰到对他们的到来带有敌意的当地人时，随行的黑人"奴隶们"便会软硬兼施地劝告自己的族人："他们是从太阳里出来的人，他们有能力把你们全部杀光，当然如果高兴的话，也可以叫你们全部复活。但他们不是来伤害你们的，而是为和平而来的。"（34）

---

① David Hume, "Of National Characters", in Eugene F. Miller ed., *Essays, Moral, Political, and Literary*, Indianapolis: Liberty Fund, 1987, p. 208.

② C. N. Manlove, *Literature and Reality* 1600–1800, London: The Macmillan Press, 1978, p. 106.

如果说先进的武器帮助辛格顿一行打出了一条走出非洲的道路，那么在是他们的智慧和技术使得他们一路畅通无阻。虽然刚入非洲时他们情境非常窘迫，但是得意于"需求带来智慧"，"需要乃发明之母"（15，21）的民族自信，他们仅仅凭着极少的几样工具，不仅就地取材制造了可以航行、运载的大型独木舟和单桅船，而且凭着智慧，他们得以制作工艺作品以换取食粮，发明肉类保鲜和腌制法，制造巨型储水器，驱赶野兽，建造住所，等等，几乎无所不能。即使身处原始丛林，其日常生活也过得充实和安全。

也许辛格顿一行与非洲土人的"双边贸易"最能"体现"他们的智慧和成功。虽然每次和当地人的交易他们都口口声声本着"公平自愿"的原则，绝不白拿他们的东西，但实际上他们之间的"双边贸易"一点儿也不公平。他们充分利用当地土人的"无知"，一个不到六便士的金属制片，可以换来价值"超过成本一百倍"的巨额利润；几件玩具、小刀或银胸针等简单工艺品，换来的却是大量的母牛、山羊、块根、野菜等天然食粮。即使在黄金遍地的地方，辛格顿也习惯性地抬高所售商品价值，将一只极薄的金片雕成的象形玩具以"极其高昂的价钱"（63）卖给了当地的国王。辛格顿自己一边合计要是在英国他们所得到的东西将要花一大笔钱而得意自己占了大便宜，一边又骂"这些穷人愚蠢"（14）。正如科尔（Suvir Kaul）所说，对殖民地国家的资源和劳动力的无偿榨取，是欧洲殖民国家经济成功和国内政治、文化稳定的重要因素[1]。实际上，笛福的民族优越感掩盖了殖民地国家对帮助英国成为"最幸福""最富有"国家的重要贡献的事实。

18世纪初，除了在北美以及加勒比海沿岸一些小岛上建立了永久性殖民地之外，英帝国的殖民扩张还是以海外贸易为主，而笛福就是"自由贸易最早的支持者之一"[2]。他强调，英国作为"最幸福""最富有"国家的法宝就是自由贸易："只要我们能对所有国家进行贸易，我们就知道怎样吸取它们的

---

[1] Suvir Kaul, *Eighteenth - century British Literature and Postcolonial Studies*, Edinburgh: Edinburgh University Press, 2009, p. 3.

[2] ［美］安妮特·T. 鲁宾斯坦：《英国文学的伟大传统》（上），陈安全等译，上海译文出版社1998年版，第369页。

财富。我们的产品价值高,数量大,已经成为全世界不可或缺的必需品,能够夺取最好最富有的国家的财富。"① 从这个意义上说,辛格顿走在了"时代前列",表达了以笛福为代表的文人对于国家尽快"加强帝国伟业"的强烈愿望。有人甚至认为笛福的所有小说,尤其是《鲁滨孙漂流记》和《辛格顿船长》,都可以视为国家"促进贸易与殖民规划的帝国主义宣传"②。辛格顿一行成功穿越非洲大陆,并且携带大量黄金、象牙回国,其先进技术和聪明智慧固然能提供合理解释,但无论如何无法否认他们的抢掠实质,即他们使用殖民统治惯用的伎俩——军事威胁、经济掠夺和文化收编(cultural incorporation)③ 等手段来驯服当地居民,占据当地资源,达到殖民目的。

三 英国人作为"世界主人"

在谈及19世纪非洲作为欧洲殖民地的特征时,特伦斯·兰杰(Terence Ranger)说,许多白人选择定居在非洲殖民地,"将自己界定为广大非洲人的自然而又无可争议的主人"④。早在18世纪,非洲因为物资富饶、劳动力充足早已成为欧洲各国的争夺之地,因此不少欧洲人涌入非洲。英国许多小说对这一社会事实作出了回应和表征。而后殖民主义理论家们指出,此类小说进行英国性和非洲性表征时,其游记形式、看似客观的非洲景物描写和人物刻画,实则是强化读者对于英国民族认同的述行话语;小说在与其他民族对比时表现的国际主义姿态实则更是帝国主义者的体现,因此应该注意到小说在形塑英国各种社会关系和主体性时所起的构建性的作用⑤。

---

① [美] 安妮特·T. 鲁宾斯坦:《英国文学的伟大传统》(上),陈安全等译,上海译文出版社1998年版,第363—364页。
② J. A. Downie, "Defoe, Imperialism, and the Travel Books Reconsidered", *Yearbook of English Studies*, Volume 13, 1983, p. 74.
③ Suvir Kaul, *Eighteenth – century British Literature and Postcolonial Studies*, Edinburgh: Edinburgh University Press, 2009, p. 3.
④ [英] 特伦斯·兰杰:《殖民统治时期非洲传统的发明》,[英] E. 霍布斯鲍姆、T. 兰杰《传统的发明》,顾杭、庞冠群译,译林出版社2004年版,第270页。
⑤ Suvir Kaul, *Eighteenth – century British Literature and Postcolonial Studies*, Edinburgh: Edinburgh University Press, 2009, pp. 61–62.

笛福的所有小说几乎都关注到了殖民和殖民地问题，而《鲁滨孙漂流记》和《辛格顿船长》两部小说甚至可以说就是主人公的"殖民传记"。其主人公们俨然一副"世界主人"舍我其谁的姿态，所有见到的人都是他们的臣民、仆人、奴隶，所有的东西都理所应当归他们所有。有人如此总结鲁滨孙所体现的"殖民态度"——"占有他人财产、剥削他人成果以及奴役其他人类的欲望"①。黄梅在论及鲁滨孙对待荒岛及岛上的人和动物的态度时也说："他用现代'占有者'的眼光来看待四周的一切，用来自英国的观念和形象来理解、把握并'降服'那片陌生的土地。"② 在关于一次海上贸易的描写中，辛格顿甚至不小心向读者透露了英殖民主义的强盗实质："我们憎恨/拒绝出钱购买任何东西。"(92) 两次冒险所到之处，辛格顿一行从未有过踏入他人领地的陌生和不适，反倒有君王驾到的气势：总是以是否懂礼节来衡量初次交往的当地人，以是否对他们有用来衡量所有的物件，仿佛他们作为到访者才是这里的主人。刚刚踏入非洲大陆，辛格顿一行食物非常匮乏，但作为落难者，他们依然以居高临下的姿态告诉土人，如果他们"对我们客客气气，那么我们就留下来和他们一起生活"(7)。最后当他们的冒险圆满结束准备离开非洲回国时，也是以主子对奴隶的姿态来"处理"一路随行服务的黑人：有的留下当仆人，有的给予完全的自由，全然没有任何欧洲启蒙思想所推崇的平等可言。

在《辛格顿船长》中，黑人就是天生的奴隶，必须无条件为白人服务，即使王子也不例外。一群以"黑王子"为"长征队首领"的黑人，不仅要为白人负荷起繁重的行李，而且还要全程猎取食物满足他们的日常需求，尤其是在连续几个月的淘金过程中，更是功不可没。但是白人不会因为其中有人生病甚至死亡而停下探险的脚步，更不会将淘到的黄金和搬运的象牙分给他们一星半点。但对待他们自己的"同胞"就完全不一样：他们全部财产共同

---

① Max Novak, "Defoe as an Innovator of Fictional Form", in John Richetti ed., *The Cambridge Companion to the Eighteenth Century Novel*, Cambridge: Cambridge University Press, 1996, p. 50.
② 黄梅：《推敲"自我"：小说在18世纪的英国》，生活·读书·新知三联书店2003年版，第46页。

所有，所淘金子全部均分。与"天生"就是奴隶的黑人不同，在辛格顿等白人眼里，白人，尤其是自己的同胞，天生就高人一等。第一次冒险中，对一个无任何贡献的"英国绅士"，见过两次面之后大家就商议决定与他平分原来采集的黄金。而第二次冒险返航途经中国台湾，从一个日本和尚处听说有十三个英国人由于船只在日本搁浅，因被劝信日本教不从而有危险时，虽为海盗，且满载着从世界各处抢来的奇珍异货，但他们仍打算长途跋涉去"营救"自己的同胞，认为"即使什么都不做，单单把这十三个可怜的老实人从这种类似于'囚禁'状态下解救出来，就值得了"（98），却忘了白人一路上肆意抢劫、无恶不作、残害无辜良民的事实。虽然最终物质利益反讽性地战胜了民族道德，但依然可以从中见出白人眼中生命完全不同的价值。

在与守卫自己领土的当地人对抗时，辛格顿一行可以说草菅人命，他谈及几次冲突土著人的伤亡就像谈论低贱的动物一样。当他们想要从东到西横穿非洲大陆的时候，由于不熟悉地形，他们利用自己的武器优势，"故意与黑人发生冲突，抓获十来个俘虏，绑起来当奴隶"（26）。小说更是花了相当大的篇幅描写黑人俘虏们自愿臣服，甚至对白人顶礼膜拜。正如萨义德在谈到欧洲帝国主义的一种"自娱之道"，即认为只要方式正确，土著人就一定能够接受其殖民统治时所说，"因为让土著人表示接受外来人的知识和力量，也就意味着接受欧洲人对他们自己社会的不发达、落后或退化的性质的判断"[1]。有学者甚至说："在关于帝国的政治与语言关系之外，我们根本就不能言说民族身份这个概念。"[2] 俘虏中的"黑王子"，因折服于白人精良的武器、高超的医术和先进的船只，先是以当地最严厉的赌咒方式对天发誓，誓死为白人做一个效忠的仆人；然后很乐意也很快学会了以英语或葡语说"是，先生"，以表对白人"主子"的忠诚。作为"长征队首领"，除了教会所有手下人学说"是，先生"外，即使是辛格顿基于他们良好的表现多次提出给予他们自

---

[1] ［美］爱德华·W. 萨义德：《文化与帝国主义》，李琨译，生活·读书·新知三联书店 2007 年版，第 211 页。

[2] Janet Sorensen, *The Grammar of Empire in Eighteenth–century British Writing*, Cambridge: Cambridge University Press, 2000, p. 223.

由，他们也还是执意将手下人两两手腕拴在一起，"像我们英国给囚犯上手铐一样，并且相信这样做是理所当然的事情"（32），以接受自己的奴隶身份。

虽然可以说《辛格顿船长》中的人主要分层为"人"与"土人"，但英国人作为更合格的"世界主人"，体现在他们不仅是非洲"土人"当然的"主子"，同样也是其他欧洲人公认的"领袖"。在非洲之行中，唯一的英国人、年龄最小的辛格顿成为这支葡萄牙队伍中当之无愧的"辛格顿船长"①，他的智慧和冷静受到所有人的赞许，而且有着"干大事业的过人学识"，"所有成功都应归功于"他（28），大家都心甘情愿地服从他的领导和指挥。更匪夷所思的是，小说中还有一位上帝似的英国人，他在他们一行于非洲内陆失去方向一筹莫展之时出现，并引领他们走出迷途、发财致富，最终到达目的地。也是这个英国人，在滞留非洲的几年时间里将非洲人"文明化"，不仅教会黑人基本的待人礼节，使他们看起来比非洲其他地方的人更懂礼貌，待人更加友好；而且培养了他们现代化的商业头脑，使他们的村寨成为辛格顿一路走来见到的唯一懂得收集象牙并出售的非洲地区。

作为"世界主人"，其他人就自然是低一等的"臣民"，尤其是处于双重弱势的土著妇女。小说中有两次关于白人强奸当地女性事件的描写。一次是在横跨非洲时，辛格顿不仅在叙述时轻描淡写，对受害者没有丝毫同情，称这是"一件有趣的奇事"（63），甚至还对为了结此事而付出的被他称为"无价之宝"的七片细银而耿耿于怀。另外一次是当他们抢劫巨额财物返航，在印度以南的锡兰岛上补充供给时，白人海员强奸了当地几个妇女。可在辛格顿的描述中，似乎吃亏的不是这些被强奸的妇女，而是那些"付出高昂价钱"的白人强奸者，因为"她们丑得实在不成样子，要是我们的人当时不是胃口实在太好的话，是绝对不会去碰一下她们当中的任何一个的"（105）。辛格顿语气中的种族主义、男权主义倾向一览无余。

---

① 尽管非洲之行中更应该称他为"辛格顿首长"，因为原文为"seignior"或者"general"（p. 28），但这里依然使用对他约定俗成的称呼。

笛福笔下的辛格顿实际上是英国殖民主义者的缩影，他们"不只是征服者"，"还是历史学家、商人和传教士"①，其"世界主人"地位，需要文明做幌子，以武器来威胁和征服；更重要的是，他们需要"创造事实"，不断宣称自己是无可替代的王者。

四　英国作为幸福的祖国

18 世纪初，英国在政治、经济、社会各方面的发展都呈现上升和稳定的势头，英帝国也已具雏形。尤其是与苏格兰合并后，英帝国较之于荷兰、法国、葡萄牙、丹麦等国家在海上争霸的优势也逐渐显现，殖民地大幅扩大。这一方面使得英国人的民族自豪感大大加强；另一方面又亟须一套有效的文化策略来重新定义并强化这种爱国情怀。为了维护国家稳定，增强民族共识和自信，进一步提高国家在海外市场的竞争力，文化也在为国家自我形塑（self-fashioning）和定义中扮演着非常重要的角色。18 世纪中期，英国不仅将莎士比亚塑造为文化英雄，更是将航海家"库克船长"（James Cook，1728–1779）渲染为民族英雄，"不仅满足了迫切需要的集体民族心理，而且鼓舞了全民族的帝国自信"②。如果说休谟打着"自然的"或"天生的"国民性旗号，认为"英国人可能是世界上所有民族中最优秀的民族"③ 是赤裸裸的民粹主义论调，那么笛福同时代最著名的文学期刊开创者艾狄生（Joseph Addison）通过对非英国性的歧视而建构英国性的技巧就要微妙得多。他举了一个黑人的例子：这个黑人被带到英国，"学会了我们的语言，他大部分天生的野性都已磨光"，但一旦被放回非洲，"本以为他会对我们的贸易大大有利，但他却与自己的同胞混在了一起，恢复了野蛮的习性和举止，再也不愿意回到外国友人那里"，艾狄生因此得出结论："对我们自己国家的爱，即创造和维护共同

---

① Srinivas Aravamudan, *Tropicopolitans: Colonialism and Agency*, 1688–1804, Durham: Duke University Press, 1999, p. 73.

② Kathleen Wilson, *The Island Race: Englishness, Empire and Gender in the Eighteenth Century*, London: Routledge, 2003, p. 58.

③ David Hume, "Of National Characters", in Eugene F. Miller ed., *Essays Moral, Political, and Literary*, Indianapolis: Liberty Fund, 1987, p. 207.

体的幸福,已经铭刻在我们的心里,……爱自己的国家是每个人的天性。"①

笛福作为资产阶级的代表人物,不用说他笔下的鲁滨孙是一个不折不扣的爱国者形象,其实早在开始写小说之前很久他的民族自豪感就非常明显。在1707年,写作第一部小说《鲁滨孙漂流记》之前十多年,他就在其自创刊物《评论报》上非常自豪地说:"英格兰是幸福的国度,不必到国外谋生,也不想统治别的国家。只要给她和平与贸易,她就是最幸福的,她将变得最富有,将来还会成为世界上人口最稠密的国家。"② 虽然小说《辛格顿船长》关于主人公在英国生活的描写少得可以忽略不计,但他传奇式的自述,以及两次海外冒险经历中与不同国家的人打交道时的各种比较,就可以表明他"天生的"爱国情怀。辛格顿虽然是一个无依无靠的英国孤儿,从小就是东游西逛的流浪汉,十二岁出海,不久被掳离英国,但他常常触景生情,祖国英国会不时地出现在他脑海里,而且大多作为较高级参照物出现。不可否认的是,他的两次大冒险尽管一路艰辛,也有诸多诱惑和不舍,甚至考虑过放弃与出生入死的伙伴一起定居他乡的约定,但其目的地永远是家,是祖国。即使他承认非常喜欢,而且答应自己今后要常来的地方也留不住他的脚步,"要是只关心吃吃喝喝,那么我们再也找不到比这更好的地方;但如果我们想要回家、回到我们自己的国家,那又没有比这更糟的地方了"(18)。如果说"寻找认同与故乡",或者说"共同体的追寻","是'人类境况'本然的一部分"③,或者如赫尔德所说"乡愁是最高贵的痛苦"④,那么辛格顿的非洲冒险和海上航行后回到祖国就是两次"回乡"的旅程,是民族认同的实现。

在通过海盗犯罪和贸易暴利积累了巨额财富后,辛格顿一方面因自己非法的海盗行为而"不敢回家,不敢回到我自己的祖国"(132)并对此感到焦

---

① Joseph Addison, *The Freeholder*, January 6, 1976. Qtd. in Kathleen Wilson, *The Island Race: Englishness, Empire and Gender in the Eighteenth Century*, London: Routledge, 2003, p. 1.
② [美]安妮特·T.鲁宾斯坦:《英国文学的伟大传统》(上),陈安全等译,上海译文出版社1998年版,第364页.
③ 吴叡人:《认同的重量:〈想象的共同体〉导读》,[美]本尼迪克特·安德森《想象的共同体:民族主义的起源与散布》,吴叡人译,上海世纪出版集团2005年版,第17页.
④ 同上书,第14页.

躁不安；另一方面又深深感受到唯有不惜一切回到祖国才能心安。小说更在第十六章至十八章用很大篇幅，通过与荷兰人的背信弃义相对比，突出和强化英国人的祖国情怀。这位荷兰人由于许多年前所乘船只搁浅于锡兰岛而被俘。他不仅甘为人下，甚至还充当"蛮人"的"全权大使"，企图诱骗辛格顿所在的荷兰船上的人上岸。英国人威廉很快就识破了他的诡计，质问他："你既然身为荷兰人，又是被俘至此，怎么能够甘当他们的工具，背叛你的同胞和同为基督徒的我们，把我们送到这帮蛮子手里呢？"（109）威廉不仅与荷兰人斗智斗勇，而且非常耐心地劝导他归善，最终将他从"蛮人"手里挽救出来。在讲述完荷兰人的事件后，辛格顿不惜用插叙的方式长篇讲述一位英国船长罗伯特·诺克斯父子经历相似但态度完全不同的故事。当父亲老罗伯特因思乡心切，抑郁而亡之后，小罗伯特靠着一本在当地花高价购买的、被他称为"伟大奇迹"的、"用他自己的母语写成"（118）的圣经忍辱负重地生活下来。尽管后来凭着自己的勤劳和精明已经在当地过上了非常舒适的物质生活，但他始终不忘祖国，因此伪装成商人骗过岗哨盘问，躲过丛林猛兽和蛮人威胁，历经十九年半终于脱离被囚禁的生活回到祖国。笛福一方面描写辛格顿身为孤儿且少小离家，但对祖国怀有"天生的"热爱；另一方面又将所有非西方人甚至非英国人"他者化"，尤其是将非洲人妖魔化，在这种对比中，将优越的、令人自豪的英国性自然地输入读者的大脑，建构一种对祖国的浪漫主义情怀，以及对英殖民帝国主义的文化自信和思想支持。

小结

笛福笔下的英雄人物鲁滨孙的经济成功和"社会成功"的获得，既说明了他个人具有"领导人类征服和利用自然的伟大斗争的能力"这一"资产阶级一切进步因素的基本核心"[1]，同时也是"遵循自然、遵循上帝旨意"[2]的

---

[1] ［美］安妮特·T. 鲁宾斯坦：《英国文学的伟大传统》（上），陈安全等译，上海译文出版社1998年版，第380页。

[2] Michael McKeon, *The Origins of the English Novel*, 1600–1740, Baltimore: Johns Hopkins University Press, 2002, p. 336.

结果。那么作为一部犯罪小说的主人公辛格顿，作者安排他在作为"海盗船长"两次冒险并且暴富之后，回归祖国过着完全隐居的生活，诚心忏悔自己过去所犯的罪恶。他的忏悔看起来是真心的，而且所忏悔的罪恶是全方位的。他除了忏悔自己所作所为违背天意之外，正如他自己所说，还为自己"欠人类一笔债"（136）而忏悔。作为今天的"东方"读者，我们希望这个"人类"不仅包括他的祖国英国及其他欧洲国家，也包括遭受他抢掠的所有受害者；同样，他所欠的"债"不仅包括他在世界各地所抢的财物，也包括他对非欧洲人（尤其是他所称的"土人"）生命的剥夺、人格的践踏以及文化的贬低等民族中心主义、殖民主义罪恶。

正如萨义德所说，《辛格顿船长》"并不单纯是个在印度与非洲旅行的海盗的故事"①，如果我们将文学文本历史语境化，不仅可以看到在该小说中笛福通过辛格顿个人海外冒险经历的叙述，满足读者对海外探险的强烈兴趣，激发其民族自豪感，同时看到笛福隐藏于小说"再现"背后、将18世纪英帝国的商业殖民事业（mercantile colonialism）合法化的潜在目的，也看到18世纪初处于资产阶级上升时期的"英国性"的建构机制。

第二节　乔纳森·斯威夫特《格列佛游记》中英国性的调适

18世纪的英国小说产生之时，无论是作者还是读者，都赋予它"充分、真实记录人类经验"②的使命，但是，不同的小说家记录的"真实"经验不同。同为旅行小说，《鲁滨孙漂流记》"记录"的是一个充满朝气和希望、人定胜天的世界，而乔纳森·斯威夫特（Jonathan Swift, 1667 – 1745）的唯一一

---

① ［美］爱德华·W. 萨义德：《文化与帝国主义》，李琨译，生活·读书·新知三联书店2007年版，第95页。
② Ian Watt, *The Rise of the Novel: Studies in Defoe, Richardson and Fielding*, London: Chatto & Windus, 1963, p. 32.

部长篇小说《格列佛游记》（*Gulliver's Travels*，1726）中却"记录"了一个充满罪恶、腐败和非理性，人性受到全面质疑的世界。

与许多欧洲旅行小说通过"再现"遥远的地域作为他者，"创造"它们并"使它们具有活力"，最终加强"欧洲人治人，非欧洲人应该治于人"的西方本质主义立场[①]不一样，被奉为世界讽刺文学典范的《格列佛游记》反其道而行之。"把讽刺作为一种向敌人进攻的有力武器，而不仅仅作为保护他们自己的情感的盾牌的作家寥寥无几，斯威夫特就是其中之一"[②]。小说中的大人国和贤马国通常被认为是乌托邦或理想国，但小说从头到尾的辛辣讽刺使得它更像是敌托邦小说（dystopia）的先驱。虽然每每来到一个未被发现或与外界隔绝的国家，主人公最初总是带着英国民族"天然"的优越感，似乎他走到哪儿，文明、进步、科学、理性的大英帝国形象就传播到哪儿，但随着深入观察、了解与接受教育，格列佛逐渐认识到，西方的"他者"并不是"次等"，它们所谓"腐朽、落后、停滞不前"的刻板形象只是西方文化的建构。因此，格列佛不仅不再强加西方文明或要求他者文化接受西方的绝对权威，反而在由于自己的人形兽"耶胡"身份而被贤马国赶出来后，他宁肯找一个无人居住的小岛孤独终老甚至落到"野蛮人"手中，也不愿意再回到"欧洲耶胡"[③] 当中。格列佛以极少腐败、治国审慎（235）的大人国，以及被"造物主赋予了所有美德"的贤马国为镜，经历了一个从自大、羞耻到反思的民族身份转换过程。

一 对"白色"优越性的解构

维勒（Roxann Wheeler）在《种族肤色》（*The Complexion of Race: Categories of Difference in Eighteenth - Century British Culture*，2000）中认为，直到

[①] [美] 爱德华·W. 萨义德：《文化与帝国主义》，李琨译，生活·读书·新知三联书店2007年版，第140—141页。

[②] [美] 安妮特·T. 鲁宾斯坦：《英国文学的伟大传统》（上），陈安全等译，上海译文出版社1998年版，第342页。

[③] Jonathan Swift, *Gulliver's Travels and Other Writings*, Louis A. Landa ed., Boston: Houghton Mifflin Company, 1960, p.230. 本节正文中未标明文献出处的页码均出自该小说。

18世纪中后期，英国区分人与人之间的标准才由过去的宗教信仰差异、政治立场差异"转移到人身体诸如肤色、面容和发质等外在特征"，她甚至说，当时"肤色已经成为种族身份最重要的组成部分"[1]。其实在18世纪早期，以休谟等精英分子为代表的"先天论民族主义者"[2] 就表达了一种先天的肤色优势，认为有一种天生的文化身份，"是所有关系中最普遍也是最持久的"，由于肤色、外貌具有不可改变和替代的特性，因此欧洲白人被认为拥有"自然""天生的"优越性[3]；斯威夫特在小说《格列佛游记》中也对这种"白色优越性"进行了表征，不过用的是一种反讽的方式。小说的主人公，虽然几次航行都是由于天气原因或被人陷害不得已流落各岛，但他没有落难者的窘迫和卑微，而像一个体面的游客，有时甚至更像一个居高临下的主人。虽然是流落他乡的一介草民，但由于其可人的外表、平易近人的性格、高超的语言学习能力以及出色的理解力和行动力处处受到国王和贵族的接纳和尊重。所到之处他都作为座上客受到了高等礼遇，更是获封小人国的最高荣誉称号"纳达克"，即使在动辄剥夺阳光、碾压百姓的飞岛国里他也不曾受到任何不良对待。

来自"大国"的格列佛的伟大形象不仅在他自己的行为上，而且在他人的交口称赞中得到证实和强化。格列佛每到一处总有一段对当地居民外貌特征的详细描写，而且每次描写无论身高、长相都是以英国人为量尺，尤其是突出自己的优势。在大人国时，格列佛对当地人粗糙的皮肤、粗大的毛孔感到厌恶，再联想到自己，"尽管我多次航海旅行，但我的皮肤一点也没有晒黑"（74），甚至还借他人之口夸赞自己"出奇的漂亮"，"有着世界上最精美的四肢，皮肤比贵族人家的三岁女孩还要白嫩"（77）。即使在肤色"可以称得上是世界上最美"（74）的小人国，他也不时因其"白皙光洁"的皮肤得

---

[1] Roxann Wheeler, *The Complexion of Race: Categories of Difference in Eighteenth – Century British Culture*, Philadelphia: University of Pennsylvania Press, 2000, pp. 291, 9.
[2] Neil Lazarus, ed., *The Cambridge Companion to Postcolonial Literary Studies*, Cambridge: Cambridge University Press, 2004, p. 192.
[3] David Hume, *A Treatise of Human Nature*, David Fate Norton and Mary Jane Norton eds., Oxford: Oxford University Press, 2000, p. 15.

到这个"傲慢的"国家中上到博学之士下到普通百姓的真心赞美。虽然在贤马口中所有耶胡除了钩心斗角、互相暗算外一无是处，但作为一只"彻头彻尾的耶胡"的格列佛，由于其"皮肤白皙光滑"，从一开始就受到了不同于一般耶胡的待遇，甚至获得所有贤马的尊重和赞美。不仅如此，他在小人国被称赞宽容、公正、正直，在大人国被称赞忍让、勇敢、优雅，在贤马国被称赞聪慧、文明、干净，都是基于他可人的外貌。

虽然有许多学者批判斯威夫特的"恨女情结"[1]，小说中英国女性也几乎处于不在场状态，但在格列佛的叙述中她们依然成为他言说他者时骄傲的资本，随时与到访各地的女性相比，突出英国女性的白嫩与美丽，以此强化自己的民族优越性。当在大人国看到一位母亲哺乳时露出"没有什么东西比它更恶心"的硕大、粗糙的乳房时，他想起了"我们英国女士们白皙的皮肤"，"她们的瑕疵没有放大镜是无论如何也看不见的"（74）；在贤马国，格列佛也不忘随时夸耀自己国家女性"身体娇嫩……肤如凝脂"（195）。正如威尔逊所说，"英国女性可以视为国家优越与文明的象征"，因为"欧洲，尤其是英国女性，无论是其外貌、精神、道德情操还是处理事务的方法，都是最高水平的"[2]。格列佛不断地通过与当地人进行比较，突出英国人白色皮肤的干净、漂亮、细腻特征绝不是随意的，而是一种有意识的种族偏见和种族优越感。

斯威夫特的一生，无论是其文学写作还是实务工作，都体现出对人的现实生活、思想和精神的关注，具体来说是帮助人们"从政治压迫、思想错误和精神堕落中解放出来"[3]。几乎被公认的是，斯威夫特不是要以《格列佛游

---

[1] 如 Katherine M. Rogers, *The Troublesome Helpmate: A History of Misogyny in Literature*, Seattle: University of Washington Press, 1966; Felicity A. Nussbaum, *The Brink of All We Hate: English Satires on Women*, 1660 – 1750, Lexington: University of Kentucky Press, 1984; Laura Brown, *Ends of Empire: Women and Ideology in Early Eighteenth – century English Literature*, Ithaca, New York: Cornell University Press, 1993。

[2] Kathleen Wilson, *The Island Race: Englishness, Empire, and Gender in the Eighteenth Century*, London: Routledge, 2003, pp. 43, 75.

[3] Louis A. Landa, "Introduction", in Jonathan Swift, *Gulliver's Travels and Other Writings*, Louis A. Landa ed., Boston: Houghton Mifflin Company, 1960, vii.

记》为英国性或欧洲性唱赞歌。"作为早期启蒙人物，他像一位奥林匹斯山上的神灵似的威严地审视着世界"①，他几乎质疑18世纪早期小说中所表征和赞美的一切，如国内人人自傲的"个体主义心理、阶级流动性、英国喜人的经济发展态势、伦理与道德的灵活性、对不同声音的包容性"②。因此，格列佛对表象的偏见在大人国国王的质疑和贤马国主人的教育之下发生了变化，尤其是在贤马国中目睹了耶胡的种种丑陋行为之后，格列佛逐渐认识到所谓的白色种族神话③只不过是一种虚构。所谓的"更好"或者种族优越只是一个如何比较的问题，即谁看与谁被看的问题。对于他原先诟病的大人国人粗糙的皮肤，他开始反思：记得在小人国时也被告知自己的脸"乍一看特别吓人"，脸上毛孔很大，胡子比野猪鬃毛还要粗上十倍，皮肤有好几种颜色，"看着极不舒服"（74），反思之后虽然他依然认为"我和我国大多数男人一样漂亮"，但同时承认大人国"也是一个完美的民族"（75）。当闻到大人国王后及其女仆身上的体味而感到难受时，他又回想起在小人国时也曾有人抱怨他身上有股浓烈的怪味，因此而自我批评，"得为她们说句公道话，她们跟英国任何女士一样甜美可爱"（95）。在游历贤马国时格列佛所体现的变化是：他一开始就不再有游历其他国家时那种"观察者"的优势和优越，而变成了"被观察者"。在贤马眼中，格列佛"粗蛮""狡诈"，只是所有动物中"攻击性最强且顽固不化"（189—190）的耶胡。当发现自己确实与耶胡同类，看到耶胡"长着完全是人的五官面容"、与他除指甲长度外"别无二致"（186）的手，以及除了他自己穿了鞋袜外与耶胡非常相像的双脚时，格列佛感到惊讶恐惧、羞愧难当。他恳求主人，也请求主人告诉所有的家人和朋友，不要再视他为"耶胡"这种"我如此仇视且轻蔑的令人厌恶的动物"（192）。当他观察到与造物主赋予他们"友善、仁慈"等高尚品质的贤马不一样，耶胡

---

① Greg Clingham ed., *Sustaining Literature: Essays on Literature, History, and Culture, 1500 - 1800*, Lewisburg, Penn.: Bucknell University Press, 2007, p. 131.

② Michael Seidel, "*Gulliver's Travels* and the Contracts of Fiction", in John Richetti ed., *The Cambridge Companion to the Eighteenth Century Novel*, Cambridge: Cambridge University Press, 1996, p. 73.

③ Kathleen Wilson, *The Island Race: Englishness, Empire, and Gender in the Eighteenth Century*, London: Routledge, 2003, p. 17.

们"狡猾、恶毒、阴险且报复心极重……他们无耻、卑劣、残忍"（214—215）时，格列佛对自己与耶胡极其相似的身体的厌恶已经到了有时不小心在水边看到自己形体倒影时也会充满恐惧和厌恶，赶紧把头扭开的地步。对于格列佛在贤马国中努力与耶胡划清界限而不能、最终被贤马国赶出国界的这一表征，有学者认为斯威夫特"无情抨击了热衷于以肤色来证明其种族优越性的（英国）社会"[1]。

18世纪，英帝国急切地寻求建构海洋霸主和世界中心地位，一方面以军事武力行使其殖民和海外贸易；另一方面又努力打造先进、文明的自我文化形象，而身体，具体地说是"民族肤色"，成为早期英殖民主义者区隔自我与他者、建构英国性与非英国性的"重要场所"[2]，为其"自然""天生"的优等民族身份提供合法性。但在《格列佛游记》中，斯威夫特对这一"白色种族"神话的解构从最初使用反讽技巧上升到最终采用赤裸裸的辛辣讽刺。虽然贤马主人对格列佛白皙而干净的肤色、出色的语言天赋以及基本理性等内在品质不无恭维，但他也特别向格列佛介绍了贤马国的社会分层：白色、浅灰色等浅色贤马由于其身形、智力天生不如枣色、黑色等深色贤马，因此"自然"处于仆人的地位。这究竟只是一个无足轻重的细节，还是对白色文明的有意颠覆？虽然18世纪早期的斯威夫特不可能有20世纪赫胥黎（Aldous Huxley）的敌托邦小说《美丽新世界》（*Brave New World*, 1932）中对基因决定论的批判，但是从他敢于顶着"反人类"[3]的指责，以马作为人类的楷模，就体现出他有意识地对肤色等级制的颠覆和对白色神话的解构，因此将他作为反种族主义、反肤色歧视的先驱也不无道理。

---

[1] Cristina Malcolmson, "*Gulliver's Travels* and Studies of Skin Color in the Royal Society", in Frank Palmeri ed., *Humans and Other Animals in Eighteenth - Century British Culture: Representation, Hybridity, Ethics*, Aldershot: Ashgate Publishing Company, 2006, p. 49.

[2] Kathleen Wilson, *The Island Race: Englishness, Empire, and Gender in the Eighteenth Century*, London: Routledge, 2003, pp. 43, 12.

[3] 赫胥黎恰恰对斯威夫特的这种"反人类"倾向大加赞赏，并认为作为"天才"的斯威夫特的伟大之处正在于他对人类之恨强烈到了几乎疯狂的地步。Louis A. Landa ed., "Introduction", in Jonathan Swift, *Gulliver's Travels and Other Writings*, Boston: Houghton Mifflin Company, 1960, xii.

二 对欧洲文明先进性的质疑

早期现代英帝国的形成既是其政治、经济、军事实力的凸显，同时也是利用其自傲的"先进文化"对殖民地文化进行贬低、取代，对殖民地人民进行启蒙、教育和强加的结果。鉴于文学与社会的亲密关系，18世纪的许多文学家不仅是这一过程的见证者，更是英帝国形象的设计师和实践者。只不过他们往往堂而皇之地以自己的文化作为衡量他者文明的标准，将殖民化等同于文明化。但斯威夫特却反其道而行之，他的《格列佛游记》对"科学等于英帝国"[1]这一自大的民族优越感进行了无情的解构。格列佛所到之处无不带着一种"天生的"居高临下的种族自恋。他所到之处，不仅他的语言天赋和行动能力帮助他在陌生的国度里获得舒适的生活，而且他对自己的文明非常自信，认为只要送上自己国家的科学知识，尤其是武器秘方这份大礼，他所仰慕的大人国国王和贤马国主人必定厚待他，甚至收留他为永久居民。

初到小人国，当格列佛被要求为了保证王国所有人的安全，将个人物品上交托管时，在他的叙述中除了强调随身所带的钱币、眼镜、手表、望远镜等欧洲器物在当地人中引起阵阵好奇之外，尤其非常详细地描写了自己拿出一些武器时所产生的强烈的戏剧效果：当抽出短剑时，它发出的亮光导致"所有士兵发出一阵夹杂着恐惧与惊讶的叫声"；当他掏出小手枪，为了帮助国王了解其用途而朝天开了一枪时，更是"数百个人倒在了地上，好像他们给打死了，而国王虽仍然站着，但也过了好一会儿才回过神来"（30—31）。他还特别夸大火药的威力，警告千万不要将它靠近火源，不然整个王宫都会炸飞。在叙述这些武器的威力以及观众的强烈反应时，格列佛看似客观的语气背后无疑透露出他对英国先进科学技术的自豪感，对被他者"凝视"的满足感。

即使在身形是自己十倍之高的大人国国王面前，格列佛最初依然沉醉在

---

[1] Daniel Carey and Lynn Festa eds., *The Postcolonial Enlightenment: Eighteenth-Century Colonialism and Postcolonial Theory*, Oxford: Oxford University Press, 2009, p.291.

自己的种族优越和自负之中，他认为英国航海、军事、战争、海外贸易等先进的科技和文化足以让大人国国王叹服。他津津有味地谈到自17世纪中期以来英国人引以为傲的作为新兴军事、贸易、殖民强国这一段光辉历史，尤其是祖国强盛的海陆军队及其取得的"辉煌成果"。但当他期待得到钦佩及由此获得厚待时，国王的反响却完全出乎其意料。在国家没有海外贸易，也不知战争为何物的大人国国王这里，他不仅对此表示非常轻蔑，而且认为它只不过是"一连串阴谋、叛乱、谋杀、大屠杀、革命和清洗而已，而产生这些最有害恶果的元凶是贪婪、内讧、虚伪、不忠、残忍、强暴、疯狂、仇恨、妒忌、淫欲、恶毒和野心"（106）。对于英国既不是为了正常的贸易或契约，也不是为了保卫国家海岸线，还要在和平时期豢养一支耗资巨大的、导致国库亏空的军队，大人国国王更认为是最不可理喻的事情，也因此而断定英国是个好斗的民族。格列佛感到深受伤害和屈辱，因为他自傲于"我崇高的祖国，文武双全的女神，法国的克星，欧洲的主宰，世界的骄傲，世人艳羡"（86）。

格列佛更是将先进的英国文化作为自己讨好大人国国王，以期获取优待的"厚礼"。其中读者最熟悉，也是引用最多的一个情节是格列佛与大人国国王关于英国的战争技术和"火药"用途的对话。为了扭转大人国国王对英国的"偏见"，重新讨得国王的宠幸，格列佛再次细数火药的威力：可以摧毁整支军队、击倒最坚固的城墙、击沉上千人的船只；可以让断砖残瓦四处飞散，让所有人脑浆涂地。格列佛因此得意扬扬地说他愿意将自己制作火药的秘方呈上，并信誓旦旦地保证，只要拥有这些，国王就可以"成为他属下人民自由、财产甚至生命的绝对主宰"。而认为国家治理只要遵循"常识、理性、公正、仁慈"的原则，只考量如何对人类更有利、对国家更有意义的大人国国王，虽然他一直对格列佛以礼相待，但当格列佛在谈到破坏力巨大的杀人机器居然如此冷漠时，叱骂他是不人道的卑鄙无能的小虫子，痛斥最先发明火药的人是"邪恶的天才，人类的公敌"；而对于他自己，"虽然没有什么比艺术或自然界新的发现带给他更多喜悦，但他宁愿抛却半壁江山也不想听闻这类所谓的秘方了"（108—109）。

《格列佛游记》不仅对战争武器等西方实用科学的残酷性进行了无情的批判，同时对欧洲时兴的为科学而科学的无用科学也进行了解构和否定。虽然格列佛的第三次旅行所到访的"飞岛国"被认为缺乏"生动的个人经历"，只是"一些小品的连缀"①，对科学的批判也是"前后很不连贯，缺乏特色"②，但从中可以见出斯威夫特对科学和人性的反思。与一切以实用、日常为目的的大人国不一样，飞岛国处处摆放各种科学仪器，人人处于沉思深虑的状态。但是，格列佛看到，这里的要人们忙碌于对凡人毫无用处的事情，整天担心着"太阳何时走向毁灭"；将良田荒废却要由顶尖的科学家研究如何从粪便中还原食物，甚至研究如何训练瞎子调出颜料。而公式正确与否是衡量日常生活中一切事物的标准，格列佛说他从未见过"如此愚蠢、别扭、笨拙""除了与数学、音乐相关的问题外，在所有其他事务上他们都是行动迟缓、思维极差"的人（131）。因此衣服是否合身、是否难看少有人在乎；建筑普遍十分差劲，墙面歪斜也见怪不怪。格列佛特意提及，在飞岛国中，与沉湎于无谓的、抽象的、与普通百姓日常生活毫无关系的事物的男人不同，这里有许多女性更需要人性也更懂得人性，她们总是向往外面的世界，哪怕放弃所有舒适和富有的生活。如果将这一情节置于18世纪"男人等于文明，女人等于自然"的性别程式中，那么这应该值得那些指责斯威夫特有强烈恨女情节的读者和学者们深思。

《格列佛游记》中的"大人国"和"贤马国"通常被认为是斯威夫特对现实失望后塑造的乌托邦世界。如果说作为叙述者的英国人格列佛在大人国中依然对自己的英国性引以为傲，因而极力美化、偏袒自己的国家，那么在贤马国他已充分意识到了自己过去自以为高人一等的做派是多么愚蠢可笑。他指出，虽然贤马们是"一个对人类极其憎恨的种族"，但"这些杰出的四足动物身上所体现的许多高尚品德，跟人类的腐败形成鲜明对比。它们令我豁

---

① 黄梅：《推敲"自我"：小说在18世纪的英国》，生活·读书·新知三联书店2003年版，第103页。

② ［美］安妮特·T. 鲁宾斯坦：《英国文学的伟大传统》（上），陈安全等译，上海译文出版社1998年版，第324页。

然开朗，眼界大开，我开始以一种截然不同的眼光来看待人类的行动和感情，并认为我们人类所珍视的荣誉一文不值"（208）。虽然在这里格列佛将英国性中的弊端放大为人类的普遍特性本身依然是一种大国沙文主义，但可以见出他对想当然的民族性的重新思考，尤其是对以文明化为名行侵略之实的殖民主义的批判。

一个殖民帝国的合法性必然是军事压制、经济剥削和文化收编合力的结果①。而这些正是18世纪英帝国得以形成和巩固的主要手段。通过这些手段，不仅苏格兰、爱尔兰北部已成为英帝国的一部分，而且它在美洲、非洲、亚洲、澳洲的殖民势力逐渐加强，为19世纪成为名副其实的"日不落帝国"打下了坚实基础。以笛福、萨缪尔·约翰逊（Samuel Johnson）等为代表的18世纪作家也以文学述行，美化并巩固其伟大的帝国形象，无视英殖民的侵略实质。而与他们同时代的斯威夫特，却"对战争怀有终生仇恨"，而且终身致力于为英格兰压迫之下的爱尔兰民族争取平等权利。虽然身为英国人，但他为深受英国压迫的爱尔兰国家和人民发声，直到今天依然被拥戴为"爱尔兰英雄"②。在1711年发表《联盟军的行为》这本为爱尔兰向英国争取平等待遇、"一度控制了整个英国的政治舆论"的小册子之前不久，他在一封私人信件中将战争作为社会腐败和民族恶化的罪源之一。他写道："这一代人中，除了战争和各种税收以外，对别的事情留下的印象极少……我们确是全欧洲最败坏的民族。"③小说《格列佛游记》中，在向对战争科学一窍不通的"理想国"大人国国王和乌托邦贤马国主人历数自己国家发动战争的各种"数不清"的原因时，格列佛已经不再为国人的战争"喜好"辩护，而试图证明所谓的"文明"只不过是编出来的行恶的荒唐借口。他说，敌人太强我们可以发动战争，敌人太弱我们也可以发动战争；如果邻国有一块好的领土对我们有利，

---

① Suvir Kaul, *Eighteenth-century British Literature and Postcolonial Studies*, Edinburgh: Edinburgh University Press, 2009, p. 3.

② Louis A. Landa ed., "Introduction", in Jonathan Swift, *Gulliver's Travels and Other Writings*, Boston: Houghton Mifflin Company, 1960, xx.

③ ［美］安妮特·T. 鲁宾斯坦：《英国文学的伟大传统》（上），陈安全等译，上海译文出版社1998年版，第311页。

我们可以发动战争；如果某一个地方既贫穷又愚昧，那么帮助他们摆脱其野蛮的生活方式，逐步使他们文明化则成为发动战争最正当的理由；等等，总之，"我们对自己统治的领土和人民从来没有满足的时候"（198）。当发现贤马国主人对战争一无所知，认为格列佛是在说一些"乌有之事"的时候，他又对英国所有的各种枪支弹药、各种战略战术如数家珍，并且将一次造成巨大伤亡和破坏的战争场面逼真还原，以致贤马主人不得不喝令他停止这种残忍的描述。

　　对于许多18世纪英国小说家来说，他们的小说本身就是试图反映社会、影响社会的宏观言语行为。认为"艺术本身就是生活，艺术形式与日常工作一样影响读者"的斯威夫特①更是如此。他的讽刺不同于同时代蒲柏的"为讽刺而讽刺"，而是通过帮助读者通过阅读行为，认识到作者讽刺行为背后严肃的人性启迪，质疑、反思和矫正自己的价值标准和行为规范。大人国的经历使格列佛开始反思自己作为英国人的"渺小"，而到了贤马国后，他更是从"渺小"变成了与丑恶的耶胡同类，他开始以颠覆性的眼光来重新审视英国及整个人类社会。他借大人国国王和贤马国主人之口，批判英国人引以为傲的英国性是虚假的、邪恶的：所谓国家富有只不过是一小撮人过着奢靡的生活而绝大部分穷人受其剥削和奴役；所谓海洋霸主不过是对他国资源的掠夺、对人性的践踏；所谓完美的法律制度只不过是一帮巧舌如簧的人为了中饱私囊而颠倒黑白；而所谓勇敢的民族也只是一帮受雇用的冷血士兵惨无人道地屠戮无辜同类。格列佛逐渐认识到：物质的富裕、武器的先进不是文明的标志，以攫取财富为目的、以先进武器为手段发动战争是最野蛮的行为。因此，战争、殖民、金钱等这些英国人津津乐道并用以衡量、贬低其他民族的东西，在格列佛这里慢慢变为贪婪、野蛮、奢靡的罪证。因此，格列佛最初所炫耀的国家富裕、技术先进、文化优越的英国性逐渐被解构。英国不是文明的、先进的，而是野蛮的、贫乏的。在小说最后一章中，曾经作为英国文明"发言人"的格列佛甚至非常"真诚"地建议英国政府改变"普天之下，莫非王

---

① C. N. Manlove, *Literature and Reality* 1600 – 1800, London: The Macmillan Press, 1978, p. 114.

土"的观念，不要试图去攻打、侵略大人国和贤马国，反而希望贤马们"有能力也有兴趣派遣足够多的代表，来使欧洲文明化，来教会我们荣誉、公正、真实、节制、公共精神、忍耐、贞洁、友谊、善良和忠诚的最基本原则"（237）。

三 对"非理性"的理性批判

如果要问人与动物最大的区别是什么，也许一个毫无疑义的答案便是"理性"。对于被尊称为"理性时代"的18世纪欧洲来说更是如此。被认为对达尔文的进化论影响巨大的18世纪英国著名哲学家伯内特（James Burnett），将理性视为人类进化的根本标志，他说："直到人变成理性的政治动物时，其优势才凸显出来。"[1] 诚然，在《格列佛游记》中，格列佛最初一直自傲于作为欧洲人或英国人的理性，但是在贤马主人的教育和开导下他才发现，真正的理性不是飞岛国为理性而理性的无用理性，也不是英国以理性为名，侵占他国、鱼肉百姓的虚伪理性，而应该是自制、友善、利他的贤马国的自然理性。难怪有学者说，与同时代的讽刺大师蒲伯、德莱登（John Dryden）不同，斯威夫特在《格列佛游记》中赤裸裸的讽刺不仅能"破"，更能传递给读者"立"的正能量[2]。

学界普遍认为小说中的小人国是影射英国腐败的用人制度和恶性的党派纷争等诸多方面。只有正常人身高1/12的小人国却总是野心勃勃、觊觎他国财富与土地。他们利用作为俘虏、访客但更是救星的格列佛身高力大的优势，以阻止侵略为名，迫使邻国以对小人国有利得多的不公平条件达成两国和平。这里的国王甚至不满足于此，他不仅妄想使邻国变为自己属下的省份，更梦想终有一天成为"整个世界唯一的君主"（42）。但即使是"野心大得无边"的小人国，格列佛也认为他们有值得英国学习的地方，比如严惩欺诈者、保

---

[1] James Burnett, *Of the Origin and Progress of Language* (1773), quoted in Peter Marshall and Glyndwr Williams, *The Great Map of Mankind: British Perceptions of the World in the Age of Enlightenment*, London: J. M. Dent and Sons Ltd., 1982, p. 274.

[2] C. N. Manlove, *Literature and Reality* 1600–1800, London: The Macmillan Press, 1978, p. 114.

护诚实人、奖励守法者等法律和习俗就值得英国效仿。他尤其借小人国人之口指出英国政府在选人用人机制方面的巨大缺陷，并且认为品德应该是高于一切——包括能力的最重要因素。格列佛因此说："虽然与我亲爱的祖国截然相反，但却多么希望它们也能为我们所用啊！"（46）。

《格列佛游记》对贤能兼备重要性的强调，不仅体现为小说中不断对英国道德腐败严重性的反讽性批判，更体现在对英国非理性腐败现象的辛辣讽刺。斯威夫特曾以"关于发展宗教与改良作风的提案"（"Project for the Advancement of Religion and Reformation of Manners"，1709）劝谏当时的英国女王，为了抑制腐败、改善国家的道德状况，朝廷应重用贤德之士，而禁用道德败坏之人[①]；而且他建议法律不仅要惩恶，更要扬善。在小说《格列佛游记》中，斯威夫特更是通过一群教授的建议——国君应根据智慧、能力和品行来遴选宠臣，大臣们应以公众利益为重，王子们应将人民的利益作为自己利益的基础；要奖赏有功德、才能杰出以及做出卓越贡献的人；要挑选能胜任各项工作的专业人员；等等，反讽性地表明德、贤、能在这里是多么缺乏然而对一个国家来说又是多么重要。格列佛说，这些教授的建议"看似不合时宜，但我从不因此而伤感"（152），斯威夫特甚至再一次明确地将这个标榜科学至上却无视理性和人性的敌托邦飞岛国与英国对接起来，他说，对于读者来说，"与其说这是一个遥远的国度，还不如说就是欧洲或英国"（133）。

斯威夫特在小说中还安排了一个特殊的情节，再一次讽刺18世纪英国自诩的"奥古斯都"盛世只是徒有虚名罢了。当格列佛途经一个巫师岛，得到一个可以召回任何亡灵、了解真实历史的机会时，他先是召见了一些古罗马奥古斯都时期的显赫人物，如几位"消灭了各种暴君和篡位者，和使被压迫民众和受蹂躏民族恢复自由的英雄"（159），以及亚里士多德、荷马等几位智者，但当他召见当代几位国王时被告知，后人所阅读到的历史实际上完全被

[①] W. A. Speck, *Literature and Society in Eighteenth - Century England*, London: Addison Wesley Longman Limited, 1998, p. 119.

篡改，其实朝廷无不腐败奢淫，将士个个胆怯，贤者被污而奸者受宠。通过这种古今对比，格列佛发现，"腐败之风已经如此严重而快速地渗入帝国的方方面面"，"我们这一种族已经堕落到了如此不堪的地步"（163），斯威夫特以此讽刺了所谓英国奥古斯都时期的浮夸、虚假理性实质。

  同时，格列佛在与大人国国王的一问一答中，借大人国国王之口对英国自视完美、实则非理性的军事、宗教、司法、国家制度、社会风气、道德伦理等诸方面进行了全方位的批评。在格列佛认为自己国家"健全的、量入为出的"财政管理方面，大人国国王却认为谎言连篇或是格列佛"记忆有问题"，因为他认真聆听并核算过后发现，英国财政支出远远超过收入一倍以上，并表示他不明白一个国家的财富怎么能像个人使用自己私有财产一样随意过度。大人国国王也将英国非理性的宗教专制进行了批评，认为应该允许人们拥有不同见解，而不是强迫他人改变自己的观点，因为"强制就是暴政，排除异见实际上是软弱"（106）。如果联想起斯威夫特即使在今天仍然被尊崇为"为爱尔兰自由而战的最早最伟大的战士之一"[①]这一事实，就可见出他对平等、自由等启蒙思想的追求。大人国国王将格列佛的祖国批得体无完肤，严厉地讽刺他们的立法者"无知、惰性、邪恶"，他们的制度腐败到无以复加：一个人地位的获得与道德高尚无关，一个牧师的晋升与其虔诚和学问无关，一个战士的提升与其品行和作战英勇无关，法官不需要公正，律师不需要智慧，议员不必爱国，并最终定性："你们的种族是爬行于地球表面、使大自然遭罪的最可憎、最险恶的害人虫。"（106—107）听着大人国国王对自己"伟大的、最最亲爱的"祖国的指责，看到如此强大的大人国却从不觊觎任何别的国家，连"我们和任何文明的欧洲国家也不放在眼里"时，虽然格列佛口中说着他"充满偏见、思想狭隘"，但从他使用虚拟语气感叹"一个善恶观如此迥异的国王，要想以他的这种观念为标准来衡量全人类是何其艰难"（108）时，又可以见出格列佛对大人国国王这种不干涉、不侵略他国的大国

[①] [美]安妮特·T. 鲁宾斯坦：《英国文学的伟大传统》（上），陈安全等译，上海译文出版社1998年版，第307页。

情怀的反讽式赞赏。他坦言，虽然在英国常常能感到自己行为举止理性而高尚，但到了大人国却自惭形秽。大人国虽然拥有可以媲美中国的印刷术，但国家最大图书馆的藏书也不过千册；号称拥有超过十七万人的精干军队，实际上都是由商人、农民组成的，且军官从不拿任何工资和补贴。这里崇尚的实用知识、全民奉献的理性才是真正理想的民族性。

与一方面"为人设定种种必须遵从的'主义'，为历史规划种种不可变更的'规律'"，另一方面却又"在最根本的人际关系中听任官僚体制产生和再产生压迫性的差异和等级"的欧洲"极度扩张的理性"[①]不同，贤马国有着"造物主赋予的一切美德"（217），其最高宗旨是陶冶理性，所有的行动都受理性支配，作为理性的动物他们根本不知道何谓"邪恶"。对于格列佛介绍英国时说国内有些人奢靡到一顿早餐的食材或餐具要绕地球三圈才可能备齐但另外一些人却贫穷到要靠乞讨、抢劫、欺骗等手段维持生计这一社会现象，贤马国主人不理解这种虚荣和排场为何物，不理解贫富不均是什么，他因此而"天真地"下结论说"一个不能满足国内居民所需食物的国家必定是个悲惨的国家"，因为他认为"所有人都有共同分享地球上产物的权利"（203）。贤马主人告诉格列佛，当看到他举止优雅文明，便相信他来自一个理性的国家，因为"理性终将永远战胜野蛮"（195）。在听了格列佛对自己国家各方面的详细叙述之后，贤马虽然依然承认英国人是具有某些理性的动物，但他认为他们恰恰秉持错误的理性观念。他批评他们不是利用自然赋予的理性，而是热衷于各种无谓甚至邪恶的发明，而带来的结果便是"越发明越匮乏"；同样他们也没有善用理性强化道德，反而不仅"使已有的自然腐败更加恶化"，还"增添了更多自然并不存在的腐败品质"（209）。当从格列佛口中听到英国战争频仍，尤其是以堂而皇之的理由向他国发动残酷战争并导致死伤无数时，贤马更是十分愤怒，因为"这种打着理性的幌子，竟能干出如此穷凶极恶的勾当，说明理性的堕落比残酷本身更可怕"。从他们对同类的仇视，对他人财物的觊觎与攫取，对财富的贪婪和对自然的掠夺，对他国的入侵以

[①] 徐贲：《走向后现代和后殖民》，中国社会科学出版社1996年版，第170页。

及对遥远地域物质永无止境的贪欲等等说明，理性只是他们掩盖自己邪恶的遮羞布，贤马因此而断定他们存在理性和道德的双重缺陷，与其说英国人具有理性，"还不如说只是具有某种能够助长我们丑恶天性的品质罢了"（200），因而是"最没有资格拥有理性品格"的动物（209）。贤马主人起初因为格列佛有着皮肤干净、整体看起来并不丑陋的外貌特征而将他留了下来，更因为他令人惊讶的语言能力及较高的理性程度而赏识他；但具有反讽意味的是，格列佛最终被赶出贤马国的原因并不是他与耶胡的外貌有多少相似之处，而正是他引以为傲的理性，或者说是他的民族错误的理性，因为贤马们担心，像格列佛那样具有一些理性思维但又有着耶胡邪恶本性的"人"可能给他们国家带来意想不到的灾难。

小结

英国作为所谓"上帝选定的、更优等"的民族，几乎是其在18世纪不容置疑的、最强的自我定义。斯威夫特在《格列佛游记》中将人比作远不如马的耶胡，其塑造的"贤马"和"耶胡"形象的政治影射、道德暗示甚至人性所指究竟是什么，自小说问世以来一直为学界津津乐道但又从未达成一致，他甚至因此被贴上"反人类"的标签。但斯威夫特为自己辩护："不是我厌恶人类……只是人类每天在不断堕落，他们愚蠢邪恶，贪婪残暴、背信弃义、傲慢寡情、对待自己的同类简直惨无人道。"[①] 同样，斯威夫特并不是反民族主义者而是相反。在他作为爱尔兰教长的两次布道之一中，他讲道，每一个人除了圣经中倡导的"爱邻人"之外，"还有一个更加广泛的义不容辞的责任"，那就是对"民众的爱，对联邦的爱，对祖国的爱"，这些"名列一切德行之首，并被认为包含了一切道德"[②]。在《格列佛游记》中他甚至借主人公之口说："说句老实话，有哪个大活人不会因为对自己故乡的感情而产生偏见

[①] Jonathan Swift, "Further Thoughts on Religion", in Herbert Davis ed., *The Prose Works of Jonathan Swift*, Vol. 3, Oxford: Basil Blackwell, 1965, p. 264.

[②] [美] 安妮特·T. 鲁宾斯坦：《英国文学的伟大传统》（上），陈安全等译，上海译文出版社1998年版，第319页。

和偏爱呢？"（208）。

　　虽然先进的科学技术、丰富的文化资源、理性的启蒙思想、健全的政治法律体制甚至天生的肤色体格成为18世纪英国人骄傲的资本，也成为他们区分并自认为优越于他人的英国特性；但在这个民族主义膨胀的"奥古斯都盛世"，斯威夫特通过小说对"理性、文明、先进"等自视优等的英国性进行讽刺甚至颠覆，对英国政府以狭隘的民族主义为名而行使殖民主义，以普及先进的西方文明为名而发动战争，以及为理性而理性的伪科学进行了无情的批判和鞭挞，并以一种反讽的方式试图表达对理想的英国"国民性"和社会意义的诠释。

第三节　奥里弗·哥尔斯密《世界公民》中英国性的重构

　　18世纪英国小说家奥里弗·哥尔斯密（Oliver Goldsmith，1728–1774）被誉为"英国的歌德"。在其短暂的一生中一直对民族性表示极大的关注，对民族性的思考几乎贯穿于他所有的作品之中。其散文《民族偏见》（"On National Prejudice"，1760）提出了世界公民观；其长篇诗歌《旅行者》（The Traveller，1764）也主张"每一个民族都有自己的幸福，无所谓高等与低等"[①]；他的书信体小说《世界公民》（The Citizen of the World，1762）[②] 更是以当时流行的外乡人视角，对英国社会的各个方面进行了品评、批判和镜像式重构。该小说由123封信函组成，主要由中国哲人李安济·阿尔坦基（Lien

---

[①] Oliver Goldsmith, Collected Works of Oliver Goldsmith, Vol. 2. Arthur Friedman ed., Oxford: Clarendon Press, 1966, p. 339.

[②] 关于《世界公民》究竟属于什么文类，国内许多研究者要么含糊其辞要么干脆忽略，也有一部分人将它视为"散文集"，甚至英语学术界里也少有清晰界定，但是本书更愿意将这部上下两卷共约500页的作品归为小说。理由如下：作者运用的书信体裁和外乡人视角都是18世纪欧洲小说的流行样式，且无论是叙述者兼主人公还是作品中的其他角色均属虚构人物；至于小说文类必不可少的情节和事件，在该作品中是以第三人称间接叙述的，包含在写信人的描述中。

Chi Altangi）写给北京礼部尚书洪福（Fum Hoam）这位他称为"我年轻时的导师"①、"孔夫子最贤明的弟子"（31）的。小说先是以"中国人信札"（"The Chinese Letters"）为名于1760年起在《大公纪事报》（*The Public Ledger*）上连载，两年后经整理修改，更名为"世界公民"。

《世界公民》中的写信人兼叙述者李安济是一个旅居伦敦的中国哲人，虽然他来自离英国非常遥远的地方，但他不仅没有当时许多自大的英国人强加给所有其他外国使节身上的那种无知，反而智慧与知识兼具，审慎与才能并重，"思考问题公正、严谨"，"谈话、推理与我们完全一样"（Ⅱ）。哥尔斯密将这样一位"太阳王国的后裔"（169）、一个来自理想国度的哲学家空降到自己国家，建构了一个理想的世界公民形象。

哥尔斯密从未到过中国，也无资料表明他与中国人有过频繁亲密的接触。与孟德斯鸠、卢梭、伏尔泰等许多法国启蒙文学大家一样，他的"中国知识"主要来源于17世纪以来欧洲传教士的中国记述，尤其是来源于也从未到过中国的法国耶稣会士杜赫德（Jean Baptiste du Halde）编写的四卷本中国"百科全书"——《中华帝国全志》（*The General History of China*，法文版1735年，英文版1736年）②。作为将"天朝帝国"中国理想化的18世纪欧洲大军③的一员，哥尔斯密在小说《世界公民》中借着中国人李安济一双敏于观察的"外乡人"的眼睛，以中国人和中国文明作为标准，从国家政体、法律法规到上层阶级的趣味，从执政之方到日常教养，通过"他"对"我们"欧洲文明，尤其是对狭隘的英国民族主义、虚伪奢靡的英国上层社会进行了全方位的讽刺和批判，实现了批评和反思重构的双重文学述行。

---

① Oliver Goldsmith. *The Citizen of the World, or Letters from a Chinese Philosopher Residing in London to His Friends in the East*, London: E. Spragg, 1800, p. 33. 本节正文中未标明文献出处的页码均出自该小说。由于该版本共上下两卷，因此上卷引文只标页码，下卷引文则以"Ⅱ页码"来标明。

② P. J. Marshall and Glyndwr Williams, *The Great Map of Mankind: British Perceptions of the World in the Age of Enlightenment*, London: Dent, 1983, p. 84.

③ Peter J. Kitson, *Romantic Literature, Race and Colonial Encounter*, New York: Palgrave Macmillan, 2007, p. 146.

一 品德要像中国人那样高尚

18世纪的英国，随着国家经济迅猛发展，金钱逐渐成为衡量个人价值、决定人际关系最重要的尺度，休闲、奢侈之风日盛，而勤俭、善良、博爱等传统的个人优良品质受到排斥甚至鄙视。在《世界公民》中，作为"传统主义者"（traditionalist）[1]作家的哥尔斯密对此进行了严厉的批评并因此郑重表明：做一个好人比其他一切个人品质都重要。不远千山万水，离开国内舒适安逸的环境，从中国来到英国的哲学家李安济说，其旅行他乡最大的意义是"在德行方面提升自己、改善他人""启迪人的心灵"，否则，"纯粹出于盲目的好奇心走过一个又一个国家的人，只是流浪者而已"（23）。但是信守"与人为善、善莫大焉"等儒家信条的李安济，在英国看到的却是完全不同的景象。刚到伦敦不久的亲身遭遇使他对这样一个自恃富裕的国家产生了不好的印象。一个看似高贵的女子陪同不熟悉环境的李安济回家，并主动提出请人帮他免费修理手表，以至于他由衷地赞美："我要向中国的年轻女性夸耀，你的美德、诚实和真诚，一天也说不完。"并且非常开心自己历经那么多险难，终于"找到一个没有罪恶、人人友爱的地方"（26），可真相表明她只不过是一个假装热情友好、实则骗取钱财的妓女。有位欧洲哲学家甚至警告他在英国不要轻信友谊这种最虚无缥缈的东西。在这里，当一个最亲密的朋友过世，人们首先考虑的居然是他的离世会在多大程度上影响到自己的利益，然后再以相应的程度去对他表达悼念。

李安济的英国体验处处体现出在他的"宏伟蓝图"与"实际内容"之间的巨大鸿沟[2]。他目睹了英国物质比中国丰富、楼宇比中国气派的同时，更是感慨于商业社会里人们道德的堕落和举止行为的粗俗。在许多次失望后，他说，在英国，"要成为一个高深的几何学家或一个超群的天文学家容易，但做

---

[1] John Richetti, *The Cambridge Companion to the Eighteenth Century Novel*, Cambridge: Cambridge University Press, 1996, p. 8.

[2] James Watt, "Goldsmith's Cosmopolitanism", *Eighteenth - Century Life* 30.1 (2006): 58.

一个好人实在太难"(23)。帮助他熟悉英国生活的"向导"、被他称为在英国少有的值得尊敬的真朋友"黑衣人",以其亲身经历诉说了在自己所生活的忙碌社会,善良是多么不合时宜。他从小受到父亲的教育,仁爱是一个社会稳定的黏合剂,以关爱他人、帮助他人为人生准则,认为行善应该是具体的行动而不是口头说说而已。但他因放弃"奢侈、慵懒、轻松的"牧师职业而遭到许多朋友的不解和嘲笑;因不愿意做一个违心的谄媚者,甚至试图"改正"某个赏识他才华的大人物的言行而遭其解雇;被赞有头脑、重情感,却输给一个有钱的傻子情敌而"错失爱情";而在最需要帮助时,朋友不仅嘲笑他平时慷慨的行为,而且一个个离他而去,他一直最看重的"人类心灵的抚慰剂"——友谊,成为最令他失望、最靠不住的东西。每次对现实失望之后"黑衣人"都以叠句反讽式地总结个中原因:"他们认为我太善良。"(107)他痛定思痛隐藏起自己的行善之心后,反而收获了一位市议员的友谊、一位典当商的信任以及一位有钱寡妇的婚约。对哥尔斯密影响巨大的法国启蒙思想家孟德斯鸠认为,与现代的西方法制社会不同,在中国,法律、风俗和礼仪常常互相关联,而"礼"又是维系正常人际关系、"防止互相腐化"的核心,因而使得"每个公民在某个方面都依赖其他公民"的同时,也人人互相尊重,"每个人时时刻刻都感到对他人负有许多义务"[①]。而哥尔斯密则通过与李安济有着同样关爱精神的"黑衣人"的生活经历,揭示了自己国家已经堕落成一个价值观如此扭曲的社会之事实。

斯摩莱特、斯威夫特等许多18世纪早期小说家已经通过小说批判了英国普遍存在的炫耀性消费现象。《世界公民》中,哥尔斯密同样对英国社会"把奢侈作为一个国家优势的体现"[②]以及由此引发的民族自大、阶级歧视表示出极大的不满和深切的担忧。人们重视外在的修饰到了一种畸形的地步。哥尔斯密以18世纪英国男人作为绅士身份象征的花哨浮夸的假发为例对此进行了

---

① 何兆武、柳卸林主编《中国印象——世界名人论中国文化》(上册),广西师范大学出版社2001年版,第41页。

② [英]哥尔斯密:《被遗忘的村庄——献给乔舒亚·雷诺兹爵士》,陈弘编《英国艺术家随笔》,东方出版中心1999年版,第30页。

讽刺。每个男人每天出门前得花上3个小时捯饬假发,因为假发是一个男人之所以称其为男人、看起来显得有地位的最有力的标志。他谈情说爱的资格,事业成功的可能,更多地"取决于他外在施粉的厚度,而不是他内在情感的深度"(8)。与杜赫德在《中华帝国全志》中对中国女性在气质和风度上所体现的"天生的魅力"① 一样,李安济也借"无论外貌、着装和行为都显得无比端庄稳重"(II 201)的中国女性,揭示了英国上层社会妇女普遍生活奢靡,追求虚荣这一事实。他观察到,英国大多数妇女都有两张脸,一张是"在家睡觉时平庸的脸",另一张则是在外示人、妆粉夸张的脸:头发、脸上五颜六色,活像"一幅打满补丁的英国脸谱地图"(9)。而她们的服装更是与中国人崇奉的实用简朴的消费观截然不同,极度的夸张与浪费:衣裙式样天天出新,预订的服装还没成品"新的革命又已开始",不为实用,只为炫耀。而弥漫于整个社会的这种浓烈的浮夸之风、奢靡之风又使得人际区隔异常严重:上至女市长下至寒门妇女,其身份和品位决定了其裙裾的长度,裙摆越长,地位越显赫。李安济甚至一方面嘲笑这些自诩为最文明、引领最新潮流的英国人是"残存的欧洲野人";另一方面又以中国人的口吻说,她们这种对丝绸"极度的浪费势必给她们的国家带来贫穷,而给我们中国带来财富"(II 77—78)。

虽然英国人"无论地位尊卑"都自视趣味高雅,但哥尔斯密在《世界公民》中揭示了他们趣味怪异甚至到了冷酷的地步。李安济观察到,英国人存在一种普遍扭曲的猎奇心态:事物本来是什么他们根本不感兴趣,却"热衷于看到它们不该有的样子"。因此四条腿的猫人们不稀罕,但两条腿又不会抓老鼠的猫,人们却争相观赏;一个针线活干得不错的勤劳妇女,始终找不到活干而难以维持生计,但一次事故导致其手臂被切除后她的生意却突然红火起来,人们不是出于同情,而是好奇一个没有手的人是如何缝制衣服的。而一个品行好、学问高的诗人得到的却只有"孤独、贫穷和羞辱"。李安济因此

---

① Jean‑Baptiste Du Halde, *The General History of China Containing a Geographical, Historical, Chronological, Political and Physical Description of the Empire of China, Chinese‑Tartary, Corea, and Thibet*, Vol. 1, London: R. Brookes, 1736, p. 130.

而讽刺道，在这里，"能使人发笑远比能对社会有用更重要"（187）。

17世纪末18世纪初，欧洲掀起了一股孔子热。按照钱锺书的表述，当时孔子被描述为"最富智慧也最具哲学道德的政治大师和预言家"，是"崇高、睿智、出于自然理性、最为纯净"的思想典范①。在《世界公民》中，哥尔斯密也通过赞美尊崇儒家美德的中国是"快乐的国家""哲学家的民族"（170），与自己国内信仰虚无、道德滑坡形成对照。李安济随时阅读儒家经典，一方面帮助远在异乡的他克服思乡之痛，使他"变得更加谦卑、坚忍和审慎"（23）；另一方面更让他看到英国宗教的腐败和人心的堕落。依据他的中国经验及儒家修养，李安济认为只有学问过人、圣洁正直的人才能担当宗教圣职。但他发现，在英国，任何人只要有钱就可以买下一个教会，再以商品的方式低价出售进入天堂的资格，更可笑的是居然生意兴隆。大小教会之间、正规教会与非正规教会之间整天争论不休，杜撰虚假教义，极尽嘲讽、谩骂甚至迫害彼此之能事，但不为整肃教会，而只因争强好胜（II 189）。对于普通百姓，宗教信仰也已变成一种摆设甚至儿戏。在小说41函中，当李安济怀着对宗教崇敬的态度与"黑衣人"来到一座大教堂，却看到毫无肃穆神圣的氛围。礼拜仪式刚一开始，一群吵吵闹闹、对教义一无所知的"傻子"纷纷离开教堂；仪式进行中，牧师诵读经书只是例行公事，而信徒们则各忙各事：有的抛媚眼，有的吸鼻烟，甚至有的因撑肠拄腹而在座位上鼾声如雷；而最具讽刺意味的是，那个看起来听得最动情的老妇人却不过是常驻这个教堂的聋子！

在中国，知识分子不仅重视个人的道德修养，更成为促进人性向善和社会稳定发展的中坚力量，即"修身、齐家、治国、平天下"。但李安济发现，与在中国个人的"功绩才是人们加官晋爵、受人敬重的唯一保证"（127）形成鲜明对比的是，在英国，由于出身决定一切，且上下等级森严，导致上层阶级傲慢无礼而下层阶级趋炎附势。一个人一旦受封爵位，哪怕他既没学识也没品位，依然每天门庭若市，只是"因为他有爵位"。不仅文人相轻，各

---

① 钱锺书：《钱锺书英文文集》，外语教学与研究出版社2005年版，第162页。

自为政，而且虽然欧洲以文明自居，自命为"知识的摇篮"，但在《世界公民》中，咖啡馆中谈论的知识不过是道听途说，自视为艺术行家却不过是附庸风雅：爱好读诗却满足于一知半解，爱好音乐也只是弥补空虚，爱好绘画还不如说是"爱上艺术品"，购买和炫耀的快乐远远大于欣赏的快乐，等等。对于英国人吹嘘自己国家的科学技术举世无双这一点，李安济更是以医术为例进行了反讽性批评。从充斥伦敦各大街的"专治疑难杂症，药到病除"的医药广告来看，英国的医疗技术绝对是最高明的，但实际上许多医生几乎连基本的基础教育都未完成，赚钱才是他们的唯一目的。因此似乎作为英国人应该为自己持续高烧不退而满足，为能身患水肿而自豪，为被痛风折磨而高兴，因为万一这些病治好了，就可以自豪地成为国家医疗技术高超的证明；要是没有治好就用事实证明了他们患有不治之症的诊断是多么正确！

　　小说中几乎每一封信函都是中西对比，都是哥尔斯密从某个方面将中国人理想化为恪守儒家仁义礼智信的道德楷模，而将欧洲人尤其是英国人表征为物质上奢侈，精神上虚伪，朋友之间、夫妻之间不忠不信。但正如萨义德所说，由于西方文化（自认为）处于强势地位，与东方文化自由交流是西方人的特权[1]，无论是以其"奥林匹斯山神"的特权视角俯视英国的中国哲学家李安济[2]，还是理想的中国形象，都不过是对他者的文化挪用，其意在引起英国读者对国家物质富裕所引发的精神虚无和道德滑坡的社会现象的反思，并达到改善英国国民道德的目的。

二　政体要像中国那样完备

　　正如李安济在小说中多次讽刺那些只以经济和宗教为目的，而不是"努力实现世界大团结"（24）的欧洲旅行家为"流浪者"，15世纪末以来的欧洲地理大发现和海外殖民扩张，主要是带着掠夺财富、扩大商业贸易和传播基

---

[1] Edward Said, *Orientalism*, Harmondsworth: Penguin, 1978, p. 44.
[2] James Watt, "Goldsmith's Cosmopolitanism", *Eighteenth-Century Life* 30.1 (2006): 59.

督教义的目的。虽然他们也带着同样的目的走近中国，但对当时的欧洲人来说，中国却有着和其他"落后""野蛮"的异域文化不同的形象。17世纪末至18世纪早期，不仅瓷器、丝绸、茶叶等中国器物风靡欧洲，中国文化也成为西方人们茶余饭后丰富的谈资。尧、舜、禹三位传奇式的中国古代皇帝的故事成为上流社会附庸风雅的谈资，许多欧洲文人更是表达了他们对以儒家思想为本的中国政治、律法的赞美甚至痴迷。约翰逊毫不掩饰他对中国政体的偏爱，他说："一个政府执政时间长短是其政体优劣的最佳证明，而这一点对中国来说没有哪个国家能出其右。"① 伏尔泰更是全面推崇中国文化，认为不仅中国文化是较西方文化更理性、更人道的文化，而且其"帝国政体是最好的"②。虽然孟德斯鸠没有伏尔泰等人对中国的推崇，在其《论法的精神》(*The Spirit of the Laws*, 1748) 中他甚至认为"中国是一个专制国家，它的原则是恐怖"，但同时他又承认，"中国的立法者是比较明智的……他们的宗教、哲学和法律全都合乎实际"③。而在哥尔斯密看来，中国虽然疆域辽阔可抵整个欧洲，但是政局稳定、法律有序，就凭它辉煌的"四千年文明史中，只有一次大规模的革命"这一点就足以傲视所有其他国家（172）。

一个理想的国家离不开开明的君主、完备的体制以及善良友爱的民众。在《世界公民》中，李安济虽然承认中国的某些科学技术落后于英国，但他又因自己祖国的"治国治人这一所有艺术中最伟大的艺术"远远超过英国而感到无比自豪。针对英国国内各政党、教派纷争不断，哥尔斯密觉得中国不仅没有宗教迫害和异己仇视，而且儒道释三宗和谐共处、各安其位更是难能可贵（172），他尤其推崇儒家的"仁""礼"为中国统治者的执政之方和法律的成功之术。《世界公民》中的古中国，整个国家犹如一个大家庭，儒家思想中的"三纲五常"是最基本的社会准则和规范，君臣之间、上下级之间的

---

① Samuel Johnson, "Essay on the Description of China", *Gentleman's Magazine*, 1742, Vol. 12, p. 329.
② 何兆武、柳卸林主编《中国印象——世界名人论中国文化》（上册），广西师范大学出版社2001年版，第63—64页。
③ 同上书，第38—39页。

关系犹如家庭中父子、夫妻关系一样,"孝道、忠诚是一个国家的首要条件",而"皇帝就是这个家庭的保护者、父亲和朋友"(170)。小说第 23 函中一个叫作 Hamti 的中国皇帝不仅英勇善战,更是对子民爱护有加,"他们所有的合理要求都会尽其所能满足他们"。连打几场胜仗班师回朝后,他答应臣民要办一场中国历史上最辉煌的庆功会以鼓舞士气。而到了人们期待的那天,既没有张灯结彩也没有礼炮轰鸣,而是皇帝身着平民服装,身后是一群因战争致残的瞎子、跛子,他们个个穿着新衣,手里捧着足够生活一整年所需要的银子。仁慈、亲民在小说中几乎成为中国皇帝的代名词,有在遭到五兄弟刺杀,当其中四个兄弟被侍卫杀死后,为了他们的母亲老有所养而放过最后一个刺杀者的皇帝 Ginsong;有当自己被篡位者的军队包围,在以身殉国前写下遗言"我的尸体随你们处置,但放过我的人民吧"(171)的明朝最后一个皇帝 Haitong;等等。

当 18 世纪的英国忙于修造船只、制造大炮、测量山脉、征服海洋等"帝国主义现代化工程"之时,遥远的中国正处于清朝前期的康乾盛世,疆域辽阔,经济繁荣,社会稳定,尤其是当时在位的皇帝康熙、雍正、乾隆在欧洲人眼里更是"卡里斯马式的统治者":不仅能力卓越,而且人格魅力无人能比。因此许多作家借用这样一个中国"他者",来"强化西方自我",或成为"现代性的避难所及可能的替代性选择"①。正如伊恩·瓦特在谈到"经济个人主义"对 18 世纪小说的道德主题的影响时所说:"对经济动机的强调势必会导致思想、感情和行动等其他方式的贬值:各种传统群体关系、家庭、行会、乡村、民族意识都被削弱。"② 哥尔斯密也在他的长诗《旅行者》中对牺牲人际关系的现代性进行了批判:"当自然的纽带已经腐烂,当责任、爱和荣誉不再支配,虚构的契约,财富与法律的契约,却积聚力量、强制不情愿的

---

① Peter J. Kitson, *Romantic Literature, Race and Colonial Encounter*, New York: Palgrave Macmillan, 2007, pp. 143 – 144.

② Ian Watt, *The Rise of the Novel: Studies in Defoe, Richardson and Fielding*, London: Chatto & Windus, 1963, p. 64.

敬畏。"① 因此，吏治清明、组织完善的"中华帝国"成为比欧洲月亮更圆的"外国月亮"。但是"异国形象从来不是自在的、客观化的产物，而是自我对他者的想象性制作，是按自我的需求对他者所做的创造性虚构，是形象塑造者自我欲望的投射"，哥尔斯密笔下神奇的中国，不过是另外一种"欧洲凝视"，它为欧洲提供反观自己的"东方视角"，其目的不是再现中国现实，而是"英国自身的问题、需要和欲望"②。

与中国"最好、最睿智的"皇帝的治国之术——"真正伟大的皇帝是宁使一人幸福，也不致一万个俘虏在战车前哀号"（88）形成鲜明对比的是，英国在海外战争中，国家打了胜仗，扩大了疆域，降伏了敌人，却缺少"所有国王的优点中最宝贵但也是最少有的"公正（154）。小说描写在一个皇家陵园中，李安济看到陵园四周挂满了破烂的丝绸，仿佛可以看到这些价值不菲的丝绸由英国动用一支支舰队以及强大的军队从遥远的战场运回国内，如此劳民伤财，耗费巨大的人力物力，其目的只是炫耀他们的战功。一位英国政治家甚至向李安济坦承自己国家"整个政治机器一直在错误的轨道上运行"（91）。与皇帝以身作则、人民共同管理国家的中国模式不同，李安济发现在英国，无论是对统治阶级还是对平民百姓来说，政治都不是服务国家的工具而是炫耀身份的资本。作为最高立法机构的英国议会，本该庄重严肃，讲究公正奉献，但在《世界公民》中，每七年一次的议会选举与其说是政治大事不如说是一场饕餮盛宴，"世界上没有什么节日在吃这一方面能与之相比"（Ⅱ190）。一个候选人有没有资格当选取决于他请客吃饭的排场，其选民给予他掌声也不是因为他廉正和理智，而是因为他可口的牛肉和甘甜的白兰地。初到英国的李安济对这个国家印象最深的除了男女身上从头到脚极富夸张的打扮外，就是这里虚假的"全民政治热情"（12）：无论是要人还是犯人，是男人还是女人，每个人都"装作"很关心政治，而实际上只是到休闲场所消

---

① Oliver Goldsmith, *Collected Works of Oliver Goldsmith*, Vol. 2, Arthur Friedman ed., Oxford: Clarendon Press, 1966, p. 352.

② 姜智芹：《西镜东像》，中央编译出版社2014年版，第6页。

遣政治而已。18世纪英国承担教育大众重任的报纸上所谓的"政治知识",只不过是一帮根本不懂政治也对政治不感兴趣的人胡乱凑成的一堆荒诞不经的谎话,然后经过咖啡馆、赌博桌上的人们以讹传讹,甚至不过是为了讨好某一大人物而临时编造的故事而已。

《世界公民》写作之时正值英法七年战争(1756—1763),因此小说中与政局稳定的中国相反,欧洲几乎永远处在无休止的战争中。战争、武装冲突成为常态,血洒田野、血溅刑场的场景并不少见,稍有不服就诉诸武力,在这里"没有什么比战争更容易"。更荒唐的是,即使是和平也被认为"就是恐怖,就是伪装的战争、暴乱、叛国、阴谋、政治甚至毒药"(173)。哥尔斯密如此描写欧洲战争:"战争开始,攻打,挨打,二三十万人战死,累了,回到原初状态。"(57—58)哥尔斯密更是在第17函中对这一"毁灭性"战事双方的侵略行为进行了批判,讽刺英、法这两个都自诩为"欧洲头号帝国"的国家,为了一己之利——仅仅想要穿上比对方质量更高的皮草而大肆杀戮,打破祖祖辈辈居住于此的加拿大"土人"宁静简朴而又富足快乐的生活,还美其名曰"为了国家的幸福"将对他国的侵略合法化。需要注意的是,虽然哥尔斯密借中国哲人之口谴责战争,但既不是要凸显批评者的智慧和正直,也不是对殖民地人民受到不公正对待表示同情,或对其争取独立表示支持;而是作为一个英帝国的子民,对举国狂烈的殖民热情和海外战争的冷静思考。从国家层面,哥尔斯密担心殖民地会变得更加强大而颠覆主从关系,从而威胁英帝国的安全,甚至担心英帝国会重蹈奥斯曼土耳其帝国的覆辙,"触角伸得过长,不仅不会变得更强,反而会削弱整体活力"(60);从人民层面,他认为只是为了得到丝绸、香料、烟草,而以国家最好、最勇敢的臣民或者最勤劳、最诚实的商人为代价是如此荒唐而不可思议。

18世纪中期的欧洲,尤其是在英国,一方面从科学家、哲学家到传教士、旅行家,从文学家、艺术家再到普通百姓,似乎人人都以自己的方式在思考关于本国与他国之间、本民族与其他民族之间、本国人与他国人之间的差异究竟是什么这一问题;但另一方面似乎答案又惊人的相似:英国是世界上最优等、最幸福的国家。哥尔斯密就曾在一篇名为"种族与国家"的文章中毫不掩饰自己的民族自豪感:"大不列颠万岁,世界上最幸福的国度!您气候宜人,物产丰饶;您形势大好,商业繁荣;尤其是,您律法健全,政府贤明。"①在《世界公民》中,李安济也观察到:"当你问一个英国人哪个国家最自由,他会毫不犹豫地告诉你,他自己的国家。"(206)但是在这个自称"最完美国度"里的公民自由,不是英国人享有更多的自由,不是法律给他更多的保护,也不是给他免除更多的课税或财产更加安全,而是更像"一个放纵的父母":不断给予孩子犯错的自由,直到终有一天他阻碍国家幸福甚至危害国家安全而受到严惩。同样,英国自称法律最完备、最严苛,却"少有人读它,更少人懂它"(27)。比如虽然法律明文规定一夫一妻制,但人们却"公然冒犯"法律,甚至以冒犯为荣。这里的每个丈夫都觉得,"后宫佳丽"越多,其男人的魅力就越足;而妻子出轨走偏也很正常,不用受到任何惩罚,否则"整个王国有一半人会遭另一半的鞭打"(68)。

在《世界公民》中中国也是富裕、幸福的象征。李安济尊称的"导师"洪福对他不畏艰险地远航甚至心疼地质问他:"还有什么没有尝过的佳肴,还有什么不曾知道的享受值得你去痛苦地冒险……还有什么快乐你的祖国不能充足地提供,还有什么愿望中国还不能满足你!"(169)但与此相比,巨大的贫富差距却是英国这个自称最富裕国家最不愿意承认但也是最不争的事实。一方面奢靡之风盛行;另一方面更多的人却生活潦倒。李安济初到伦敦便发现,这个号称富裕的国家实际上很贫穷(4)。在一次与"黑衣人"到乡下的旅途中,不断有人伸手向他们乞讨,有因为妻子重病、五个孩子嗷嗷待哺的男人,有拖儿带女、衣衫褴褛的妇人,也有在海外战争中受伤致残的海员,等等。虽然"黑衣人"在外国人李安济面前极力保持伟大英帝国公民的尊严甚至骄傲,声称自己的国家足以保障所有人衣食无忧,甚至还谴责是教会的慈善行为"姑息和鼓励慵懒、奢侈和欺骗"(97)的个人行为,但作为

---

① Oliver Goldsmith, "A Comparative View of Races and Nations", in Arthur Friedman ed., *Collected Works of Oliver Goldsmith*, Vol. 3, Oxford: Clarendon Press, 1966, p. 7.

好人的他迫不及待倾囊而尽地救济他们的行为，又出卖了他对自己国家的"信任"。

在李安济看来，18世纪欧洲文明倡导也引以为傲的平等思想只是停留在观念层面。他发现，与生活舒适、奢华的大人物相比，穷人占了英国的大部分，而且他们的疾苦无处可诉也无人理会，尽管他们"一天所受的苦比大人物一辈子的还要多"（II 219）。在第119函中，李安济谈到一个令他非常气愤的例子。有一个乡村孤儿五岁丧父后被附近各教区推来搡去，最终被送往济贫所，小小年纪每天干苦活10小时以上。即使这样勉强果腹的日子也不能长久，当学徒的东家过世后，他被迫自谋出路，在某一天饥饿难耐时打死了路边一只野兔而被投入新门监狱。同样不愁吃住的"惬意的"监狱生活也不长久，他被押上船，卖给殖民地一位农场主。干满七年后，回到他"亲爱的祖国旧英格兰"，由衷呼喊着："啊自由！自由！自由！你属于每一个英国人！"但不久以后又被抓去与法国人打仗，并失去四根手指和一条腿。他甚至可怜地假设，要是在一艘皇家舰艇上身体致残该多好啊，那样他就一辈子都不愁吃穿，但"我没这个命啊！有的生来含着银匙，有的却木勺也没一个"。通过这一荒谬但又普遍的英国穷人的悲惨生活，李安济批评道，法律对有权有势的人来说是保障，但对穷人来说则是敌人，难怪这位可怜汉说，在这个世界上，他只有两个敌人，一个是让他变成残疾人的法国人，一个是使他无法得到公正对待的"和平法律"（II 225）。

在《世界公民》中，一方面中国被理想化为国家稳定，政治开明，法律公正仁慈，人民安居乐业，尤其是皇帝对外智慧与勇气兼具，对国内百姓仁爱有加，把整个国家管理得如同一个大家庭；另一方面又以中国哲人之口通过中西比较，见出英国各种社会弊端：对外战争频仍，国内政治混乱、法律腐败，少数人生活奢靡。正如萨义德所说，将西方作家笔下的东方形象"视为欧洲和大西洋诸国在与东方的关系中所处强势地位的符号比将其视为关于东方的真实话语更有价值"。对东方文明这一他者的建构对"塑造""强化"西方自我身份很重要，那么哥尔斯密之所以通过想象赋予中国"取之不尽用之不竭的丰富性"①，是因为它对改善英国性很重要。

三 成为荣耀的"世界公民"

18世纪许多英国旅行小说以英国人为主人公，通过到访他国，或如笛福的鲁滨孙一样强化对祖国的认同，或如斯威夫特的格列佛一样对西方文明进行全面反思，因此，有学者说："帮助读者全面了解自己的国家，尤其是对其国家的生活习俗、道德伦理以及政府制度诸方面进行批评，最好的办法就是将他放到一个陌生的国度，通过将当地人与自己的国人进行对比。"②而作为一个从爱尔兰来到英格兰的作家，哥尔斯密本身就具有对地域身份和作家身份的双重敏感甚至焦虑的问题。他以中国哲学家李安济为理想的旅行者形象，"派遣"他来到英国这个陌生的国度，帮助英国读者通过他人的眼睛来"全面了解自己的国家"。

维勒指出，18世纪优越的欧洲性，尤其是英国性的一个重要症候就是：坚信"欧洲一些偏远地区以及亚洲的人不如欧洲人，因为他们商业化的速度和程度都远不如欧洲人"③。在《民族偏见》中，哥尔斯密批判了这种将民族偏见等同于爱国的狭隘民族主义思想，并表达对每一个体都视为"整个人类大社会中的一分子"的广阔襟怀。他说，当一个人被问起是哪国人时，最骄傲的回答应该是"世界公民"，并且认为"没有哪句话能比这句为作者增加更多的荣誉，给读者带来更多的喜悦了"，他本人也情愿被称为"世界公民"，而"不要一个英国人、法国人、欧洲人，或其他诸如此类的称号"④。在另外一篇散文中他也建议用启蒙思想，用更宽广的人文主义思想思考国家关系，他认为，不同的国家之间应该像"同一国家的不同个体一样"，虽然有各自的"国民特性"，但又是平等的个体，因此，他觉得很有必要"将区隔人类的那

---

① Edward Said, *Orientalism*, Harmondsworth: Penguin, 1978, pp. 6, 181.
② James Sutherland, *English Satire*, Cambridge: Cambridge University Press, 1958, p. 96.
③ Roxann Wheeler, *The Complexion of Race: Categories of Difference in Eighteenth - Century British Culture*, Philadelphia: University of Pennsylvania Press, 2000, p. 300.
④ [英]哥尔斯密:《民族偏见》，陈弘编《英国艺术家随笔》，东方出版中心1999年版，第28—30页。

些不同项置于同一平台","借鉴外国一切优良的东西来改善国民素质"①。不过在《世界公民》中所称的"外国"似乎特指中国,因为小说中除中国以外的其他东方国家的人,如土耳其人、波斯人、印度人、鞑靼人等,他们"比古代寓言中的半人半兽好不了多少,只是外表更像人类而已"(83),或者"一个中国人是不可能像土耳其人、波斯人或秘鲁人那样愚蠢,那样没有文化"(146) 的。

哥尔斯密笔下的"世界公民"不是欧洲人自文艺复兴地理大发现以来一直得意的一种"世界公民"的姿态,他们为了私人利益冒险旅行,其环游世界只为测量某座山有多高,某条河的水流有多急,或鉴别某一个国家的商品价值几何,等等。李安济在谈到这些欧洲人对亚洲尤其是中国文化的"愚蠢、狭隘而带有偏见"的态度时(II 173—174)说:"几乎所有欧洲旅行者从未对亚洲有过深入的了解。"而他认为,一个再弱小、再未开化的国家都有着自己某些不为外人所知的奥秘,比如亚洲人传奇式的"呼风唤雨"的能力,又比如那些火药、航海罗盘等所谓的英国秘密,其实中国要使用得早得多这一事实,等等。这既是对自诩为优等的西方文明的讽刺和批判,也是对永远被贴上弱者标签的非西方文明的认可和尊重。

同样,"世界公民"更不是对他国物品的占有或对他国文化的曲解,李安济说,"一个善于征服的帝国绝对不等于一个成功的帝国"(96)。随着李安济旅居伦敦的时间越来越长,他受到英国要人的邀请也越来越多。但他深有受辱之感,因为他们如此热情不是出于对他本人的敬重或对中国文化的仰慕,而是看到中国人就像看到犀牛等珍稀动物一样"兴奋得意","他们不是把我当成朋友,而是满足自己的好奇心;不是对我真心招待而是好奇把玩"(184)。在《世界公民》第 14 函中,哥尔斯密用一封长信嘲讽了一位"地位、教养、趣味与理解力均堪一流"的上流贵妇人对"中国风"的肤浅理解。作为贵妇人的她屈尊盛邀李安济到家中做客。她先是夸张地赞叹他的外貌:

---

① Oliver Goldsmith, "A Comparative View of Races and Nations", in Arthur Friedman ed., *Collected Works of Oliver Goldsmith*, Vol. 3, Oxford: Clarendon Press, 1966, pp. 68 – 69.

"多么令人着迷的异域风格的脸型啊,多么令人销魂的宽阔的额头啊!"但又为他穿着英式服装而遗憾,说要是能看到他穿上中国的民族服装,"她愿意放弃整个世界",接着又叫仆人送上一盘切得很细的牛肉丝,说特别想看他如何使用筷子;还希望他能说点中文,因为自己也学会了几句,等等。她所做的这一切都只是出于对中国人的好奇,对自己拥有中国"文化"的骄傲。当她得意地炫耀自家"中国风"的装饰风格以及遍布房子各处的,小到茶叶罐,大到卧龙甚至宝塔等"中国宝贝"时,李安济诚实地告诉她,这些东西在中国都只是些日常东西,有用但不值钱,她反倒嘲笑起他来:"一个中国人,一个旅行者,如此没有品位!"(48)似乎她比中国人还要更了解中国!如此种种详细描写不仅可以见出哥尔斯密对18世纪中期弥漫于整个英国社会的铺张之风的批判,也表达出他认为国人痴迷于中国器物只是"趣味的扭曲",是对异域文化的错误理解①。

英国人一直以文明国家自居,因而其海外扩张自然不是侵略,而是对殖民地人民功德无量的文明化事业。而在《世界公民》中,哥尔斯密讽刺了英国人将他者文化妖魔化的行为,并借李安济之口批评了所谓知识甚至事实的虚假性和欺骗性。英国许多有学问之人描写地球上其他地方的居民,有的额头上只长有一只眼睛,有的只有一条腿,甚至有的长着狗头,"他们没有语言,表达感情时完全像狗一样吠叫"(55)。虽然他们言之凿凿,"声称全为亲眼所见",但李安济凭着他丰富的旅行经历以及"中国人的睿智",足以识破这种种骗术。更可气的是,这些荒唐想象不是几个人饭后的无稽之谈,而是"没有几个哲学家"不这么说,因为"欧洲的作家们总是将自己视为权威,高兴说什么就说什么"(57)。

在西方视野中,非西方的永远都是他者,是神秘的、具有召唤性但又是闭关自守、偏僻古怪的。而《世界公民》中,李安济的描述呈现出一幅正好相反的图景,甚至从某种程度上说,自诩为"世界公民"的英国人才是真正

---

① Oliver Goldsmith, *The Critical Review*, in Arthur Friedman ed., *The Collected Works of Oliver Goldsmith*, Vol. 1, Oxford: Clarendon Press, 1966, p. 171.

的闭塞、狭隘的民族主义者。比如,当一群自恃清高的知识分子聚集酒吧,其中一个作家模样的人大谈他对中国的了解,虽然他从未去过中国也不懂中文和一切非西方语言。作为中国人的李安济指出这些所谓"中国知识"的荒唐性,告诉他们中国不仅有些科学与欧洲一样先进,甚至还在某些方面远超欧洲;而且中国一点儿都不闭塞,中国的学者不仅学习本国文化,而且对西方语言和文化也非常精通;同样,中国不仅真诚接纳来自日本、缅甸、暹罗等国的青年才俊学习中国文化,同时派遣学者远赴西方学习先进思想取长补短。可是他们对于李安济的这一番纠正都不感兴趣,在场的英国人有的在私语,有的心不在焉,有的打哈欠,更有甚者呼呼大睡,他们对"中国真相"根本不予理会而选择固守偏见。正如萨义德所说,西方建构的"野蛮人的地方"并不需要真正的"野蛮人"加以区分和确认一样,以这一群知识分子为代表的18世纪的英国人,他们也满足于自己对中国这个物质富有、"高雅而无功利"的东方文化的想象,而正是这些扭曲的、"富于想象的"普遍偏见又"被用作与发展、进化、文化个性、民族或宗教特征等有关的经济、社会理论的例证"①。更加荒唐可笑的是,当深受欢迎的李安济被邀时,有人说他长着"宽宽的脑门多么迷人"(48),但又有人说他脑门太窄而"根本不像真正的中国人"(132),似乎有问题的不是他们的异国想象或者错误知识,而是作为中国人的李安济的脑门!难怪有学者说,当作为观察者的李安济被英国人观察时,他不过是"萨义德所描写的典型的东方主义的牺牲品:他的英国主人们试图为这个东方观察者关于中国客人'应该是怎样'重新定义一个西方版本"②。

哥尔斯密甚至将克服民族偏见与绅士身份联系起来,他说,不管"一个人出身如何高贵,地位如何显赫,或是财产如何巨大,如果他不从民族和其他的偏见中解放他自己,我就要冒昧地告诉他,他的思想低级、庸俗,没有

---

① Edward Said, *Orientalism*, Harmondsworth: Penguin, 1978, pp. 1, 54.
② Christopher Brooks, "Goldsmith's *Citizen of the World*: Knowledge and the Imposture of 'Orientalism'", *Texas Studies in Literature and Language*, 35.1 (1993): 127.

权利作为一位真正的绅士"①。因此，在《世界公民》第108函中他勾画了以理想的旅行家作为"世界公民"的乌托邦理想：不以贸易和宗教为目的，不吹嘘自己国家有多强大或科学有多发达，也不只是记载某些原始国家离奇的婚俗与葬礼或神奇的大山与河流，而是做一个公正的观察者，一方面收集每一个国家有用的知识，另一方面将自己国家有用的发明传播到世界的各个角落。因此，这样的人应该"具有哲学秉性，善于从特殊事物中推理出普遍有用的规律；既不傲慢自负，也不固守偏见；既不满足于一种制度，也不止步于一门学问；既不是单纯的植物学家，也不只是古文物收藏家；思想上应博闻强识，品格上应与人为善"。哥尔斯密认为，"一个国家应该以派遣具有如此素质的旅行者作为最高关切，这样不仅可以某种程度上修复国家野心导致的裂痕，还可以证明存在一些比声称热爱人类的'爱国者'更伟大的称号"（II 177），这体现了哥尔斯密对摆脱虚假爱国主义论调的强调，以及对"跨文化交往的乌托邦设想"②。

虽然哥尔斯密将以李安济为代表的、信守以"仁"为核心的儒家思想的中国人理想化为"世界公民"，但毫无疑问，小说中许多"中国形象"要么前后不一，自相矛盾，比如中国皇帝绝大多数时候以"仁爱"形象出现，但在第6函中的皇帝却是一副暴君形象：由于对李安济擅自离开中国非常愤怒，皇帝命令抄没他所有家产，并将其所有家人贬为仆人"占为己有"；要么与事实严重不符，比如当看到英国妇女"红脸颊、大眼睛、白牙齿"等"丑得可怕"的外表时，李安济不禁思念起东方女性的美：宽脸短鼻、薄唇黑牙！正如萨义德在谈到"东方"这个属于"西方的发明"③ 时所说，东方主义"与其说是在谈论东方不如说是在谈论西方。它将东方作为西方的他者——一个用来凸显自己身份的地方而创造出来"④。哥尔斯密创造出理想的中国形象，

---

① [英]哥尔斯密：《民族偏见》，陈弘编《英国艺术家随笔》，东方出版中心1999年版，第29页。
② James Watt, "Goldsmith's Cosmopolitanism", *Eighteenth – Century Life* 30.1 (2006): 65.
③ Edward Said, *Orientalism*, Harmondsworth: Penguin, 1978, p. 1.
④ Elaine Baldwin et al., *Introducing Cultural Studies*, Beijing: Peking University Press, 2005, p. 170.

重点不在于对中国的描述和褒扬是否客观属实,而是要通过它反观傲慢的英国性和欧洲中心主义。一位研究者甚至说:"李安济确实有许多吸引我们的地方,但他作为中国人这一点却不是其中之一。"① 对于哥尔斯密来说,"'中国'不过是他们借以'塑造'自身的那种'进步、繁荣、发达和高贵'形象的必要的'载体'"②。因此,在《世界公民》中,通过中国这面想象性的镜子,哥尔斯密反观和批评英国政治混乱、司法腐败、宗派纷争、人性堕落,但更重要的是思考如何建构合理的、理想的英国民族性,思考英帝国海外扩张的合理性和适度性。

小结

18世纪中后期,中国文化尤其是儒家思想在英国文人那里已经失去了往日的魔力,休谟和亚当·斯密甚至视它们为中国科学、经济、贸易进步缓慢的主要原因,而哥尔斯密的《世界公民》依然以孔子的信徒、集政治与道德理想于一身的中国哲学家李安济为叙述者,以中国人的视角对中西文化进行比较,处处见出中国较之于欧洲尤其是较之于英国的优越性,揭示大量被神圣化的西方思想的观念性特征③,揭露日益膨胀的英国民族优越性的虚假性。尤其是在处理民族关系、种族关系时,它有着与绝大多数18世纪其他小说不一样的结局——安排作为东方人的李安济的儿子与英国友人的侄女之间一场跨国、跨种族婚姻,更是体现了他一直建构的理想公民理念,也即小说取名"世界公民"的文化寓意。

固然,小说中作为他者文化代表的李安济,以及他处处用来衡量英国的标准——他的祖国中国,同样难逃本尼迪克特·安德森所框定的民族主义的

---

① Seamus Deane, "Goldsmith's *The Citizen of the World*", in Andrew Swarbrick ed., *The Art of Oliver Goldsmith*, London: Vision Press, 1984, p. 50.
② 贺昌盛、孙玲玲:《"中国热"的背后——以钱锺书〈十七、十八世纪英国文学中的中国〉为中心》,《湖北第二师范学院学报》2009年第7期。
③ Neil Postman, *Building a Bridge to the 18th Century: How the Past Can Improve Our Future*, New York: Alfred A. Knopf Inc., 2000, pp. 63 - 64.

基本"语言"的窠臼——"'我们的'民族'最好'"①，但这正是哥尔斯密文学述行的考量：以他山之石，攻己之玉，以想象的中国文化为英国文化建设提供参照。因此，"重要的是这个理想化了的'中国'能够给英国带来什么启迪或想象，这才是哥尔斯密想象中国的真实意图，才是西方人想象东方的旨在"②。虽然哥尔斯密在建构"世界公民"时，无论是其中国想象，还是其理想的英国性想象，都隐藏有一种"本质主义"③之嫌，但它为思考如何克服帝国霸权、思考关于人的异质性和文化多样性的实质提供了一种可能。因此，小说塑造和想象完美的中国形象体现的是哥尔斯密对英国现实社会的批评，以及关注作为"他者"的中国，对作为"东方主义者"的英国，在其理想英国性建构进程中的借鉴作用。

正如科尔通过分析17世纪末及18世纪英国小说后所说，"文学文本是任何分析'英国文学'（即民族文学）、民族型构与英帝国形成之间关系绝妙的档案馆④"，18世纪英国小说积极参与英帝国工程建构的过程，它们不仅是英国民族性工程建设的"地基"，更是建设这一"大厦"不可或缺的"砖瓦"。因此，研究18世纪小说的述行性，了解作为"砖瓦"的18世纪英国小说是如何深受当时民族思想影响，又是如何有意无意间帮助建构、维护民族性尤其是帝国性，同时又是如何将这些思想植入读者心中，并影响他们的价值观、影响他们生活的，就具有历史和现实的双重意义。

---

① [美]本尼迪克特·安德森：《想象的共同体：民族主义的起源与散布》，吴叡人译，上海世纪出版集团2005年版，第16页。

② 刘晶菁：《哥尔斯密〈世界公民〉中的中国"他者"形象》，《牡丹江师范学院学报》2012年第4期。

③ James Watt, "Goldsmith's Cosmopolitanism", *Eighteenth-Century Life* 30.1（2006）：68.

④ Suvir Kaul, *Eighteenth-century British Literature and Postcolonial Studies*, Edinburgh: Edinburgh University Press, 2009, p. 4.

第二章 18世纪英国小说的道德述行

关于英国小说发轫、兴起的原因和意义,伊格尔顿有一个非常有意思且有道理的观点,他认为是基于为精英阶层之外的人提供一种较为廉价的"通识教育":"培养'广泛的同情',灌输民族自豪感,传播'道德'价值观"。他说,由于旧的抽象的宗教意识形态已经失去了深入人心的力量,而小说以一种更隐晦但更生动的道德价值传播的方式或曰"戏剧性法规"(dramatic enactment)的方式取而代之,带给人像头上被猛击了一下的"真切体验"。他甚至说:"文学不再只是道德意识形态的女仆,对于现代社会来说,它就是道德意识形态本身。"① 伊格尔顿认为理查森的小说主人公帕梅拉不只是虚构人物,还是"公共神话,是浩大道德论战工具和进行对话、缔结盟约和展开意识形态战争的象征符号空间"②。同样,基于小说的言语行为特性,亨利·菲尔丁在其小说《阿米丽亚》(Amelia, 1751)中,叙述者(作者)像法官一样述行,力主在"重大文化危机"之际坚守道德责任准则的必要性。《汤姆·琼斯》每卷卷首设有一序章,作者通过亲自和读者交谈的方式来达到提倡人性的仁爱和善良这一述行目的。更专设一章,以"在这一章中作者亲自登台出场"为题,作者多次直呼读者,提醒他们做到"心性善良、胸襟开阔"的同时,还需以"谨慎、周到"来充当保护美德的安全卫士③。这是对如主人公

---

① Terry Eagleton, *Literary Theory: An Introduction*, Oxford: Basil Blackwell, 1983, p. 27.
② Terry Eagleton, *The Rape of Clarissa: Writing, Sexuality and Class Struggle in Samuel Richardson*, Oxford: Basil Blackwell, 1985, p. 4.
③ Henry Fielding, *The History of Tom Jones: A Foundling*, London: Penguin Books, 2005, p. 112.

汤姆一般有时冲动鲁莽、难免"好心办坏事"的年轻读者最好、最及时的忠告。

　　18世纪英国小说兴起之时，英国"处在一个社会、道德和文学都充满不确定性的时期"①，处于上升时期的小说既是这种"不确定性"的一部分，是对它们"逼真的"反映；更是针对什么是正确的道德观念，以及如何树立正确的道德观念等问题的积极建构。因此道德训诫成为18世纪小说的重要主题，许多小说家甚至通过不断保证自己的道德动机以及培养读者良好行为的目的，或凸显写作意义或免遭公众非难。如笛福在小说《罗克珊娜》中，一方面批判社会对女性不公，另一方面又担心读者会受到同名主人公不守妇德的影响，因此在其前言中强调其写作目的是警示当今妇女，而绝对不是鼓励她们模仿罗克珊娜的行为。夏洛特·史密斯写作时更是要随时提防遭受道德攻击。在小说《艾米琳》的序言中她郑重申明，她得依靠写作得来的钱养活孩子，并且保证："我正是想要承担我的义务而不是违背义务才成为作家的。"②

　　不仅18世纪小说写作以道德教化为首要任务，小说批评也以是否公开宣扬道德来作为衡量标尺。一部文学作品，尤其是小说，它的道德价值几乎是18世纪文学批评的重要考量。基于此，虽然理查森通常被认为对同时代的女性小说家写作给予了思想和方法上的双重支持，他的小说写作也非常接近"女性写作传统"，甚至被认为是它的"源头"③，但对他来说，并不是所有的女性作家都值得支持。贝恩·曼丽（Delarivier Manley，1670 – 1724）和海伍德这些当时非常闻名但坚持书写女性欲望、意欲僭越女性道德的作家是"不道德""不光彩、亵渎神灵的"，是"女性的毒药"④，因此是不值得支持的。相反，萨拉·菲尔丁、范尼·伯尼等则因为她们笔下的女主人公克制欲望、遵

---

① Liz Bellamy, *Commerce, Morality and the Eighteenth – Century Novel*, Cambridge: Cambridge University Press, 1998, p. 7.
② Charlotte Smith, "Preface" to *Desmond, a Novel*, Dublin: P. Wogan, 1792, pp. iii – iv.
③ Jane Spencer, *The Rise of the Woman Novelist: From Aphra Behn to Jane Austen*, Oxford: Basil Blackwell, 1989, p. 141.
④ John Carroll ed., *Selected Letters of Samuel Richardson*, Oxford: Clarendon Press, 1964, p. 173.

守女德而受到理查森、菲尔丁、约翰逊等著名男性作家的欣赏、鼓励和帮助①。

不仅社会、伦理、美学等观念处于动荡的时期,而且这些也是各方势力辩论与争夺的重要场域。本章以理查森的《帕梅拉》、斯摩莱特的《蓝登传》以及拉德克利夫的《奥多芙的神秘》三个小说文本为重点,分别从女性道德培养、消费道德批判及趣味道德建构三个方面来探讨18世纪英国小说的道德述行性。

虽然对"个人主义自由"的强调是18世纪英国资产阶级上升的主要条件和重要诉求,但得势后的资产阶级又加强了社会伦理尺度的"大量紧缩"②,尤其是对女德标准的重新定义。理查森的小说就是最好的例子。他的小说高度关注女性的社会地位与婚姻状况,突出修养品性与改良道德的时代精神,因其创作的"广泛性、独特性和情感的真实性",在18世纪中叶赢得了"堪与莎士比亚媲美"的盛誉③。鲁宾斯坦甚至明确提醒读者,不能忽视理查森把小说作为对年轻人进行教育的一种工具的事实,认为他"试图向读者灌输正确的态度和道德原则",而且"对在人类生活所共同关心的事情上如何合理而谨慎地进行思考和行动的问题进行指导"④。理查森有感于传统女性道德的"堕落",试图通过小说重构一套符合资产阶级父权制的道德标准。他的小说《克拉丽莎》通过主人公的悲剧告诫女性读者:失去贞操就是有违道德,就是伤风败俗,即使自己并无罪过甚至只是牺牲品,也理应受到严惩。而《帕梅拉》则是一个"道德神话",它向人们"承诺",像帕梅拉一样遵守女德就会获得丰厚的"报酬":中上层阶级女性最终爱情名誉双丰收,而下层阶级女性更是能够像帕梅拉一样成功跨越阶级界线,嫁给一个"德才兼备"的好丈夫,

---

① 参见 Jane Spencer, *The Rise of the Woman Novelist: From Aphra Behn to Jane Austen*, Oxford: Basil Blackwell, 1989, pp. 74 – 103。

② Ian Watt, *The Rise of the Novel: Studies in Defoe, Richardson and Fielding*, London: Chatto & Windus, 1963, p. 157。

③ Martin C. Battestin ed., *Dictionary of Literary Biography: British Novelists, 1660 – 1800*, Vol. 39, Michigan: Gale Research Company, 1985, p. 379。

④ [美]安妮特·T.鲁宾斯坦:《英国文学的伟大传统》(上),陈安全等译,上海译文出版社1998年版,第401—402页。

从此因夫而贵,过上幸福优雅的上层社会生活。

　　斯摩莱特在其主编的刊物《文学评论报》(The Critical Review)上如此肯定小说的道德作用:"虚构作品也许比箴言的教育更为有效;但要达到这一目的,不仅道德意义要一目了然,而且要让人信以为真。"[1] 作为敏感的传统"道德家",斯摩莱特通过小说表达了对18世纪英国逐渐成为一个经济繁荣的现代社会的同时世风日下的社会现状的担忧,并且试图建构一种公开的"反商业道德体系"[2]。他将大多数小说的主要场景设在伦敦与巴斯这两个18世纪英国的"消费中心",就是为了揭露商业化所带来的城市秩序混乱和道德败坏[3]。目睹了社会奢靡、腐败、势利、虚伪成风,斯摩莱特曾如此表达他深深的担忧:"商业和生产以这一岛国从未有过的速度增长……但这一有利形势又势必带来不可阻挡的奢靡和无节制之潮流,它将影响人们的方方面面,打碎所有政府组织模式,大开无法无天、道德败坏的方便之门。"[4] 在其小说《蓝登传》中,有知识、有理想的主人公蓝登,却由于缺乏炫耀性消费的资本始终无法施展才华,受尽各种冷眼和挫折之后他逐渐意识到,"在这个世界上,有人凭着努力加运气彻底翻身,但同时还有些人靠着贿赂或腐败而跻身显贵之列"[5],感染并形成了以喜好奉承、自私、有野心、金钱至上为主要特征的扭曲的价值观和道德观。最终他得益于神奇地与离家多年并发迹的叔叔和父亲相遇,在他们的帮助之下摆脱生活困境发家致富,获得爱情、尊严和地位。虽然斯摩莱特知道难以阻挡消费社会的来临,但他一方面对炫耀性消费观念进行批判,另一方面让主人公意外发财后回归理性与道德,以此告诫读者,"在一个复杂社会里,拥有良好的个人道德对于一个真正无权无势的个体来说

---

[1] Robert Giddings, *The Tradition of Smollett*, London: Methuen & Co Ltd, 1967, p. 55.
[2] Liz Bellamy, *Commerce, Morality and the Eighteenth-Century Novel*, Cambridge: Cambridge University Press, 1998, p. 98.
[3] Michael Rosenblum, "Smollett's Humphry Clinker", in John Richetti ed., *The Cambridge Companion to the Eighteenth Century Novel*, Cambridge: Cambridge University Press, 1996, p. 175.
[4] Tobias Smollett, *Continuation of the History of England*, Vol. 1, London: Richard Baldwin, 1965, p. 56.
[5] John Richetti ed., *The Cambridge Companion to the Eighteenth-Century Novel*, Cambridge: Cambridge University Press, 1996, p. 14.

是唯一的出路"①。

虽然到了18世纪末小说作为一种文学类型已经非常成熟,许多作家也不再将小说冠以"历史""故事"之名,但小说的现实关切甚至影响现实的意图仍然非常明显。尤其是由于小说写作已经成为向女性开放的少量"公共空间"之一,除了一如既往地关注女性生存困境与不公之外,很多女性小说家在打上性别标记的女性小说的基础上又贡献了新的力量。其中最值一提的是安·拉德克利夫。她的哥特小说对自然和艺术的钟情已经为浪漫主义小说和诗歌做了充分的准备。拜伦亲口承认她的小说《奥多芙的神秘》是他长篇叙事诗《恰尔德·哈洛尔德游记》(*Childe Harold's Pilgrimage*, 1809 – 1818)的灵感来源,她更因此而被济慈尊称为"拉德克利夫妈妈"②。虽然作为"哥特小说之母",她的小说看似远离时代、远离英国,但由于其对腐朽的贵族阶级、穷苦的农民和仆人阶层以及坚韧并最终成功的资产阶级的表征而通常被认为具有强烈的现实观照,尤其是其中的"城堡"意象更是一个典型的"隐喻",反映了18世纪末英国的"心理现实和社会现实"③。她将整个18世纪英国哲学家们关切的哲学命题"美学趣味与道德之间的关系"运用于文学实践中。18世纪中期苏格兰非常有影响力的启蒙思想家、哲学家凯姆思(Henry Home Kames, 1696 – 1782)说,趣味只能存在于这样的生活中,即"物质财富使用有度,自然的召唤随时听从……追求理性愉悦而不是放纵奢靡。这是生活的要义,而且所有精致的趣味都蕴藏其中"④。在《奥多芙的神秘》中,拉德克利夫通过与缺乏经济资本、需要依靠劳动来获得生活必需品的下层阶级粗俗的趣味与低下的道德相区隔,以及与经济资本过剩、以炫耀财富为乐

---

① Liz Bellamy, *Commerce, Morality and the Eighteenth – Century Novel*, Cambridge: Cambridge University Press, 1998, p. 64.

② Dale Spender, *Mothers of the Novel: 100 Good Women Writers before Jane Austen*, London: Pandora Press, 1986, p. 239.

③ W. A. Speck, *Literature and Society in Eighteenth – Century England, 1680 – 1820*, London: Longman Limited, 1998, p. 147.

④ Henry H. Kames, *Elements of Criticism*, Vol. 2, Edinburgh: Bell & Bradfute, 1817, pp. 499 – 502.

的贵族阶级粗鄙的审美趣味、缺乏公共精神甚至丧失人性的低下道德相区隔，体现出已经掌握了一定的经济资本、渴望获得更多社会政治资本和文化资本的资产阶级热爱、崇尚自然、艺术等审美趣味和建构与之相适应的"简朴、优雅、善良"的理性道德的努力。

18 世纪的英国，一方面人们为"有美德与抱负，则一切皆有可能"的"中产阶级神话"① 所激励，另一方面也因传统道德秩序受到严重挑战甚至崩塌而焦虑。而 18 世纪英国小说既反映了这一伦理张力和社会需求，更是以小说述行，就解决这些问题积极贡献自己的力量。它们都具有或隐或显的道德关切和"道德动机"，甚至声称其写作目的就是倡导和促进良好的道德行为。可以毫不夸张地说，整个 18 世纪的英国小说写作就是一个巨大的资产阶级道德建构工程。

第一节　萨缪尔·理查森《帕梅拉》的女德培养

18 世纪英国，小说的读者大众几乎已经涵盖了所有阶层，它们不仅帮助人们了解生活，还可以指导生活。这里的"人们"，既包括城市里的小职员，也包括贵族家庭的仆人，甚至还有不少如蒲柏、约翰逊等"高雅文学"的坚定守护者和社会知识精英，但不管如何，构成小说读者主体的，毫无疑问是伊恩·瓦特所说的助推小说兴起的三大原因之一的"中产阶级"②，他们构成

---

① John Richetti, *The Cambridge Companion to the Eighteenth Century Novel*, Cambridge: Cambridge University Press, 1996, p. 8.

② "中产阶级"的界定众说纷纭，本书倾向于伯金（Harold Perkin）在《现代英国社会的起源》中的相关定义："与上比不同于贵族阶级，但不是因为他们收入更低，而是他们需要自己挣钱；与下比不同于穷苦的劳动者，也不是因为他们收入更高，而是因为他们有自己的财产，无论大小，如储备的物资、家畜、工具或手艺、专长等方面的教育投资等。"（Harold Perkin, *The Origins of Modern English Society 1780 - 1880*, London: Routledge & Kegan Paul, 1969, p. 23. ）在 18 世纪英国社会中，"中产阶级"包含着除贵族和以工人为主的无产阶级之外广泛的社会阶层，其实就是正处在上升阶段的"资产阶级"。在一些文献中，也许是为了弱化其意识形态属性并与当下社会的情形对接，更多使用"中产阶级"一词。

了新兴的资产阶级的主体。他们既是小说"真实的读者",也是小说"隐含的读者"。

18世纪英国小说兴起之时,大多数小说家不仅声称自己的小说是"历史",是"传记",记录人们的真实生活,而且标榜自己为道德家。笛福以诗句表达他认为应该以个人的德行和价值而不是其出身来定位个人身份的明确主张:"家族的名望都是骗人的东西/个人的美德才使我们伟大。"①"蓝袜子社团"重要成员之一萨拉·司各特(Sarah Scott)说,她的小说不仅要帮助读者了解并赞成其中传递的美德,更重要的是,要激发他们的道德"官能",鼓励他们"模仿所颂扬的美德"②。与笛福、菲尔丁共同"竞争""小说之父"的萨缪尔·理查森(Samuel Richardson,1689－1760),更是"把自己装扮成非常引人注意的资产阶级道德家和训导师,严格执行他所在阶级最珍视的信条和实践"③,并且"将宗教和道德观念灌输到读者的思想中"④。

理查森最为读者所知的是他塑造的女性人物形象,甚至有些人认为与很"爷们儿"(manly)的菲尔丁的小说相比,理查森的小说通常显得很"阴柔"(feminine)⑤。他的三部主要小说都是围绕女性生活展开的,其中有两部以女主人公的名字命名:帕梅拉因其对贞洁美德顽强不屈的坚守而终得回报;克拉丽莎则因贞洁遭人玷污而受到死亡的惩罚。而他的《查尔斯·葛兰底森爵士》(*Sir Charles Grandison*,1753)中的女主角哈里特则更贴近18世纪中后期许多受他影响的女性小说家笔下那些"被改造后"终得幸福的女性人物。理

---

① Michael McKeon, *The Origins of the English Novel* 1600－1740, Baltimore: Johns Hopkins University Press, 1987, p. 156.
② Sarah Scott, "Preface", in Gary Kelly ed., *A Journey through Every Stage of Life* (1754), London: Pickering and Chatto, 1999, p. 1.
③ Tom Keymer, *Richardson's Clarissa and the Eighteenth-Century Reader*, Cambridge: Cambridge University Press, 1992, p. 88.
④ Samuel Richardson, *Pamela*: *Or Virtue Rewarded*, Thomas Keymer and Alice Wakely eds., Oxford: Oxford University Press, 2001, p. 3.
⑤ John Richetti, *The Cambridge Companion to the Eighteenth Century Novel*, Cambridge: Cambridge University Press, 1996, p. 122.

查森的小说也因此被称为"生动的年轻女性行为指导书"①。

理查森的第一部小说《帕梅拉》(Pamela, or Virtue Rewarded, 1740)不仅在当时的文学界形成了"帕梅拉产业链",而且在读者中引发了关于帕梅拉究竟是"淑女典范"还是"诡计多端的伪善女子"的道德观念之争。它讲述一名年轻女仆如何抵制少东家的威逼引诱、捍卫自己的贞洁品格,最后东家终得改造,并以婚姻作为回报的故事。小说一经出版便在英国社会引起热烈反响,社会上掀起一股"帕梅拉热",先后出现了六个权威版本,其中以当时两位著名小说家的戏仿小说——菲尔丁的《莎梅拉》(Shamela, 1741)和海伍德的《反帕梅拉》(Anti-Pamela, 1742)比较典型。它也被翻译成多国语言,并成为当时的畅销书之一,伊格尔顿甚至说当时人们追捧帕梅拉的热情堪与当今人们对"超人"等文化偶像的崇拜相比②。

瓦特说,"自理查森起,小说的主要功能之一……就是以一种虚构的成人礼方式进入社会最本质的神秘地带",他甚至称理查森为"自觉的道德家""性别改革运动的领袖"③。理查森的道德训诫贯穿于他所有的小说之中。他不仅在《克拉丽莎》(Clarissa, or, The History of a Young Lady, 1748)的跋中明确指出,希望读者认识到该故事以教育为唯一目的,更是在书信体小说《帕梅拉》的作者序中以一个编辑的口吻,连用十个"如果想要"谈及自己编辑这些信件的目的,即以小说行使改良社会风尚的十大益处,其中包括对世人进行宗教和道德教诲,指明世人作为父母、子女和公民应当承担的责任,教育纵欲者如何克制欲念、收敛言行,等等。显然,理查森的小说述行意图非常明显,他希望通过小说影响读者,达到改良他身处其中的时代道德的目的。

因此,小说中帕梅拉对贞洁的坚守不只是其个人的高尚操守问题,而是

---

① Jane Spencer, *The Rise of the Woman Novelist: From Aphra Behn to Jane Austen*, Oxford: Basil Blackwell Ltd., 1989, p. 142.

② Terry Eagleton, *The Rape of Clarissa: Writing, Sexuality and Class Struggle in Samuel Richardson*, Oxford: Basil Blackwell, 1985, p. 5.

③ Ian Watt, *The Rise of the Novel: Studies in Defoe, Richardson and Fielding*, London: Chatto & Windus, 1963, p. 172.

其作者——作为资产阶级代表的理查森的道德述行,通过塑造帕梅拉这个"道德模范"起到教育、影响读者的作用。通过小说宣扬贞洁、诚实、平等等美德有报,既有利于已经登上历史舞台的资产阶级重构社会价值,强化清教道德,当然也体现了资产阶级扩大其政治、文化和社会权力的"功利性"[①]目的。

一 女德使女性人生"有报"

如果说在理查森之前已经出现了以海伍德、曼丽等为代表的大量女性小说家以女性作为第一主人公的皆大欢喜的婚恋故事,如果说笛福的《摩尔·弗兰德斯》是第一部由男性所写、以女性作为第一主人公、思考女性问题的著名小说,那么理查森的《帕梅拉》应该是第一部由男性所写、以女性作为第一主人公且作为男性道德改造者的重要小说。

在《帕梅拉》中,理查森赋予女仆帕梅拉勤劳谦逊、谨言慎行的美德。她12岁成为东家B先生母亲的贴身女仆,不仅样貌出众,而且聪颖善良,深得老夫人喜爱,并陆续学会了记账、女红、绘画、写作等技能,15岁时逐渐成为"像上流社会那样优雅可爱的女子"[②]。不仅如此,小说副标题"美德有报"(Virtue Rewarded)中的"美德"从很大程度上特指女性的贞洁。由于18世纪英国不断强化的清教主义将人的自然本性和身体欲望视为邪恶甚至堕落,而提倡以美德来约束身体、抑制欲望,因此贞洁对于女性来说就不仅是一种重要的美德,而且是一种最高级别的美德。在帕梅拉与B先生的贞洁之战中,作者时常提醒读者注意男女主人公之间地位、身份之悬殊。与微不足道的小人物帕梅拉相比,B先生出身名门,学识渊博,身兼当地治安法官和议员代表数职,并获授勋爵称号;他不仅地位尊贵,有权有势,而且仪表堂堂很有气派。但帕梅拉并不像当时许多以能得到贵族阶级垂青为荣的女性一样,而

[①] 胡振明:《对话中的道德建构——十八世纪英国小说中的对话性》,对外经济贸易大学出版社2007年版,第119页。

[②] [英]塞缪尔·理查森:《帕梅拉》,吴辉译,译林出版社2002年版,第4页。本节正文中未标明文献出处的页码均出自该小说。

是誓死保卫自己的贞洁，将失去贞洁看作"比死还要糟糕的厄运"（169），视贞洁为可以媲美甚至高于任何财富的最高价值。

最初，道德"强者"帕梅拉是比对着 B 先生道德的弱点展现在读者面前的。为了得到美貌的帕梅拉，B 先生凭着他"天生的"优势对她先是利诱后又威逼，将她囚禁于私宅四十多天，甚至几次试图强奸。而帕梅拉则愤怒而坚定地抵抗他一而再再而三的侵犯。虽然出身于贫苦人家，但帕梅拉不仅有非常正直诚实的清教徒父母安德鲁斯夫妇从未间断的良好教育，"像安德鲁斯先生那样正直"（238）已经成为当地的一句口头禅；而且年纪轻轻的她并不是一个头脑简单、做事鲁莽的女孩，她的每一行动都经过深思熟虑，通过信件向父母请教，向她认为对她的关爱仅次于父母的女管家杰维斯太太请教，尤其是经过道德、宗教自省，思考自己言行是否符合神意的指向。她珍视自己的贞洁，并且认为自己的反引诱斗争是对上帝、社会、道德秩序以及自己的尊严和价值等一切神圣事物的维护。

对于一个 18 世纪的贫寒家庭来说，女儿的贞洁既是受他人诱惑而易碎的东西，同时更是一家人高于其他任何财富的珍宝。由于担心女儿经受不住巨大诱惑和考验，清教徒父亲写信告诫，"一个不贞洁自持、不诚实的人，即使我们拥有全世界的财富又有何意义呢？……我们宁肯喝清水，啃沟渠里的黏土来生活，也不愿靠牺牲我们女儿的清白来改善生活"（4）；他反复叮嘱帕梅拉，"你要把失去贞洁看得比贫穷更为可耻"（21），"只有美德和善良使你真正美丽"（13），"唯有美德才是真正高贵的"（51）。帕梅拉谨遵父命，在回信和日记中反复表达自己誓死捍卫贞洁的决心，"我宁肯死一千次，也不会以任何方式成为一个不贞洁自持的人"（27）；"清白的一小时胜过有罪的一生"（162）。也难怪当彼此通信被 B 先生阻断许久后，帕梅拉的父亲终于辗转收到她的来信时，他在回信中不是像一个正常父亲那样表现出对女儿独自应对种种磨难的心疼，或是对她遇到危险时安全的担心，反而是高兴、骄傲于自己拥有一个"如此贞洁、谨慎的女儿"（189）。

麦基恩在《小说的起源》中提到，18 世纪的英国在贞洁问题上不仅男女性别之间有双重标准，而且女性内部也有双重标准。杜蒂（Margaret Anne Doody）在为《帕梅拉》所作的"导言"中更是称这两种性别规约为"三重标准"（triple standard），认为在帕梅拉所生活的时代，"所有阶级的男性可以随意追求性愉悦……中上层阶级的年轻女性被要求必须严格遵守贞洁标准，但对下层阶级的女性却没有做这样的要求——她们只是为方便他人性愉悦而存在"①。小说中，上了年纪的男管家将帕梅拉突然放弃当女仆的机会，离开B先生家的原因解释为"你太漂亮了……而且可能太贞洁了"（47）。帕梅拉也意识到了这一点并且痛诉上层社会"对穷苦人们的贞洁似乎根本不当回事"（158）。B先生一副放荡不羁的德行，即使是道德改良之后的他一方面承认自己曾经是个很放荡的人，但另一方面又并不认为自己对帕梅拉以往的各种不良举动是有罪的。在B先生以及他的绅士圈子看来，占有一个漂亮的小女仆无伤大雅。因此当帕梅拉请求一位爵士收留她以免遭主人B先生糟蹋时，得到的却是他轻描淡写的拒绝："哎呀，这算得了什么呀，他只不过是看上母亲的侍女罢了！如果他注意照看，那她就什么也不会缺少，我看对她不会有什么大不了的伤害。"即使是当地"享有无可指责的名声"的老牧师，面对帕梅拉的求助本应以慈悲为怀，却也断然拒绝，并多次强调这一类事情太司空见惯了，"所有有身份的年轻先生都会干这样一类事"。他甚至说，"如果竟要想在这方面来改造人类，那我们手头就会有做不完的事"（158—159）。B先生的女管家朱克斯太太之流则更是充当他邪恶的帮手，大肆号叫，"把她的贞洁完全打倒，打倒在地，不要这正经的一套"（180）。

小说《帕梅拉》正是在这样的社会氛围中应运而生的。帕梅拉非常清楚自己卑微的地位以及社会对两性截然不同的两种道德期待。尽管B先生多次直接或间接地表达他对帕梅拉的爱"胜过爱世上所有名门闺秀"（37—38），但她清楚东家看中的是她的美貌，甚至只是视她为以美貌做交易的"娼妇"；她也清楚社会在名声问题上的性别差异，"那些让可怜女人身败名裂的事情并

---

① Margaret Doody, "Introduction", in Samuel Richardson, *Pamela; or, Virtue Rewarded*, London: Penguin Books, 2003, p. 14.

不会使男人丢脸"(38)。所以她谨遵父母"宁可失去你的生命,也不能失去你的贞洁"(12)的告诫,即使在 B 先生使尽各种威逼利诱手段都未得逞后,因为痛恨婚姻这种"荒唐可笑的仪式"(228)但又"没有她他活不下去"(253),因此采取重金收买她,给出了几乎除婚姻以外极其高昂的价钱时,她依然不为所动。B 先生给出了五百基尼随意处置的金钱、一幢价值不菲的庄园、多套华美的衣服,外加钻戒、耳环、独颗大宝石、祖传项链等一般女性难以抗拒的诱人条件,而帕梅拉非常冷静地予以拒绝。她的逐条详细答复和回绝既体现了一个可怜的、手无寸铁的女仆对一个高高在上的欲行不轨者的苦苦哀求,但又何尝不是一个地位卑微的人的平等诉求,甚或是一个坚定的道德高尚者对一个道德罪犯的谴责以及对不良社会的无情批判呢?

对于18世纪的英国来说,遗产继承和缔结婚姻依然是财产转让并成为"社会精英"的两大主要途径,而这些人构成了上层社会。从当时大多数家庭小说中可以见出,由于一系列经济和社会的变化使得一桩好的婚姻对女性来说比以往更重要,但同时又更难以得到[1],尤其是对于如帕梅拉一家这样的贫寒家庭来说更是如此,因为对于贵族家庭来说,财产的继承要求确保血统纯正高贵。另外,随着工商业的快速发展,依靠劳动和能力致富的资产阶级队伍日益壮大,逐渐形成了与贵族自我放纵不同,以勤勉、自我克制为主要价值取向的"新的民族精神"[2]。18世纪英国小说家们的作品不仅反映社会现实和社会需求,而且要建构更合理的社会理想。笛福、理查森等作为资产阶级代表的小说家,一方面表达对封闭的等级制度的批判,另一方面试图提出建构阶级、财产、权利和身份的新的假设。也就是说,他们一方面依然维护当时流行的基本的道德框架,重视公共道德和贵族品质;但另一方面又明显表达了对商业制度现实的认可,以及对势力不断增长的资产阶级角色的认同[3]。

---

[1] Ian Watt, *The Rise of the Novel: Studies in Defoe, Richardson and Fielding*, London: Chatto & Windus, 1963, p. 137.

[2] Jeremy Black, *Eighteenth - Century Britain*, 1688 - 1783, Hampshire: Palgrave, 2001, p. 103.

[3] Stephen Copley ed., *Literature and the Social Order in Eighteenth Century England*, London: Croom Helm, 1984, pp. 6 - 7.

而理查森更是赋予"美德……具有古典意义上的权力"①。帕梅拉的贞洁、审慎、谦逊等美德不仅是当时道德堕落、沉迷于物质享受的上层社会所缺乏的,更是理查森要通过小说所倡导的。因此他赋予帕梅拉在保卫贞洁时有着超出常人的勇气和坚决态度。她堪称首位具有革命性特质的道德模范。帕梅拉不仅谴责自己主人 B 先生仰仗其优越地位伤害无辜女性而不以为然的可耻行为,而且认识到这是一种畸形但又普遍的社会现象。她感叹自己正当拒绝 B 先生无礼的行为反而被指责为"胆大妄为""不知好歹"的荒唐,因为"我们现在生活在一个什么样的世界里啊!现在女人拒绝男人比女人依从男人,正成为更为奇异的事情",她甚至因此而得出结论:"这个世界肯定已接近末日了,因为附近所有有身份的先生几乎都跟他一样坏。"(74—75)但是,经过各种努力,帕梅拉的贞洁之战最终圆满结束。她不仅"保全了贞洁",而且"被提高到了幸福的地位"(320)。最终她的坚定意志和美好心灵深深打动了 B 先生,他不仅幡然悔悟,决心改良道德,甚至跨越阶级鸿沟,不顾一切社会舆论娶帕梅拉为妻。当帕梅拉自己都难以相信这桩"不均衡"的婚姻,而提醒 B 先生顾虑他人的态度时,他说:"社会上的人们对你与我有什么关系?"(246)难怪 B 先生的姐姐戴维斯夫人说,帕梅拉"不仅让一个浪荡公子成了一位丈夫,而且还让一位浪荡公子成了一位传教士"(482)。一位学者在谈到小说这种"违反常态"的结局时甚至说,理查森让 B 先生成为一位为了国家利益牺牲个人利益的"公民人文主义贵族"②。或者正如伊格尔顿所说,理查森的《帕梅拉》"有利于道德与习俗的改良,以及中产阶级文化身份的铸造"③,因此 B 先生不顾门第观念、"牺牲"个人财产,娶下层阶级姑娘帕梅拉为妻的行为,实际上是作者理查森的道德述行,是他倡导的道德高于一切的政治主张的体现。

---

① John P. Zomchick, *Family and the Law in Eighteenth-Century Fiction: The Public Conscience in the Private Sphere*, Cambridge: Cambridge University Press, 1993, p. 83.

② Liz Bellamy, *Commerce, Morality and the Eighteenth-Century Novel*, Cambridge: Cambridge University Press, 1998, p. 3.

③ Terry Eagleton, *The English Novel: An Introduction*, Oxford: Basil Blackwell, 2005, p. 76.

帕梅拉与 B 先生之间进行着一场非常漫长又艰苦的比赛，这场看似以卵击石的比赛，由于作为裁判的作者理查森不是以财富多少、地位高下和性别优劣来衡量，因此出身贫寒的女仆帕梅拉从头至尾都占据着道德的制高点。虽然作为帕梅拉的主人及世代贵族，B 先生具有绝对的阶级优势；作为男人，他又具有绝对的性别优势，但最终在贞洁的帕梅拉的感化之下，从最初居高临下地把帕梅拉当成玩物到最后心悦诚服，不仅在情感上"没有她他活不下去"（253），而且真诚地以婚姻作为"回报"。杜蒂不仅因此而断言"帕梅拉是英语小说中第一个真正靠双手劳动谋生的重要人物"，而且在其影响下，B 先生"完全颠覆性别与阶级的权威"，"臣服"于帕梅拉[①]。帕梅拉也因为拥有女德这一无价之宝而匹配甚至战胜 B 先生，成为这场道德之争，即"善与恶的战争"[②] 的大赢家。

二 女德是灵魂平等的"资本"

学徒出身的印刷商塞缪尔·理查森试图用手中的笔来重塑英国社会价值，通过文本中的说教担负起宣扬、建构本阶级新道德观的使命，力求将本阶级的思想、理念上升为社会意识，并使之最终成为全体社会成员共同遵守的操行准则。同时，旷日持久的"帕梅拉热"体现了资产阶级的阶级意愿和社会动向，它既源自于小说对处于新兴资产阶级新的道德秩序和政治理想的展示和推进，同时也是这种展示和推进的结果。

小说中，社会地位、经济基础和性别身份等方面皆处于劣势的帕梅拉因为保持贞洁，与各方面均占绝对优势的 B 先生展开了一场势均力敌的较量，并且在道德层面超越了 B 先生。但同样值得指出的是，帕梅拉敢于反抗 B 先生作为男性、雇主和统治阶级的一员向她施加的压迫和威胁，其勇气不仅出自她对道德至上的坚守，也来源于她对"上帝面前人人平等"，甚至"人人都

[①] Margaret Anne Doody, "Introduction", in Samuel Richardson, *Pamela*; or, *Virtue Rewarded*, London: Penguin Books, 2003, pp. 13, 15.

[②] 黄梅：《推敲"自我"：小说在 18 世纪的英国》，生活·读书·新知三联书店 2003 年版，第 131 页。

有尊严"等先进的资产阶级思想的信仰。同理,帕梅拉与贵族阶级B先生的婚姻不仅是她反抗三重性别标准的结果,同时也说明她被作者赋予了平等与公正的信念,被承认作为人的基本价值。

在受到东家B先生骚扰时,即使自认可怜,帕梅拉还是提醒她的主人要畏惧万能的上帝,因为"不论是最伟大的人还是最渺小的人,不管他们爱怎么想,但全都要对上帝负责"(72)。面对主人对她以下犯上咄咄逼人的指责时,她义正词严地反抗:"既然你已忘掉了一个主人应有的尊严,我也就完全可以忘掉我是你的仆人";"您已缩短了命运在我们之间造成的距离……我虽然贫穷,但却是贞洁的,即使你是一位王子,我也不会不保持我的贞洁"(16—17);"当一个主人失去他对一个仆人应有的尊严时,这个仆人就很难保持她与他之间的距离了"(31)。虽然她承认自己的"身份只跟最卑微的奴隶一样",但又骄傲地宣称"我的心灵却跟公主的同样重要"(188)。正是这份尊严使她有勇气和意志力一次次抵抗B先生的物质诱惑和性侵犯。B先生在信中无端指责她卑微的身份决定了她"心灵卑劣,出身低微,鲁莽轻率"时,她更是以牙还牙,表现出少有的优越感:"虽然我出身低微,但我的心灵却不是卑劣的;尽管他认为自己身份高贵,但我要说,他的心灵才是卑劣的。"(196)

虽然帕梅拉知道,"权力与财富永远不会缺乏辩护者"(62),但是即使身为女仆,在B先生使用卑劣手段企图通过监禁的方式逼迫她就范时,她敢于反抗并表明希望能够尽快获得应得的自由,其理由是:"虽然我身份低微,但不论您提出什么样的建议和打算,若要我同意,那么就应该是一个自由人的,而不是一个奴隶的同意。"(165)她因此而指责主人的监禁是对她权利的侵犯。她质问对主人言听计从的女管家:"我怎么变成他的财产了?除了像贼一样,他认为他对偷来的东西有权利外,他对我还有什么权利?"(147)帕梅拉这一提问问出了几千年来一直被认为再自然不过但又经不起深思的问题,不仅表明任何人,包括女人、仆人,都不是他人的财产,而且将剥夺他人人权的B先生与贼等同,体现了对落后的贵族等级制的批判,极具启蒙时代特征。传记作者杜蒂甚至把理查森的这一"伟大的问题"看成下层阶级女性帕梅拉"发出的革命信号",是自弥尔顿的《失乐园》(*Paradise Lost*, 1667)以来最伟大的启蒙思想①。

"除了贞洁和良好的名声以外一无所有"(25)的帕梅拉最终逆袭成功,摆脱了受玷污的厄运,甚至成为 B 先生的道德老师,除了凭借她对自己唯一的资本——贞洁美德的坚守之外,同样基于她难得的平等意识,尤其是她对灵魂平等的坚信。针对社会普遍的性别歧视和阶级歧视,作为贫民阶级女性代表人物的帕梅拉非常气愤地说,无论富人或伟人生前多么高贵傲慢,但当有限的生命结束时,死神面前再也不分高低。她借助 18 世纪时髦的生物解剖学,分别以一位国王和一位穷人的头盖骨的构造来说明身份的平等,甚至以历史发展的眼光,说明也许三五百年前那些贫苦的家庭反而家系源远流长,又或许一两百年后现在被鄙视的贫寒家庭会家财万贯而扬扬得意,而现在富贵的家庭却破落衰败而不得不低声下气。可见,理查森在帕梅拉身上倾注了强烈的个人情感,表达了对专制权威和势利风气的抗议,以及对社会公平的渴望。理查森借帕梅拉之手,写诗控诉贫富悬殊的社会等级制度,并以"贤明的神意"为题提出了自己极具现代性的平等理想:

不同的人们履行的职责各不相同,

有些人种树筑篱,有些人挖沟掘洞,

还有身份低微的奴隶全都有用,

他们辛辛苦苦地劳动,

为富人把衣食提供。

……

富人们不应藐视身份最低的奴隶群众,

在大自然的链条中各个环节相互平等;

---

① Margaret Anne Doody, "Samuel Richardson: Fiction and Knowledge", in John Richetti ed., *The Cambridge Companion to the Eighteenth - Century Novel*, Cambridge: Cambridge University Press, 1996, p. 104.

大家都为同一个目的工作，意向也都相同，

双方同样把上帝的意志遵从；

到最后，人人都躺入沉默的坟墓之中，

国王和奴隶一律拉平，没有任何不同。（305）

正如柯勒律治（Samuel Coleridge）在谈到笛福小说主人公鲁滨孙的"普通人的典型"特征时所说，他基本上是"普通人的代表，是每一个读者都可以取而代之的那个人"，理查森也可能希望他的帕梅拉能够代表构成18世纪"读者大众相当重要的一部分"的女仆队伍，甚至"读者大众中所有女性的渴望"①。不仅如此，帕梅拉的这种平等意识也是作为中产阶级的作者理查森的平等诉求。伊格尔顿在谈到理查森赋予小说现实功能时说："他不认为经验和表达之间有任何缝隙，现实生活的'经验'完全能够通过语言得以表达，他坚信写作与现实完全能够合二为一。"② 作者理查森的社会地位几乎不比他的女主人公高出多少。他出身于劳工家庭，虽然上过一些学，酷爱阅读，但根据当时的标准，他并非一个有着良好教育背景的人，他不懂拉丁文和希腊文，当然称不上是绅士。他早年曾当过学徒，50岁之前忙于印刷事务，而且已经成为一个成功的商人。吕大年在谈到理查森因《帕梅拉》《克拉丽莎》等小说成名后依然对自己作为印刷商的地位非常敏感的社会原因时说："在当时的等级观念里，上层专注消费，中下层专注生产，而文化、艺术是消费者的事。中产阶级是生产力，但是是没有艺术修养的生产力，中产阶级有财富，但是是没有文化的财富。"因此，倾注在帕梅拉这个人物身上的，"是理查逊的感情，是他对社会承认的渴望，也是他对社会偏见的抗议"③。

三 女德是向上流动的"财富"

虽然通常认为理查森开启了女性写作时代，但《帕梅拉》《克拉丽莎》

---

① Ian Watt, *The Rise of the Novel: Studies in Defoe, Richardson and Fielding*, London: Chatto & Windus, 1963, pp. 78, 148.

② Terry Eagleton, *The Rape of Clarissa: Writing, Sexuality and Class Struggle in Samuel Richardson*, Oxford: Basil Blackwell, 1982, p. 40.

③ 吕大年：《理查森和帕梅拉的隐私》，《外国文学评论》2003年第1期。

等以女主人公为名的小说除了关注性别问题之外,同样关注阶级问题。如果说《克拉丽莎》是阶级悲剧,是一心想通过与上层阶级联姻从而提升自我阶层的家庭悲剧,那么《帕梅拉》则是一个阶级神话,是一个下层阶级个体与上层阶级博弈而成功上位的故事。因此如果说理查森的克拉丽莎因为不愿意屈从于"市场原则"而成为其牺牲品,那么作为下层阶级的帕梅拉与贵族阶级 B 先生的婚姻则是"市场原则"的体现①。

一个耐人寻味的现象是,18 世纪的英国虽然从政治、社会到文化经历了各种变革,"光荣革命"通常被史学家们认为标志着英国资产阶级的政治权力开始占据统治地位②,当时的小说家也以揭露真相、"重塑自我"为己任,却少有小说从根本上抨击流行的贵族体制或质疑既定的社会秩序,反而"'成为绅士'(gentry)依然是资产阶级的核心愿望"③。伊格尔顿也指出,"17 世纪革命之后,中产阶级满足于安栖在传统社会的标志后面,与位居其上的社会权贵磋商结成意识形态同盟。在这新话语形成的过程中,理查森的小说占有一个中心位置",因而其笔下的帕梅拉"不仅是小说人物,还是公共神话,是浩大道德论战的工具和进行对话、缔结盟约并展开意识形态战争的象征性符号空间"④。相隔"三层"的帕梅拉与 B 先生的婚姻,对于他们双方中的任何一方,都是一次难以想象的跨越,当然这种"成为绅士",即挤入上层社会,也体现了作者作为资产阶级代表的理查森的"核心愿望"。据历史学家考证,即使到了 18 世纪中期,英国的阶层等级制依然非常严格,层级之间界线分明,难以逾越。据 1759 年的一张收入分布图来看,除了王室和大贵族外,位居金字塔最上层的是有产乡绅和大商人,占据总人口的 3% 左右。他们有可能

---

① John P. Zomchick, *Family and the Law in Eighteenth-Century Fiction: The Public Conscience in the Private Sphere*, Cambridge: Cambridge University Press, 1993, p. 59.
② John Richetti ed., *The Cambridge Companion to the Eighteenth-Century Novel*, Cambridge: Cambridge University Press, 1996, p. 92.
③ W. A. Speck, *Literature and Society in Eighteenth-Century England*, 1680–1820, London: Longman Limited, 1998, p. 145.
④ Terry Eagleton, *The Rape of Clarissa: Writing, Sexuality and Class Struggle in Samuel Richardson*, Oxford: Basil Blackwell, 1985, p. 4.

与位居其下的 3% 属于政治公众人物的"绅士淑女们"勉强通婚，但是与"中等阶层"（middling sort）之间就有一道天然屏障，难以通婚①。因此，虽然帕梅拉的婚姻这种向上的流动似乎主要限于贫民女性通过婚姻、倚其美德跨入上流社会，但在社会等级森严的 18 世纪已经是巨大的革命了。瓦特甚至说，理查森的这一安排"讨好了一种性别读者的想象"，即女性读者，却同时"严厉惩罚了另一读者性别"②。由此来看，理查森的《帕梅拉》与笛福《鲁滨孙漂流记》的姊妹篇《摩尔·弗兰德斯》的努力方向是一致的，两位女主人公都试图通过自己的个人能力和品德达到提升地位的目的，只不过摩尔向上成为"贵妇人"（gentlewoman）是直接的、大胆可视的，而帕梅拉成功的方式是间接的、隐藏的。

由于小说标题为"帕梅拉"，副标题为"美德有报"，绝大多数普通读者甚至学者通常只关注到了帕梅拉因其对贞洁的坚守而成功上位的一面。已有大量文献论证了作为女仆的帕梅拉"灰姑娘式"地转变③为上流社会 B 太太背后的文化意义。但如果仅仅止步于此，恐怕对它的文本意义和社会意义还挖掘得远远不够，因此它丰富的述行功能就会被埋没。很大程度上，帕梅拉的贞洁述行在 B 先生许诺她予婚姻就已基本完成，但从小说篇幅来看，这才刚刚完成一半。而另一半内容则是关于他们"平等的"婚姻生活，尤其是人们对他们婚姻接受的过程。因此同样值得重视的是，小说对具有性别和阶级双重优势的 B 先生蜕变过程的表征，对他由过去有权有财的花花公子转变为"德才兼备"的道德家、由三重性别标准的执行者转变为反对者和改造者这一文本事实，说明了作者理查森通过小说观照并改善性别和阶级现实的双重述行。

帕梅拉跨越阶级的成功确实是实至名归。最初 B 先生虽是社会地位的强者，但无疑是道德上的弱者。瓦特甚至说，理查森通过塑造"放荡的乡绅"

---

① 参见 Douglas Hay and Nicholas Rogers, *Eighteenth – Century English Society*, Oxford: Oxford University Press, 1997, pp. 18 – 53。

② Ian Watt, *The Rise of the Novel: Studies in Defoe, Richardson and Fielding*, London: Chatto & Windus, 1963, p. 154。

③ 黄梅：《推敲"自我"：小说在 18 世纪的英国》，生活·读书·新知三联书店 2003 年版，第 129 页。

与地位低下但德行高尚的女仆相对立的两位男女主人公形象，不仅以其小说从性别层面严重偏离了传统的男女关系定式，而且从阶级层面打破了"高等生活"与"低等生活"之间的分离状态，并以此来巩固资产阶级作为一个整体的道德观念①。帕梅拉对 B 先生提出的"收买"条件逐条详细回复可以说是"击垮"他——或者更准确地说，是帮助他发生道德转变的关键节点。他意识到帕梅拉在道德方面高人一等，当然也高他一等，因此不得不向帕梅拉承认，"你白色的天使降服了我黑色的魔鬼"，曾经不可一世的 B 先生经过帕梅拉的影响和改造，终于心悦诚服地由征服者转变为被征服者，并请求她担任道德顾问，虽然依然难以掩饰自己性别和阶级的双重优越感："尽管也许不是为我作出最后决断的审判官……"（253）最终，原本"没有人比我更加不情愿结婚"（506）的 B 先生，当他深深意识到自己过去行为的荒唐后，向妻子帕梅拉保证："我想规规矩矩地做人，和你的贞洁完全一样……致力于培养道德高尚，直到我寿终正寝。"（493—494）因此，帕梅拉与 B 先生关于贞洁观念的斗争及最终的胜利，很大程度上也是资产阶级道德对传统贵族权势腐朽的道德观念的较量及最终占上风。

  18 世纪的英国社会传统与变革、保守与进步是共存的，而 18 世纪英国小说成为当时"贵族意识形态和进步意识形态"两股势力之间博弈的战场，尤其为资产阶级意识形态合法化提供了有利的阵地②。如果说理查森将帕梅拉刻画为三重性别标准的反抗者和胜利者，那么作为上层阶级的男性，小说中的 B 先生就既是三重性别标准的执行者也是受害者。与《克拉丽莎》中"维护贵族特权……抵制社会发展"、直接造成贞洁的克拉丽莎悲剧的恶棍拉夫莱斯不同，B 先生本不是一个"不可救药的浪荡子"，更不是彻头彻尾的坏人，他只不过是他所在阶级的产物③，甚至是它的牺牲品。他对帕梅拉的追求甚至企

---

  ① Ian Watt, *The Rise of the Novel: Studies in Defoe, Richardson and Fielding*, London: Chatto & Windus, 1963, p. 166.
  ② Michael McKeon, *The Origins of the English Novel* 1600 – 1740, Baltimore: Johns Hopkins University Press, 1987, pp. 202 – 203.
  ③ Margaret Doody, "Introduction", in Samuel Richardson, *Pamela; or, Virtue Rewarded*, London: Penguin Books, 2003, p. 14.

图强奸是基于他爱美貌的帕梅拉，但由于彼此地位悬殊，通过正常途径又无法得到，作为父权社会的贵族阶级男性，具有性别和阶级双重绝对优势的他采取的变态手段。B先生有一次向已成其妻的帕梅拉坦诚自己过去恐惧和讨厌婚姻的原因，实际上可以视作他对其所在阶级所谓门当户对婚姻观的批判。他说，父母的溺爱和纵容、仆从的迁就以及学校错误的教育，培养了他们这些有钱人傲慢、任性的性格。而如果这样两个性格迥异只是"门第与财产相当的"男女被"拉到一块"（507）结了婚，由于男方指望妻子绝对地服从和受控制，而女方期待丈夫给予全心全意的爱情，这些"错误的思想"将使得双方互相挑剔、彼此冷漠甚至嫌恶。虽然B先生与帕梅拉的婚姻看似帕梅拉常挂口中的源于他的"纡尊降贵"（313），或是他自己所说的"在我所做的选择中，我不可能对我的利益有任何考虑。爱，真正的爱，是我唯一的动机"（319）这一"情感主义"主张，但他在与帕梅拉谈到理想婚姻时坚决认为，所谓"丈夫命令、妻子服从"这样的词汇应该从词典中删除，对于他这样一位"一生下来就可以继承一笔巨大财产的人"，或他自称"我们这些放荡的花花公子"（510）来说不亚于一场激进的思想革命。

  贵族阶级的B先生不仅在结婚以后向帕梅拉保证，"让我们从此只谈平等不论其他"（294），甚至还充当起了帕梅拉的说客，当起了道德规训师。即使在姐姐听闻他与帕梅拉的婚姻之后几乎发疯，并命令他去掉一口一个"我的帕梅拉"中的"我的"两字时，B先生也没有为了维护二者关系采取"缓兵之计"，而是坚持这样的称呼，并说这是"自然而然的事情"（492）。他姐姐警告他，如果他如此降低身份有意娶帕梅拉为妻，就要永远和他断绝关系，因为"你的血管中流着祖先们没有受过污染的血液"，"几百年时间里，从没有听说他的子孙后代曾由于不相匹配的婚姻而使自己出丑丢脸"。面对姐姐"玷污血统"的指责时，B先生不仅认为帕梅拉有着高于任何贵族阶级的千金小姐的优势，她"容貌和心灵上具有极大的魅力，而且具有杰出的才能"使她正当地成为贵妇人，并"为她所提高的地位增光"（481）；而且他已经成为帕梅拉的"偶像崇拜者"，利用灵魂平等说教训自己高傲的姐姐，无论高傲低贱,也不管财富多少,人人都会归于尘土,并因此劝诫姐姐:"除非你和我改善为人处世的态度……否则,虽然你现在出于虚荣与愚蠢的心理,对这位和蔼可亲的人儿极为轻视,但那全能的上帝却将把她提升到比我们无限高的地位上去;世界上最高傲的君主自以为高高在上,地位比身份最低微的人高出很多很多,但帕梅拉将来高出于我们的程度将比那还大,因为上帝将不考虑人们在世上的贫富贵贱。"(482)

不仅 B 先生最终因帕梅拉"美好的心灵"而成为其丈夫(463),而且他左邻右舍的所有上等人也对帕梅拉的为人处世交口称赞,并争相和她做朋友。更神奇的是,在 B 先生的劝导下,他傲慢的姐姐不再称呼帕梅拉为"妞"或"东西",而最终以"你的妻子"称呼,虽然语气中依然略带讽刺地称弟弟为"清教徒"。经过一段时间的观察和考验后,他姐姐更是完全改变了对帕梅拉的态度,吻了她的脸颊,并称她为"孩子",还谦卑地向她解释:"虽然我高傲的心并不是一下子就能土崩瓦解,但我愿意说,我祝你快乐。"(501—502)而在她读完帕梅拉的信件和日记后,更是完全被她的美德所折服,接受了弟弟的这桩曾被她诅咒的婚姻,爱上了这位曾经地位卑微的女仆弟媳,并且加入庞大的"帕梅拉合唱团",由衷地赞美帕梅拉:"你的心地十分正直朴实,你的举止十分和蔼谦虚。我将卸下我的骄傲,祛除我的憎恨,认可我弟弟的行为,并同时带给你永久的荣耀。"(521)即使如此高傲的上层社会贵妇人都能"卸下骄傲""祛除憎恨",帕梅拉的美德同样也会使现实中的读者不仅解除疑虑、诚心诚意地祝她幸福,更会以她为楷模,指导自己的日常行为,以期许自己未来会成为"帕梅拉"。因为文学文本既不是一种被动的工具,也不是封闭自治的语言场,而是一个能够创造世界、改变世界的言语行为。这对于 18 世纪英国小说,尤其对于"相信文字具有改变事物的力量"[①] 的理查森更是如此。

[①] Margaret Anne Doody and Peter Sabo eds.,*Samuel Richardson*:*Tercentenary Essays*,Cambridge:Cambridge University Press,1989,p. 3.

小结

18世纪英国的道德改革是伴随着这个国家的经济、政治、意识形态改革全面发展而进行的,而资产阶级无疑是当时全面改革的生力军。逐渐登上历史大舞台的资产阶级,亟须一套相应的思想道德体系来建构和维护他们的地位。理查森非常清楚他身处其中的社会现实,也清楚自己的社会责任,他不仅通过小说这种虚构叙事反映时代价值观,更是要重新定义美德,改良社会道德。他将女仆帕梅拉与在性别和阶级双方面处于绝对优越地位的B先生结合在一起视为"女德有报",体现了自觉的资产阶级道德家理查森对女性美德的重视和弘扬。正如瓦特所说,《帕梅拉》的问世"标志着我们文化史上一个极其显著的改变:一种新的、业已全面发展的、影响巨大的女性角色定式的出现"[1]。《帕梅拉》等小说所宣扬的德行操守指南不仅是对女性思想和行为的规约,同时也是整个资产阶级界定自身新身份的努力,是他们塑造自我、提升自我,并全面革新社会道德规范的宏伟计划的重要组成部分。

因此,小说《帕梅拉》作为整体是一个宏观言语行为,是作者理查森借助小说文本,在18世纪资产阶级向传统贵族势力发起挑战的社会语境下,与他"所处时代的读者",甚至"所有时代的读者"[2]之间的对话。但作为宏观言语行为的成功离不开无数个微观言语行为的成功述行。其中最为典型的是贫民阶级的代表帕梅拉及其父亲作为书信和日记的作者,与B先生及其姐姐作为忠实的读者之间的对话,理查森有意以书信体小说的形式,赋予处于身份劣势的帕梅拉话语权力,以"无形"的形式产生有形的影响。正如黄梅所说,在《帕梅拉》中,"使女主人公命运发生巨变的不是神通广大的仙女或教母,而是那些秉承清教徒精神自传的传统的有魔力的词句和文本"。但同样值得指出的是,帕梅拉在写信过程中似乎时刻有一双眼睛在"凝视",那是B先

---

[1] Ian Watt, *The Rise of the Novel: Studies in Defoe, Richardson and Fielding*, London: Chatto & Windus, 1963, p. 161.

[2] M. H. Abrams, *The Mirror and the Lamp: Romantic Theory and the Critical Tradition*, Oxford: Oxford University Press, 1953, p. 20.

生的眼睛,是作者理查森的眼睛,是资产阶级男性的眼睛。身为男性作者和成功的出版商,理查森以"资产阶级的艺术形式"①,对帕梅拉"出自女性之手"的信件进行筛检、过滤甚至重新加工,使得该小说并不完全体现出所谓的男女平等意识,势必打上男性霸权意识形态的烙印,维护和宣扬得体、守节、谦卑等父权社会的女德观。总之,基于18世纪小说被赋予的突出的述行功能,《帕梅拉》所创造的世界无疑是作者、文本、读者与社会规约之间话语互动的结果。小说主人公帕梅拉本人对贞洁、坚忍、勤劳、谦逊、自省等女性美德舍生忘死的坚守,尤其是她对男主人公B先生的道德教育和彻底改造,深刻反映了上升时期的资产阶级的道德理想和政治意图,通过小说陈述和广泛阅读,这些道德操守日渐被铭刻在社会意识和行动之中。

第二节 托比亚斯·斯摩莱特《蓝登传》的消费道德批判

自18世纪开始,"进步"等启蒙思想在英国逐渐形成。人们相信历史的车轮定会滚滚向前,世界会以一种不可逆转的节奏走向辉煌。亚当·斯密(Adam Smith)认为人类天生就有一种消费的冲动,因此"消费应该成为所有生产唯一的终极目标"②;休谟甚至认为奢侈生活给人们带来的愉悦感以及商业贸易带来的诸多好处只会帮助人们克服懒惰心理,变得锐意进取。18世纪另一位著名的政治经济学家曼德维尔(Bernard Mandeville)则针对当时这种将经济繁荣、消费至上视为一个现代社会的突出特征和进步表现的普遍观念,以强烈的讽刺口吻说道,"嫉妒""傲慢"等"个人恶行"实际上是刺激社会

---

① W. A. Speck, *Literature and Society in Eighteenth - Century England*, 1680 - 1820, London: Longman Limited, 1998, p. 107.

② Adam Smith, *An Inquiry into the Nature and Causes of the Wealth of Nations*, R. H. Campbell and A. S. Skinner eds., Oxford: Oxford University Press, 1976, p. 2.

工业发展、激发发明创造的"公共美德"[1]。不可否认的是,一方面,进步、理性等理念激发了英国商业和贸易飞速发展,出现了经济繁荣和"消费繁荣"[2]景象;但另一方面,正是这种在全民心中洋溢的乐观主义精神,带来了消费观念的巨大变化,消费不再只是满足人们的基本生活需求,而同时成为炫耀、浪费、腐败等恶习滋生和蔓延的土壤,从而连带引发了社会生活无序、社会道德失范等现象。曼德维尔、斯威夫特等作家纷纷撰文表达对这一不良社会风气的讽刺和批判,并将浪费、奢侈的现象视为万恶之源[3]。

18世纪英国小说家托比亚斯·斯摩莱特(Tobias Smollett, 1721-1771)也敏感地捕捉到了社会的变化,并对经济过快发展可能带来腐败和不道德之风等一系列社会问题表示了深深的担忧,有人甚至说他的小说是对一个"混乱世界"[4]的表征。他的第一部流浪汉小说《蓝登传》(The Adventures of Roderick Random, 1748)中,主人公出生于没落贵族家庭,有着高贵的出身和丰富的学识。但是由于没有财产,蓝登不得不一直流浪以谋生计。他在大都市中饱尝缺少金钱之苦,屡屡受挫后受到炫耀性消费风气感染,不仅想靠骗取婚姻来过上等人的日子,还逐渐染上赌博等恶习,甚至认为"赌博是缺钱的上等人唯一可靠的收入来源"[5],逐步失去了勤劳、仁爱、真诚等美德,成为炫耀性消费的牺牲品。

按照美国社会经济学家凡勃伦(Thorstein Veblen)在其著作《有闲阶级论》(The Theory of the Leisure Class, 1899)中对"炫耀性消费"的文化解读,认为炫耀性消费是有闲阶级证明自己拥有更高的社会地位和优越的社会权力

---

[1] Neil Postman, *Building a Bridge to the 18th Century: How the Past Can Improve Our Future*, New York: Alfred A. Knopf Inc., 2000, p. 28.

[2] Neil Mckendrick et al., *The Birth of a Consumer Society: The Commercialization of Eighteenth-century England*, London: Europa Publications Ltd, 1982, p. 9.

[3] 尤其是曼德维尔通过诗歌批判了人们对服装、饮食、家具等奢侈品的追求而导致世风日下的社会弊端。参见 Bernard Mandeville, "The Grumbling Hive" (1705), "The Fable of the Bees" (1714), in E. J. Hundert ed., *The Fable of the Bees and Other Writings*, Indianapolis: Hackett Publishing, 1997.

[4] Liz Bellamy, *Commerce, Morality and the Eighteenth-Century Novel*, Cambridge: Cambridge University Press, 1998, p. 71.

[5] Tobias Smollett, *The Adventures of Roderick Random*, Oxford: Oxford University Press, 1979, p. 321. 本节正文中未标明文献出处的页码均出自该小说。

的重要手段,因此,探寻《蓝登传》中人物在服饰、情感和休闲等方面的炫耀性消费,即可见出斯摩莱特的道德关切,他要揭开"这个自私、妒忌、愚蠢而邪恶的世界是如何使得一个涉世未深的年轻人堕落"(xxxv)的真相,表达他对英国早期消费文化带给社会负面影响的担忧,对"如何调和物质上的进步与维护世袭社会阶层二者之间的矛盾"[1]的思考。他最终让主人公在经历各种磨难和欺骗之后逐渐回归理性与道德意识,又表达了对人心向善的道德期望。

一 虚荣性服饰消费的"恶"

虽然在18世纪的英国,在经济、政治、文化和意识形态等诸方面,资产阶级都已经形成了一股不可阻挡的上升的社会力量,但不可否认的是,贵族阶级的生活方式依然是人们追求的理想的生活模式。由于18世纪以来,"所有阶级普遍富裕"的民族自豪感急剧膨胀,"整个英国民族积习难改的奢侈习性"更是形成了"全民奢侈"的不良社会风气[2]。贵族阶级的社会地位通过他们身上的服装行头、身边的随从、出行的马车、餐桌上的食物、家中的物品摆设以及孩子所受教育与其他人区隔开来,"不是通过颁布禁止奢侈的法令或进行治安处罚,而是通过共同协议或全面理解"[3]。而古今中外,服饰一直是一个人身份最外在的表征。"与大多数其他方式相比,对服饰的消费更能向他人在看到第一眼时就证明自己的经济实力",因此"对于所有阶级来说,服饰的使用价值远非只是御寒保暖,更是为了给人留下体面外表的印象"[4]。中上层阶级试图通过奢华的服饰将自己与他人区隔开来,以此炫耀自己的财富与社会地位;反过来这又使得下层阶级认同并竞相模仿以期消弭彼此的差异,

---

[1] K. G. Simpson, "Roderick Random and the Tory Dilemma", *Scottish Literary Journal* 11 (1975): 12.

[2] Neil Mckendrick, et al. *The Birth of a Consumer Society: The Commercialization of Eighteenth - century England*, London: Europa Publications Ltd, 1982, p. 9.

[3] Michael McKeon, *The Origins of the English Novel* 1600 - 1740, Baltimore: Johns Hopkins University Press, 1987, p. 151.

[4] Thorsein Veblen, *The Theory of the Leisure Class: An Economic Study of Institutions*, New York: Macmillan, 1989, p. 111.

在区隔与"反区隔"之间最终强化这种畸形的社会消费观念。《蓝登传》中，无论是他人打量蓝登还是蓝登看待他人，衣着体面与否是判断是否值得交往的首要条件。从初来伦敦由于衣着寒碜遭人白眼，到后来无论多么落魄都要打扮光鲜装点门面，甚至因此而欠债入狱，蓝登都是这种虚荣性服饰消费的牺牲品。

初涉社会、没有朋友的"孤儿"蓝登深受自身经济贫穷和奢侈消费风气之苦，他领略到了"没有金钱万万不能"。无论是他在军舰上谋求医生助理之职还是想在海事局谋一个小职位的经历都使他发现，一切必须以钱开路。从帮他开门的仆人、传递文件的小职员、海事局秘书到考官，无一不需要打点，直到榨干他最后一分钱："不到一刻钟，他们又把我叫进去，递给我盖好印的资格证，要我支付5先令。我把半个基尼递给他，站在那儿，其中一个告诉我可以走了。我只好说：'我在等着找钱呢，马上就走。'另外一个人甩给我5先令6便士……后来我又不得不给几个差吏3先令6便士，给一个打扫大厅的老妇人1先令。"（118—119）

蓝登先后两次伦敦之行的不同待遇使他意识到虚荣消费对一个人社会地位至关重要。第一次伦敦之行，蓝登和朋友斯特拉普来找工作，由于他们衣着寒酸，一到伦敦就引来许多奇怪的目光，并受到各种戏弄甚至侮辱。先是问路时路人的不理不睬，然后是马车夫佯装向他们吆喝生意而故意溅的他们满身泥水；当他们到一个酒馆大厅试图吹干衣服时，一个"坐在包厢，叼着烟斗"的人走近蓝登，扯着他齐肩的头发，无故把他当"刚释放的犯人"一般戏弄了一番（62—63）。虽然他自己因囊中羞涩、衣着寒酸而饱受歧视，但蓝登找人办事时不会找那些"就衣貌而论与我差不多"的人，而专找那些"衣着我喜欢"的人（78）。当蓝登自以为已经成为真正的上等人，认识了一些体面的新朋友时，就想甩开一直真诚对待自己、多次解囊相助但衣着朴实的斯特拉普，认为跟他在一起是一件很丢脸的事。他甚至大言不惭地说："人心生而忘恩负义。"（108）于此可见出炫耀性消费之"恶"。

第二次伦敦之行，当斯特拉普把从法国公爵那儿受赠的300多镑现金及一堆贵重的衣物、配饰悉数赠予蓝登后，他风风光光回到伦敦，穿着奢华的服饰出入各种社交场所。与第一次到伦敦的境遇大不相同，当蓝登穿戴着巴黎时髦服饰出现在剧院前排包厢时，素不相识的许多人都起立以表敬意；他经常出入一家"衣着讲究""非常阔绰"的体面人聚集的咖啡馆，与他们谈论政治，"大家对我非常尊敬，我的地位也如我所希望的，有了很大提高"（260）；还受老绅士之邀，去会见了一群"高雅之士"。仅仅是服饰的改变，蓝登就受到了上层阶级的欢迎并"成为"他们中的一分子。蓝登领悟到了华丽的服饰之于身份的重要性之后，即使在他第一次想靠婚姻爬上上层社会的计划失败落得人财两空之后，他还是以半价贱卖了才置办不久的衣服，为的不是维系捉襟见肘的日常生活，而是重新购置两套昂贵的新衣以"装点门面"。他仍然把打扮体面、不停换穿新衣看成获得他人赏识继而获得金钱和社会地位最重要的途径。

　　正如凡勃伦所说，炫耀性消费主要体现于有闲阶级对奢侈品的消费上。奢侈品消费是指为了消费者本人的享受而进行的消费，是展现一个人优越地位的方式。在《蓝登传》中，上层社会对服饰的公开性炫耀几乎到了一种无以复加的地步。蓝登曾经供职的军舰舰长魏弗尔的奢靡生活给人印象深刻：衣着炫丽，仆从成群，他第一次来到船上就给人"气派""惊艳"的感觉。作者不惜笔墨，用了将近250个字把他的穿着从头到脚、里里外外进行了非常详细的描写。单看他的配饰就极其奢侈："镶有红宝石的别针"；"鞋扣上嵌着金刚钻，在阳光下熠熠闪光"；"腰间挂着一把镶金的钢柄宝剑"；"手上还套着一根琥珀镶头的手杖甩来甩去"；"手上戴着一副白手套，两只小手指上套着精巧绝伦的指环，似乎戴着的手套再也不准备脱下来"（194—195）；等等。配饰虽然毫无实用价值，但有钱人通过消费常人消费不起的商品，"反映出穿戴者不仅能消费得起大量贵重的有价之物，同时也表明他属于有闲阶级，只需消费，无须生产"[1]。魏弗尔不仅自己喜爱穿着繁复的服饰，还要求船员

---

[1] Thorsein Veblen, *The Theory of the Leisure Class*: *An Economic Study of Institutions*, New York: Macmillan, 1989, p. 113.

和仆人也衣着整齐精致,即使是那些甲板上做工的船员也必须戴假发,配宝剑,穿褶边衬衣;而对衣着普通的船员动辄呵斥辱骂。据考证,"在英国,打扮得像绅士似乎就足以成为绅士,至少别人就会视他为绅士。……乔治一世统治时期(1660—1727),穿着精致、腰佩宝剑的人就会受到绅士的礼遇……而到乔治二世时(1727—1760),任何衣着整洁、佩戴华丽的男子假发的人就可以享受'老爷''阁下'等尊称"①。因此,魏弗尔以他本人的"歧视性消费"(invidious consumption)以及要求船员和仆人的"替代性消费"(vicarious consumption)来展现自己无比优越的经济地位和社会权威。斯摩莱特以魏弗尔这样一个新贵代表形象,反映和批评英国上层社会浮夸、奢靡的生活作风。

同样,小说中上层阶级议员克林哲不仅把大量的金钱花费在奢华的服饰上,而且他把一个人的奢华服饰当作与之交往的重要指数。因此,在蓝登求职时,克林哲热情接待了"穿着一身华丽衣服"的小乡绅葛奇,欢迎他随时一起进餐,却把其祖父曾有恩于他但衣着寒酸的蓝登冷落一旁,只允许他"站在冰冷的过道里,冻得直呵手指",也不让他进入一间"专为上流人物等待接见"(74)而取暖的地方。对于势利的克林哲来说,服饰才是最好的名片,衣着富丽就是高贵,着装朴实即是平庸,而能力与美德也远没有眼前的金钱利益重要。尽管蓝登大学期间修过哲学、希腊文和数学,还曾跟随一个药师学习过医学知识,并且性格上也勤奋自力,无论是能力还是品德都足以胜任军舰上军医助手的工作,但当衣着寒酸、无钱打点的他请求推荐时,却遭到冰冷的拒绝。

在与菲尔丁同称为"传统主义者"的斯摩莱特笔下,虚荣性消费观念下的人们变得性别错位,男无能,女不贤。本该勇敢承担保卫者职责的船长魏弗尔却矫揉造作胆小怕事,身体一点点疼痛就大呼小叫,拿他人出气;衣着光鲜、酷爱摆阔的绅士维兹尔缺乏绅士风度,遇到强盗抢劫时吓得发抖,颜面尽失,遭大家嘲笑;而装扮为时髦高贵小姐的无名妓女也因举止轻浮而变

---

① Sara Jordan, *The Anxiety of Idleness: Idleness in Eighteenth-century British Literature and Culture*, Lewisburg, Penn.: Bucknell University Press, 2003, p.18.

成可笑可怜可气之人。一方面中上层阶级对服饰的虚荣性消费引发了贪污受贿等社会弊端，同时形成社会区隔使得中下层阶级深受其害；另一方面下层阶级一边痛骂上层阶级的势利、丑恶，一边又认同并极力模仿这种消费观念，恐惧"向下跌落的威胁"，又无法抗拒"向上攀爬的诱惑"[1]。斯摩莱特甚至痛恨地说，奢靡之风"应该为诸如叛逆、懒惰、女子气乃至动荡、暴乱等所有社会弊端负全部责任"[2]。也就是说，对于斯摩莱特来说，虚荣性消费乃一切罪恶之源。

二　商品化爱情消费的"假"

18世纪英国，那种认为婚姻是两个家庭增加财富和提升社会地位的重要手段的传统观念，即赤裸裸的金钱婚姻观念受到越来越多文化人士的批判和抨击，它被指责为导致婚外通奸、家庭暴力乃至家庭破裂的罪魁祸首。艾狄生甚至说："有无感情基础的婚姻区别之大，就好似天堂与地狱之差。"[3] 但是在人们越来越认识到感情基础对于婚姻的重要性的同时，由于这种观念的改变与英国社会商业化几乎同步，连人们曾经心向往之的神圣高尚、稀有珍贵的爱情也似乎成为可以消费的商品。通过对爱情的"消费"，男女双方企图获得更多的经济资本和社会资本。《蓝登传》正是体现了作者斯摩莱特对男女之间滥用感情现象的讽刺，以及对真爱的坚守。

蓝登在伦敦的致富路上走得起起伏伏。当他手头有了一笔钱之后，开始考虑怎样能够稳固自己在经济和社会地位方面的优势。思来想去，他认为凭自己曾当过医生助理的经历挂牌行医吧，一没朋友，二风险太大，"即使你有天大的本事"也难成功；当官吧，自己既不会逢迎拍马，又不想违心办事，也难顺利；最后决定，"打扮成绅士，向一个有钱女子求婚"才是"又快又

---

[1] 黄梅：《推敲"自我"：小说在18世纪英国》，生活·读书·新知三联书店2003年版，第337页。
[2] Tobias Smollett, *Continuation of the History of England*, Vol. 1. London: Richard Baldwin, 1965, p. 203.
[3] Douglas Hay and Nicholas Rogers, *Eighteenth - Century English Society*, Oxford: Oxford University Press, 1997, p. 40.

好"的结果（255），因为"他们如能跟出身较好的女性结婚，这样一来可以和她强大的亲戚结成联盟，二来可以在财富和权力上获得更大的优势"①。18世纪英国，金融市场的逐渐成熟使得婚姻、爱情也可以成为资本的一部分，甚至带动了"婚姻市场"的产生。在报纸杂志上登载女方嫁妆数目成为很多男士炫耀身份的新"资本"。"星期六，哈维先生娶了勒特雷尔小姐为妻，嫁妆2万镑"；"上周星期四，布鲁斯勋爵娶了安·塞维尔，她带来财富6万镑"②，诸如此类的婚姻通告在当时屡见不鲜。因此，出身高贵、嫁妆丰厚的女性本身就是一种更好的经济资本和社会资本，追求她们就等于获取更高的经济优势和社会地位。难怪有学者把蓝登第二次伦敦经历称为"疯狂的婚姻阴谋"③。蓝登对美丽而世故的美琳达、丑陋但富有的斯纳珀，甚至他心上人漂亮又高贵的水仙三位女性的追求无一不表现出商品化爱情"消费"存在的虚伪和功利。

当听说有个叫美琳达的女子，"她是挂在每个人嘴边的红人，有一万镑陪嫁"时，蓝登就认定这是他要猎取的对象。虽然有人警告说，她"专门喜欢玩弄男人""心里却冷酷无情"（283），但他仍甘愿冒险，义无反顾。在追求美琳达的过程中，蓝登带着她参加伦敦的各种时髦消遣，如逛剧院，看歌剧，参加假面舞会、茶会、郊区集会，看木偶戏，等等，付出一笔笔不小的费用，为的是"务必满足她的虚荣心和自尊心"。在舞会上，虽然看出了她的虚荣心和缺乏同情心的"野蛮性格"，但蓝登还是"受了她家产的引诱，决定满足她的欲望"（281）。在美琳达家设的牌局中，明知她玩欺骗手段，但蓝登还是半推半就地让她赢了一大笔钱。若不是想着作为"长线投资"，奔着她家丰厚的嫁妆，蓝登断然不会这么冒险，因为他清楚，"要是这种情况重演几次，那我就根本没有力量再进行任何其他有利可图的恋爱了"（289）。但最终他的婚姻

---

① Thorsein Veblen, *The Theory of the Leisure Class: An Economic Study of Institutions*, New York: Macmillan, 1989, p. 40.

② W. A. Speck, *Literature and Society in Eighteenth-Century England*, 1680-1820, London: Longman Limited, 1998, p. 103.

③ John Skinner, *Construction of Smollett: A Study of Genre and Gender*, London: Associated University Presses Inc., 1996, p. 37.

计划还是落空了。当蓝登为了美琳达几乎花光了所有积蓄，向她求婚时，她母亲却以他无法拿出自己的产业证明、看不到他如何能保证女儿幸福为由，打碎了他试图通过和美琳达结婚而过上上流社会生活的美梦。蓝登的这种商品化的爱情就自然成了没有收益的"赔本生意"，纯粹成了一桩与感情无涉、只与金钱有关的无益的"消费"。

虽然美琳达在小说中被描写为情场高手，爱慕虚荣，只是玩弄男人，"唯一的目的就是增加崇拜她的男人的数目，看着数目一天天增大，她心里就高兴"，看到有人为了她争风吃醋，她就"眼睛闪闪发亮"（280），但在斯摩莱特的笔下，其实她也是商品化爱情消费的牺牲品。蓝登虽然步步紧逼希望娶她为妻，却自始至终没有对她真心说出一个"爱"字或者"喜欢"，反倒是一边与她"谈爱"一边想到他那"甜蜜的水仙姑娘"（294）。美貌和高贵的出身固然是美琳达与生俱来的财富，但是她既没有独立的经济，也无法主宰自己的生活和选择，不过是有闲阶级证明其优越社会地位的"替代性消费品"而已。美琳达的婚姻实际上只是她母亲与蓝登之间一场没有谈成的生意。

即使是追求真爱水仙，蓝登的消费也无不体现炫耀性特征。为讨好水仙，他先是送给其贴身女仆一枚戒指以感谢她的牵线搭桥，不久后也赠送了水仙一枚价值不菲的钻戒，因为这种替代性消费不仅可以体现他作为赠送者的经济实力，而且与美丽动人、穿戴体面的女性出入各种社交场合本身就是提高其社会声望的手段。为巴结水仙的兄长，他打牌故意输钱，陪同他出入各种酒馆聚会。不仅这些活动要花费大量钱财，而且随身的行头对于本来就是打肿脸充胖子的蓝登来说也是一笔不小的开支，以致最终落个欠债入狱的下场。

在爱情的商品化过程中，男女双方既是消费者又是投资者，男人企图以婚姻为手段达到快速敛财致富的目的，女子以财富与姿色为资本，希望同时满足自己的金钱欲望和虚荣心。最终蓝登"不仅浪费了时间和金钱，而且打碎了梦想"，受尽他人嘲笑："你太实诚，太不了解城市，你还没有克服自己的廉耻心就想发财！"连作者也少有地掺和进来，连珠炮似的谴责他"太爱虚荣""自负到愚蠢""中毒太深"（285）。小说最后以蓝登的叔父出现，将欠债入狱的他赎出,又与其失联多年、有钱有势的父亲相认,与心上人水仙终成眷属为圆满结局,说明作者斯摩莱特要将深受商品化、功利化爱情之害而不能自拔的蓝登拯救出来。当水仙的兄长威胁说"如果你胆敢娶我的妹妹,我将宣布她的财产都属于我,你一分钱也休想得到"时,蓝登非但不生气,反而高兴起来,说这正是"证明我的爱情不带私利"(428)的时候,这种底气十足的转变一方面体现了蓝登真爱的回归,但另一方面也是对爱情商品化的极大讽刺,因为这种回归只能以金钱和地位为绝对先决条件。

三 炫耀性休闲消费的"罪"

"休闲"的英文"idleness"在 18 世纪英国有两种看似互相矛盾的含义,一种是作为贬义的、中世纪以来的传统意义——"七宗死罪"之一"懒惰",如 18 世纪英国著名画家霍加斯(William Hogarth)的画作《勤与懒》("Industry and Idleness")中所继承的;而另一种则是"有闲""生活安逸"等区分于下层阶级的又一资产阶级特征。18 世纪英国的工业革命和经济繁荣带动了文化的发展,但同时使得文化也成为人们炫耀性消费的一种方式。凡勃伦将"炫耀性消费"分解为"炫耀性消费"和"炫耀性有闲"。前者是指对财物的浪费,而后者则是对时间和精力的浪费。凡勃伦认为文化区分了传统贵族和新兴资产阶级,因为高级学识是一种"'更高层次的'或精神上的需要"[①]。法国当代著名社会学家布尔迪厄(Pierre Bourdieu)甚至把对文化资本占有的多少视为区分社会各阶层的标志。他将资本划分为三种形态:经济资本、社会资本和文化资本。经济资本在一定条件下可以较快地转化为社会资本,但是,文化资本的积累相对来说需要一个漫长的过程。蓝登虽然落魄不得志,但是一直以自己的贵族出身和所受良好教育为骄傲,认为自己"无论是就出身、教育还是行为来说都是上等人"(350)。在巴黎得到一笔可观的赠款之后,他除了置办昂贵的服饰行头外,就是游历罗浮宫、凡尔赛宫,看意

---

① Thorsein Veblen, *The Theory of the Leisure Class: An Economic Study of Institutions*, New York: Macmillan, 1989, p. 132.

大利喜剧、歌剧和话剧。这些被划定为上层社会的文化成为日后他在各种社交场合不断吹嘘和炫耀的资本,也成为他成功获取更多"经济资本"和"社会资本"的"无形资本"。体面的绅士争相与他交友,连原来一直瞧不起他的富乡绅——水仙的兄长——在听说他去过巴黎的各大博物馆和画廊后,也热情与他握手,连称他是高贵的人,并以他能赏光到家赴宴为荣,对他与其妹妹的交往也极为热心。

炫耀性消费一方面使得人们对经典文化的欣赏变了味,只是把它当作炫耀的资本;但另一方面又由于文化资本薄弱的商业新贵加入读者群,导致经典文学逐渐式微,通俗文学甚至低俗文学盛行。瓦特认为,虽然一直以来阅读很大程度上都是为了愉悦和消遣,但这种"追求瞬间的满足"却似乎成为18世纪英国压倒性的阅读方式[1]。不仅大多数咖啡馆、小酒馆里都为读者提供免费通俗读物,而且"虽然所有图书馆里80%以上仍为非小说类读物,但是小说,通常是垃圾小说、快餐小说的流通量要远远大于其他任何文类,因为它们刺激着人们追求时尚的味蕾"[2]。如果如瓦特所说,笛福与理查森的成功正是得益于这种"以牺牲传统批评标准为代价,追求轻松娱乐"的文学旨趣变化,那么斯摩莱特却反讽性地利用小说这一新的大众文学样式表达出对"不断增长的世俗情绪"[3]的悲观情绪。在《蓝登传》中,他花了大量的篇幅描写一位才华出众的诗人的悲惨经历,由此感叹经典文学的衰落。诗人麦洛波因原本希望自己所写的悲剧能够得到上演,但是由于粗俗戏文的流行,他的高雅悲剧丝毫得不到青睐,各大剧院经理互相踢皮球。经过几年的等待,排演依然遥遥无期,他不仅花光了所有积蓄,连"吃得上一口粗茶淡饭"也是一种奢侈;"一件衣服也没有,一个朋友也没有,一点希望也没有"(395—396),最后竟落难到入狱,以给狱友朗读自己的诗作,靠狱

---

[1] Ian Watt, *The Rise of the Novel: Studies in Defoe, Richardson and Fielding*, London: Chatto & Windus, 1963, pp. 48-49.

[2] J. H. Plumb, *The Commercialization of Leisure in Eighteenth-century England*, Berkshire: Reading University Press, 1972, p. 7.

[3] Ian Watt, *The Rise of the Novel: Studies in Defoe, Richardson and Fielding*, London: Chatto & Windus, 1963, pp. 49-50.

友微薄的接济过日子的可怜地步。由于文化已经充当炫耀性消费的资本，人们越来越缺乏耐心去咀嚼欣赏高雅文化，那么经典文化的式微也就成为必然。

除了"炫耀性消费"外，有闲阶级另一个特点是"炫耀性有闲"①。他们排斥一切生产劳动，仅从事某些带有荣誉性的活动，而把炫耀性消费当作展示财富、博取荣誉和区隔身份的一种手段。故此，大城市中的各种休闲娱乐场所也无不迎合这种普遍存在的炫耀性消费观念。到了18世纪中期，伦敦已经成为耀眼的时尚世界和炫耀性消费中心。"伦敦不仅是政府、社会、商业和生产中心，不仅是重要港口，同时也是炫耀性消费的中心，因此它既充满惊奇，又无不让人心生忧虑。"② 不仅酒馆、咖啡馆的数量大大增加，而且涌现出的各种剧院、音乐会、舞会、体育比赛等成为有钱贵族及新兴资产阶级交友休闲所热衷的文化娱乐活动。难怪以约翰逊博士为代表的知识分子以一种奥古斯都式的骄傲说："假如一个人厌倦了伦敦，那么他就厌倦了生活，因为伦敦能够满足他生活的一切所需。"③ 蓝登的第二次伦敦生活基本上是在各大娱乐场所度过的。他逛剧院坐头排以引起他人的关注和欣赏；为了结交体面的朋友他来到咖啡馆，因为衣服华丽、能讲一口流利的法语而大受欢迎。人们在这里高谈阔论，甚至争得面红耳赤，但并不一定要他人接受自己的观点，主要是为了打发时间，通过其"炫耀性有闲"，证明自己是有充裕的时间和金钱休闲的上层阶级人士。除了频繁出入咖啡馆或各种奢侈场所，人们也通过举办奢侈舞会、大宴宾客等方式来"不断炫耀自己的支付实力"④。蓝登为了

---

① 萨拉·乔丹（Sarah Jordan）认为，休闲成为18世纪英国性很重要的一个特征的原因之一就是：一个人的职业和财产的多少已经逐渐取代出身而成为其身份的决定性因素。参见 Sarah Jordan, *The Anxieties of Idleness: Idleness in Eighteenth - Century British Literature and Culture*, Lewisburg, Penn.: Bucknell University Press, 2003, p. 17。

② Thorsein Veblen, *The Theory of the Leisure Class: An Economic Study of Institutions*, New York: Macmillan, 1989, p. 7.

③ Douglas Hay and Nicholas Rogers, *Eighteenth - Century English Society*, Oxford: Oxford University Press, 1997, p. 8.

④ Thorsein Veblen, *The Theory of the Leisure Class: An Economic Study of Institutions*, New York: Macmillan, 1989, p. 60.

追求美琳达举办了一场奢华的舞会。虽然他刚来伦敦不久，结识的社会名流非常有限，但舞会当天，包括有钱绅士和成功商人在内的许多上流社会成员纷纷到场，盛装出席。舞会上大家交谈甚欢好似多年老友，不仅蓝登的社会地位和个人魅力由此提升，出席者也以能出席此等豪华舞会来证明其有闲阶级的身份。

因温泉而久负盛名的巴斯小镇在18世纪更是被开发成英国最大的休闲旅游中心，也是中上层阶级炫耀性消费中心。1700—1800年，巴斯的固定人口翻了十几倍①，慕名来到这里旅游、消费的人更是不计其数。这里剧院、博物馆林立，各种文化和运动场所一应俱全。有人如此描写人们在这里一天的休闲活动："中午以前在新建的剧院里听听音乐剧来恢复精力；到了下午或骑骑马玩玩牌，或者在镇上或周边农村散散步；晚上则参加各种集会，如赌博、听音乐会、举办舞会或讨论会。第二天再重复前一天的活动，周而复始。"②蓝登以实施第二次婚姻计划的目的追随他毫无感情的富家小姐斯纳珀来到巴斯。他先是游历了巴斯所有名胜古迹；为讨好斯纳珀，他带她们母女二人来到奢华的"长厅"，那里有舞池、赌场、音乐会等各种娱乐场所，当晚以打牌消磨时光。第二天先带斯纳珀到茶会，然后去聚会舞厅跳舞。直到在舞厅偶遇自己的心上人水仙，他才意识到自己牺牲爱情、以婚姻作为过上体面生活的做法是多么荒唐可笑，转而追求水仙。第三天去据说其水可以包治百病的矿泉厅碰运气，希望见到水仙。接下来在巴斯的几天时间里，蓝登要么带水仙出入舞厅、咖啡厅；要么讨好其兄长去酒馆、赌场，即使是最后与水仙兄长之间的决裂也是在"长厅"里进行。巴斯俨然成为休闲消费和上层生活的象征。

斯摩莱特不仅在《蓝登传》中暗示了对人们在巴斯的奢侈生活的不满，视社会奢靡之风为"冲垮道德与传统的洪流"③，更是在其最后一部小说《亨

---

① Jeremy Gregory and John Stevenson, *The Routledge Companion to Britain in the Eighteenth Century 1688 – 1820*, London：Routledge, 2007, pp. 244 – 245.

② H. T. Dickinson, *A Companion to Eighteenth – century Britain*, Oxford：Blackwell Publishing Company, 2002, pp. 326 – 327.

③ John Sekora, *Luxury：The Concept in Western Thought，Eden to Smollett*, Baltimore：Johns Hopkins University Press, 1977, p. 142.

佛利·克林特》（*Humphrey Clinker*，1771）中把巴斯比作"一锅令人作呕的腐败之汤"，"所有的荒唐都源于席卷全国、蔓延到各个角落的奢靡之风"①。斯摩莱特也因这种对城市炫耀性的休闲生活的讽刺和批判而被喻为"乡村派意识形态"②。

小结

寓教于乐的文学伦理批评观在18世纪英国现代小说产生之初可谓体现得淋漓尽致。约翰逊博士认为小说主要是为"那些年轻的、无知的、有闲暇时间的人"供给"正确的道德标准，以帮助他们学会如何做人做事，如何进入社会"③。而这时，资产阶级商品生产和贸易的迅猛发展使得消费观念悄然发生变化。这种被卡林内斯库（Matei Calinescu）称为两种现代性之一的"作为西方文明史一个阶段的现代性"，即"资产阶级的现代性"或"理性与进步的现代性"说明，社会要获得发展，"就只有通过鼓励消费、社会流动和追逐地位"，而这种以鼓励过度消费和不惜一切代价爬上社会阶梯的趋势逐渐改变着人们的生活和价值观念，最终"否定它自身的超验道德根基"④。在《亨佛利·克林特》中，斯摩莱特甚至极其悲观地强调："这股宏大的奢靡之潮已经席卷全国，无人幸免、无处可逃。"⑤ 在《蓝登传》中，斯摩莱特通过展现社会的各种扭曲、奢靡的生活方式，通过探索蓝登消费心理和消费行为变化的社会根源，以此揭示炫耀性消费的实质是一个社会以抛弃勤劳、仁爱、真诚等美德为代价，依靠虚假、虚伪的外表来粉饰真相；通过嘲笑人物的愚蠢行为来警示人们，"以促使人类变得更加美好"⑥。斯摩莱特对18世纪英国社会

---

① Tobias Smollett, *The Expedition of Humphry Clinker*, New York: Cosimo Classics, 2005, pp. 36, 61.

② Carol Stewart, *The Eighteenth-Century Novel and the Secularization of Ethics*, Surrey: Ashgate Publishing Ltd, 2010, p. 74.

③ Samuel Johnson, *Rambler*, No. 4, March 31st, 1750.

④ ［美］马泰·卡林内斯库：《现代性的五副面孔》，顾爱彬、李瑞华译，商务印书馆2003年版，第13、48、100页。

⑤ Tobias Smollett, *The Expedition of Humphry Clinker*, New York: Cosimo Classics, 2005, p. 36.

⑥ Robert Giddings, *The Tradition of Smollett*, London: Methuen & Co. Ltd., 1967, p. 66.

转型时期的奢靡、腐败、势利、虚伪之世风的批判，表达出他对传统美德的留恋，以及对调和及平衡物质繁荣与社会价值、传统道德与社会发展之间关系的渴望。

第三节　安·拉德克利夫《奥多芙的神秘》的道德趣味建构

18 世纪的英国不仅被冠以"理性的时代""小说的时代"，甚至也被称为"趣味的世纪"①，涌现出以沙夫茨伯里（Third Earl of Shaftesbury）、休谟、伯克（Edmund Burke）等为代表的大批趣味美学家。虽然各家立说，但他们几乎无一例外地关注艺术与生活、个人与社会、趣味与道德之间的关系。正如伊格尔顿所强调的"审美就是意识形态"，18 世纪英国的许多小说家及文学批评家，"谈论艺术的同时也在谈论其他事情，这些事情都触及中产阶级争夺政治领导权的核心问题"②。安·拉德克利夫（Ann Radcliffe，1764－1823）的小说正是这种"将美与崇高完美地结合在一起"③ 的文学实践。

作为 18 世纪末英国最著名、最具影响力的女性小说家和哥特小说家，安·拉德克利夫创作的所有小说都受到同时代读者的追捧，也对同时代或稍晚些的小说家玛丽娅·埃奇沃思（Maria Edgeworth）、马修·刘易斯（Matthew Gregory Lewis）、沃尔特·司各特、玛丽·雪莱（Mary Shelley），甚至美国的爱伦坡等的写作产生了直接影响。作为哥特小说先驱及"集大成者"④，拉德克利夫最著名的小说《奥多芙的神秘》（*The Mysteries of Udolpho*，1794）出版时，被当时的期刊《每月评论》（*The Monthly Review*，1749－1845）赞誉为

---

① George Dickie, *The Century of Taste*: *The Philosophical Odyssey of Taste in the Eighteenth Century*, Oxford: Oxford University Press, 1996.
② Terry Eagleton, *The Ideology of the Aesthetic*, Oxford: Basil Blackwell, 1991, p. 3.
③ Robert Miles, *Ann Radcliffe*: *The Great Enchantress*, Manchester: Manchester University Press, 1995, p. 79.
④ 刘意青：《英国十八世纪文学史》，外语教学与研究出版社 2000 年版，第 313 页。

"在卷帙浩繁的文学作品中独领风骚"①。除了它对哥特小说所做出的杰出贡献外，20世纪80年代以来，由于文化研究和文学批评重新关注作品的历史性和社会性，《奥多芙的神秘》更是因为对女性问题、阶级问题、美学趣味及个人现代性体验等诸多方面的表征受到学界热切的关注。

正如布尔迪厄在《区隔》(Distinction: A Social Critique of the Judgment of Taste, 1984)这部社会学鸿篇巨制中所说，将"'文化'回归人类学意义"②，对理解文化在社会地位确立和社会权力分配中至关重要的作用是非常必要的，因此将拉德克利夫的《奥多芙的神秘》中对文化趣味的表征视为一种社会建构，有助于看到18世纪中后期已经拥有大量经济资本的英国资产阶级的文化诉求。

与18世纪早中期许多英国女性小说家热衷于描写舞会、聚会等热闹的都市场景和丰富的娱乐活动不一样，拉德克利夫的《奥多芙的神秘》讲述的是女主人公艾米丽远离闹市，甚至被禁锢于古城堡所发生的故事。她大量的时间用于读文学、听音乐、独自徜徉于大自然怀抱，甚至在自然感召之下沉思等"公共私人性"活动，这些活动是"比公共性本身更好的公共性"消遣形式③。而与她形成对照的，一方面是一些或疲于解决温饱问题或满足于低级物质生活的农民和仆人；另一方面是以囚禁她于城堡中的蒙托尼为代表的许多贵族，他们不仅生活奢靡、喜好炫耀，而且道德败坏、心肠狠毒。艾米丽的趣味，她的日常言行举止，她对艺术和自然的喜爱和偏好，既不同于粗鄙的下层劳动阶级"实用的"日常快乐，也不同于上层贵族阶级奢靡的"堕落的快乐"。将资产阶级趣味与贵族阶级和下层劳动者区隔开来，将优雅的趣味与良好的道德等同起来，一方面体现了资产阶级的趣味追求，即崇尚"适度"的优雅趣味；另一方面也体现了他们建构和维护自己的文化主张，也同时凸

---

① Cheryl Turner, Living by the Pen: Women Writers in the Eighteenth Century, London: Routledge, 1992, pp. 78, 132.

② Pierre Bourdieu, Distinction: A Social Critique of the Judgment of Taste, trans. Richard Nice, Cambridge, Mass.: Harvard University Press, 1984, p. 1.

③ Jonathan Brody Kramnick, Making the English Canon: Print – Capitalism and the Cultural Past, 1700 – 1770, Cambridge: Cambridge University Press, 1999, p. 40.

显自己相对的文化优势的阶级述行。

一 下层阶级粗鄙趣味的区隔

布尔迪厄认为，趣味一定是对不可避免的差异的肯定，而且"其肯定方式只有通过完全否定，即对其他趣味的完全拒绝"才能成功。因此，资产阶级趣味的建构一方面通过否定贵族阶级的奢靡趣味以确定自己与之相比的趣味优势；另一方面又通过使"以必需品为主要需求的世界"，即下层劳动阶级，与"其经济实力已经帮助他们完全摆脱了这种需求而追求艺术自由的世界"的对立，"以美学标准对它进行衡量，并将它定性为粗俗"[1]，以此来证明自己的文化优越性。

小说《奥多芙的神秘》中，以农民和仆人为主体的下层阶级大多被刻画为纯朴和善良的形象，其中不少人或者对艺术有着"天生的喜爱"，甚至唱歌、跳舞成为他们的日常活动，或者由于主人的培养养成了对音乐和文学良好的品位。艾米丽的父亲在旅途中病重和弥留之际所寄居的农民家不仅给予了父女俩非常细心的照顾，更是给了丧父之后的艾米丽家人般的关爱。艾米丽被关在奥多芙城堡时，女仆阿内特甚至能够与她一起讨论彼得拉克、阿里奥斯托等文艺复兴文豪的作品为她解闷。尽管如此，艾米丽与这些人打交道时流露出的身份区隔和优越感依然清晰可见。

不仅衣着、食物、住房条件可以辨识出农民身份，而且对他们进行表征时总是离不开"穷苦""粗陋"的标签。艾米丽与父亲出游第一天晚上就因为找不到合适的住处，因为所查看的房间过于简陋，"不仅谈不上什么生活奢华，连在别处只算生活必需品的东西都完全没有"[2]，这与他们"体面的住宿"要求相差很远，所以虽然他们十分疲惫也只好在黑夜里坐着马车行走于大山中，直到他们来到山谷中的一个小村庄。这里各家各户的整体特征也是

---

[1] Pierre Bourdieu, *Distinction: A Social Critique of the Judgment of Taste*, trans. Richard Nice, Cambridge, Mass.: Harvard University Press, 1984, pp. 2, 55, 56.

[2] Ann Radcliffe, *The Mysteries of Udolph*, Ontario: Parentheses Publications, 2001, p. 22. 本节正文中未标明文献出处的页码均出自该小说。

"无知、贫穷"和"粗鲁"。有一件事更是令艾米丽心生紧张和不安。由于地势偏僻,这里通常成为走私犯和抢劫犯途经和窝藏的地方,因此在这些"野蛮人"的影响下,一些农民家里私藏烈酒,导致家里酒气熏天,甚至有些农民也变得嗜酒成性。对于主张节制、优雅的资产阶级来说,烈性酒便是粗鄙的代名词,因此也绝不会出现在艾米丽家的餐桌上。与下层阶级不同的是,艾米丽家的饮食虽不奢华,但很讲究:食物精致,品种多样。尤其是对于他们来说,食物只是其日常生活最基本而不是最重要的内容,因此也就常有一家人陶醉于唱歌吟诗或欣赏自然风光而忘记填肚子的事情发生。布尔迪厄在《区隔》中一开篇就说,除非将文化回归人类学意义,"将人们对于最精美物品的高雅趣味与食物风味的基本趣味重新联结起来,否则我们就不能充分理解各种文化实践的真正意义"①。拉德克利夫正是通过将下层阶级的生活表征为穷困的,说明获取必需品构成他们的全部生活,因而他们"对生活必需品的趣味"也是必然的、"不可避免的",而"食物这一人生最基本的需要和乐趣只是资产阶级与社会发生关系的一个维度"②,以此达到趣味区隔、阶级区隔的目的。

正是由于无法摆脱对食物的需求,赶驴人对他赖以维持生计的劳动工具驴子的深厚感情似乎也成为理所当然了。拉德克利夫刻画了一幅可笑甚至可鄙的赶驴人形象。他不仅赶车时与驴子寸步不离,而且当好不容易找到一户人家寄宿时,好心的女主人允许赶驴人与自己的三个小儿子挤在一个小房间过夜,赶驴人却无礼地和房东争吵,要求允许驴子与他们同居一室。他高声嚷嚷,认为不许他的驴子与人待在同一个房间就是对他的驴子的不尊重,而"不尊重他的驴子就是伤害他的自尊心,与其这样还不如给他重重几拳"(24)。这场争端直到小说中另一资产阶级代表瓦伦康让出了为自己准备的房间后才平息下来。如果说这份对自己牲畜的感情尚可以理

---

① Pierre Bourdieu, *Distinction*: *A Social Critique of the Judgment of Taste*, trans. Richard Nice, Massachusetts: Harvard University Press, 1984, p. 1.
② Ibid., pp. 196, 372.

解，那么当艾米丽的父亲昏迷，她极度恐惧而请求赶驴人到附近求救，他却因为不愿意离开驴子而拒绝，眼睁睁看着一个女孩孤身一人在月黑风高的山林里无助就显得非常冷酷，这无疑是道德低下的表现。作为劳动阶级的赶驴人的无礼和冷漠跃然纸上，他与资产阶级的道德区隔与高低也不证自明。

小说中对下层阶级的吉卜赛人的表征更是延续了他们生性野蛮、愚昧的刻板形象。艾米丽和父亲在旅途中遭遇了几次吉卜赛人。这些吉卜赛人常年生活在大山谷里，专门抢劫路人，祸害百姓。他们住着简陋粗糙的帐篷，一口大锅满足所有人的吃食，女人、小孩、狗在帐篷前嬉戏，这在爱好自由和俭朴生活的艾米丽这里并没有构成"田园、和谐"的画面，反而是一幅"异常怪诞的画面"。她觉得尤其可笑的是，他们一行能够逃过抢劫不是吉卜赛人大发善心，而是他们恰巧"一心只顾着准备晚餐而对其他一切事情毫无兴趣"(28)，因为当时解决吃饭问题对他们来说才是第一位的。

艾米丽在陪生病的父亲外出疗养途中，碰到一位以泪洗面的母亲，带着她一群饿得嗷嗷大叫的幼儿。当他们看到了这家虽然心疼妻儿、辛勤劳动但依然难以养活家人的丈夫时，圣奥伯特、艾米丽与父亲竭尽所能为他们提供帮助，瓦伦康更是倾其所有。艾米丽一行的这一善举可谓一举三得。他们一方面批评那些有能力提供帮助却宁愿选择在"冷酷自私的阴暗中度日"的富人；另一方面又为自己能够为穷人一解燃眉之急、拥有"善良与理性的阳光"(38)而高兴得手舞足蹈；同时，通过对下层阶级生活困苦以及在此善举下帮助他们解决困境的这一表征，拉德克利夫说明了"长期以来存在的礼物交换"原则，决定了"谁拥有提供帮助的道德权利，以及受惠方怎样又何时应该偿还这一礼物"[1]。因此乐于行善的资产阶级也就被赋予了"道德权力"，而作为"受惠方"的下层阶级的被统治地位也同时被合法化和自然化。

拉德克利夫通过赶驴人、吉卜赛人以及那些有能力却冷酷自私的富人的

---

[1] Linda Zionkowski and Cynthia Klekar eds., *The Culture of the Gift in Eighteenth-Century England*, New York: Palgrave Macmillan, 2009, p. 15.

低级趣味的表征说明,"他们自然的教育者和引导者是那些直接高于他们的人,即中产阶级"①。同时也正是下层阶级的粗俗、低等级的趣味维持和强化了艾米丽作为资产阶级的优雅、高等级的趣味。虽然这些农民被优美的风景包围,常年生活在青山绿水、鸟语花香的大自然中,但这些似乎只是妨碍他们与外界联系的障碍,成为他们粗野、愚昧、不开化甚至犯罪的最直接原因。他们不懂得欣赏,因为他们穷苦的出身和后天缺乏的教育使得他们缺乏欣赏它们的能力。而对于资产阶级的艾米丽来说,自然无疑具有净化精神和灵魂的力量。虽然生活在被贵族耻笑为"世界遥远的角落"(8),但作为"自然的精灵"(5),无论是父母在世时漫步于自家附近"山边的野生林地中","独处时的宁静和感受到的庄严使她心里产生一种敬畏之情,思想得到升华,同无处不在的上帝进行交流"(4);还是与互生情愫的瓦伦康坐着马车欣赏沿路"幽静、浪漫的"山谷时所发出的感慨:"这些景色,就像美妙的音符会触动你的内心,激发你愉快的忧伤……它唤醒我们最好最纯真的感情,使我们趋向善良、同情和友谊"(32);抑或是后来被蒙托尼禁闭于城堡中寂寞忧伤的夜晚,遥望窗外朦胧月色之下静谧的森林和青山时所得到的"情感的抚慰"(260),远离大都市的生活都使她比他人更加关注内在,陶冶心灵。因此,自然更是成为她情感的安慰和精神的寄托。

虽然艾米丽多次表达对农民生活的向往,甚至梦想自己能够变成农民,住着绿树成荫的茅草屋,永远有"浪漫的风景"为伴,过着无忧无虑快乐的生活(120),认为"自然面前人人平等","自然景色——那些崇高的景观,要远远胜过世上所有的人工奢侈品——向所有人开放,无论贫穷抑或富有"(43),但这绝不意味着毕生生活于山水之间的农民就有着对自然同样"崇高的"趣味。正如布尔迪厄所说,美学趣味实际上是"那些在社会空间中有能力获得特权地位的人"的特权②。在与女仆阿内特好不容易逃出奥多芙城堡、

---

① Terry Eagleton, *Literary Theory: An Introduction*, Oxford: Basil Blackwell, 1983, p. 24.
② Pierre Bourdieu, *Distinction: A Social Critique of the Judgment of Taste*, trans. Richard Nice, Cambridge, Mass.: Harvard University Press, 1984, p. 56.

逃过蒙托尼派来的一大群追赶的匪徒之后,"夜晚习习凉风吹拂下周围静谧美丽的风景"(319)很快就让艾米丽忘记了不久前的惊慌;而阿内特虽然也为逃跑成功而高兴,但她的高兴来源于此次逃跑能够让坏人蒙托尼好一阵忙乱而产生报复的快感,以及想到自己再也不用过穷苦日子时的快乐。康德说:"只有一个人的必需品的需求得到满足,我们才能分辨出那个人有或者没有趣味。"① 因此小说中下层阶级的快乐和趣味依然离不开食物、金钱等实用考虑,而只有摆脱了物质束缚的资产阶级才能真正思考心智的成长,也就是说,只有"有感的"人才有希望通过美丽、崇高的自然的洗礼,达成自己审美与道德的升华②。

布尔迪厄认为,审美趣味与鉴赏能力既是个人的心态、情感和禀性的体现,同时也有着标记和区分阶级的功能;同样,它既体现出人在社会空间中的不同位置,同时也起到维持和强化社会阶层或群体边界的作用。《奥多芙的神秘》中,下层阶级无法摆脱对必需品的需求不仅体现了他们粗俗的趣味,也表现了他们的道德缺陷,也因此反衬出资产阶级的优雅礼貌、奉献精神以及崇高地位。

二 贵族阶级奢靡趣味的疏离

不只是下层阶级由于经济资本缺乏而导致"文化资本"的缺乏,因而其阶层决定了他们的趣味只能是粗鄙的爱好;而贵族阶层,恰恰由于手头丰裕的经济资本养成了他们对炫耀性消费的不良嗜好,同样使得其趣味粗鄙,甚至道德低下。18 世纪中后期,英国工业革命如火如荼,经济形式不断多样化,商业、消费社会的初步形成,使得缺少土地但"有能力的人有了向上流动的可能"③,发挥个人能力、依靠克己勤奋的资产阶级已逐渐掌握了大量的经济

---

① Immanuel Kant, *Critique of Judgment*, in *Critical Theory since Plato*, Book I, Hazard Adams ed., New York: Harcourt Brace Jovanovich, 1971, p. 380.

② Huang Mei‐chen, "Sense and Sensibility in Ann Radcliffe's *The Mysteries of Udolpho*", *Fiction and Drama* 2.2 (1990): 62.

③ Michel Conan, *Bourgeois and Aristocratic Cultural Encounters in Garden Art*, 1550–1850, Washington D. C.: Dumbarton Oaks Research Library and Collection, 2002, p. 340.

资本。但他们还远未获得"平等的社会价值"①，因此向贵族阶级索要布尔迪厄所说的文化资本和社会资本，就成为他们此时最重要的文化诉求。

凯姆思的趣味观可以说是18世纪英国许多思想家观点的集大成。他认为趣味的标准与阶级分层有直接的关系，而且资产阶级是趣味标准的"排头兵"。他明确表示，不仅那些缺乏"社会偿付能力""需要依靠身体的劳动来果腹暖身的人，毫无趣味可言"，同样那些纯粹为了证明自己地位优越、博他人尊敬、"以花钱为乐"的贵族也没有资格谈趣味，"简单、优雅、得体，以及一切自然、甜美或可爱的事物他们都鄙视，因为它们既体现不出自己的财富，也无法博他人的眼球；从他们身上找不到一点乐善好施、公共精神等优雅情感，而且他们对此也不屑一顾"，所以"他们心中也容不下一点对精美艺术的细腻情感"②。在《奥多芙的神秘》中，贵族们正是因为缺乏"理性愉悦"而明显地"放纵奢靡"，受到以艾米丽为代表的资产阶级的鄙斥。当艾米丽的舅舅盖斯耐尔进入读者视野时，作者介绍道："目的就是他的结果，荣耀显赫是他的趣味追求，老成世故的他想要什么就没有不成功的。"（7）因此他对妹妹没有依从他嫁给贵族而使得他向上爬的野心得不到满足而耿耿于怀，他后来因为娶了一个轻佻但有大笔遗产可继承的意大利人而飙升为显贵。他不仅到处购置城堡，逢人便炫耀，还乘人之危买下艾米丽父亲的城堡，并斥巨资将它进行了豪华翻修。旧主人优雅大气的客厅，被替换成一些"俗不可耐的装饰，每一样物品都透出新主人趣味低级和品质堕落"（16），因为城堡的数量及大小，以及室内装饰的奢华本身是"一个贵族证明和强化自己在社会空间中优越地位的大好机会，维护一种等级或一种差别"③。这也是当盖斯耐尔夫妇去往威尼斯途中寄宿于艾米丽家时，对她家房子的偏僻和简陋极尽揶揄的资本。再者，与艾米丽一家出行必备大量书籍和画具，欣赏远离城市

---

① Kamilla Elliott, *Portraiture and British Gothic Fiction: The Rise of Picture Identification 1764–1835*, Baltimore: Johns Hopkins University Press, 2012, p. 42.

② Henry Home Kames, *Elements of Criticism*, Vol. 2, Edinburgh: Bell & Bradfute, 1817, pp. 499–502.

③ Pierre Bourdieu, *Distinction: A Social Critique of the Judgment of Taste*, trans. Richard Nice, Cambridge, Mass.: Harvard University Press, 1984, p. 57.

的自然景观寄情于山水不一样,盖斯耐尔夫妇不仅认为"巴黎及其周围才是世界上唯一值得居住的地方"(8),即使外出也只是为了玩乐去威尼斯等大都市,而且为了显摆家产的丰厚及地位的显赫而仆从成群。他们与人交谈时话题离不开政治、阴谋、宫廷秘事,或者舞会、盛宴、游行,而"对人类情感毫无知觉,对何为公正缺乏起码的是非判断"(8)。这些行径尽显贵族趣味的庸俗。

18世纪英国不断凸显的奢侈现象及其引发的社会腐败和失德问题前所未有地引发了全民关注。不仅以伯克为代表的大量思想家表达了担忧和批判,而且很多小说家也通过各种虚构的方式对这一突出的社会现象进行了表征和批判。菲尔丁的《阿米莉亚》(*Amelia*, 1751)中,城市贵族被刻画为荒淫无度、欺贫重富的寄生虫形象。安·拉德克利夫的《奥多芙的神秘》更是如此。当父亲过世后艾米丽初次来到姑母夏伦夫人家时,她对其豪华城堡的第一印象是"炫耀大于品位"(85);当看到房子和家具铺张奢华,成群的仆人盛装伺候,尽显主人的"派头而不是审美趣味",她就开始想念自己"低调、适度、优雅"(85)的家了。艾米丽对以夏伦夫人为代表的贵族频繁参加"毫无意义的娱乐与社交"进行了详尽的描写和讽刺,她从最初的好奇到最后变得疲倦和厌恶,认为出入各种舞会和剧场"与崇高的自然相比不知差了多少倍"(137)。她对贵族们的虚伪和冷漠印象更是深刻。作为一个观察者而不是参与者,她发现贵族在聚会上个个善于夸夸其谈,极尽炫耀和攀比,"他们最大的才干是善于伪装,而他们所有的知识充其量就是帮助他们伪装",而她认为最具欺骗性的是这些贵族所戴的伪善面具:"虽然满足和善良是快乐唯一可靠的源泉"(89),但他们却只在乎炫耀财富,使出浑身解数以获得他人关注和尊敬而从不关心他人。

在《奥多芙的神秘》中,"为了炫耀"是以夏伦夫人和蒙托尼为代表的贵族追求的趣味。从贵族地位象征的城堡里富丽堂皇的装饰、家仆穿金戴银的打扮,到外出极尽奢华的行头,等等。尽管城堡一直是上层社会地位和财富的象征,但艾米丽一家从未渴望拥有贵族阶级那样豪华的城堡,更没有艳羡过他们那样的奢侈趣味。受父亲的教育,艾米丽觉得奢华、孤寂的城堡比不上她那简洁温馨的乡间小屋。父亲作为道德模范和道德裁判留下的"过则为恶"(14)的名言更是成为她的行动纲领和戒尺。小说最后,当艾米丽拥有几座城堡,家产丰厚时,她依然选择居住在承载许多美好的家庭回忆、自然景色迷人的简朴房子中。作为封建贵族优越地位象征的城堡在资产阶级这里已不能再显示其优越地位,反而成为道德腐败的代名词。同样,贵族们举办舞会、参加高雅音乐会更是低级趣味的体现。不会弹琴、不会唱歌的夏伦夫人举办大型音乐舞会的目的只是炫耀自己高贵的身份,炫耀华丽的服饰,甚至炫耀作为寡妇的自己与帅气、富有的蒙托尼的婚姻。因此在艾米丽看来,贵族阶级炫耀豪华的城堡,爱好烦琐的装潢装饰,追求声色犬马、纸醉金迷的社交娱乐活动是低俗趣味和内心空虚的表现。

如果说18世纪中期赫德(Richard Hurd)在他较有影响的著作《论骑士精神和罗曼司》(*Letters on Chivalry and Romance*, 1761)中表达了对封建贵族价值观的"怀旧",甚至对他们所代表的"高雅文化"的"复魅"(re-enchantment)[1],那么拉德克利夫的哥特小说《奥多芙的神秘》应该算是反其道而行之,也更合时代风气,代表了追求简朴、自然的资产阶级道德趣味。因此该小说中的贵族所代表的是那些需要摒弃——至少是需要改良的"伦理气质",正是"这些伦理气质或标准定义了对不同社会阶级表征目标和方式的合法性"[2]。小说中的贵族不仅趣味低俗,而且道德低下甚至邪恶。当艾米丽母亲过世后,她和父亲按照礼节拜访舅舅一家时,盖斯耐尔夫妇非常冷淡,连"基本的人际礼仪都不顾……好像完全忘了曾经有过一个妹妹似的",甚至暗示他们的来访妨碍了家里举办招待上层名流的大型晚宴。父母双亡后,当年幼的艾米丽来到作为监护人的姑母家时,作为侄女的她从姑母那里感受到的是明显的傲慢和炫耀性的虚荣,她甚至怀疑:"这是我父亲的妹妹吗?"(85)与残酷、冷漠的贵族相对的是,艾米丽的父亲本可以"通过联姻的方式娶一

---

[1] Jonathan Brody Kramnick, *Making the English Canon: Print-Capitalism and the Cultural Past, 1700-1770*, Cambridge: Cambridge University Press, 1999, p. 168.
[2] Pierre Bourdieu, *Distinction: A Social Critique of the Judgment of Taste*, trans. Richard Nice, Cambridge, Mass.: Harvard University Press, 1984, p. 47.

个有钱的妻子,或者在公共事务上玩弄花招"来弥补祖产不够丰厚的缺憾,但他既不愿意牺牲自己的荣誉感,也不愿意牺牲自己的个人幸福来获得财富。他娶了一位地位相当但才情出色的女子为妻。他用大量的时间陪伴家人,并以此作为人生最大的快乐。这种一正一负的对比更显出贵族阶级的冷漠。

如果说讲究奢华而无用的装饰、盛装出入各种舞会还只代表贵族阶级个人趣味低级,那么拉德克利夫刻画的蒙托尼就是一个"不仅伤害了个人和家庭,而且最终给英国社会秩序带来危害"①的恶棍贵族形象。他对提高审美修养毫无兴趣,酗酒和赌博是他最大的爱好。和同时代许多作家一样,拉德克利夫注意到了英国上层阶级中兴起的赌博之风。这股赌博之风逐渐成为一种"流行活动",而作为拥有雄厚经济资本的贵族不仅成为这种活动的"引领者",更是"给地位低等的人做了坏榜样"②。艾米丽的姑父蒙托尼对赌博痴迷到不可收拾的地步。在败光了自己不菲的家产后,他逼迫妻子签字放弃财产,并对不肯顺从地交出财权的她实施无情的折磨后,将她关在"闹鬼的"塔楼,使她孤苦恐惧以致病入膏肓悲伤而亡。同时无依无靠的艾米丽也"堕入"他"充满利益争夺的世界"③,被禁闭于奥多芙城堡,试图通过安排她婚姻的方式帮助自己解决经济问题,甚至企图剥夺她合法的财产继承权。他没有怜悯和恐惧之心,再加上他本性"毫无原则,胆大包天,凶残至极"(254),纠集一些老兵当上了土匪头子并干起了抢劫路人的勾当。将贵族代表蒙托尼表征为由于爱好酗酒、赌博的低级腐朽趣味最终沦为社会的渣滓和祸害,拉德克利夫不仅使得贵族阶级"自然地丧失了自己的权力"④,同时也"自然地"抬高了鄙视痛恨这种低级奢靡趣味的资产阶级的道德高度和社会地位。

---

① Bridget M. Marshall, "An Evil Game: Gothic Villains and Gaming Addictions", *Gothic Studies* 11.2 (2009): 10.
② Michael Flavin, *Gambling in the Nineteenth - century English Novel*, Eastbourne: Sussex Academic Press, 2003, p. 58.
③ 黄梅:《推敲"自我":小说在18世纪的英国》,生活·读书·新知三联书店2003年版,第374—375页。
④ Bridget M. Marshall, "An Evil Game: Gothic Villains and Gaming Addictions", *Gothic Studies* 11.2 (2009): 10-11.

小说中，一方面是以蒙托尼夫妇、盖斯耐尔夫妇等为代表的贵族形象，他们追求奢华的生活，但趣味低俗，人情冷漠，道德败坏；另一方面是艾米丽一家虽然生活简朴但注重高雅的文化趣味和高尚的道德情操的养成，体现了资产阶级试图架起趣味与道德的桥梁，以此形成明显的、自然的文化区隔和文化优势，逐渐摆脱贵族影响的努力。

三 资产阶级优雅趣味的合法化

休谟在《论趣味的标准》（"Of the Standard of Taste"，1757）一文中认为，美不是事物本身固有的本质，而只存在于鉴赏者的心中；不同的人对同一事物会做出不同的趣味判断，因此每个人只能承认自己美的感受而不应该企图否定或纠正他人的感受[1]。但在18世纪后期的英国，随着家庭经济的变革以及自由贸易的兴起，每一个人都是"文化经济的消费者"，那么所谓审美就不是一种曲高和寡、稀缺的个人品性，相反，所谓"优美、崇高、古雅"不过是集体"表征或调和商业社会的复杂序列的不同形式"，而趣味则具有"代偿性"特征，是"思想家们精心设计的用以吸纳（同化）各种不同社会和认知问题的方式"[2]。因此，趣味有高下，且趣味的高下对应着道德的高下，自然也就应该对应权力的大小。如果说对生活必需品的追求对应下层阶级的道德缺失，炫耀性消费趣味对应贵族阶级的道德败坏，那么修养、善行、克制的艾米丽等则代表了一种"带有强烈意识形态目的"的资产阶级情感，它"表达了一个重要的社会群体在一个重要的历史时刻所经受的挫折及强烈愿望"[3]。

与物质资本丰厚但无节制追求炫耀性消费导致趣味低级、道德败坏、人性缺乏的贵族不同，虽然艾米丽是一位物质上处于相对劣势的孤女，但在拉德克利夫笔下却具有绝对的文化优势。当艾米丽的父亲不得已把家宅卖给她

---

[1] David Hume, "Of the Standard of Taste", in Eugene F. Miller, ed., *Essays Moral, Political, and Literary*, Indianapolis: Liberty Press, 1985, p. 231.

[2] Jonathan Brody Kramnick, *Making the English Canon: Print – Capitalism and the Cultural Past, 1700–1770*, Cambridge: Cambridge University Press, 1999, p. 55.

[3] Mary Poovey, "Ideology and *The Mysteries of Udolpho*", *Criticism* 21.4 (1979): 330.

的舅舅盖斯耐尔夫妇而迁居法国南部一处简朴乡宅时，这种物质上的变故并未减少幸福感，简单但恬静的生活反而使一家人更能够安享天伦之乐；后来又因为受到他人牵连面临破产而不得不遣散仆人、出租乡宅，他们除了为再也不能帮助那些有困难的人而感到难过外，从未为自己不能享受优越的物质生活而心生沮丧，反而互相安慰："那些别人视为珍宝的奢侈品我们没有又有什么关系，因为它们从来不是我们的嗜好……贫穷不能剥夺我们思想上的快乐……也不能减少一点我们对神奇美丽的自然的爱好……因为那些崇高的景色相比那些人造奢侈品不知道要好上多少倍！"（43）虽然最后因为父母早逝而沦为孤儿后，艾米丽跟随姑母来到她豪华的城堡中，不得不成天与低俗、虚伪、炫耀物质财富和感官享受的贵族打交道，但从小培养的对自然和艺术的热爱能够帮助她精神上不受腐蚀而"超然物外"①。

虽然遗传了母亲的美丽甜美，但艾米丽更表现出异常高雅的情趣，她思想敏锐，心地温厚。她从小就接受父亲的教育，认为对每个人来说，"良好的品行远胜过迷人的外表……充实的大脑才会远离愚昧与罪恶"，"外在世界的诱惑只有出自内心世界的满足才能抵挡"（3—4）。艾米丽的父亲不仅着力培养她坚强的意志和冷静的判断力，而且帮助她学习科学知识以了解物质世界，学习文学以培养崇高和优美的情感。因此艾米丽从小就具备了节俭、谦让和善良等良好品行。她的家虽然简朴，但"漂亮""舒适"（6），"房屋及装饰整齐、干净、有序，看起来比它本身要好不知多少倍"，充分体现了"资产阶级化"（embourgeoisement）②特征。与黄金白银等贵重奢华但无用的贵族装饰相比，艾米丽家的房间布置一切以提高自我修养为核心。相比厨房和卧室仅以实用与舒适为原则，她家的藏书室则占据自然和人文优势，不仅从窗户望外可以饱览"怡人的自然风光"，更主要的是其中"藏有大量最好的古文和现代文图书"；温室里培育了大量稀有的漂亮植物，是为了满足主人对植物科学

---

① Fiona L. Price, *Revolutions in Taste*, 1773–1818: *Women Writers and the Aesthetics of Romanticism*, Surrey: Ashgate Publishing Ltd., 2009, p. 87.

② Marjorie Garson, *Moral Taste*: *Aesthetics, Subjectivity and Social Power in the Nineteenth-century Novel*, Toronto: University of Toronto Press, 2007, p. 7.

的强烈兴趣,更体现了一家人清雅的趣味。艾米丽不仅对大自然有一种自然的亲切,而且喜欢阅读、作诗、绘画、演奏各种乐器。她不仅具有18世纪社会的理想女性所该有的美貌、温柔、孝顺等女性道德,更拥有一间女性主义文学思想家伍尔夫(Virginia Woolf)在20世纪初仍在呐喊的"属于女性自己的房子",而且是书房。房间虽然不大,但她可以独自阅读、绘画、弹奏乐器,以"陶冶艺术情操"(2)。

自然在小说中的作用更是举足轻重,并且贯穿小说始终。描写自然景色时的拉德克利夫犹如浪漫的风景画家,她也因此赢得了"第一位浪漫主义女诗人"[1]的称号。小时候艾米丽和父母的家远离城市,远处是雄伟壮阔的群山,一条大河穿山而过,而周围"翠绿的树丛,连绵的青草,繁花似锦,芳香四溢,清澈的小溪欢快呢喃,树荫下偶尔冒出的小虫儿都能使人灵魂涤荡,而让人不由得由衷感叹生活的美妙"(6)。艾米丽的父母也对自然情有独钟,以猎人身份进入读者视野的男主人公、与艾米丽终成眷属的瓦伦康如此解释他猎装上身、猎狗随从的做法:"我非常喜欢乡村,我可以连续几个星期流连于它优美的景色之中。狗为我做伴而不是打猎,猎装也只是装装样子,好让我这孤身的陌生人受人尊重而不是吃闭门羹。"难怪斯潘塞称拉德克利夫的男女主人公为"热爱绿色世界的人",或者称作者为"避世者"[2]。艾米丽与瓦伦康的婚姻也正是源于彼此对自然和文学的共同趣味。他们初次相识时,她的父亲就因为他不仅有着"男子汉的坦率、真诚,以及对伟大自然的渴望和亲近"(23—24),而且熟读荷马、贺拉斯和彼得拉克等古典文学大家而对他颇生好感,甚至感慨:"这才是年轻人本该有的高尚和热诚的品格。"(26)这既是艾米丽父亲对志趣相投的瓦伦康个人的赞美,更是拉德克利夫表达的对整个社会趣味道德的期许。

如果艾狄生论想象的快感时所说的,作为观者或读者,"他可以和一幅画

---

[1] Donald Thomas, "The First Poetess of Romantic Fiction: Ann Radcliffe, 1764 – 1823", *English Journal of the English Association* 15.8 (1963): 91.

[2] Jane Spencer, *The Rise of the Woman Novelist: From Aphra Behn to Jane Austen*, Oxford: Basil Blackwell, 1986, pp. 206, 212.

对话，也可以与一幅雕塑为伴，还可能因为某段文字描写而茅塞顿开。这种欣赏田野或草地所带来的满足感，远远胜过物质上拥有它们的人"① 象征着 18 世纪"趣味转向"，那么 18 世纪晚期的拉德克利夫笔下的艾米丽则"将美与崇高完美地结合在一起"②。她对自然和艺术的想象不仅可以使她超然于身体和生活的痛苦甚至遭受的罪恶之外，而且可以带来天真但崇高的快乐。因此艾米丽对音乐、绘画、文学等艺术的热爱不仅使她与贵族阶级或下层阶级的粗俗趣味区隔开来，更成为她面对生活逆境、对抗淫威的动力。寄居在姑母家，父亲去世、爱人杳无音信，又被迫参加各种无聊的社交活动时，无人给予理解和关爱而心生忧伤的她会离开人群独自爬上屋后的亭阁，或遥望远处巍峨的大山，沉浸在对美丽的故乡和心爱的恋人的思念之中；或读书弹琴使自己走出阴霾高兴起来。在被禁闭时期，她也能通过瞭望窗户外面的自然世界得到心灵和情感的慰藉。虽然奥多芙城堡中不断出现的神秘的音乐吓坏了包括蒙托尼在内的许多人，但对于身体被囚禁的艾米丽来说，却成为安慰她、鼓励她的"天音"（241），成为她克制和坚韧，并最终勇敢地逃离迫害的动力。从很大程度上说，被禁锢于城堡的艾米丽虽然身体是"囚徒"，但精神和情感上是"富翁"。

艾米丽的父母去世后，来到勉强成为其监护人的姑母以及后来成为她姑父的恶棍贵族蒙托尼家，就意味着人世间"从此以后没有人爱我"（86），但是崇高的自然赋予她"对抗各种不公平的社会力量的勇敢"③。与大多数 18 世纪英国小说中充其量是迂回斗争的女性人物不同，拉德克利夫笔下的女性艾米丽虽然年轻温顺、势单力薄，但在争取权利、维护正义时却又异常笃定和坚强。无论她的姑父如何威逼她放弃对姑母财产的继承权，或者要她放弃没有多少财产的真爱瓦伦康而嫁给一个有财产但她不爱的贵族，不然要将她永

---

① Joseph Addison, "Pleasures Of Imagination", *Spectator*, No. 411, June 21, 1712.
② Robert Miles, *Ann Radcliffe: The Great Enchantress*, Manchester: Manchester University Press, 1995, p. 79.
③ Frances Ferguson, *Solitude and the Sublime: Romanticism and Aesthetics of Individuation*, London: Routledge, 1992, p. 111.

久禁闭，甚至为了得到财产"不惜除掉她"，艾米丽都坚持自己拥有正当的财产继承权和婚姻自主的权利。更加可贵的是，拉德克利夫没有让艾米丽像理查森的女主人公克拉丽莎一样成为包办婚姻、金钱婚姻的牺牲品，她不仅嫁给了与自己志同道合的心上人，而且拿回了属于自己的财产。

艾米丽对自然和艺术的趣味，既不同于由于炫耀性的"美学趣味严重削弱了其道德趣味"的贵族，也不同于"美学反应或判断极其有限"[①] 的下层阶级，对自然的热爱不仅赋予艾米丽创作诗画音乐的灵感，更帮助她陶冶情操，修养心性，锻炼意志，崇高的自然也因此被赋予了道德意义。与自私、冷酷的贵族不同，艾米丽非常善良，极富同情心。虽然姑母对她的责骂和冷漠远胜于照顾和关心，但当她被丈夫蒙托尼关在塔楼奄奄一息时，艾米丽不顾对恶霸的畏惧，并且克服对鬼怪的恐惧，孤身前往塔楼把她接回城堡，片刻不离左右，细心照料直到她生命终止。故事结尾时，艾米丽的善心也达到最大值。已经身份显贵、家产丰厚的她依然不改善良本色，她与瓦伦康结婚后依然打算住在风景秀丽的小旧宅，而将从舅舅手中赎回的祖宅全面委托贴身女仆阿内特代为管理，并为她置办了一份丰厚的嫁妆；她更是将从亲戚那儿继承的遗产全部赠予曾给过她帮助的人。

在社会等级区隔依然非常严格的 18 世纪英国，拥有物质财富的多少依然是判断一个人社会地位高低的决定性因素，但不可否认的是，各种社会变革带来的一个直接结果是，是否拥有优雅的趣味、高尚的举止更是以商业精英为主体的城市社会的主要特征[②]。拉德克利夫出身于资产阶级家庭，父亲是杂货商，丈夫是《英国编年史》编辑，她本人也是当时最畅销、稿酬最高的职业小说家之一。虽然有学者认为《奥多芙的神秘》"远不是对占据统治地位的资产阶级"的表征，而是倡导一种"开明的贵族性"（enlightened aristocracy）[③]，但

---

① Angela Keane, *Women Writers and the English Nation in the 1790s: Romantic Belongings*, Cambridge: Cambridge University Press, 2004, p. 20.

② Maxine Berg, *Luxury and Pleasure in the Eighteenth Century Britain*, Oxford: Oxford University Press, 2005, p. 205.

③ W. A. Speck, *Literature and Society in Eighteenth – Century England*, 1680 – 1820, London: Longman Limited, 1998, p. 148.

由于趣味问题绝不仅仅是个人偏好的问题,而是一个集体"不采取赤裸裸的武力"而争夺"权力政治最好的隐喻"①,因此不管是"开明的贵族性",还是"资产阶级化",拉德克利夫通过小说不仅展示了"资产阶级这一阶层熟悉的场景,即它一方面吸收那个它已取代的阶级的某些必要元素,而同时也拒绝承认那些为自己带来权力的经济基础"②,而且将资产阶级的优雅趣味和文化优势实质化、自然化,也因而使自己的权力合法化。

小结

沙夫茨伯里是 18 世纪英国较早将趣味、道德与身份联结起来的哲学家。他认为,一个文明世界里,没有什么比趣味更令人愉悦,甚至"不预设某种趣味就无法对任何东西进行解释、支持或确立",因此观赏风景、阅读文学、优雅自如地品评艺术等个人趣味,实际上都是一个人生活其中的共同体的体现③。18 世纪后期,许多英国小说更是不仅"将精致的美学趣味作为真正的中产阶级主体性的基本标志",作为一个人是否值得被赋予资产阶级这一身份的衡量标准,而且将趣味视为"赋予谁人作为社会序列最顶层自然权力的一种方式"④。换言之,美学趣味标准的调整,即资产阶级趣味标准的建立使得资产阶级的社会和文化地位合法化和自然化。

有些"恨女主义者"认为安·拉德克利夫的小说代表着"文学共和国"受到了污染,"民族文学、男性文学壁垒被攻破"⑤;而一些女性主义者认为,随着 18 世纪女性作家群和女性读者群的扩大,"优雅文化"队伍也随之明显

---

① 刘昊:《恐惧审美与意识形态:十八世纪末四部哥特小说之解读》,外语教学与研究出版社 2008 年版,第 56 页。
② David Punter, "Social Relations of Gothic Fiction", in David Aers, Jonathan Cook and David Punter eds., *Romanticism and Ideology*: *Studies in English Writing* 1765 – 1830, London: Routledge & Kegan Paul, 1981, pp. 112 – 113.
③ Howard Caygill, *Art of Judgment*, Oxford: Basil Blackwell, 1989, p. 63.
④ Marjorie Garson, *Moral Taste*: *Aesthetics*, *Subjectivity and Social Power in the Nineteenth – century Novel*, Toronto: University of Toronto Press, 2007, pp. 4 – 5.
⑤ Jonathan Brody Kramnick, *Making the English Canon*: *Print – Capitalism and the Cultural Past*, 1700 – 1770, Cambridge: Cambridge University Press, 1999, p. 39.

壮大，女性趣味可以教育大众欣赏更文雅的题材而不是沉迷于过去那些粗鄙的追求，安·拉德克利夫的小说述行效果不容小觑，更不容忽视。《奥多芙的神秘》在初版后的很长时间里，都是所有文化人的必读作品，作者拉德克利夫甚至被其传记作者直接称为"奥多芙小姐"①。她在小说中将以艾米丽为代表的资产阶级塑造为"美"和"崇高"趣味的拥有者，体现出他们与以蒙托尼为代表的贵族阶级的"奢侈""炫耀"趣味，以及农民、仆人等下层阶级的"实用""生活"趣味相区隔，而且是更高一级的文化趣味，同时也是更高等级的道德水平，就此建构资产阶级的文化优势和道德优越感。在18世纪末，当人们崇拜、信仰科学和机器时，作为女性作家的拉德克利夫以哥特小说的形式将人们的视线拉回生活的"神秘"和本真，拉回资产阶级所推崇的崇高的大自然和优雅的文学艺术的美学追求，不仅体现了与注重写实的18世纪早期小说不同的文学理路，而且表明了其通过文学改变现实，影响现实的文学述行目的。

正如麦基恩在《英国小说的起源》(*The Origins of the English Novel* 1600 – 1740, 1987) 中提出，要研究18世纪英国小说作为一个新文类的起源，就必须密切关注小说与社会之间的复杂关系，注意小说对"中产阶级关切的内化"，尤其要注意"真实问题与德行问题之间深入而丰富的相似性"，应将小说全面理解为"为同时应对文化危机和社会危机而设计的早期现代文化工具"②。伊恩·瓦特甚至认为小说本身"事实上就是一项中产阶级伟业"，它对资产阶级道德的述行不遗余力、贯彻始终③。因此18世纪英国小说是一个个由作者在一个动荡的社会情境中发出的道德言语行为，期待在读者的共同参与下完成新的道德建构。

---

① Rictor Norton, *Mistress of Udolpho: The Life of Ann Radcliffe*, London: Leicester University Press, 1999.

② Michael McKeon, *The Origins of the English Novel* 1600 – 1740, Baltimore: Johns Hopkins University Press, 1987, p. 22.

③ J. Paul Hunter, "The Novel and Social/Cultural History", in John Richetti ed., *The Cambridge Companion to the Eighteenth Century Novel*, Cambridge: Cambridge University Press, 1996, p. 19. 亨特在此文中微讽瓦特这一"过于简单化的阐释"是"对社会变革与阶级历史进程复杂性的误解"。

第三章　18世纪英国小说的现代性述行

马歇尔·伯曼（Marshall Berman）在《一切坚固的东西都烟消云散了——现代性体验》（*All That Is Solid Melts into Air: The Experience of Modernity*, 1982）中指出，人们常常将现代性分为两个部分，即"经济与政治方面的'现代化'"与"艺术、文化和感受力方面的'现代主义'"。虽然按照伯曼的划分，18世纪结束之前欧洲还处于现代性的第一个阶段，"爆炸性的巨变"直到18世纪末19世纪初才真正开始[①]，又或者如许多学者所说，18世纪英国仍然处在漫长的"传统延续性"[②]时期，但不可否认的是，经过一个世纪的工业革命、农业革命、经济/金融革命及一系列相应的"现代化"社会变革，18世纪末英国已经成为世界经济实力最强大、物质资源最富有的国家，英国已经从一个北大西洋上的小岛国变成了一个殖民地遍布全球的"日不落大帝国"；随着社会逐渐民主化、"公共领域"市民化，英国的18世纪成为一个"变化的""新的"世纪。因此，现代性的初步指标在18世纪的英国已基本完成。有人甚至说，英国才是启蒙运动这一代表18世纪进步方向的真正的中心，而不是法国[③]。

由于现代性中包含了两面性或两种矛盾，即工具理性与价值理性之间无

[①] ［美］马歇尔·伯曼：《一切坚固的东西都烟消云散了——现代性体验》，徐大建等译，商务印书馆2003年版，第17、113页。

[②] 关于18世纪英国究竟应该属于"变革期"还是"延续期"的争辩，参见 Jeremy Black, "Introduction", *Eighteenth-Century Britain 1688-1783*, Hampshire: Palgrave Macmillan, 2001, pp.1-12.

[③] Jeremy Black, *Eighteenth-Century Britain 1688-1783*, Hampshire: Palgrave Macmillan, 2001, p.3.

法忽视的矛盾,因此,随着英国早期现代性进程,资产阶级现代性带来了丰富的现代物质生活的同时,也使得人与人之间、人与物之间、人与自然之间的固定关系被打破,传统的价值观受到威胁甚至丧失。物质充裕的社会事实和"鼓励消费、社会流动性和追逐地位"的资产阶级新伦理,使得消费主义、拜物主义之风繁衍和盛行。人们经历着从未有过的矛盾体验:一方面是纷繁复杂、不断改善的物质文化;另一方面现代性的"瞬间性和不可预见性"使得人们一边享受其中一边又担心它随时会失去,因而养成了自己及时享乐而又对他人冷漠、算计的生活态度。因此现代性在给人们日常生活带来许多前所未有的新机会、新诱惑和刺激的同时,也带来了新的问题、新的焦虑。

里查蒂(John Richetti)认为18世纪英国小说不外乎两大主题。一类是如他所说,在一切皆有可能的大背景之下,"(作为一个整体)小说启用人们称之为中产阶级神话,发现个人可能性,发现个体成长和成功的可能性(当然也包括在与其他个体之间无情的争夺中失败和被消灭的可能性)";另一类则是对在这一"新的、残酷的、毫无感情的、非人的经济世界"来临时传统道德秩序崩塌现象的讽刺和批判,或对在"贪婪的、毫不妥协的产权个体主义(possessive individualism)时期对个人和家庭美德以及低调慈善的颂扬"[①]。因此本章以笛福的《罗克珊娜》、伯尼的《伊芙琳娜》、亨利·菲尔丁的《汤姆·琼斯》和萨拉·菲尔丁的《大卫·素朴儿》为主要研究对象,探讨18世纪英国小说对早期复杂的、暧昧的现代性的述行,引导社会追求更为合理的现代生活。

无论是《鲁滨孙漂流记》的中产阶级神话主题,还是其主人公的个人主义者形象,这部小说中的现代性都是令人向往的,但笛福的另一部小说《罗克珊娜》中表征的现代性却充满矛盾和悖论。一方面,罗克珊娜被卷入现代性浪潮之中并亲自感受和体验到其巨大威力;另一方面,机会并不均等。作为18世纪的女性,当婚姻成为保障体面的社会生活的唯一条件时,她势必成

[①] John Richetti, *The Cambridge Companion to the Eighteenth Century Novel*, Cambridge: Cambridge University Press, 1996, p. 8.

为现代与传统博弈下的牺牲品。同样，伯尼的《伊芙琳娜》中的城市体验也极具暧昧特征。伊芙琳娜对城市化的物质生活一方面充满好奇并享受其中；另一方面，当目睹了充满阶级分层、性别歧视的城市现代性的另一副面孔之后，她又拒斥城市人的冷漠与粗俗，由一个懵懂无知、事事由人摆布的乡村女孩，成长为周旋于都市生活和都市思想之中，但又有较强主体意识，敢于追求自我的成熟女性。

而作为"传统主义"小说家，菲尔丁与更像城市"观察家"的伯尼不一样，他以代表作《汤姆·琼斯》揭示了18世纪英国人生活中感情与金钱、人的社会地位与人性之间的矛盾，并且开出了人性作为改变不良处境、带来幸福的药方。它通过一位长期生活在乡村的、善良的主人公的经历——来到城市并感受到喧嚣嘈杂、纸醉金迷、自私自利、充满险恶的城市生活后，更渴望回归安宁、充满人情味的乡村生活——体现出一种对人与自然和谐统一、人与人之间善良友好、社会秩序井然的传统乡村生活的留恋和回归。但这种怀旧不是时过境迁后的感怀，而是一种"对抗现代性"（counter‐modernity）[1]，它体现的是持"怀疑但是乐观"哲学观[2]的作者对18世纪英国在现代性冲击下传统道德秩序危机的忧虑和关注，对平衡传统与现代的理想期许。

与早期女性小说家不论她们为何写作以及内容如何，其写作本身就被视为行为放荡、不守妇道的遭遇不同，18世纪中后期，社会尤其是文学市场为女性写作开放了更多的空间。美国著名女性主义文学批评家艾伦·莫尔斯（Ellen Moers）在她的著名论著《文学女性》（*Literary Women*，1976）中将女性作家作为文学主力军这一现象在18世纪英国的出现视作现代性本身独特的"新"特征[3]，因此除范尼·伯尼外，本章中还选取了另外一位18世纪颇负盛名的女性小说家萨拉·菲尔丁，关注她们作为女性更为特殊、更为复杂的现

---

[1] ［美］马泰·卡林内斯库：《现代性的五副面孔》，顾爱彬、李瑞华译，商务印书馆2003年版，第341页。

[2] ［美］安妮特·T. 鲁宾斯坦：《英国文学的伟大传统》（上），陈安全等译，上海译文出版社1998年版，第393页。

[3] Ellen Moers, *Literary Women*, Oxford: Oxford University Press, 1985, iv.

代性体验，以及女性视角下不一样的现代性感受。萨拉·菲尔丁小说《大卫·素朴儿》中的人物虽然也像笛福的摩尔和罗克珊娜一样，他们最初的现代性体验是被社会所迫，但作为女性小说家的萨拉，她既没有像维护资产阶级父权制利益的笛福一样安排摩尔悔过自新、安排罗克珊娜经受无尽的心理煎熬，也没有像她的兄长亨利·菲尔丁一样选择回归传统乡村，而是让她的人物选择一种生活于都市之中但又拒绝被都市社会"收编"的流浪者生活。

正如现代性对有些人来说意味着机会、财富、快乐与希望，但对另外的人来说意味着拥挤、肮脏、堕落和犯罪。更确切地说，现代性一方面让人充满新鲜感、冒险感和希望感，但另一方面又有短暂感、模糊感、不稳定感甚至崩溃感。18世纪英国小说关于现代性的述行也是复杂的，有褒有贬，甚至又褒又贬，一如现代性的双面性和流动性。

第一节 丹尼尔·笛福《罗克珊娜》的现代生活探索

18世纪英国的工业化和商业化也同时带来了阶层观念和思想观念的变化。有人将现代性概括为三个世俗化的过程，其中之一是"观念意识的世俗化，即用功利主义经济观取代了道德观，社会被看作应当服从经济的需要，而不是相反"[1]。普通人第一次成为社会生产力重要的组成部分，"一切皆有可能"的信念也因此成为18世纪的"英国梦"。虽然现代小说的兴起与现代性个人主义思想形成固然如瓦特所说基本同步，但当时的小说家们对待个人主义这一现代性产物的态度却并不一致。他们有期待，有赞同，有宣传，但也有观望，有担忧甚至怀疑。即使同一作家笔下的人物，由于所属阶级、性别不同，其现代性命运也不同。

无疑，笛福对现代性的表征都是积极的。他说："一个社会应该坚信，聪

---

[1] 转引自陈嘉明《现代性与后现代性十五讲》，北京大学出版社2006年版，第27页。

明、智慧、有才干以及勤劳的人一定可以取得非凡的成就。"[1] 他笔下不仅有鲁滨孙凭着自己的新教精神成就了现代性神话，而且难能可贵地创造了以摩尔或罗克珊娜为代表的具有"鲁滨孙式冒险精神"的女性人物。作为笛福两部"犯罪传记小说"，即《摩尔·弗兰德斯》和《罗克珊娜》（*Roxana*, 1724）的女主人公，如果去除她们所作所为的非法性特征，从很大程度上说摩尔和罗克珊娜是成功的。她们虽然既无财产，又是女性身份，但她们试图利用自己的智慧、能力与强烈向上的精神来创造价值，且一度获得了经济意义上的巨大成功：摩尔改写了"贵妇人"（gentlewoman）"以夫为贵"的定义，为自己谋得至少是阶段性的安全、舒适和财富；而罗克珊娜更是成为握有大量财权的"女商人"（she-merchant）。甚至有人说："笛福笔下的女性人物与其说是女性，不如说更像男性，或者说更是人，而不只是女人。另一方面，笛福打破性别程式，其女性观的核心是女性同样是具有经济能力的人。"[2] 但是，与风光无限的鲁滨孙不同，摩尔的结局是同意虔心忏悔改造才得以免除极刑，而罗克珊娜虽然在财势上已到达人生的巅峰，却深受身体和精神的双重折磨，"一种源于我所犯罪恶的痛苦"[3] 的折磨。

马歇尔·伯曼将现代性划分为三个阶段，即第一阶段大致是从16世纪初至18世纪末，在这个阶段中，人们刚刚开始体验现代生活；第二个阶段始于18世纪90年代的大革命浪潮；第三个阶段是在20世纪，现代化的过程实质上扩展到了全世界[4]。按照这一划分，《罗克珊娜》中的同名女主人公所生活的历史时期属于伯曼所说的现代性第一阶段的后期。最初受生活所迫，罗克珊娜利用自己有限甚至是唯一的资本——身体投入现代性浪潮，憧憬着以此

---

[1] Maximillian E. Novak, *Daniel Defoe: Master of the Fiction*, Oxford: Oxford University Press, p. 106.

[2] Mona Scheuermann, *Her Bread to Earn: Women, Money, and Society from Defoe to Austen*, Kentucky: University Press of Kentucky, 1993, p. 42.

[3] Daniel Defoe, *Roxana*, London: Penguin Books, 1982, p. 162. 本节正文中未标明文献出处的页码均出自该小说。

[4] Marshall Berman, *All That Is Solid Melts into Air: The Experience of Modernity*, London: Verso, 1983, p. 17.

改变自己的命运，追求独立自我。虽然笛福坚持其"贫穷乃万恶之源"的一贯主张，摩尔与罗克珊娜的非法行为都是"穷能生祸"的结果，但笛福却不止于此，他更进一步揭露了贫穷是由社会制度造成并强化的这一事实。尤其从性别来说，摩尔偷窃屡屡得手并因此致富，罗克珊娜通过游走于男人之间积累财富。这些都表明，女性在行事能力方面并不输男性，相反，她们既有成事的智慧，又有"企业家"的魄力，还有行动的精神，只要她们像男性一样获得"制度性"支持，甚至只要有起码的社会公平，她们完全具有当成功人士的潜力。

罗克珊娜的现代生活探索说明，作为女性的罗克珊娜能够在经济上取得阶段性成功，从某种程度上说得益于现代性的发生使得跨越阶级、追求自由具有了可能性这一事实，在于作者笛福一贯的"资产阶级一切进步因素的基本核心——他们领导人类征服和利用自然的伟大斗争的能力"的小说主题①。但同时，作为笛福唯一以悲剧收场的小说，《罗克珊娜》的特殊意义还在于，笛福通过小说现代性述行，对英国早期现代性明显的暧昧性特征的揭示，表达了对双重性别标准的批判以及对女性平等经济机会的呼唤。

一　现代生活与前现代传统的矛盾

18世纪初的英国，在经过资产阶级革命的斗争之后，资产阶级名正言顺地登上了政治舞台，个人主义等现代性思想也开始盛行。然而，对于罗克珊娜等女性来说，前现代性的封建价值理念依然根深蒂固，这套话语体系依然是维护社会秩序的有力武器。无论身处哪个阶级，女性的社会地位并没有实质性的改变，在生产与家庭之间，家庭仍然是她们的首要职责。她们的生活还是被死死地禁锢在女性身体之上。因此日渐觉醒的个体意识与依旧强势的封建传统之间呈现出剧烈的矛盾冲突。

特纳（Bryan Turner）在《身体与社会》（*The Body and Society*: *Explora-*

---

① ［美］安妮特·T. 鲁宾斯坦：《英国文学的伟大传统》（上），陈安全等译，上海译文出版社1998年版，第380页。

tion in Social Theory，1984）中将女性居于从属地位的原因分为自然/文化说和财产说。自然说，即生物本质主义观认为女性等于自然，也就是说，女性与"性欲和生殖力捆绑在一起，阳性身份被视作性的力量……对女人具有权力以及政治支配力"[①]。罗克珊娜无论是最初作为传统的道德女性还是后来沦落为"娼妓"并最终成为谋害女儿的帮凶，从刚开始的迫不得已物化身体，把它作为物质交易的手段，到后来心甘情愿地将身体商品化，迎合男性的欲望并充分利用这一点来追求自我，乃至最终受到惩罚，都是基于其"自然"的女性身份。

  18世纪初的英国，女性身份的定义、女性的价值离不开她们自然的身体。从很大程度上说，罗克珊娜的人生悲剧也正是始于其试图利用自己"自然"的身体"优势"达到积累资本的目的。小说开篇罗克珊娜自我介绍时，便强调自己身体上的优势。"这是我自己十四岁的时候，长得端端正正，身材高挑……有人说，我因为是法国人，所以天生会跳舞——跳舞是我的最爱；而且歌也唱得很好——唱得棒极了，你听了就知道。这些对我后来的一生是颇为有利的。"（39）她父亲甚至将她的身体优势转化为有利可图的婚姻。"既不缺少美貌才智，也不缺少金钱……有任何一个青年女子所渴求的种种讨人欢喜的优越条件，我的前途在我自己看来也是一片幸福"的罗克珊娜（40），最终却被父亲嫁给了一个不学无术、徒有其表的酿酒商。"大约在我十五岁时父亲给了我——用他的法国话来说——二万五千个列弗，也就是说，两千镑嫁妆，把我嫁给了这个城里一个有名的酿酒商。"（39）对于18世纪初的英国女性来说，现代性的"春风"似乎并没有"吻上她们的脸"，前现代的家长权威制犹盛，父母包办婚姻仍然是组成家庭这个社会单位的主要方式。尽管她的丈夫除了有张漂亮的脸蛋、会跳舞外没有任何优点；而且他们气味不投，"往往我们意见不一致"，甚至在她看来，他就是个"傻子"，但是罗克珊娜却不得不屈服于此种前现代权力话语体系之下，"跟这个叫作丈夫的人一起生

[①] ［英］布莱恩·特纳：《身体与社会》，马海良、赵国新译，春风文艺出版社2000年版，第191页。

活了八年"(39)。她以此劝告年轻女性:"女士们,那么,可千万不要嫁给一个傻瓜,除了一个傻瓜,什么样的丈夫都行。"(40)这既是对有同等命运的女性的关心,更是对自己痛苦婚姻生活的一个总结。另外,女性的前现代"自然性"还体现在将她们视为繁衍、生育和抚养子女的工具。罗克珊娜悲叹道:"现在他已让我生了五个孩子,可能这是傻瓜们所擅长的唯一的事吧!"(43)在这桩不幸的婚姻中,虽然罗克珊娜履行其社会义务,尽心服侍丈夫,生养小孩,但她的人生由不得自己做主,第一任丈夫在败光所有家产后竟然离家出走,除了五个孩子什么也没给她留下,致使她"处境的悲惨无法形容"(46)。

18世纪英国女性不能像当时的男性那样得现代性风气之先还有一个原因,那就是,维持父权制意识形态的重要机制:男人通过控制和占有繁衍人类的妇女来完全控制财产的继承和分配。在婚姻生活中,罗克珊娜对财产没有所有权,在家庭里没有发言权,甚至对自己的身体也没有支配权。所有这些权力都掌握在她无能的丈夫手中。在继承父亲的酿酒厂后,她的丈夫反而开始"他的毁灭,因为他压根儿没有做生意的天赋",而极其精明、反应灵敏的罗克珊娜却好似一个双手被缚的武功高手,对此无能为力。"要是给予罗克珊娜一点权力来掌管她丈夫的企业(文化的、法律的和经济的权力),要是她不只是一个妻子还是一个伴侣的话,她足可以应对丈夫的毫无节制和满身毛病。"[①]她也曾试图阻止,但她的劝告无济于事,"对我他不是恶言相对,就是编出一套假话来搪塞我",因此她只能"眼睁睁地看着我自己走向毁灭,却毫无阻止的可能"(43)。而另一方面,无论夫妻关系如何破裂,无论丈夫曾犯多大的错,妻子单方面解除夫妻关系、离开丈夫将是毁灭性的。难怪罗克珊娜明知丈夫是草包一个也只能守在他身边,发迹以后看到丈夫的出现又好似大难临头,避之唯恐不及。

丈夫败掉所有家产离家后,罗克珊娜被迫寻求自立,她也想像男人一样

[①] Shawn L. Maurer, "'I Wou'd Be a Man - Woman': Roxana's Amazonian Threat to the Ideology of Marriage", *Texas Studies in Literature and Language* 46.3 (2004): 371.

依靠劳动来获得收入，可是作为传统女性社会角色培养起来的她毫无头绪。"我是一个从来没学会干活的单身女人，到哪儿去找工作都不知道，要想弄到五个孩子吃的面包是不可能的。"(48) 社会留给毫无财产的她的出路只有两条，要么当妓女，要么做小偷。"正像由于缺乏财产而脱离了社会结构的人一样，这些无牵缠的寡妇也被看作对社会公共秩序的威胁。受到指控的并不是这样的女人，而是在父权制社会界限外面堕落的女人。'没有财产就没有人格'，似乎这就是规则。"① 因此，无论是生物本质主义观中的女性还是财产说中的女性，都逃离不了其失败生活的悲剧命运，尤其对于身处现代性浪潮中，且有先进意识的女性罗克珊娜来说更是如此。

如果现代性意味着进入了一个"我们和我们的世界都有望收获奇遇、权力、愉悦、成长和蜕变"的时代，但与此同时"它又威胁要摧毁我们拥有的一切，摧毁我们所知的一切，摧毁我们表现出来的一切"②，那么作为被逼到绝境的女性罗克珊娜则深切感受到了这种机会与危险的并存性。一方面罗克珊娜起初对周围发生的一切毫无概念，更谈不上掌控，她只能被动地接受外部环境突如其来的变化；但另一方面智慧与能力兼具的罗克珊娜期待着这是一个新的起点，一个新的世界的开端，她可以去体验现代生活。包办婚姻的缺陷以及女性社会地位的缺失是罗克珊娜走上毁灭性道路的根源，而现代性的力量则是她试图僭越的推动力，但同时也是她最终走向悲剧的推手。

二 商业成功与道德操守的冲突

有人如此总结笛福所有的小说：它们的核心主题是生存问题以及当生存面临毁灭时如何自救的问题，而《罗克珊娜》则是关于一个生活于社会之中但又不属于这个社会③的女性的故事。作为一个遭到丈夫抛弃的社会边缘人，

---

① [英] 布莱恩·特纳：《身体与社会》，马海良、赵国新译，春风文艺出版社 2000 年版，第 211 页。

② Marshall Berman, *All That Is Solid Melts into Air*: *The Experience of Modernity*, London: Verso, 1983, p. 15.

③ C. N. Manlove, *Literature and Reality* 1600 – 1800, London: The Macmillan Press, 1978, p. 106.

改变窘迫处境的意愿和生存下去的意志驱使罗克珊娜做出选择。

正如马歇尔·伯曼谈到现代性的关键性特征时说，现代性是一把双刃剑，旧有的确定性的丧失让人恐慌，而传统的瓦解意味着一切充满可能性又使人激动①。在被自己所处的旧有体制逼到绝境之后，在一个"个人敢于追求个性"的现代社会②，在现代性浪潮的推动下，罗克珊娜以为，丈夫出走后，禁锢女性的家庭已不再对她拥有所有权，因此便获得了对自己——尤其是自己身体的支配权。首先，虽然不忍和自己的亲骨肉分离，但她还是委托女仆艾米把所有孩子送离身边，因为"我的悲惨处境使我将心肠对自己的亲骨肉硬起来。我想，若是把他们留在自己身边，他们就不免挨饿——我自己也一样"（52）。然后她期待在现代社会中开始全新的体验，"开始生活中新的一幕"。但这是"一个没有多少工作提供给女性"（58）的社会，而除了自己的身体一无所有的罗克珊娜只得将身体化为资本。明知道房东并非出于同情而收留她，而是垂涎她"年轻又漂亮"，为了摆脱寄人篱下或流落街头的生活窘境，她还是半推半就地接受了房东的救济。正如有位学者所说，笛福的作品总是"关心这样一个基本的现代问题，即在快速发展的消费经济中，当一个人受到贫穷或疾病困扰，其身体感受到来自城市人群的威胁时，究竟何为人的问题"③。虽然罗克珊娜开始还信誓旦旦，"一个女人应该抵挡住诱惑，宁愿死也绝不像个妓女那样舍弃德行和名誉"（62），但由于"贫穷是最大的外因，再强大的美德也难以抵挡得住"（63），她最终还是不得不妥协于身体的需求，因为诸如果腹的食物、蔽体的衣物、遮挡风雨的住处等是身体不变的需求，而且"这些需求是先于文化的因素的"④。虽然第一次违背社会道德，以身体为代价解决了生计问题，房东甚至还承诺会"像对妻子一样对待我"，但罗克珊娜非常清醒地认识到，"按照上帝和我们国家的法律来说，我们不过是奸夫

---

① Marshall Berman, *All That Is Solid Melts into Air: The Experience of Modernity*, London: Verso, 1983, p. 17.
② Ibid., p. 23.
③ Carol Houlihan Flynn, *The Body in Swift and Defoe*, Cambridge: Cambridge University Press, 1990, p. 1.
④ Chris Barker, *The Sage Dictionary of Cultural Studies*, London: Sage Publications, 2004, p. 16.

淫妇罢了"(78),因此始终摆脱不了一个罪恶感:"我在做这件事的时候,我的良知使我深信,我做的事是为法律所不容,是臭不可闻、丑恶可耻的。"(77)即使年老时罗克珊娜还在一边感叹"要是我一直守住这一点的话,我就一直幸福了",但一边又无奈地为当时自己的行为脱责:"不过那样我早就饿死了。"(325)

18世纪英国女性从属的社会地位决定了罗克珊娜不可能明目张胆地僭越权威。她逐渐认识到父权社会对女性的双重要求和期望。一方面女性只能以"社会认为得体的或女性特有的思维、行动和感觉方式",即康奈尔所称的"被强调的女性气质"(emphasized femininity)① 生活;但另一方面占据社会核心位置的男性将女性只作为其欲望对象,女性的价值大小也就取决于她身体诱惑力的大小。因此在初次认识到自己"身体的市场价值"② 后,她索性以身体为资本,"男人需要什么她就卖什么"(170),来实现自我价值。

如果说罗克珊娜第一次以身体与房东做交易是迫于身体所需,那么在她不再为生活所困后依然以身体为筹码选择做男人的情人时,男人都只是她获取更多资本的"生意伙伴",是她成为商人——尤其是她自己特别强调的"女商人"的投资人。因此,就像一个商人会不断包装、宣传自己的产品一样,罗克珊娜也意识到,在现代社会里,"印象管理就是一切,身体已逐渐成为灵魂的象征"③,因此她不断宣传和提高自己身体的价值。小说中多处写到罗克珊娜强调自己的身材在生完好几个孩子后依然没什么变化。即便是当珠宝商死后,她以寡妇的身份接受别人的慰问时,也不忘记推销自己的身体。"而我也没有忘记尽可能把自己打扮得像样一点,因为当时寡妇的穿着是一件可怕的事——我这么做是出于自己的虚荣心,因为我知道自己长得很漂亮——因此,我在这种情况下,很快就变得很出名了。"(93)在名声外传后,罗克珊

---

① Elaine Baldwin, et al., *Introducing Cultural Studies*, London: Prentice Hall Europe, 1999, p. 294.

② W. A. Speck, *Literature and Society in Eighteenth-Century England*, 1680–1820, London: Longman Limited, 1998, p. 104.

③ Elaine Baldwin et al., *Introducing Cultural Studies*, London: Prentice Hall Europe, 1999, p. 304.

娜赢得了亲王的青睐。即使在服丧期间，罗克珊娜也丝毫不疏忽自己外表上的装扮。而亲王对她的喜欢也是始于身体，夸她是"最俊美的法国女人"。在引诱亲王的当晚，罗克珊娜脱下丧服，"换了一身新衣裳"（99）。亲王看到后惊为天人，觉得她的"魅力，简直增加了一千倍"（100）。

经历过遭丈夫抛弃、少衣挨饿的困苦生活之后，罗克珊娜意识到掌握财权对于一个女性来说是多么重要。正如伯曼在《一切坚固的东西都烟消云散了——现代性体验》中所描述的，现代社会的人们"全都被一种变化的意愿——改变他们自身和他们所处的世界的意愿——和一种对迷失方向与分崩离析的恐惧、对生活崩溃的恐惧所驱动"[1]，罗克珊娜也知道，要改变自己作为女性的社会地位，就要获得并拥有对财产的所有权和再生产权。小说中大肆渲染罗克珊娜在生意场上的精明。在她放下女德重负与珠宝商进行"交易"时，她作为商人的潜质就初露端倪。她通过各种途径让珠宝商心甘情愿为她付出；在他意外死后，为了不让其合法妻子和儿女分割家产，她转移他所有值钱的家什，并且与他在伦敦的总管联系处理房产等，她发现自己已经拥有一笔很大的财富了："足有一万英镑"（90）。由于她善于经营，"财富越滚越多"（143）。在成为亲王的情妇后，罗克珊娜从亲王那里得到"丰厚的赠金"，外加很多物质上的东西："他给我最多的还是衣服、珠宝和制衣服的钱。"（106）作为情人，哪怕是亲王"最宠的情人"，罗克珊娜也清楚，"就像女人的容貌会凋零，男人的爱也会枯萎"，她"随时做好准备保护好自己的财产"（143），所以当亲王离开她时，她没有过多悲伤，而是发现自己"比想象中的还要富有"（148）。同样，罗克珊娜把自己与荷兰商人的关系也看作一场交易：荷兰人教她怎么理财，怎么让钱增值，而她以陪他上床作为回报。

罗克珊娜在与各种男人交往时淋漓尽致地体现了现代性典型的"工具理性"特征。她将自己的身体以及与男性的关系物化，似乎她生活的唯一目的就是积累和扩大财富。一切阻碍其成为"女商人"的"赔本生意"她都不

---

[1] Marshall Berman, *All That Is Solid Melts into Air: The Experience of Modernity*, London: Verso, 1983, p. 17.

做。她拒绝再婚，因为罗克珊娜深知，在当时结婚对于女性来说意味着将所有财产移交给丈夫，而只当情人则意味着可以获得"回报"；虽然她与不同的男人共生育了十几个孩子，但小说中看不出她投入了什么感情，她或是委托女仆代为教养，或是将他们作为她与男人"做生意"时谈判的筹码。她全心全意经营着自己的"生意"。罗克珊娜也得意于自己的经营能力："正如所有女商人一样，我已经成为（理财）专家。我在银行有一大笔钱做信贷，还有更多的票据及债券。"（170）小说中大量的理财术语和数据给读者留下了深刻印象，黄梅认为罗克珊娜具有"异常明朗而彻底的'商人本质'"[1]，她甚至说这本小说"简直可以做私人理财指南"[2]。从这个层面来说，该小说就是一部现代性赋予罗克珊娜作为成功商人的奋斗史。

三 做"自己"与做"女人"的两难

罗克珊娜最初是在无奈的现实生活和对现代性的期许的双重推力下卷入现代生活，开始其悲剧命运的人生体验的。她从传统社会的受害者，到迫不得已物化身体成为资本主义社会的求存者，到后来心甘情愿将身体商品化来追求自己的人生目标，最终跃为消费社会的成功女商人。单从她将自己的身体作为投资成本实现"名利双收"这一点来看，无疑罗克珊娜是成功的。然而，罗克珊娜物化身体，迎合男性的官能感受和性欲望来取悦男性，以此达到自己获利的目的，说明她从来就没有僭越或逃离主流体系，或者说她对男人的消费依然具有被男人消费的实质。因此处于当时社会制度下的人们包括作者笛福本人都难以像同情摩尔那样同情她的处境；她知罪犯罪更使她罪加一等，笛福将她以身体与物质进行非法交易的行为，作为践踏女德的极端案例来警醒读者。这充分说明，在18世纪的英国，父权制的前现代性理念与个体主义现代性意识形态是不相容的，也就是说，现代性中身体与身份的适应

---

[1] 黄梅：《推敲"自我"：小说在18世纪英国》，生活·读书·新知三联书店2003年版，第65页。
[2] 同上书，第67页。

性和可变性特点并不适用于女性。

虽然在外人面前，罗克珊娜是个冷面、冷酷而成功的女人形象，她"对这种邪恶的生活已经如此心安理得，我似乎就从来没有感觉到它很邪恶"（229），但自她以身体为生产地、追求自救和自我的那天起，她的身体里就一直有两个凶狠的、互不相让的女人在撕扯：一个是以女性身体作为代价，作为18世纪英国社会所给定的好女人、好母亲、好妻子的"房间里的天使"；另一个是同样以身体为代价，追求自由平等、实现自我价值等个人主义的现代女性。

一方面，在她与男人"交易"的过程中，她非常清楚自己的行为是不道德的，是社会所不容忍的。即使在被认为是她最幸福的时刻，她也会莫名其妙地受到良心的谴责；她需要不断地安慰自己，"我是迫不得已的"，"贫穷是最大的陷阱"（78）。有不少学者指责，虽然她一直暗中资助自己的儿女，但不与他们相认过于冷血无情。而罗克珊娜的真实想法是："真难以想象让他们知道妈妈的真实状况，或斥责妈妈所干的见不得人的勾当，更不愿意他们学我的榜样"（248），因为她是个"娼妓，一个人可尽夫的娼妓"（250）。她一直是以自己的行为为耻的。作为忏悔小说的自述者，罗克珊娜甚至一直以"娼妓"自指，用那些本该用于他人身上的批判性表述——"无法言述的下贱勾当"（110）、"虚荣心太强"（229）、"邪恶的生活"（270）来回忆和反思自己的行为。

另一方面，尝到了自立"甜头"的罗克珊娜再也不愿意重回噩梦般的无我生活。她已经深刻意识到，只有拥有财产权才能在这瞬息万变的社会里给自己生存所需要的安全感，因为现代社会"意识形态对妇女控制的基础是对财产的控制。所以，财产和家庭性质的改变是男人对女人之间社会关系改变的物质基础"①。虽然她与荷兰商人是很好的生意伙伴，最终也与他结了婚，但当他最初向她提出结婚请求时，她断然拒绝，说，我身为女人已经很不幸

---

① ［英］布莱恩·特纳：《身体与社会》，马海良、赵国新译，春风文艺出版社2000年版，第213页。

了，但我决心不再因为自己这一性别把事情变得更糟。既然自由似乎是男性的财富，那么我愿意变为"男性化的女人"（"man-woman"），"因为我生而自由，所以我也愿意为自由而死"（212）。这种宁愿称自己为"男性化的女人"，宁愿模糊甚至改变自己性别也要"自由"，一方面体现了罗克珊娜对自由的渴望，另一方面也反讽性地说明在18世纪的英国兼顾"做女人"和要自由是不可能的。因此基于对财产权的渴望、对失去财产权的恐惧，罗克珊娜选择做男人的情人，他们给予她想要的物质，而自己以他们想要的身体作为回报。即使后来答应与荷兰商人结婚也是以由自己掌控财产为条件的。虽然上文罗克珊娜的话反讽性地暗示了平等、独立、自由等现代性理念给人们（当然包括女性）带来了改变的希望，正如里查蒂所说，罗克珊娜"不敢触碰情感、刻意保持性冷淡正是她刚毅的自我提升的表现"[1]；但同时也可以看出，罗克珊娜，其实也是作者笛福对性别不平等的批判，对女性争取自由、争取基本的人权而不得不付出巨大代价的同情。

  18世纪的英国，正处于现代性的初期阶段，其力量才刚开始萌发生长，特别容易受到传统观念和体制的打击。虽然18世纪末启蒙思想宣称"自由是上帝赋予人的自然法则"，但无论是1789年颁布的法国宪法文件《人权宣言》（Declaration of the Rights of Man and of the Citizen）还是英国托马斯·佩恩（Thomas Paine）影响深远的政治文献《人的权利》（Rights of Man, 1791），都是无视女性作为人的权利的，更不用说罗克珊娜生活的18世纪早期。正如莫哥伦（Helen Moglen）所说，在18世纪的英国，"女性的身份是由其身体特征以及关系特征决定的，与独立无关"，况且，"在资本主义发展的早期阶段，纪律、禁欲主义、身体与资本主义生产之间有着紧密的联系"[2]。不仅现代性所提倡的追求个性与自由与18世纪社会对女性的要求不相容，而且财产、性与身体之间的这种传统关系在罗克珊娜那里变得微妙。这也就注定了罗克珊

---

[1] John J. Richetti, The Cambridge Companion to Daniel Defoe, Cambridge: Cambridge University Press, 2008, p. 269.

[2] Helene Moglen, The Trauma of Gender: A Feminist Theory of the English Novel, Berkeley: University of California Press, 2001, p. 35.

娜物化身体来追求个人目标的悲剧结局。我们应该看到，罗克珊娜的身边永远站着两个男性凝视者：一个是觊觎其身体并以权力和丰厚物质为诱饵的欲望凝视者，而另一个则是随时准备伸出传统女德戒尺的凝视者。

对于身处"充满悖论和矛盾"现代生活[1]中的女性罗克珊娜，作者笛福持模棱两可的态度。他对女主人公有同情，有钦佩，但最终又不得不站在父权体制的立场给她设定一个悲剧的结局。尽管笛福同情妇女在社会上的地位，甚至极力为她们争取受教育的权利，但本质上讲他仍然是一个当时统治阶级利益和传统社会秩序的维护者，任何性别僭越都是要受到谴责和惩罚的。他甚至不惜将罗克珊娜妖魔化，把她刻画成一个与女仆合谋害死自己亲生女儿的恶魔形象。笛福在《摩尔·弗兰德斯》修订版前言中写道："当一个女人没有了矜持……她就很容易上魔鬼的恶作剧的当；这世界上没有什么动物的贪婪比得过一个邪恶的女人。"[2] 在《罗克珊娜》前言中作者也表达了同样的态度，并且申明其写作目的是警示当今妇女，绝不鼓励她们模仿罗克珊娜的行为。小说以残忍的结局而结束：虽然与荷兰商人结婚后，罗克珊娜"过着一种恬静、有规律、人间天堂般的幸福生活"（262），经济上也确实获得了某种程度上的独立，丈夫并没有要她上交自己的私有财产，但她却终日生活在对女儿死亡的无尽痛苦和自我惩罚之中。她寝食难安，"梦中遇见的尽是最可怕、最恐怖的事情，不是梦见魔鬼、幽灵和妖怪，就是在梦中自己从又高又陡的悬崖上掉进深渊"（379）。这又宣告罗克珊娜的结局是悲惨的，也预示着现代女性必须在做追求自由个性的"自己"还是做社会给定认可的"女人"之间做出选择，两者是如此矛盾，难以兼顾。

小结

18 世纪的英国在伯曼看来，是"人们体验现代生活的开始。他们几乎不

---

[1] Marshall Berman, *All That Is Solid Melts into Air: The Experience of Modernity*, London: Verso, 1983, p. 13.

[2] Lincoln B. Faller, *Crime and Defoe: A New Kind of Writing*, Cambridge: Cambridge University Press, 1993, p. 48.

知道他们所面对的是什么……也很少或不知道在他们的尝试和希望中有什么共同的现代共同体可以共享"①。作为现代性的弄潮儿，罗克珊娜利用身体作为资本追求独立自主，希望得到个人幸福，这对18世纪早期英国女性是极具现代性的行为。但是，尽管当时独立、自由、平等等现代个人主义思想已经萌芽，现代性意味着"一切坚固的东西都烟消云散"，然而前现代的生产关系依然非常"坚固"。瓦特甚至说，资产阶级社会奉行的性别双重标准体现了"父权制立场与个人主义立场之间的对立"②。对于女性来说，其身体依然禁锢在家庭之内，其主要职责是生儿育女。罗克珊娜寻求自我、要求独立这一系列充满现代性的行为，势必与当时的性别规约严重冲突，她惊世骇俗的行为威胁到了当时的传统和道德观念，因此她利用身体来追求个人自由与幸福注定以悲剧收场，她追求个人主义势必遭受父权体系的惩罚。

有学者在谈到笛福的系列"犯罪传记小说"通过读者的"自我审查"促进社会良性运转的功用时说，它们"鼓励读者以小说中犯罪人物的整个生活轨迹，以及被送上绞刑架这一结局，来对照自己的性格和行为，权衡自己的习性和野心"③。无疑这一论断对于笛福的"男性犯罪小说"再合适不过，但他的《罗克珊娜》《摩尔·弗兰德斯》等女性题材小说、"女性犯罪小说"中的述行性要复杂得多。作者一方面赋予女性与男性同样的勇于战胜逆境、追求新生的能力；另一方面也表征女性生活、事业和精神追求的艰辛和无奈，甚至无论是对摩尔的身体惩罚还是对罗克珊娜的精神惩罚都体现出了笛福作为中产阶级男性的父权立场。因此，罗克珊娜在现代世界所给予的"生存机会"面前从迷茫、观望到投身其中直至最终失败的过程，以女主人公的身体体验及悲剧命运恰当地诠释了18世纪初期现代性面临的困顿局面，小说的述行呈现出了"既是革命的也是保守的"暧昧、矛盾状态。

---

① Marshall Berman, *All That Is Solid Melts into Air: The Experience of Modernity*, London: Verso, 1983, pp. 16 – 17.

② Ian Watt, *The Rise of the Novel: Studies in Defoe, Richardson and Fielding*, London: Chatto & Windus, 1963, p. 142.

③ Lincoln B. Faller, *Crime and Defoe: A New Kind of Writing*, Cambridge: Cambridge University Press, 1993, p. 33.

第二节 范尼·伯尼《伊芙琳娜》的城市化表征

城市既是现代性的载体,也是其表征、内容和成果。对于一个国家来说,城市化既是经济发达的外显,同时也是其现代化最重要的指标。美国城市社会学家沃斯(Louis Wirth)甚至说:"文明的历史就是城市的历史。"[1] 这一论断对世界上第一个工业化和城市化的国家英国来说恰如其分。18 世纪的英国处于社会大变革时期,工业革命促进了资本主义经济的繁荣以及城市的兴起和发展,因而城市的数量和规模呈几何倍数增加和扩大。英国早期城市化与工业化互相促进,互为因果。

18 世纪英国资本主义经济发展推动了一系列文化的进步,其中就包括现代小说的兴起。作为现代性最外显的体现——城市,尤其是 18 世纪英国大部分小说故事的主要发生地伦敦,成为全国经济、政治和文化生活的中心,成为一切"新的东西——无论是有形物品、经济理念还是文化资本——开始的地方"[2],甚至成为现代性的代名词。基于现代性的双重特征,在 18 世纪英国小说中,"城市"这一地理景观被赋予了文化意义并常常与"乡村"相对立。当时一些经典男性作家如笛福、理查森、菲尔丁的小说都不约而同地对城市进行了表征。如果说在理查森的《克拉丽莎》中的城市代表的是暴发之地,在菲尔丁的《汤姆·琼斯》中是罪恶之城,因此迁往(或回到)乡村争取爵士名号或成为乡绅是一个家族的追求,那么在女性小说家范尼·伯尼(1752—1840)(Fanny Burney,也叫 Frances Burney)的书信体小说《伊芙琳娜》(*Evelina*; *Or*, *The History of a Young Lady's Entrance into the World*, 1778)中,城市的内涵则要丰富和复杂得多。

---

[1] Louis Wirth, "The Urban Society and Civilization", *American Journal of Sociology* 45.5 (1940): 755.
[2] J. Paul Hunter, "The Novel and Social/Cultural History", in John Richetti ed., *The Cambridge Companion to the Eighteenth Century Novel*, Cambridge: Cambridge University Press, 1996, p. 24.

伯尼在《伊芙琳娜》的前言中说，试图以小说人物"效法自然""记录时代风俗"。小说相当大一部分内容以英国最早也是最大的城市伦敦为背景，围绕主人公伊芙琳娜的城市活动，讲述一个"粗野的""对世界一无所知的"[①] 乡村女孩是如何通过三次进城经历"进入社会"的。从很大程度上说，伊芙琳娜从天真到"懂事"的过程本身就是城市化的过程。

城市化通常包括有形的城市化和无形的城市化两个方面：有形城市化是指物质上和形态上的城市化，主要反映在人口集中、空间形态的改变和社会经济结构的变化等方面；而无形的城市化常指人们的生活方式及精神意识随着物质城市化而发生的变化。小说通过乡下人伊芙琳娜对城市新奇的物质生活和精神生活的体验，在感受"资产阶级现代性"所带来的便利生活的同时，更是帮助读者看到，社会"新""旧"交替时期城市化过程中所体现的经济现代化与文化现代性之间的矛盾和张力。

一 人口城市化

人口由乡村向城市大规模流动是城市化最基本、最重要的外显。甚至有早期城市化学者认为对城市化给出的一个歧义最少的解释就是"城市化就是人口集中的过程"[②]。英国从一个手工业社会、农牧社会过渡到工业社会、商业社会，逐渐形成一个城市化国家，密集的人口、丰富的物资、便利的交通等地理物质形态的变化都是其城市化的标志。

18 世纪下半叶，英国工业革命肇始，城市化也随之发生。到 19 世纪中期，第一次工业革命基本完成，英国城市人口超过了全国总人口的 50%，早期城市化也告一段落。据权威数据显示，英国城市人口从 1650 年到 1700 年出现井喷，伯明翰、曼彻斯特、利物浦、巴斯、布里斯托等城市的人口翻了近一番。对于英国首都伦敦来说，1700 年英国总人口 680 万，伦敦就占了 55

[①] Fanny Burney, *Evelina*; *Or The History of a Young Lady's Entrance into the World*, London: Harrison and Son, 1861, p. 11. 本节正文中未标明文献出处的页码均出自该小说。

[②] Hope Tisdale, "The Process of Urbanization", *Social Forces* 20.3 (1942): 311.

万；1800年伦敦的城市人口更是将近一百万①。难怪小说《伊芙琳娜》的女主人公来到伦敦后第一次逛公园就惊呼："我以前从未见过这么多人聚在一起！"而天真的她环顾四周期望看到熟人，却奇怪为什么一个也没看到，"因为整个世界的人都来了呀"（19）；同样，第一次参加私人聚会，以她在乡下的经验，原以为如果有四五对夫妻参加场面就够大了，但她好像"看见了半个世界"（21）。

除了人口数量激增和规模扩大外，英国早期城市化还体现为城市人口结构变得多样化。城市人口中一部分是"一辈子生活在城市"的上层阶级，如小说中的奥维尔阁下、克莱门特·威洛比、劳威尔、博蒙夫人。但更多的人是"变成"城里人的。工业化带动了城市的商业化。在《伊芙琳娜》中，诸如银器店、服装店、杂货店、药店等大批新商人构成了城市的"中等阶层"。而服务行业的从业者则构成了城市里的下等阶层。由于"一大批已经失去土地，或几乎失去土地的人，其中许多人涌入城镇，他们生计的唯一来源就是微薄的工资"②。作为女性的作者伯尼更是敏感地注意到了由此而带来的服务行业性别的变化。她惊讶地发现女士衣帽店里提供服务的大多是男性，而且他们对行业的熟悉程度和办事速度都令伊芙琳娜惊讶不已。而当为数不多的传统女性职业被男性替代后，城市里的下层女性立足更加艰难，有的甚至只能沦落为妓女，这是当伊芙琳娜受到几个不良青年骚扰后不敢再相信男性而求助于两个女性，不料被心中暗恋的奥维尔误会她交友不慎后才被告知的。除了固定的人口外，城市人口中还包括许多诸如伊芙琳娜、杜威尔夫人等流动人口，因为"伦敦发展的社会基础不仅包括不断扩容的城市中等阶层，也包括每年携家眷进城度假的乡村精英"③。伊芙琳娜两次从乡下来到伦敦，第

---

① Jeremy Gregory and John Stevenson, *The Routledge Companion to Britain in the Eighteenth Century 1688 - 1820*, London: Routledge, 2007, pp. 244 - 245.

② Malcolm Kitch, "Population Movement and Migration in Pre - Industrial Rural England", in Brian Short, ed., *The English Rural Community: Image and Analysis*, Cambridge: Cambridge University Press, 1992, p. 84.

③ Jeremy Black, *Eighteenth - Century Britain*, 1688 - 1783, Hampshire: Palgrave Macmillan, 2001, p. 118.

一次陪同玛文夫人一家来伦敦过春天,一待就是两三周;第二次更是待了一个月之久,她还偶遇了从巴黎来到伦敦的外祖母以及杜布瓦先生。他们都是构成城市化人口很重要的一部分。

人口城市化不仅包括乡村人口向城市的单向流动,还体现在城市与城市之间、城市与乡村之间的互相探访。城市的热闹和便利也正是通过将乡村作为他者进行比对而凸显出来的。在伊芙琳娜与玛文夫人一家回乡之后,城里人杜威尔夫人及克莱门特·威洛比相继拜访了玛文夫人在乡下的霍华德庄园,并待了一段时间,进而对乡下的生活进行了体验。刚来时"清风徐徐""迷人的""完美的"(47)乡村,最后感觉却"是世界上最无聊的地方,一点消遣都没有"(153),由此反衬出城市生活的丰富。

人口城市化离不开便利的交通设施。18世纪后半期以伦敦为中心的交通网络已经基本形成,无论是出行游乐还是经商,交通方式大多由过去的骑马或乘船改为乘坐马车。一个德国旅行者在1781年甚至引证自己的亲身经历说明当时英国人的"大国沙文主义"。有一次,当衣着体面的他走在伦敦至牛津的路上,置身于许多四轮马车所扬起的尘雾中被鄙视甚至怀疑,不断有人询问他的行程、他的目的地,因为英国人认为,只有穷人、流浪汉才不得不步行赶路[①]。在伦敦,马车已不再是专属于城市上层社会高贵身份的名片。伊芙琳娜及一干普通人在伦敦愉悦地出行,离不开城市非常便利的交通。即使是步行可达的距离,他们也都选择乘车乘船:陆地上有随叫随到的双轮、四轮马车,水上还有轮船"欢快地"穿梭于泰晤士河(216)。小说中,伯尼展示了一幅便利的英国交通地图,伦敦到布里斯托以及到各乡镇、布里斯托到巴斯往来都非常便利。正因为这样,伊芙琳娜见世面要去伦敦;不答应外祖母去巴黎的要求然后以去伦敦为折中;不开心时可以去布里斯托散心;为了寻乐可以命令豪华车队开赴巴斯。同样得益于便利的交通,麦卡尼仅仅为还伊芙琳娜一笔数额很小的钱,从伦敦到贝利山庄再追到布里斯托;更戏剧性的

---

① Douglas Hay and Nicholas Rogers, *Eighteenth - Century English Society*, Oxford: Oxford University Press, 1997, p. 5.

是,伊芙琳娜陪同邻居塞尔文夫人到另一座较大的工业城市布里斯托逗留的一个半月时间里,她竟然遇到两次在伦敦见过的所有绅士!

值得一提的是,伯尼还通过另一个视角表征了人口的城市化。第一次逛伦敦市区时,她还沉浸在观赏戏剧的喜乐中,但在逛皇家圣詹姆逊公园的林荫大道这一城市化景观时"却出乎我的意料":"铺满砂石的长路上泥泞不堪,走起路来极不舒服;路的两头没有开阔的景色,只有一排排拥挤的砖房"(18—19)。喧杂的街道、肮脏的地面、逐渐拔地而起的砖房①,等等,这些城市化最基本的特征却让习惯了宁静乡村生活的伊芙琳娜感到非常不适。

城市是都市生活加之于文学形式和文学形式加之于都市生活的持续不断的双重建构。在《伊芙琳娜》中,城市是小说故事发生的主要场地,小说对城市地理景观看似客观的描述同样表达了作者伯尼对社会和生活的认识和态度。现代城市丰富的物资、便利的交通、多样的娱乐方式,使得人们生活得到极大的改善,女主人公陶醉其中、乐不思蜀。但值得注意的是,虽然城市人口的流动性特征使得人与人之间森严的前现代性等级边界开始松动,为各种边界跨越提供了可能,但伯尼还是通过聪明的女主人公看似不经意的描写,表征了城市景观作为权力高度凝结的文化实质。在与各种城市人打交道时,伊芙琳娜看到了住宅、车马甚至娱乐场所所形成的阶级区隔。有钱有势的上流阶层代表奥威尔阁下住在伦敦西区,出行有专用豪华马车,看剧有厅前豪华包间;而开银器店的新商人布兰登一家虽在乡下人伊芙琳娜面前尽显身份优越,但他们不过住在拥挤的伦敦东区,出行只能靠公共马车甚至步行,到剧院看剧只能坐喧闹的正厅后座。这些看似客观的城市景观描写,实则是具有"可视性的"城市文本,可以让读者通过阅读这些符号领会其中丰富的文化意义②。小说中一个描写得非常详细,甚至从伦敦回来许久后依然困扰伊芙

---

① 布莱克(Jeremy Black)认为,17 世纪末以来,英国逐渐使用砖块取代木质结构作为房屋的建筑材料也是城市化的标志之一。参见 Jeremy Black, *Eighteenth – Century Britain* 1688 – 1783, Hampshire: Palgrave, 2001, p. 118。

② Elaine Baldwin et al., *Introducing Cultural Studies*, London: Prentice Hall Europe, 1999, p. 401.

琳娜的事件更值得读者回味。虽然从字面上看，伊芙琳娜通过与她在城市的亲戚一家的粗俗对比凸显理想男性奥威尔阁下的谦卑大方，但从表兄以伊芙琳娜名义借用奥威尔阁下的马车时那种荣耀，到后来不小心打碎马车窗玻璃时的那种紧张，再到去奥威尔家道歉受到他亲自接见时那种受宠若惊，足以说明阶级跨越的难度甚至不可能性，正是这种对主人公看似不经意的心情书写泄露了伯尼对城市生活过于世俗的不满。

二　生活方式城市化

城市经济的迅猛增长和市民物质水平的大幅提高同时也极大地丰富了人们的精神和文化生活。18世纪，伦敦不仅是英国甚至世界的工业中心与商业贸易中心，由于城市人口的急剧增加，尤其是有钱有闲阶级队伍的壮大，伦敦无疑也成为最大的消费和休闲中心。首先，购物逐渐成为英国尤其是伦敦中上层阶级"一种独特而又日常的生活方式"[1]。伦敦商店林立，商品繁多，多得让从未见过世面的女孩伊芙琳娜眼花缭乱：本来是去为当晚舞会购买丝巾，但店员一次性推荐太多，"恐怕我永远不知道哪一条最适合我"（20）。而且从《伊芙琳娜》中也可以看出，18世纪后半期的英国，工业产品成为时尚甚至必需品，而手工业生产已逐渐被工业生产所取代，手工制品已经成为乡土和过时的代名词。在伦敦初次见面时，并不是特别富裕的城市亲戚布兰登家的两个女儿看出伊芙琳娜的围裙、帽子都是自己亲手缝制的，流露出满脸的不屑和鄙视。

各种休闲活动更成为伦敦较之于其他城市，尤其是较之于乡村最大的特色。17世纪末，"伦敦还没有真正的歌剧院、芭蕾剧团、音乐节，也没有任何专门的音乐会"；而到了18世纪中期，英国的戏剧院已经有了戏剧性的发展，不仅伦敦为数不多的几个剧院翻修一新，几乎每一个市镇都有了自己的剧院，而且都能定期请到伦敦最好的剧团演出[2]。18世纪英国历史研究家布

---

[1] Helen Berry, "Polite Consumption: Shopping in Eighteenth - Century England", *Transactions of Royal Historical Society* 2002（12）: 375.

[2] J. H. Plumb, *The Commercialization of Leisure in Eighteenth - century England*, Berkshire: University of Reading, 1972, pp. 13 - 14.

莱克（Jeremy Black）认为，18 世纪"伦敦已经变成消费和休闲之城"①。从《伊芙琳娜》中可以看出，作者伯尼对 18 世纪伦敦的几个大型豪华的综合游乐园了如指掌。这里各种娱乐设施和馆所应有尽有。有"最恢宏、最漂亮、最完美的"（79）博物馆，有赌厅，有咖啡屋，有拍卖行，甚至有妓院，而且它们"几乎向所有有钱消费的人开放"②。活动场所之多，活动内容之丰富，足以用现代性来概括。伯尼让平凡的伊芙琳娜几乎每天出入兰拉夫花园（Ranelagh Garden）、沃克斯豪尔花园（Vauxhall Garden）、万神殿（Pantheon）这些 18 世纪伦敦最著名的公共游乐园。有一次，老布兰登倡议晚上去娱乐，结果却为了晚上的活动地点和内容争论不休，六人六个意见，最终不欢而散。伊芙琳娜第一次伦敦之行写信向养父汇报的活动清单亦可见游乐活动内容之丰富。星期六看剧，由"最著名、最受尊敬的"男主角主演；星期天去教堂，然后逛皇家公园圣詹姆斯公园，星期一上午为了"打扮得像个伦敦人"（to Londonize ourselves）到处逛商店"买丝巾买帽子买纱罗等"（21），晚上参加私人舞会；星期二晚上回味起当晚的活动时她说："这里的娱乐活动太多，持续时间太长，要是等到它们都结束后再提笔给您写信，那我就只能熬到天亮了"（21）。参加化装舞会回来后她甚至幽默地形容她的城市生活："我们日出而息，月出而醒。"（34）因此对于城市生活，伊芙琳娜经历了从最初的异常兴奋转而窘迫不断不知所措，到最后习得城里人的规矩，言谈举止"优雅得体"的过程，城市里的各种音乐会、展览会等文化场所，咖啡馆、舞会、烟火晚会等休闲场所都帮助她加速了"城市化"和"社会化"的过程。

现代性充满双重性或悖论性，即卡林内斯库所说的两种现代性特征。一种是对有用的强调。因此，判断是否现代的标准就是物质是否丰富、物件是否有用，即"实用主义和崇拜行动成功"这一中产阶级核心价值观。另一种作为现代性外显的城市化特征之一，"对资产阶级现代性的公开拒斥"③，即

---

① Jeremy Black, *Eighteenth – Century Britain* 1688 – 1783, Hampshire: Palgrave, 2001, p. 117.
② Ibid., p. 118.
③ ［美］马泰·卡林内斯库：《现代性的五副面孔》，顾爱彬、李瑞华译，商务印书馆 2003 年版，第 48 页。

对无用、休闲的看重和炫耀。当玛文船长参观陈列着栖在菠萝中心唱歌的鸟儿、机械音乐等各种创意展品的博物馆时抱怨展品"华而不实"而询问其实际用途时，遭到了包括来自巴黎的杜威尔夫人、来自乡下的伊芙琳娜以及艺术品解说员的不同形式的反对。解说员略带讽刺地说："这些机械装置的创意和精巧，其作为工艺品的优美，任何一个有品位的人都能很容易悟出这些特殊表演的实际用途的。"(79) 这充分体现了"无用"即"有用"的另一副现代性"面孔"。

伯尼通过主人公伊芙琳娜对炫目而"无用"的城市生活的诸多复杂体验，在城市化的"有用"与"无用"之间进行自然切换，发现其"文化意义"。一方面，城市里剧院、音乐会、博物馆等文化场所如雨后春笋；另一方面，文化只是新贵们装点门面、炫耀经济优越的工具。诸多宴会、舞会和正式、非正式访问不过是人们的"休闲表演"（performance of leisure），大多"只重形式不问内容"，正如芒福德谈到宫廷文化对欧洲城市化的影响时甚至说："抛头露面，被人们'看见'，被人们'认出'，被人们'接受'变成了社会的最高义务。"① 因此在每天忙于各种或高雅或大众的娱乐活动时，来自乡村的伊芙琳娜印象最深的是上层社会的傲慢自大和中产阶级的粗俗势利。虽然人们在人前总是表现得高贵富有，但她看到的却是买票进入剧场前长时间各种方式的讨价还价；虽然人们总是装出很有教养有文化的样子，但她看到的是戏剧演出时闹哄哄的剧场，音乐会上"很少有人能够安安静静地聆听音乐，因为虽然每个人看起来很欣赏，却很少有人用耳朵在听"(114)。她甚至详细描写一位绅士来到剧院观赏康格里夫的喜剧《两情相悦》（*Love for Love*, 1695），演出结束后被问及剧名而不知时的尴尬。当他因此而被嘲笑时居然大言不惭地说："我们来剧院就是会会朋友，也证明我还活着！"(84) 他甚至反倒讽刺起别人："如果你像我一样熟悉城市的生活，就会见怪不怪了！"(118) 后来好几位被称为"阁下"的绅士甚至当着不少女性的面也撕下自己

---

① ［美］刘易斯·芒福德：《城市发展史——起源、演变和前景》，宋俊岭、倪文彦译，中国建筑工业出版社2008年版，第394页。

的面具,几乎一致附和:他们支付高昂的票价来到娱乐场所意不在戏,就为欣赏漂亮女人而来!

因此,现代性,具体地说,城市化的另一悖论性后果是,城市人对各种"平面的""大众文化"的热衷程度,导致许多优良的传统文化也受到强烈冲击。人们常常光顾音乐会却不懂音乐,逛剧场而不看戏剧。同样,文学也不再是人们的主要谈资。《伊芙琳娜》中,有一次两位绅士打赌,请几位女士出题。当一位来自乡下的女士以谁能背诵贺拉斯的颂诗为题时,其中一位绅士答道:"作为一位议会议员哪有时间学习典籍呢?……学习政治就够我这可怜的脑袋忙乎的了啊!"(329)当在场的伊芙琳娜提议看谁能以给定命题作两句诗时,两位绅士又是一阵难堪。中间又有位女士提议,干脆打赌看谁鞠躬鞠得最好,结果不善鞠躬的两位绅士满屋子练起了鞠躬,该打赌活动最终竟然以看谁能画出最长的稻草而草草收场,把城市人的荒唐可笑推向极点,使得即使被贴上了矜持端庄标签的伊芙琳娜对这一可笑场面也流露出难以掩饰的嘲笑。虽然关于这一打赌事件的"文化意义"有多种解读,但至少可以看出,伯尼意欲通过刻画这幅滑稽画面,对有身份的城里人只顾实用而不学无术进行了无情的讥讽。

正如芒福德在详细分析了诸如游乐花园、博物馆、动物园之于讲究奢华的巴洛克宫廷生活方式的密切关系时所下的结论:18 世纪盛行于欧洲各大都市的"游乐花园是经济上无限止消费的产物"[①],伯尼一方面让从未见过世面的伊芙琳娜体验眼花缭乱的现代城市生活;另一方面又借这位聪明、敏感的主人公之口对城市人的这种炫耀性的"无限止消费"观念和生活方式进行讽刺与批判。

三 思想意识城市化

《伊芙琳娜》的女主人公虽然出身高贵但由于母亲遭到父亲抛弃且在伊芙

[①] [美]刘易斯·芒福德:《城市发展史——起源、演变和前景》,宋俊岭、倪文彦译,中国建筑工业出版社 2008 年版,第 397 页。

琳娜只有几个月大时就去世，作为"孤儿"的她被好心的乡绅收留长大成人。虽然"天真、自然、纯洁如天使"（11）的她已经习惯了安静友好的乡村生活，但当她有机会陪同朋友去伦敦过春天时，养父维拉斯先生虽有千种担心万般不舍，也承认该是时候让17岁的伊芙琳娜进城去"体验和观察生活"（9）了，毕竟伦敦这个"花花世界"（10）才是人们"见世面"（8）的地方。

首先，伊芙琳娜"见世面"的过程，即经过两次伦敦之行和一次布里斯托之行，就是其思想"城市化"的过程。伊芙琳娜在第一次伦敦之旅中，受欺负时只会掉眼泪，嚷着"我要回家！我再也不想待这儿了"（44），"我明天就离开这个可恨的城市，永不再踏入一步"（45），而且许多次说"我希望我能马上回到贝利山庄（她的家乡）"（45），"我一千次地希望我从未离开贝利山庄"（50），"到了贝利山庄我就安全了"（51）。但经过伦敦"受难"和"洗礼"后的伊芙琳娜不仅不再忍受当被动的受气包，甚至还敢于为他人打抱不平。她毅然放下淑女的矜持，把处于绝望中的麦卡尼从死亡边缘救起，当玛文船长恶作剧将杜威尔夫人五花大绑丢下不管之后，她勇敢地手持刀子砍断绑绳，并且果敢表示，如果他再欺负人，她一定会立即出手制止，绝不袖手旁观。尤其是当她收到生活窘迫的麦卡尼会面的邀请后，虽然心上人奥威尔阁下再三催问并对她的"不坦诚"流露出不高兴的神情，她还是赴约见面。对比她初到伦敦因事被奥威尔误会时的焦虑痛苦、寝食难安，说明平时对心上人的一言一行甚至是一个眼神都非常敏感在乎的伊芙琳娜，来到城市后不再是过去那个一切都要看他人眼色、靠他人拿主意的小女孩，而是变得成熟和独立，敢于表达自己的真实思想，敢于有自己的行动了。

伊芙琳娜认亲的态度变化更能说明其思想的"城市化"。伊芙琳娜前两次在伦敦与外祖母相处时感情复杂，对母亲去世后外祖母对她的不问不闻虽有怨言甚至内心厌恶，但对外祖母几乎有求必应，这是由于其良好的修养和教育，但更多的是由于其性格软弱，任何无礼的要求都不懂拒绝。但几次城市之行后，她不再唯唯诺诺，尤其在认父事件上，她非常清楚自己的正当权利，也最终争取到了从未履行养育责任的生父的财产继承权。18

世纪英国女性小说研究家，尤其是伯尼研究专家爱泼斯坦（Julia Epstein）甚至说，伊芙琳娜故事的喜剧性在于，"伊芙琳娜学会了操控社会习俗和风气，以便最大可能地掌控自己的生活而又不冒犯那些不断寻求'引导'她的人"[①]。

伊芙琳娜婚姻的自主性也体现了其思想的城市化。虽然在18世纪的英国，婚姻依然被认为是女性"最重要的事业"，是其家庭扩大家业的唯一机会，也因此主要是依着"父母之命"，但在伯尼的笔下，城市的婚姻观似乎也发生了很大的变化。小说中女性人物的婚姻问题上，父亲似乎已经退场至少是隐身了。布兰登家的两个女儿中，一个女儿虽然父亲不中意其婚事，但也只得认可她嫁给一个普通的杂货商而非有身份的绅士；而另一个女儿甚至口口声声说自己结不结婚是自己的事。最初，伊芙琳娜在给养父的信中谈到自己对心上人奥威尔的暗恋时，只能假装为对长辈式的爱，但后来能够明确表达自己对他的欣赏和爱意；同样在奥威尔面前她也不再因为门不当户不对而压抑和害怕，而是能够直抒胸臆。甚至小说以伊芙琳娜与奥威尔终于结婚而养父不在场的隐喻而结束。

如果说在伯尼的笔下，伊芙琳娜的成长、成熟，即她个人思想意识的城市化，可以概括为她从被动凝视到逐渐"成为自我"的现代化过程，那么伯尼对社会意识的城市化的表征就要复杂得多。像18世纪英国绝大多数女性作家的小说一样，《伊芙琳娜》很大程度上是一部"风俗小说"，是作为乡村女孩的主人公记录几次短暂的城市生活经历时的所见所闻所感。与纯朴、热情、善良的乡村人物形象不同，伊芙琳娜所接触到的城里人虽然大多是上流社会人士，但"缺乏教养"（low-bred）一词却是她与养父通信时描述城里人使用非常频繁的。除了理想的男性形象奥威尔阁下外，其他绅士大都"俏皮而粗俗""华丽而俗气"，有爱自夸的流氓式绅士劳威尔，有花花公子式的克莱门特·威洛比，有"乖戾、粗俗、令人讨厌"（32）的玛文船长，有市侩、

[①] Julia Epstein, *The Iron Pen: Francis Burney and the Politics of Women's Writing*, Madison: University of Wisconsin Press, 1989, p. 121.

庸俗、爱财如命的老布兰登。就连被城里人嘲笑"从未进过城"但实则文雅谦逊的伊芙琳娜都气愤地说:"我真的觉得应该有一本书,教会所有年轻人初次公共交往时严守正确的规矩和风俗。"(87)①伯尼甚至以小说中理想的父亲形象养父维拉斯先生之口,在伊芙琳娜第一次伦敦之行结束后如此评价伦敦这个"伟大、繁忙而又充满荆棘的世界":这是一个"滋生欺骗与荒唐、没有诚信没有教养的大染缸",他甚至说自己最大的希望是她"永远不要再踏足这个地方"(127)。

与乡村友好互助、亲如一家的邻里关系相比,伯尼通过伊芙琳娜揭露了城市里的性别歧视、阶级歧视和地域歧视问题。从性别层面来说,小说从头至尾绅士们对任何女士评头论足时语气中永远透出性别优越感,即使小说中的两个理想男人——养父维拉斯先生和心仪对象奥威尔阁下也不例外,奥威尔最初也多次将乡下等同于粗俗而误会伊芙琳娜。阶级歧视更是随处可见。在她第二次伦敦之行中,伊芙琳娜目睹更多的是城里人的粗俗、势利与人情冷漠。她外祖母的亲戚布兰登一家在对待穷人与富人时"毫无原则、没有人性"的两种态度让她感到"极度恶心"(207)。他们对来自偏远乡村、贫困潦倒的年轻租客麦卡尼极其冷漠,颐指气使甚至极力鄙视嘲弄,即使在他到了因交不起房租想自杀的地步时,这一家人合计的也全是个人利益:他们的第一反应是把他赶出去,"免得他死在我的房里给我带来麻烦",转念又想这样自己的房租就会打了水漂,他们还想过将他送入监牢,权衡再三之后以扣押他一个"至少值10个基尼"的戒指及其他一些值钱物什才暂时罢休;而这家人对一个没有教养、粗俗不堪的邻居史密斯先生则是奉承巴结,仅仅因为他是个经济优裕的服装商人。而在布里斯托之行中,伊芙琳娜更是目睹两名

---

① 虽然伯尼研究专家爱泼斯坦认为,这句话是伊芙琳娜对自己不懂社交规矩的感慨,以及伯尼暗指她希望自己的小说《伊芙琳娜》成为这样一本教会女性如何处世的书(参见 Julia Epstein, *The Iron Pen: Francis Burney and the Politics of Women's Writing*, Madison: University of Wisconsin Press, 1989, p.117),但是从原文中的指称"所有人",以及伊芙琳娜在给养父的信中详细记述花花公子劳威尔在剧场对漂亮女士的关注远胜于对戏剧本身的关注,以及对她作为"远离首都""不懂法语"的乡下人的羞辱这一粗俗行为的"不可忍受",我们更愿意理解为:伊芙琳娜的这句话是对城市里劳威尔这类道貌岸然的绅士粗俗不堪行为的讽刺。

绅士下作到让两名贫穷的耄耋老妪赛跑而取乐，对她们"重重地摔倒在地"不仅不出手相助，反而"大声呵斥"害得他们输了赌资。伊芙琳娜愤慨地写道："我们生活其中的是一个怎样的世界啊！""多么道德败坏！""多么堕落颓废！"（313）在商业社会里，一个人的身份更多地取决于其职业的"贵贱"和财产的多寡[1]，而社会的商业化和城市化同时也带来了人的思想观念的商业化和庸俗化。

小结

里查蒂在谈到18世纪英国小说兴起与繁荣的诸多原因时认为，由于小说是人们生活意识转变以及各种生活可能性增加的见证者和促进者，因此城市中心的发展及其对传统村落社群的侵蚀也许是较之印刷革命更重要的因素[2]。范尼·伯尼对作为西方文明"启蒙之理想"和"不可磨灭的纪念碑"[3]的城市景观，通过其小说《伊芙琳娜》，以一个城市"异乡人"的视角，将城市与乡村进行比对，对18世纪英国早期城市化的社会现实进行了镜像式的反映。但同时作为启蒙时代的女性作家，她又以不同于男性作家的宏大叙事策略，以一个虽然"天真、单纯"，但"悟性高、反应快"（12）的女孩伊芙琳娜的三次城市体验，围绕女主人公在城市的社会生活，尤其是与不同阶层的男性打交道的过程，感受城市生活较之于乡村生活的便利和丰富，更重要的是，表达对城市化过程中依然十分严重的性别、阶级等级制的"旧"观念的批判，以及对城市化所带来的个体生活和集体意识商业化"新"趋势的反思，从而为现代性的发展提供警示。

---

[1] Sarah Jordan, *The Anxieties of Idleness: Idleness in Eighteenth - Century British Literature and Culture*, Lewisburg, Penn.: Bucknell University Press, 2003, p. 17.

[2] John Richetti, *The Cambridge Companion to the Eighteenth Century Novel*, Cambridge: Cambridge University Press, 1996, p. 7.

[3] ［美］理查德·利罕：《文学中的城市：知识与文化的历史》，吴子枫译，上海人民出版社2009年版，第4页。

第三节　亨利·菲尔丁《汤姆·琼斯》的现代性反拨

亨利·菲尔丁（Henry Fielding, 1707 – 1754）的经典小说《汤姆·琼斯》（*The History of Tom Jones: A Foundling*, 1749），有人认为其故事是以男主人公汤姆与女主人公索菲娅从误会、疏远到和解，最终结婚的爱情为主线，所以将它归为爱情小说；也有人认为《汤姆·琼斯》是成长小说，因为它讲述的是弃婴汤姆如何被善人奥维西收为养子并在乡村萨默塞特郡长大成人，又如何遭人陷害，被正直的养父误会驱逐出家而被迫远走京城伦敦，到慢慢成熟，最终恢复庄园继承人身份而返乡的故事。小说以乡村、旅途、城市三个地理空间来引领故事情节的发展，"史诗般"地描绘了一幅"广阔的"18世纪英国社会全貌①。按照文化研究的观点，地理空间同时也是一种文化空间，而文学作品中的地理空间更是包含了许多超乎地理之外、文学之外的复杂意义，是作者理解世界、表征世界的方式。

在18世纪英国现代性发生之际，菲尔丁坚持其一贯的"传统主义"立场，甚至被认为是18世纪早期英国唯一最忠诚于奥古斯都风格和文化的作家②。与笛福、理查森等当时相当一部分男性作家宣扬个人主义、商业精神，创造出一系列依靠自己奋斗、打拼，再加上运气甚至卑劣手段终于发家致富的男女主人公不一样，菲尔丁的《汤姆·琼斯》中，汤姆虽然也离开家，离开自己曾经熟悉的乡村环境来到城市，但是他更像范尼·伯尼的伊芙琳娜，城市虽然也是"见世面"、助人成长的地方，但更是他们看清社会的窗口并且开始"醒悟"的地方，菲尔丁甚至比伯尼更进一步，城市似乎成了藏污纳垢的地方，是正常人一刻也不愿停留的地方，因此成为主人公怀念家乡、留恋

---

① Ian Watt, *The Rise of the Novel: Studies in Defoe, Richardson and Fielding*, London: Chatto & Windus, 1963, p. 251.

② John Richetti, *The Cambridge Companion to the Eighteenth Century Novel*, Cambridge: Cambridge University Press, 1996, p. 121.

乡村并最终回归乡村最大的动力。

雷蒙·威廉斯在《乡村与城市》（*The Country and the City*, 1973）中认为，虽然乡村与城市两个概念的内涵一直变化不居且非常复杂，但随着人类的发展尤其是城市的形成，乡村与城市逐渐被类型化也是不争的事实。乡村或意味着"宁静、纯真、简朴的美德"，或意味着"落后、无知、受限"；而城市总是与"教育发达、交通便利、灯火通明"相关，或可能又是一个充满"嘈杂、市侩气、野心"的地方[1]。小说《汤姆·琼斯》通过将世风淳朴而美好的乡村生活与繁荣但世风腐败堕落的伦敦城市形成鲜明的对比，描绘萨默塞特郡浓郁的英国乡村风情，暴露出城市贵族、资产阶级上流社会生活的腐化和道德的堕落，表达出"化繁为简"地对现代性的反拨，对回归"简朴、天真、荣誉、感官愉悦"[2] 等传统乡村生活的渴望。

一 城市语境中的乡村怀旧

《汤姆·琼斯》的主要场景之一是传统的萨默塞特郡，故事始于萨默塞特郡也止于萨默塞特郡。作者菲尔丁的家乡萨默塞特郡因其优美的自然景观素有"英国最美农舍"的美誉，也因此成为18世纪、19世纪许多乡村小说故事的发生地。整部小说又主要围绕着具有浓郁的18世纪英国乡村风情的奥维西和魏思顿两家庄园进行。两大庄园具有乡绅士族家庭都有的特色园林景观，老宅、草坪、瀑布、山麓、花鸟虫鱼、小溪、林间小道和长满常青藤的古堡、教堂，不仅构成了一幅幅美丽的自然风景画，而且乡村恬静、美丽的景色也体现了淳朴的乡村人民生活闲适、安逸的生活状态。

汤姆·琼斯的养父、乡绅奥维西的大庄园无疑是小说的中心场景，菲尔丁甚至称之为"天堂府"[3]。初次介绍时，作者将庄园的自然环境、文化风格

---

[1] Raymond Williams, *The Country and the City*, Oxford: Oxford University Press, 1973, p.1.
[2] Stephen Bending, Andrew McRae eds., *The Writing of Rural England* 1500–1800, Hampshire: Palgrave Macmillan, 2003, xxii.
[3] Henry Fielding, *The History of Tom Jones: A Foundling*, London: Penguin Books, 2005, p.72. 本节正文中未标明文献出处的页码均出自该小说。

以及奥维西漫步其中的怡然惬意做了详细的描写。它像大多数18世纪大地主庄园一样使用"象征稳定和长寿"[1]的古建筑风格，集合了哥特建筑的宏伟气派与古希腊建筑的秀丽典雅。对其豪宅周围的自然景色的描写，作者更是浓墨重彩饱含感情，毫不吝啬其溢美之词："媲美最好的古希腊建筑"，"内部宽敞舒适，外部庄重，令人起敬"；一方面有山坡上的一排老橡树庇荫，另一方面又可以"尽享山下最迷人的景色"；中间是"细草如茵的草地"；离房子不到四分之一英里处是一面湖，"从每一个房间都可以望到"；小湖四围是一片"美丽的平原"；等等。总之，"小山、草地，树林、溪流，呈现错综复杂之美。园林的设计虽独具匠心，但又自然天成"（19）。18世纪中后期的英国，过去由大小庄园组成的社区文化逐渐衰落，而更多新的建筑样式已经给庄园乡村风景带来了挑战。小说中对两大庄园的自然和人文环境极富感情的描写，表达了菲尔丁对乡村自然的真情流露，以及他对现代文化冲击下的传统文化的留恋。

汤姆从萨默塞特郡出发去伦敦的路上，旅途固然"是一个由无限多的岔路、可能性和风险组成的空间，也是三教九流暂时相逢和遭遇的场所"[2]，但一路上美丽的山水既能使人移情更能引人共鸣。有一次店家因为听闻他在家乡的"坏名声"而将他赶出，夜幕降临，饥肠辘辘，抬头望着天上清冷的月光，汤姆触景生情，想起了家乡的亲人和爱人，因此一会儿背诵弥尔顿的咏月诗，一会儿给随从帕特里奇讲述从报纸上看到的两位情人相约遥望月亮寄相思的故事。另一次与"山中人"站在高山顶上，就着一片绝美到作者无以用言语描述（因为"我们感到绝望，一是那些见过这片景色的人认为我们没能将它的美如实描写出来，二是使那些没见过这片景色的人无法了解它究竟有多美"）的景色，汤姆感叹道："我现在与我的家之间隔着多么大的一片土地啊！"（434）美丽的自然风景随时都触动他思乡的神经。

---

[1] Tom Williamson, *The Transformation of Rural England: Farming and the Landscape, 1700 – 1870*, Exeter: University of Exeter Press, 2002, p. 26.

[2] 黄梅:《推敲"自我"：小说在18世纪英国》，生活·读书·新知三联书店2003年版，第220页。

然而，与这些旖旎的自然风光不同，男女主人公们来到伦敦后所见的却是别样一番景象。索菲娅刚到伦敦时，作者就借他人之口描述与乡村庄园迥异的城市建筑："在那儿，无数成堆的砖石垒砌而成的建筑，好似一种纪念碑，表示这里曾是无数金钱堆放的地方。"（547）而汤姆初入伦敦时更是亲身感受到了城市严重的身份区隔。从街道、广场、建筑就可以轻松判断哪些人的祖先是生逢盛世、偶立战功、爵禄传诸后代，哪些又是凡夫俗子、粗野小民。伦敦大街上，马路拥挤狭窄、喧闹不停，乞丐沿街乞讨，盗贼土匪成群，赌场、商场、剧院林立，这样一种喧嚣不安的城市景观，与乡村美好的田园自然景观形成鲜明对比，也更加凸显了乡村的宁静与和谐，体现了作者对商业化、城市化背景下所引起的一系列社会问题的担忧和批判。菲尔丁曾任伦敦威斯敏斯特治安法官，因此对伦敦的治安非常熟悉。他还为此写了一篇题为"抢劫案增多的原因研究"（1751）的文章。其中不仅谈到欺诈、偷窃、抢劫、司法腐败等城市罪恶，甚至认为扩建后的伦敦自然景观就好似天然的藏污纳垢的"好"地方，一个"贼窝"："整个城市好似一片广袤的丛林，窃贼藏身其中安全完全得到保障，就好比野兽藏于非洲沙漠或阿拉伯半岛一样。"[1]

美国地理学家索尔（Carl Ortwin Sauer）在其著作《地理景观形态论》（*The Morphology of Landscape*，1925）中对"文化景观"作用于"自然景观"的强调，认为"文化是作用物，自然区域是媒介，而文化景观是结果"[2]。因此，具有典型英国乡村风情的萨默塞特郡的两家大宅和野外山水以及各种动植物组成的场景，给人一种安稳和谐、美好友善、宁静舒适的感受。而与乡村庄园这样一幅天人合一、人们安居乐业的田园风景画不同，虽然同样是财富与地位的象征，城市里的休闲更多的是一种资本和地位的炫耀。城里上流社会的时髦女士们参加假面舞会的目的就是炫耀她们有大把的休闲时间可以打发，她们精妆细扮争奇斗艳，甚至无聊到只是为了公开喧嚷或发现他人的

---

[1] Giles Emerson, *Sin City: London in Pursuit of Pleasure*, London: Granada Media, 2002, pp. 89 – 90.

[2] Carl Ortwin Sauer, *The Morphology of Landscape*, Berkeley: University of California Press, 1947, p. 343.

隐情秘事。而年轻男士们,他们无须为生计奔忙,衣食无忧,寻欢作乐是他们唯一的职业,剧场、咖啡馆、酒馆是他们光顾最多的聚会场所。菲尔丁曾经怒斥伦敦城市中纸醉金迷的生活:"我们街道的各个角落,充斥着的各种假面会、舞会、集市聚会、游园会等景观,往往会助长人们懒散、奢靡、道德败坏之恶风。"① 目睹种种城市劣迹,又想到自己已被赶出家门回家无望,汤姆多次向仆从哭诉自己的痛苦:"我无家可归了啊!"并且还此地无银地告诫他,"永远不要提回家的话,因为他已经下了决心永远不想那个地方了"(561);另一次又心酸甚至绝望地后悔自己离家出走,后悔离开养父:"但凡有一丝希望,没有什么能够阻挡我一秒回到他的身边。"(638)优裕的城市物质生活反而增长了他对简单乡村生活的向往。小说更是以"山中人"为插曲,不惜用了三大章详述其"传奇"经历,讲述他是如何被乡绅老父亲从伦敦"拯救出来"后回到乡间过了几年"最快乐的时光",安排这位阅尽繁华、看破红尘的老人由于厌倦了人世间"妒忌猜疑、心狠手辣、奸诈阴险、残酷恶毒"(395)等诸种恶行而长期隐居山野。以这种极端形式让人物回归自然、回归乡村,无疑是持有"怀疑但是乐观"哲学观②的菲尔丁在现代商业文明全面侵蚀渗透后对乡村文明无奈的坚守。

二 现代转换中的道德坚守

《汤姆·琼斯》中的主人公汤姆和其养父乡绅奥维西无疑是菲尔丁笔下具有传统道德的代表。小说全名为"弃儿汤姆·琼斯的历史",以一个社会地位低下的弃儿为主人公,不仅体现了18世纪英国小说人物的革命性变化,也是作者菲尔丁对无论出身、无论阶级的善良的个人品行的弘扬。汤姆不只天性善良,用其恋人索菲娅的话说:"我从没见过有人如他般十全十美。十分勇敢又十分温柔;十分聪慧机智但又毫无恶意;十分善良仁慈,温文尔雅,文质

---

① Grace M. Godden, *Henry Fielding: A Memoir*, Montana: Kessinger Publishing, 2004, p. 361.
② [美]安妮特·T. 鲁宾斯坦:《英国文学的伟大传统》(上),陈安全等译,上海译文出版社1998年版,第393页。

彬彬，清秀俊逸。"（247）可以说，连语言大师莎士比亚借巧妙的奥菲莉娅之口对哈姆雷特的赞赏"朝臣的眼睛，学者的辩舌，军人的利剑"也不过如此，况且奥菲莉娅还只能用巧妙的语言来表达①。总之，汤姆集仁慈善良、勇敢机智、温柔敦厚的个性于一体。从郡上到旅途再到伦敦，无论汤姆自身状况窘迫与否，甚至自身难保，他都会尽其所能出钱出力帮助那些需要帮助的人。在小说第十二卷第十四章中，汤姆在去伦敦的路上遭到强盗拦路抢劫而将其制服，但当得知他的抢劫行为仅仅是因为家里有六个嗷嗷待哺的孩子和一个坐月子的妻子后，他不仅没有将他扭送到法官那儿接受法律惩罚，反而还打发了他几个基尼以帮助他解燃眉之急。小说中说："关于这一行动，也许读者会分营对垒、意见不一。有一些也许认为这是非常人性的行为而大加赞赏，但还有些人也许要认为这是罔顾人人该有的对国家应尽的一份责任。"（611）这两种态度实际上代表了 18 世纪英国小说家对于法律和道义的两难抉择，而汤姆的选择说明，他放弃了所谓国家利益、公众利益至上的现代性法律，而选择了慈悲、宽容等自然的前现代性个人道德。同样，它也清晰地表明了作者菲尔丁的态度，尤其是当汤姆一行再次偶遇这个"抢劫犯"，对他曾经的救济感恩戴德，并告知多亏他的救济一家人的状况才得到很大改善时，他忍不住回想："要是遇袭时听从了严格法律的呼声而不是慈悲为怀的内心，结果会是什么！想想都后怕！"（655）因此对于菲尔丁来说，怜悯弱者才能真正做到公正公平地维护社会公共利益。

一方面汤姆具有诚实善良、慷慨仗义、勇敢无惧等优良品德，另一方面又有着胸无城府、轻率冲动甚至情感泛滥等缺点。有人因此而认为，菲尔丁的小说体现了他思想上的双重性别标准，以及他与"阴柔的"理查森不同的"男性气质"②，甚至指责他是大男子主义者。其实，如果联系菲尔丁称自己

---

① [英]莎士比亚：《莎士比亚全集》第九卷，朱生豪译，人民文学出版社 1992 年版，第 66 页。如果按照原文"The courtier's, soldier's, scholar's, eye, tongue, sword"直译，就只能是"朝臣的眼睛，军人的舌头，学者的宝剑"。

② John Richetti, *The Cambridge Companion to the Eighteenth Century Novel*, Cambridge: Cambridge University Press, 1996, pp. 8, 122.

的小说为"散文体的滑稽史诗",了解他在塑造人物时的讽刺手法,就可以看出这多少带有苛责性质。既然菲尔丁的定位是"滑稽史诗",那么其小说就不是要像真史诗那样塑造高高在上、完美的英雄人物,传扬宏大的崇高思想[①]。菲尔丁一方面在小说名为"献词"实为"前言"中写道:"我于此郑重申明,本书中将全力以赴弘扬善良和诚实。"(7)但另一方面他与理查森塑造理想人物以传播和建构理想的道德观不同,正如菲尔丁在小说的另一处所说:"我着手写这本书时,就决定自始至终将我的笔引向事实的方向。"(91)汤姆虽然本性善良、极富同情心,但又有着他那个年龄的轻浮、不成熟,甚至有着18世纪男性普遍存在的大男子气概。因此菲尔丁笔下的人物更自然、更真实、更贴近现实。

即使是菲尔丁笔下的女性人物都不能承受这种苛责。诚然,作为"传统主义"作家,菲尔丁塑造了一系列传统的女性形象,如该小说中恪守传统女德、善良、贤淑的城市"另类"女性米勒夫人,更不用说作者"偏爱"的、集所有美德于一身的理想女性索菲娅。索菲娅固然是18世纪父权制下"标准的"英国传统女性:温顺、矜持、谦逊,"从未和父亲顶过嘴,一次也没有"(294),"无时无刻不以父亲的意愿为准"(255),但一旦关乎自己的人生幸福,她又是一个敢于表达和追求自我、极具现代思想的"新女性"。她在长辈面前毫不藏匿自己绝不认可父亲为她安排的与势利的布利弗的婚事的决心:"宁可将匕首刺进自己的胸膛,也不愿屈身嫁给那样一个可耻之徒"(306),并且将此化为行动,离家一路追寻汤姆。在女仆昂诺还在因担心两个女孩半夜出走的安全问题而犹疑时,追求爱情的索菲娅不再是柔弱、娇美、需要保护的小女孩了:"你要是保护不了我,昂诺,如果坏人来了我可以保护你,因为我打算随身带一支手枪。"(307)不仅如此,菲尔丁与视贞操为女性生命的理查森不同。小说中,他没有像许多18世纪英国作家那样给未婚先孕的南希判死刑,反而给予了她有情人终成眷属的美好结局;另外,他又对贝拉斯顿

---

① Ian Watt, *The Rise of the Novel*: *Studies in Defoe, Richardson and Fielding*, London: Chatto & Windus, 1963, p. 251.

夫人等城市贵妇人将男女关系商业化这一社会现象进行了强烈的讽刺。正因如此,鲍斯韦尔都不认可自己的作传人约翰逊博士对菲尔丁"鼓励人们过一种轻率甚至放荡的生活"的这一指责,而认为菲尔丁只是"从不倡导不自然或者不可能的德行"[1] 而已。

汤姆的养父奥维西虽然不是小说的主角,但从其名字的含义"最可敬的"(Allworthy)来看,他无疑是菲尔丁安排在小说中的理想人物,他是善良、无私和公正的代言人。作者甚至将充满仁爱之心的奥维西与清晨的太阳光芒同比,甚至比太阳"还要耀眼"(20)。奥维西不仅拥有"郡里最大的庄园",而且具有"和蔼可亲、体格健康、沉着稳健、乐善好施"(13)等优秀个人品质,因此不仅家境殷实,也以其品德高尚而闻名遐迩。作为一介地方法官,他理智与情感、仁善与公正兼具。小说之初,当奥维西在自己床上发现一个来历不明的婴儿,当女仆建议作为治安法官的他开具拘留证将狠心的孩子母亲抓来法办时,他反而能理解孩子母亲的不得已:"她只是以这种方式为孩子找个归宿而已。"(17)并且打算把他当成自己的孩子抚育教导、培养成人。而为了不影响孩子母亲的名誉和生活,给了她一笔可观的钱,保证她在异地生活殷实无忧。奥维西和善友好地对待邻居和一切值得的人。

虽然汤姆与索菲娅相爱是在两人阶级悬殊、汤姆"出身低微"(247)之时,但从某种程度上说,汤姆最终能与心上人共结连理却是传统"自然"的:不像笛福笔下的主人公需要依靠自我奋斗才能获取成功和幸福,汤姆似乎靠的是其"自然的"出身——最终证明他是奥维西的侄子,庄园合法的继承人。"在资产阶级秩序基本确立的英国,'保守'的怀旧情调与其说是想维护封建君主的'旧政权',不如说在更大程度上是针对新生社会体制、文化结构和生存方式的弊端的批判和忧思。"[2] 故此,在弘扬道德"典范"汤姆、奥维西所代表的仁慈、友善等非商业、非个人主义精神的同时,菲尔丁也对被雷蒙·

---

[1] Robert E. Moore, "Dr. Johnson on Fielding and Richardson", *PMLA* 66.2 (1951): 175.
[2] 黄梅:《推敲"自我":小说在18世纪英国》,生活·读书·新知三联书店2003年版,第430页。

威廉斯称为"极具当代商业精神"①的反面人物布利弗的虚伪、算计、自私进行了讽刺。这仅从菲尔丁在对为何明知索菲娅对他厌恶至极,布利弗还要求婚这一事件的原因所做的超乎冷静的分析中即可见出。作者认为,"动物般的情欲"、对汤姆"报仇雪恨"后的狂喜、"魏思顿的产业"(301—302)这三方面是布利弗求婚的所有动机,因此,"虽然浪漫爱情讲究的是绝对、完全拥有所爱之人的一颗心,但这一点他从来没有想过。他之所欲,无非是她的财产、她的身体"(255)。

但同样需要强调的是,菲尔丁不是冥顽不化的"老古董",他笔下的乡村不可能也没有墨守成规。传统乡绅奥维西、魏思顿也开始以现代商业思维来打理自己的家产,不时可以从他们口中听到各种现代商业术语。菲尔丁甚至无情批判魏思顿企图干涉女儿婚事、强迫她嫁给一个她根本不爱的庄园继承人的做法,认为这种纯粹商业式的婚姻无异于妓院的老鸨强迫一个天真少女卖淫(765)。汤姆与索菲娅的最终结合,虽然汤姆作为庄园合法继承人身份的获得是他们爱情的催熟剂,但二者坚守爱情、不离不弃更具有现代特征。因此,不是菲尔丁拒绝现代性思想,他只是希望现代性绝不能以牺牲传统美德为代价。正如"不谨慎"是理想人物奥维西善良之路上的绊脚石,当他爱护备至的养子汤姆受到伪装成"善良有爱、光明磊落"(269)的布利弗诬陷时,他想要给予此事以公正的初衷反而使无辜的汤姆受到不公正对待:被扫地出门,"永世不得踏入家门"(269)。汤姆因此受尽磨难,小说也不断强调不审慎才是汤姆最大的问题,同时也是善良最大的敌人。小说最后,汤姆能够吃一堑长一智,他在养父和索菲娅面前不断忏悔,并保证以永不再犯为获得财产、娶得美人的条件,这些就说明弘扬善才是作者写作的最大意图。

三 商业时代对人伦的呼唤

《汤姆·琼斯》中的几个主要角色都是乡间小人物,事件也都是与国家大事无关的家长里短。有人因此说,菲尔丁的小说不像他同时代许多其他作家

---

① Raymond Williams, *The Country and the City*, Oxford: Oxford University Press, 1973, p. 63.

一样以关注时代人物或者公共政治为主题,而他更像一个"乡村绅士",写的都是一些"乡村常识"①。甚至可以说,小说故事以三个地点来三等分其内容,或许也是作者追求和谐有序理想生活的体现。

家庭是乡村居民的生活中心,也是社会生活秩序的基础。作为18世纪父权制下传统的男性作家,菲尔丁通过小说表明:父子(父女)之间、夫妻之间尊卑有序,或者更具体地说,父亲或丈夫享有家庭最高权威是宗法制度下维系和谐家庭乃至社会的关键。小说中,一方面索菲娅勇敢、大胆地追求爱情,但另一方面她对父亲的尊敬和爱戴从未动摇。虽然无法接受父亲对自己婚姻的安排,甚至两度因不从而被父亲囚禁,但她没有与父亲产生正面冲突,而是选择离家出走来躲避这桩被安排的婚姻。最终当汤姆恢复了贵族身份后,她与汤姆幸福地结合也是在对父亲说"我服从您"(898)之后完成的。与专横的家长魏思顿不同,开明的家长乡绅奥维西更是享有至高无上的家长权威,养子汤姆和外甥布利弗对他言听计从。虽然理智上他以公正为天平绝不偏袒,在晚辈的婚恋问题上他也强调要"使用光明磊落的手段",因为"婚姻的结合是神圣不可侵犯的",必须以"婚前的感情为基础"(783),但我们可以说,作为家长,两位晚辈的地位和幸福全凭他"给予"还是"拿走"的权力。

由于18世纪英国女性读者群的兴起,菲尔丁的这部小说虽然以男主人公命名但也似乎以女性为隐含读者,在小说开篇不久就直呼读者为"女士"(14)②。因此,婚姻问题,或者说两性关系是菲尔丁的重要关切之一;同时,婚姻问题也一直是他洞察世界、"观照道德的镜子"③。作者不仅通过《约瑟

---

① C. N. Manlove, *Literature and Reality* 1600 – 1800, London: The Macmillan Press, 1978, p. 136.
② 实际上,根据18世纪英国小说研究专家亨特的观点,当时大多数小说的内容都是关于年轻人,尤其是年轻女性在恋爱或工作或二者兼之的重要时刻所做的重要决定,而且大多数也是以相似生活情境的年轻人为隐含读者的。参见 J. Paul Hunter, "The Novel and Social/Cultural History", in John Richetti ed., *The Cambridge Companion to the Eighteenth Century Novel*, Cambridge: Cambridge University Press, 1996, pp. 20 – 22。
③ Murial Brittain Williams, *Marriage: Fielding's Mirror of Morality*, Alabama: University of Alabama Press, 1973, p. 189.

夫·安德鲁斯》（Joseph Andrews，1742）、《阿米莉亚》的男女主人公，以及汤姆和索菲娅来"重申他一贯赋予婚姻结合以特权地位的主张"①，而且也通过许多反例来观照并倡导夫妻之间互相热爱、互相尊重、彼此扶持的重要性。比如，《汤姆·琼斯》中，夫不夫、妻不妻的基尔帕特里克夫妇婚姻的悲剧就是这种反例。他们的结合没有得到家长的祝福，为了彼此的私心而私奔，但不久又为了各自的利益而分离。女方很快投奔于另一个"有高贵身份、有丰厚财产、有荣耀地位的"男人的"保护"（550），甚至还恬不知耻地劝导索菲娅"把古心道貌的小姐作风丢到乡下，因为在这个城市里这只会束缚你的手脚"（551）；而男方则试图在赌场和女人身上发财而不得志，最终落得由于误袭汤姆而差点送命的下场。

  18 世纪英国家庭中还有一种重要的关系是主仆关系。在传统乡村，主仆之间虽然尊卑有别，却与后来由于工业化、城市化导致劳动力也逐渐商业化、市场化不同。"18 世纪的小说家不可能没有意识到公民人文主义价值观给社会带来的影响，但同样他们也不可能盲目接受资产阶级个人主义或商业社会"②，菲尔丁更是对物质商业化所引起的人伦商业化表现出巨大的担忧，以及一种保留乡村"传统守旧"精神的希望，以唤起人们对日渐消解的乡村传统道德的坚守和维护。18 世纪中期以前，仆人通常长期甚至终身或几代人与一个家庭缔结雇佣关系，仆人常与主人同住，并构成大家庭的一部分，因此一般会被主人当作家人一样对待，分享主人的秘密，享受家庭生活的幸福。汤姆小时候所干的淘气的事情，虽然都与他家仆人乔治有关，甚至用作者的话，汤姆充其量只能算个"从犯"，而且所得物品主要归乔治家人享用，但当犯错的汤姆被发现时勇于一人承担责任，遭私塾先生痛打也不供出同伙。这除了他性格上的仁慈和友好外，也由于他从未把乔治当外人，甚至把他当成"唯一的朋友，最好的朋友"（92）。当索菲娅的父亲、姑姑等亲人为了家族

---

① Gary Gautier, "Marriage and Family in Fielding's Fiction", *Studies in the Novel* 3 (1995): 116.
② Liz Bellamy, *Commerce, Morality and the Eighteenth - Century Novel*, Cambridge: Cambridge University Press, 1998, p. 98.

联姻利用威逼甚至禁闭手段时，是女仆昂纳作为唯一的亲人给予她支持和帮助，虽然偶尔也因利益产生过私心，但最终能忠心陪伴她克服重重困难找到幸福。而城市里的主仆关系更多的是一种商业的雇佣关系。城市绅士奈廷格尔的仆人邀一群朋友在主人家胡吃海喝、随意糟蹋主人珍视的书本，不仅没有任何歉意，而且和主人大打出手，还口口声声说："当下等人的也该有自己的消遣，书弄脏了我赔，从我工资中扣除好啦！"（631）完全没有了主仆尊卑不说，似乎人与人之间只有金钱关系，连起码的尊重都显得多余。

不仅奥维西庄园呈现一派尊卑有序、奖惩分明的乡村人际伦理，而且整个萨默塞特郡也是井然有序的共同体。在这里，人们循规蹈矩，各履其责；邻里之间互相照应，串门频繁；热情好客，宾至如归；日常而庄严的教堂礼拜活动更是使得整个村庄俨然一个大家庭。作为地方法官的奥维西，总是怀着一颗仁慈、慷慨之心去处理教区一切事务。这一幅幅色彩绚丽的风俗画，生动地展示了乡间淳朴的风土人情。这些对整个社区秩序的维护有非常重要的社会意义，而乡间和睦的邻里关系和地方法官严格执法是使得社区一切井然有序的有力保障。生于斯、长于斯的汤姆养成了诚心待人、热心助人的良好品格。他与随从帕特里奇亦仆亦友，与"虽然不免有太重的城市纨绔习气"（632），但有着城里绅士少有的胸襟豁达、为人厚道之美德的奈廷格尔之间更是形成相互关心、相互帮助的密友关系。

汤姆的流浪旅途与淳朴的乡村民风形成鲜明对比：他住过的客栈中，里面的住客、客栈店主，无论是中产阶级贵族、士兵还是商人，他们的市侩伪善无一不反衬出乡村生活的质朴、友善和安稳。似乎人与人之间只有金钱关系，菲尔丁甚至通过小说透露了旅店的"最高商业机密"："第一，凡店家上好的物品（虽然很少）只为装备精良的有钱人而备；第二，最坏的东西也要以最好东西的价格结算；第三，如果客人所叫东西太少，那就以双倍价格结算"（377—378）。汤姆起初因气质看着像绅士而得到热情接待，但当大家得知他是个被赶出家门的穷小子后态度立马一百八十度大转弯，似乎住不住店、医不医病、做不做朋友，甚至有没有罪，都与一个人的家庭出身、与他的钱袋子有关。

城市更是体现出尔虞我诈、金钱至上的人际关系。与大门向任何人敞开，向"只要懂得友谊、慷慨大方和精神高尚的人，即心存善良的人"（161）敞开的奥维西庄园大不相同，汤姆初到伦敦就经历了"门难进、脸难看"的窘境，体会到了世态炎凉。当汤姆历尽辛苦找到心上人索菲娅寄居的贵族豪宅时，由于衣着寒酸、佩剑普通而被门房粗鲁地拒之门外，菲尔丁甚至因此而将汤姆比作悲壮英雄埃涅阿斯，而将可恶的门房比作阻碍英雄进入、看守地狱的三头狗刻耳柏洛斯。以贝拉斯顿夫人为代表的城里人的阴险更是可怕。她趁汤姆经济上无着，情感上急切想见到日思夜想、寄居于她家的索菲娅之际，钳制他为男宠。在汤姆醒悟并拒绝与她来往后，又卑鄙到阴谋利用一位勋爵对索菲娅的感情，一方面怂恿并给他制造强奸索菲娅的条件，另一方面又纠集流氓绑架汤姆。菲尔丁正是通过观察城市人的个人品德、人际关系、家庭角色等各种社会"分子"，尤其是观照腐败堕落、罪恶横行的城市社会现实，以汤姆最终回归乡村这一"道德选择和社会选择"[1]，试图思考商业社会语境中如何"恢复个人自我满足与物质利益之间的平衡甚至对等"[2]。

小结

小说兴起之时的18世纪英国社会，正值各种思想相互博弈，个人与社会、乡村与城市、经济话语与道德话语之间的关系非常微妙。雷蒙·威廉斯说，18世纪以来甚至到20世纪初，虽然英国社会形态发生了巨大的变化，城市已经占据绝对中心地位，但一个不争的事实是，在文学中依然以乡村意识为主，各种对乡村的思想和感情还相当稳固[3]。如果说范尼·伯尼的《伊芙琳娜》以第一人称写成，以女主人公作为乡下女孩的眼睛来观察繁华的城

---

[1] 黄梅：《推敲"自我"：小说在18世纪英国》，生活·读书·新知三联书店2003年版，第221页。
[2] Raymond Williams, *The Country and the City*, Oxford: Oxford University Press, 1973, p. 63.
[3] Ibid., p. 2.

市生活，那么作为一个被贴上"传统主义"作家标签的菲尔丁，其巨著《汤姆·琼斯》则以第三人称写作，作者好似一位阅尽城市繁华的长者回到久别的故乡，以一个城市人的眼光看乡村，对田园风光满心留恋。正如麦基恩在他的《田园革命》一文中，谈到浪漫主义文学作品中的田园主题时说："田园诗艺术地将自然拟人化，又以这种诗歌文化的精密技术来表征自然的消失。"因此，田园文学看似以乡村"自然"为主题，但"实际上是城市的产物"①。

约翰逊博士批评菲尔丁，认为他的《汤姆·琼斯》主人公的道德缺陷具有误导性："在我们跟随人物欢快地游历时，也失去了对其所犯错误的痛恨。"② 其实，菲尔丁自己也承认，他的写作目的从来就不是塑造可供模仿的理想人物。也许约翰逊对他的另一指责，认为与像"了解钟表构造"一样再现人物内心思想和情感的理查森相比，菲尔丁充其量只能是"看表盘报时间……从外部"塑造人物③，而这恰恰能说明菲尔丁真正的写作目的，他是要通过汤姆这个"正常人""普通人"带领读者同时游历乡村和城市，尤其是对现代商业文明影响下传统道德丧失的可怕景象留下深刻印象。因此，菲尔丁对乡村自然风景和人文风景细致入微的描写，看似是对宗法制时期"快乐旧时光"的怀念，但其实他是要通过小说塑造一个安宁、祥和的乡村景观，与物质丰富但唯利是图、人心不古的城市景观形成鲜明对比，表达在新旧社会之交对和谐、美好的传统乡村文化的依恋，对"进步"现代性的矛盾态度，尤其是对现代性冲击之下社会进步的同时道德滑坡的深深担忧，以及对矫正、反拨社会道德伦理的期望。

---

① Michael McKeon, "The Pastoral Revolution", in Kevin Sharpe and Steven N. Zwicker eds., *Refiguring Revolutions: Aesthetics and Politics from the English Revolution to the Romantic Revolution*, Berkeley: University of California Press, 1998, p. 267.

② Samuel Johnson, *The Yale Edition of the Works of Samuel Johnson*, III, W. J. Bate and Albrecht B. Strauss eds., New Haven: Yale University Press, 1969, p. 23.

③ James Boswell, *Life of Samuel Johnson*, R. W. Chapman ed., London: Oxford University Press, 1976, p. 389.

第四节　萨拉·菲尔丁《大卫·素朴儿》的现代人体认

萨拉·菲尔丁（Sarah Fielding，1710–1768）是18世纪女作家"蓝袜子社团"的核心成员，但她通常作为亨利·菲尔丁的妹妹被提及。《大卫·素朴儿》（The Adventures of David Simple，1744）是她最成功的小说。亨利·菲尔丁在给妹妹的小说第二版写序时赞扬她"对人心的洞察"，认为她"了解人性中折磨人心的所有迂回与迷宫"[1]，同时她的小说微妙的心理刻画也得到了同时代著名小说家理查逊的盛赞，甚至认为她哥哥对人心的了解根本没法与她相提并论："他（亨利·菲尔丁）的充其量只能算是机械钟表外部的知识，而你（萨拉·菲尔丁）的却是对所有最精密的发条及内部运动的了解。"[2] 小说主人公大卫·素朴儿是一个单纯而善良的年轻人，出生于富商家庭。父亲去世后，他作为家中长子，却被弟弟以阴险手段夺走了财产继承权。拿回属于自己的财产后，大卫决定出走伦敦，通过亲身体验和观察，寻找真正的朋友。他先后遇到了因为各种原因流浪于伦敦的辛西娅以及卡米拉兄妹。相识相知后，他们四人组成了"微型乌托邦"[3]，过着"充满关爱、柔情和善心的幸福生活"[4]。

与18世纪女性小说家通常以女性作为小说标题人物不同，萨拉·菲尔丁赋予男性人物天真纯洁、多愁善感的性格特点，是她对当时流行的性别气质问题的呼应，但以大卫作为受害者和观察者的双重角色，更表达了作者通过

---

[1] Henry Fielding, "Preface", in Sarah Fielding, The Adventures of David Simple, London: Oxford University Press, 1969, VII.

[2] Dale Spender, Mothers of the Novel: 100 Good Women Writers before Jane Austen, London: Pandora Press, 1986, p. 185.

[3] Nicole Pohl and Brenda Tooley, eds., Gender and Utopia in the Eighteenth Century, Hampshire: Ashgate, 2007, p. 6.

[4] Sarah Fielding, The Adventures of David Simple, Montana: Kessinger Publishing, 2010, p. 235. 本节正文中未标明文献出处的页码均出自该小说。

小说对普遍的"人的困境"① 而不只是女性困境的关切。虽然小说名为"大卫·素朴儿",而且也确实以大卫在都市伦敦的行踪为线索,但他并不是故事的主导者,而更像本雅明(Walter Benjamin)所说的都市里的一个"闲逛者"②。他闲逛于都市伦敦,但又与一般衣食无着、进城觅食的流浪汉不同,他衣食无忧,受过教育,并对社会变化、人情冷暖有着敏锐的观察力和理想的愿望,不愿迷失于物质现代性之中。他"以一个观察者的警觉"③,通过亲身体验和亲自"侦查","从人们的行为举止、面部表情来判断他们的思想和性格"(141),以及其他证人的"证词",体会和见证城市里人们的自私、虚伪和欺骗。

18世纪的英国社会在政治、经济、文化以及意识形态等方面都发生了全方位的变革。《大卫·素朴儿》中的四位主人公如同一面镜子,反映了那个时代背景下人们的生活状况和集体情感。萨拉·菲尔丁通过大卫等人的现代人体认,不仅对以财富来衡量一切的现代社会标准影响下普遍的自私、冷漠、算计、虚伪等社会恶行进行批判,并同时通过大卫与其他三位有着共同优良品行的同伴组成"微型乌托邦",表达对善良、无私、友好等优良品质的坚守和弘扬的文学述行目的。

一 生存"漂泊者"

亲人的背叛、不理解或疏离使得大卫和辛西娅等四人无家可归,在城市中为了生存而被迫流浪。热情善良的大卫·素朴儿,曾经视弟弟为生命中最

---

① Janet Todd, *The Sign of Angellica*: *Women*, *Writing and Fiction*, 1660–1800, New York: Columbia University Press, 1989, p.165.
② "闲逛者"(英文为"Flaneur",也有译为"游手好闲者""流浪者""漫游者"等)是本雅明对以波德莱尔(Charles Baudelaire)为代表的一批小资产阶级文人的称呼,认为他们是资产阶级商业社会形成、现代性大都市兴起的结果,他们游荡在城市的各个角落,观察和体验城市生活。他们行走于滚滚人潮之中,但又不同于人流中一般的人,为了看清这个被工业化、商业化腐蚀的社会,为了在人群里冷静地观察他人和世界,时刻与他人保持距离。参见[德]瓦尔特·本雅明《巴黎,19世纪的首都》,刘北成译,上海人民出版社2006年版,第89—131页。
③ [德]瓦尔特·本雅明:《巴黎,19世纪的首都》,刘北成译,上海人民出版社2006年版,第101页。

重要的一部分，一切都以弟弟的需求为中心。但是大卫的简单的幸福生活在父亲过世后就终止了。作为长子的他却被自己深爱的弟弟篡改遗嘱侵占了财产继承权；不仅如此，披上亲情、友情外衣的弟弟，当看到单纯善良的大卫满足于与弟弟住在一起的家庭快乐时，他撕下伪善的面具，找借口激怒他并趁机将他赶出了家门。无家可归的大卫只好外出流浪。身无分文、生活窘迫的大卫被好心的叔叔收留，并且在叔叔的帮助下，加上被弟弟收买的仆人良心发现，大卫重新回归了家庭，拿回了属于他的财产，再加上作为唯一遗产继承人从叔叔处得到的财产，本来"没什么远大理想，也不求名垂千古"（16）的他完全可以一辈子衣食无忧，安享人生。

但经过弟弟的背叛之后，大卫不仅体会了人情冷暖，更渴望真诚的友谊。虽然原谅了弟弟，但家却成了他的伤心之地。他伤心的不是父亲给自己的遗产被钟爱的弟弟所侵占，而是他对弟弟的真心付出，换来的却是陷害；对真诚充满渴望，到头来却是一场空。心灰意冷、已无归属感的他只能选择离家做一个"漂泊者"。他选择周游世界去寻找，因为他坚信对他人的印象、对世界的了解必须完全建立在体验的基础上，而且"一个人是好是坏，与他的年龄、生活的环境及社会地位无关"（17—18）。但当他来到大都市，更加感受到了个人利益至上、物欲横流的现代社会里人性的丑陋。虽然从未放弃追寻真诚的友谊，自己无私付出，也热切渴望他人的真心相待。但遗憾的是，他每每以失望而告终，不得不一次次开始新的发现的旅程。他所到之处，所见所闻，无不充满冷漠和背叛。虽然行走在熙熙攘攘的大都市，但是在大卫的灵魂深处充满孤独，有着一种深深的"漂泊感"。

大卫一方面渴望真诚的友谊，另一方面又深深知道"在这个自私作为统治者"（17）的社会友谊难觅，因此他以如副标题所示要"寻找真心朋友"为人生事业，开始了"漂泊"的生活。他带着"所有的钱就是用来为朋友服务"（16）、"人生的意义就是在这世上找一个真朋友"的真诚出发，来到都市伦敦，他打算遍访伦敦，因为这里最能了解社会的风俗习惯，了解人的性格和情感。但他又"不像有些游人一样，欣赏这里的建筑街道，丈量一处到另一处的距离，以及参观诸如此类有用的、进步的景观"（17），而是从一个场景换到另一个场景，用眼睛去观察，用耳朵去倾听。大卫虽然置身都市，却从未融入其中。像本雅明定义的都市闲逛者，他"看上去十分懒散，但在这种懒散背后，是一个观察者的警觉"[1]。在公共场合，大卫很少发言，即使在人们聚会的目的就是高谈阔论的酒馆和咖啡馆，他也只是个冷静的观察者。

为了找到真正的朋友，确保自己的善心能够给予真正值得的人，大卫打算"逛遍各大公共聚会场所，与不同家庭打成一片，来观察人们彼此生活态度，并以此判断他们的原则和性格"（18）。他的"第一站"就选在"皇家交易所"这个"来自不同年龄、不同国家的人聚集的地方"，在这里，通过与人悠闲地交谈，他观察到：他们表面伪装成大方、慷慨、好交朋友，但实际上却是没有人性的吝啬鬼、伪君子。看到各种丑陋世相而一次次失望甚至绝望时，虽恨不得在"地球最偏僻的角落，过一种与世隔绝的生活，一张人脸也不想再看到"（35），但他还是从不停止寻找。

而在自以为找到了爱情却输给了一个"有钱的魔鬼"（26）之后，带着"一定可以找到慷慨大方、温柔敦厚的真正友谊"的坚定信念，大卫决定逛遍都市各个角落去寻找。他每一个星期换一个住处，每一次住下第一件事就是向房东太太打听附近邻人的口碑情况，然后接下来几天"挨家挨户"地观察。他发现的结果是："所有女人都因为妒忌而恨不得把彼此撕得粉碎，所有男人为了个人蝇头小利而牺牲他人……总的来说，他所看到的各种景象，一提到就令人摇头，一想到就要流泪"（32）。

为了"不放过任何一个歹徒"[2]，当然也为了不错过任何一个值得的朋友，作为"侦探"的大卫还在城市中安排了很多"眼线"，向他汇报和分析他们的所见所闻。这些人既是帮助他观察、了解世间百相的"眼睛"，同时也是他考察是否可以成为真朋友的"候选对象"。可以说，整个小说的结构就是

---

[1] ［德］瓦尔特·本雅明：《巴黎，19世纪的首都》，刘北成译，上海人民出版社2006年版，第101页。

[2] 同上。

以几个重要"眼线"为线索来精心编排的。法语名为"傲慢"的奥古伊先生、任何人都瞧不上眼的斯巴特先生，更不用说帮助他观察世界的辛西娅和卡米拉兄妹，他们更是以自己亲身经历体察世态炎凉。对卡米拉、瓦伦丁兄妹俩来说，真心希望父亲幸福、视继母为至亲的他们却被狠毒的继母迫害出门，无分文傍身，无亲戚愿意收留，又身患重病，两兄妹面临着生死考验，他们更是生活漂泊者，在大卫帮助他们摆脱生活窘境之前，他们就是被家庭、社会遗弃的地地道道的流浪者。辛西娅渴求知识不被家人理解，父亲死后她虽然寄居他人家，可是最终不甘做他人的"出气包"（toad-eater，86）而出走漂泊。

作者萨拉·菲尔丁最终让漂泊在都市中的他们四人相遇，由相识相知到组成一个和谐小团体，他们经历了从无家到有家，从见证人人算计到体会互相关怀。大卫获得了苦苦追寻的真朋友，辛西娅对知识的热爱得到了他人的理解和认同，而卡米拉兄妹更是得到了久违的关心。但他们并不像许多乌托邦小说一样"营造一个避世的飞地"① 过着理想的"小世界"生活，而是依然选择留在都市，当一个都市的闲逛者，一路看一路议，"走遍这个大城市的各个角落，看看住在这里不同人的不同面貌"（141）。他们作为社会的观察者，作为萨拉·菲尔丁的代言人，向读者展示繁华的现代都市表象之下阴暗的人性内里，以帮助他们反思并作出积极回应。

二 现实"观察者"

大卫想要找寻一个善良、真诚的人做朋友的良好愿望，在来到英国最大的城市伦敦后却屡屡碰壁。他要么被他人利用，要么成为他人嘲笑的对象。当他初到伦敦不久，碰到以前常常拜访叔叔的一个朋友约翰逊先生时，大卫因他乡遇故知而非常高兴且真心相待，遭到的却是对方对他财产的算计。约翰逊"非常清楚他是他叔叔的继承人"，因此热情邀请大卫暂住他家；当看到大卫对他的一个女儿有好感时，又"极力撮合他们"（19）。可是当大卫以为

---

① 王建香：《反乌托邦》，高等教育出版社2016年版，第149页。

看到了人性的光辉、遇到了人间真爱时,他又被重重地摔回了残酷的现实。当一个又老又丑的绅士给出的结婚条件比大卫更丰厚时,约翰逊这个"好心人"却逼迫女儿甩掉大卫。尤其是当他碰巧听到心上人居然在即将结婚之际还因为在两者之间难以取舍而痛苦不堪向朋友倾诉时,大卫虽然心里"爱、愤怒、绝望、鄙视五味杂陈"(26),但他的感情最终占了上风,因此打算成全心上人而离开她家。而曾经盛邀他留宿的约翰逊这时却不做丝毫的挽留,反而"为能摆脱他而打心眼里高兴"(28)。

本雅明谈到法国大革命恐怖时期,由于大都市中人们彼此都不认识,这样既给了"反社会分子"躲避追捕的便利,同时也给了每一个人充当"密探者"的机会:"在街上闲逛给了他这样做的最好机会"[①]。不再为衣食住行担忧的大卫,就像是这样一个社会"侦探",带着了解世界、洞察人性的目的逛遍伦敦,因为"这个大都市里居住在不同地方的人,他们的生活风俗也会不同,就像不同国家之间的风俗不同一样"(55)。大卫为了寻找真朋友来到都市闲逛,可是他所听到的、看到的、体验到的全是人们互相妒忌、背叛甚至攻击。他看尽世间百态,窥到了各种各样的社会问题和罪恶。

大卫闲逛于伦敦时,他的第一个向导,也是他真正认真考虑的第一个朋友"候选人"是阅人无数、目光独到的奥古伊。"与他交谈时大卫觉得无比喜悦","他的气质中有某种让人着迷的东西,似乎在宣告他发自内心的善良和宁静……他感情是那么的细腻,思想是那么的丰富",大卫甚至认为他"是这个世界赐予他最好的礼物"(41)。奥古伊是大卫了解真实都市社会的一个重要窗口。他们选择"既不太上也不太下的"(41)中产阶级圈子常常聚会的酒馆作为观察场所。当大卫以为终于看到了一群谦谦君子而感到欣慰时,长期混迹于酒吧的奥古伊却揭露了他们虽然个个满口仁义道德,却"没有一个可信的、关键时刻可依赖的"人的事实。他告诉大卫,这里只有即使自己最好的朋友有难也绝不愿意出手相助的守财奴;有挥霍无度、不愿意拿出一个

[①] [德]瓦尔特·本雅明:《巴黎,19世纪的首都》,刘北成译,上海人民出版社2006年版,第100—101页。

先令去做一件对的事情的吝啬鬼；更有忘恩负义、当自己的欲望在收养他、给予他父爱的恩人的帮助下实现后却将他们父女置于无尽痛苦的恶棍。但是这样一群无耻之徒却在社交圈中大受欢迎，不仅因为他们把所有的智慧都用在如何掩盖他们的恶行上，更因为这本是一个看重"谁能给大伙带来欢乐""穷人、优秀的人请靠边站"的世界（45—46）。而当大卫看到奥古伊在叙述世态炎凉时出奇地冷静，并调侃他视为生命的善良和同情等人性优点为"一个人极大的缺点"（54）时，大卫就不再与他为友，毅然决定离开，继续寻找志同道合的朋友。

斯巴特是大卫遇到辛西娅之前最后一个观察者兼真心朋友"候选人"。他不仅告诉"天真的"大卫，世上每一个人都带着个人的利益与人交往，这个社会充斥着诱惑以及"完全臣服于诱惑之下"的人，"他们整个人生事业就是满足自我而从不考虑谁会因此而痛苦，也不管会带来什么后果……还大言不惭地说，人性本是罪恶的污槽"（54），而且还要证明大卫在大都市寻找不以私利为目的的真朋友的想法是多么荒唐。应大卫的要求，他们出入伦敦的各大剧院、酒馆、舞厅，想要观察那些过着"高等生活的人，他们的思想是否会因为他们所受教育以及所得到机会更多而更好、更高尚"（56）。这些公共场所，正如本雅明所说的大城市"拱廊"一样，是"新近发明的"奢侈品，闲逛者们游荡其中，犹如这个城市的"编年史家和哲学家"[①]。在这些地方大卫看到的，要么就是一伙似乎为赌而生的人，上午牌局晚上还是牌局；要么就是一群爱慕虚荣的人，虽然资本不厚，但以能跟"大人物"在一起为荣为乐，只为增加在朋友熟人面前炫耀的资本。虽然他一次又一次以"前景令人忧伤"来总结他观察的结果，但大卫不喜欢斯巴特以"傻瓜"来评判每一个人的行为，也不认同他以怨报怨的犬儒主义人生态度，因此不辞而别，再一次开始自己寻找真朋友的旅程。

如果说大卫的所见所闻中，男人都是虚伪、傲慢、冷漠、自私的，"对他

[①] ［德］瓦尔特·本雅明：《巴黎，19世纪的首都》，刘北成译，上海人民出版社2006年版，第96页。

人的疾苦熟视无睹"(92),那么对于绝大部分女性来说,友谊之大忌之一的"妒忌"似乎就是她们的共同之处。不仅有人因嫉妒别的女人穿了新衣而痛骂自己丈夫无能无德,也有人因为自己体胖穿礼服不如别人漂亮而大骂裁缝几个小时,更是有辛西娅的姐妹仅仅因为她更聪明夺了她们的风头便在父亲刚一过世就把她赶出家门,还有卡米拉兄妹的继母因为妒忌父亲对他们的爱而不惜折磨其身心、诽谤其名誉而逼迫他们逃离家门,落得亲朋无人愿意收留的地步。

辛西娅和卡米拉兄妹以自己的亲身经历,向大卫诉说着这个社会的不公和黑暗。辛西娅本该享受家庭的温暖,却因为喜爱读书、聪慧能干而受到家人无理的排斥:父母讨厌她,因为她痴迷于阅读,他们认为这对于女性来说无益而有害;两个姐妹排斥她是出于嫉妒亲戚朋友总是只夸她聪明;而弟弟也讨厌她是因为他讨厌书本所以就讨厌看书的人。她甚至痛苦地向大卫倾诉:"我因为有一点点才气就受尽嘲讽和折磨,我真希望这世界上没有这种东西。我非常确信,任何女人,除非她非常幸运而身边都是些完全不知妒忌的人,不然她还不如没有才气的好。"(76)她被迫离家,被一个"好心人"收留后,同样由于她的才气,虽然她有意识地压抑自己,但还是遭到上流社会女性的嫉妒和讽刺,尤其是原本"赏识"她的贵妇人把她当成了出气包,甚至"奴隶"(86)。

卡米拉兄妹的故事,诉说了其继母的阴险、歹毒和贪婪,其父亲被爱蒙蔽所产生的严重后果,他们的亲戚的偏信、小气和落井下石。因为继母想独吞财产,不仅原本和谐的家庭中再也没有他们的一席之地,更是经历了被其陷害而背上"乱伦"的罪名,到处受人异样的目光,成了社会异类遭人唾弃。在身无分文、贫病交加后,他们更是深感世态炎凉。当卡米拉为了救哥哥而不得不外出讨钱时,碰到的尽是垂涎她美色、"不会蠢到无缘无故掏钱"(124)的绅士,而女士们则无来由地满目鄙夷;而当她不得已假扮丑陋的老妇再次外出讨钱时,却发现人性的极度自私和冷漠:没有一个男人愿意听她这个"毫无价值的"可怜虫诉说,而女士们虽然不再鄙视,却"不停地抱怨自己没钱,帮不到我"(125)。总之,"遭遇不幸的人们,虽然置身于繁华闹市，但却孤独无依，好像身处茫茫荒野。没人愿意承认他们，更没人愿意帮助他们。他们看得到大自然赏赐给每个人美好的东西，却发现自己没有任何分享它们哪怕一点点的可能性"（128）。

大卫是现实的"观察者"，但不是一个事不关己的冷漠观察者，而是恰恰相反。与小说中的另外两个"观察者"——以"人类的蠢行和罪恶作为他娱乐自己也娱乐他人的资本"（51）、傲慢、过于理性的奥古伊和认为"世上没有一个好人，所有人都带着个人的目的和私利与他人交往"（70）、愤世嫉俗的斯巴特不一样，大卫·素朴儿的性格一如他的名字——素朴、真诚、善良，"是英国小说人物中骨子里透着仁慈、敏感和理想主义情怀的两个最早的典范之一"[1]。在一个人人追名逐利的社会里，他不仅对所遭遇的人世的极度冷漠痛心疾首，而且对每一个好人、每一个需要帮助的人都真情付出，以能解决他人的难处作为自己最大的快乐，即使遭世人嘲笑也不改自己善良、友爱的本性。这又犹如为读者在黑暗之中点亮了一盏人性之灯。

三 精神"流浪者"

波德莱尔说，闲逛者既是"被遗弃在人群中的人"，同时又"以享受者的态度积极关注人群景观"[2]，因此他们既被排除出主流体制却又主动游离于体制之外。在《大卫·素朴儿》中，对于大卫、辛西娅等几位主人公来说，虽然自私、虚伪以及冷酷的社会让他们在精神上缺少抚慰，他们因对真善美的追求在畸形的世界里饱受委屈、苦痛和嘲笑，但他们依然拒绝与黑暗、丑恶的社会为伍，一如波德莱尔那样的抒情诗人，"面对复杂的社会现实，他们永远保持清醒的头脑"[3]。对于那些无法认同的人和事，他们不管是在行动上还是心理上都或有意或无意地疏远。大卫总是以他对善恶判断的良好直觉，与

---

[1] Gerard A. Barker, "David Simple: The Novel of Sensibility in Embryo", *Modern Language Studies* 12.2 (1982): 69.

[2] ［德］瓦尔特·本雅明：《巴黎，19 世纪的首都》，刘北成译，上海人民出版社 2006 年版，第 118、122 页。

[3] Walter Benjamin, *Charles Baudelaire: A Lyric Poet in the Era of High Capitalism*, trans. Harry Zohn, London: New Left Books, 1973, p. 52.

他人保持一定的观察距离，以闲逛者身份关注着他人和世界。每当他无法认同他人的行为和品质时，便不会在那些人身边继续逗留。卡米拉兄妹由于继母的诬陷背上"乱伦"的罪名离开家门后，不顾旁人的眼光，仍然相依为命，视彼此为一切。而辛西娅当被不停告诫女人应该关心针线活之类的家务而不是读书时，她并没有因此改变自己对知识的追求。正因为他们刻意选择作为清醒的社会局外人，所以即使处在现代性的副产品——自私、功利、虚伪和腐朽中，他们也没有迷失自己。他们通过自己的眼睛去观察和研究这个现实世界，观察都市中所碰到的形形色色的人和事。不管是社会的腐朽还是人性的黑暗，他们对一切不愉快的社会现象都感到愤慨，一直清醒并与之保持一定的距离，而不愿同流合污，坚守自己的信念，找寻属于自己的精神世界。

在一个功利的现代社会里，大卫寻找真朋友的良好愿望一次次被嘲笑，但他从未放弃追求。当他以一种虔诚的语气说出自己追求的是"一个值得信赖的人，一个真正能成为朋友的人，他的每一个行为要么遵循上帝的旨意，要么出自行善的本性，一个以他人之痛为痛，以他人之乐为乐的人"时，他非常看重的一位"朋友"斯巴特却委婉地讽刺他的这一想法为"哲学家的点金石"（Philosopher's stone）（55），虽美好但很虚幻。尽管他见过太多等级森严的人际关系，但是大卫在都市里闲逛，依然相信能够找到一位"不计个人利益"、能够"一起生活"（16）的精神平等的朋友。对于"柔弱的"男主人公因目睹太多社会的黑暗和人性的自私而多次感叹恨不得躲到世界哪个角落永不见世人，虽然寻找一次又一次失败却从未放弃对真挚友谊的追求，作者萨拉·菲尔丁对他的最终"奖赏"是：收获不止一个而是三个患难与共的好朋友，组成一个"乌托邦共同体"①。这分明体现了作者也从未放弃光辉人性的乐观精神。

卡米拉和瓦伦丁兄妹被继母陷害，失去了父亲的理解和关爱，毅然决定一起流浪。兄妹俩彼此依靠，无比勇敢和坚韧。尤其是卡米拉，与充斥于小

---

① Susan Staves, *A Literary History of Women's Writing in Britain*, 1660 – 1789, Cambridge: Cambridge University Press, 2006, p.256.

说中那些为了虚荣而与姐妹互相妒忌、互相算计的女性不一样,她心地善良,热爱亲人,坚信正义,柔弱的外表下藏有一颗坚强的心灵。当她发现自己无限的忍让和关爱无法感化她妒忌、邪恶的继母的时候,她并没有以牙还牙,也没有为得到财产而忍受屈辱,而是毅然决定出走,因为她认为"任何贫穷、任何痛苦都不会比在这儿(家)更令人难受",因此"不在乎当一个流浪汉,也不知道要往哪儿去"(119)。在流浪途中当哥哥高烧重病时,她又毅然放下女性的尊严,甚至化装成丑陋的老太婆外出乞讨。而当父亲的朋友、一位有爵位的贵族趁她生活窘迫之际向她求婚时,她并没有为了一时"有利"而违背自己追求真爱的原则,而是放下女性"该有的"矜持,毅然提笔写信断然拒绝。

如果说萨拉·菲尔丁以男主人公大卫的简单、真诚与伪善的社会形成反照,"对被扭曲的生活表象进行反讽性观察"[1],那么女主人公辛西娅则可以说是作者对社会、对人性全方位讽刺的"代言人"[2]。作为女性,辛西娅的求知欲给她带来的不仅仅是家人的妒忌和反对,更是旁人的误解和偏见。她曾经非常沮丧甚至气愤地说到自己思想上的孤独,虽然她酷爱阅读,渴望知识,但每当她问及相关问题时,得到的却是这样的警告:"一个女孩不要事事都穷究到底,这样只会腐蚀她的思想。她最好多钻研钻研针线活,这将于她大大有益。书看得越多越嫁不出去!"(101)但与18世纪大多英国女性小说家笔下那些虽然不认同但最终仍然只能屈从于传统婚姻市场规则的女性人物不一样,辛西娅敢于挑战权威,坚持自我。当父亲为她安排的"未来的丈夫"告诉她,她父亲已经同意这桩婚事时,她非常气愤地说:"我怎么不知道我父亲有什么商品要出手呢?"(108)她甚至把这种商业化的婚姻称为"卖淫"。而当被要求婚后只是管理家务时,她又回击,"我可没有什么当高级保姆的志向"(109),并坚决不同意与他结婚,即使因为这种反叛而受到"应得的"惩罚——被剥夺财产的继承权也不后悔,更因此被赶出家门。

---

[1] Dale Spender, *Mothers of the Novel*: 100 *Good Women Writers before Jane Austen*, London: Pandora Press, 1986, p. 186.

[2] Jane Spencer, *The Rise of the Woman Novelist*: *From Aphra Behn to Jane Austen*, Oxford: Basil Blackwell, 1986, p. 93.

辛西娅不仅学博识广，而且看问题准确透彻，她成为大卫观察世界最重要也最犀利的"眼睛"。大卫在听了辛西娅的故事后打算出手帮助她，其中的原因除了他天性以助人为乐之外，更多的是他们对自由精神的共同追求，"他非常惊讶同时也非常高兴地观察到，在这个已经完全金钱化的世界，在她这个年纪，以她这种处境，她还能为了荣誉而坚决拒绝于她有利的求婚实属难能可贵"（89—90）。自从与大卫、卡米拉兄妹组成小团体后，精神独立、有思想、敢行动的辛西娅成了该团体的主心骨。她安排每天的活动，甚至主导活动的内容。萨拉·菲尔丁笔下的女性人物辛西娅性格刚强、办事老练、"有男性气质"，与天真阴柔、多愁善感、"有女性气质"的男主人公大卫形成对比，说明了作者"拒绝将性别差异理解为彼此的完全对立，也不是简单的三百六十度逆转"[1]。

因为各自的原因与社会"不合群"而被边缘化，但同时也因为相似的经历而对彼此"感同身受"，渴望精神上的慰藉让大卫、辛西娅、卡米拉兄妹四人走到了一起。他们互相关心，惺惺相惜，理解、尊重彼此心中那一份理想和追求。虽然大卫的个人故事以"旅行到此结束……他觉得他的所获要大于其中所受的磨难和失望"（234）而结尾，但他们依然作为精神闲逛者，游走于城市，见证、亲历，更重要的是批判都市社会的种种冷漠、残酷和不公。他们的所见所闻就像是当时社会的一扇窗，透过它们，可以看到当时大都市工业化、城市化被遮掩的自私、冷漠的图景。

小结

18世纪英国进入了早期现代社会，工业化、商业化、城市化影响了人们的生活或思想，利益成为衡量友谊、婚姻等人与人之间关系的重要因素，因此自私、虚伪、无情似乎成为新的"人性"特征。萨拉·菲尔丁的《大卫·素朴儿》中以大卫为代表的几位主人公，作为现代社会的受害者，他们亲身

---

[1] Nussbaum, Felicity, "Effeminacy and Femininity: Domestic Prose Satire and *David Simple*", *Eighteenth-Century Fiction* 11. 4 (1999): 424.

体验了现代性早期日渐冷漠的商业化都市生活。在摆脱了生活窘境之后，他们选择生活于都市之中，但是他们并没有迷失于现代性之中，而是与本雅明所关注的波德莱尔及其笔下的都市闲逛者一样"喜欢孤独"，并想要"置身于人群中的孤独"。他们既是"被遗弃在人群中的人"，也是选择独善其身、远离人群、"远离文明"的人。

大卫、辛西娅等人具有文化研究视阈下闲逛者的双重特征——被迫性和主动性。他们一方面或因为家庭迫害或因为不被人理解只能离开家庭而被迫流浪；而另一方面也是他们主动选择游离于主流社会之外，选择以一种局外人的身份对自己所处社会的各种弊端进行观察、体验和针砭。这种具有双重特性的现代人体认，使得他们一方面居无定所，另一方面却因有着对美好信念的追求而精神上颇为自由和富足。虽然他们闲逛在繁华的都市中，但作者萨拉·菲尔丁没有让他们对这些可怕的社会现象视而不见，更没有迷失于此。他们不是商业化都市社会里芸芸众生中的一个，他们看似被社会边缘化，实则是主动边缘化了社会，在局外冷峻看透那里面的腐朽和冷酷。他们对现实保持高度的清醒意识，对资本主义社会中的人性异化进行拒斥和批判，同时尽自己的微薄之力，不懈坚守、弘扬和追求着善良、真诚、友爱等良好信念和道德品质。

小说作为18世纪英国的"新"现象，它的兴起和繁荣见证了作为"西方文明史一个阶段"的现代性或曰"资产阶级现代性"或"理性与进步现代性"的发生。小说家们以其敏锐的（甚至有些过于敏感的）观察力和感悟力，从不同层面，以不同态度，对"科学技术进步、工业革命和资本主义带来的全面经济社会变化"，对人们"刚刚开始体验的现代生活"[①] 的感受进行了表征。如果说18世纪英国哲学领域中"发明"、阐释和完善了现代性理念，那么18世纪文学领域，特别是小说中，这些现代性理念从一开始就受到批评和质疑，他们揭示现代性神话的有限性和危险性，为19世纪、20世纪进一步反思现代性或"反现代性"铺好了道路。

---

① ［美］马泰·卡林内斯库：《现代性的五副面孔》，顾爱彬、李瑞华译，商务印书馆2003年版，第48、100页。

第四章　18 世纪英国小说的性别述行

到 18 世纪末，英国女性小说已经占据半壁江山。特纳（Cheryl Turner）在《以笔为生：18 世纪女性作家》（*Living by the Pen: Women Writers in the Eighteenth Century*, 1992）一书中说，到 18 世纪末，文学写作显然已经成为中上层阶级女性正当的职业选择，她甚至引用 1773 年的文学评论期刊《评论月刊》上的抱怨：小说作为"文学行业的这一分支现在好像完全被女性所独占"①。虽然在瓦特的《小说的兴起》中并未赋予 18 世纪女性小说家应得的地位，但他至少也承认，在数量上"18 世纪大部分小说都出自女性之手"②。斯科特（Sir Walter Scott）则在纪念夏洛特·史密斯时谈及与她同时代的其他女作家："文学领域中享有卓越地位的有才华女性的数量之众是同时代同领域中的男性所无法超越的。"③ 女性主义文论家伍尔夫更是在《一间自己的屋子》（*A Room of One's Own*, 1929）这部女性主义经典著作中高度肯定了她们的文学价值和历史意义。她认为，18 世纪中产阶级女性的小说写作，是一段"比十字军和蔷薇战争更重要"的历史，她们为奥斯汀、勃朗特姐妹、乔治·艾略特等"开好了道路，驯服了语言天生野蛮的地方"④。Q. D. 利维斯也断

---

① Cheryl Turner, *Living by the Pen: Women Writers in the Eighteenth Century*, London: Routledge, 1992, pp. 31, 78.
② Ian Watt, *The Rise of the Novel: Studies in Defoe, Richardson and Fielding*, London: Chatto and Windus, 1963, p. 298.
③ Walter Scott, "Charlotte Smith", in *Miscellaneous Prose Works* IV, Edinburgh: Cadell and Co., 1827, p. 62.
④ Virginia Woolf, *A Room of One's Own*, London: Hogarth Press, 1929, pp. 97–99.

言,自18世纪以降从未间断的英国女性小说,足以建立起一个强大的小说传统①。

可见,19世纪初才开始小说写作的简·奥斯汀既非"小说之母",亦非"女性小说之母"。毫无疑问,忽视或否认18世纪英国女性小说家的贡献不仅导致小说的起源和传统得不到充分阐释,而且忽视她们与男性小说家一道努力投身现代性事业、共建18世纪启蒙文化这一事实也极不公平。斯彭德在《小说之母》中甚至以激进的女性主义姿态,颠覆以瓦特为代表的18世纪小说史研究的男性视角,认为小说兴起之时,"不是女性在模仿男性而是相反……女性才是小说之母,任何关于小说起源的其他版本都不过是男性创造的神话"②。而斯潘塞的《女性小说家的崛起》(The Rise of the Woman Novelist: From Aphra Behn to Jane Austen, 1986) 同样致力于"填补学术空白",发掘18世纪女性小说家通过小说"寻求公共声音"的历史这一"女性主义工程"③。其研究主要围绕两性气质和两性关系,探讨18世纪女性小说家写作是如何受社会性别规约"女性气质"(femininity) 的影响,她们又是如何"解构和反抗"的。

在漫长的父权制社会,毫不夸张地说,政治完全由男性把控,历史当然也由男性书写,因此历史是关于"伟大男人"事迹的历史,与女性无关。正如休谟在他的《人性论》(A Treatise of Human Nature, 1739) 中指出,从哲学层面来说,"身份是所有关系中最普遍的,它由一切具有持续存在时间的存在物所共有"④。长期以来,女性只是作为女儿、妻子、母亲身份"与男人相关联,构成父女、夫妻和母子关系,她们的道德品质可以根据她们履行这些简单责任的态度来衡量"⑤。斯潘塞甚至说道,在18世纪的英国,一个女人的主

---

① Q. D. Leavis, "The Englishness of the English Novel", Higher Education Quarterly, 35.2 (1982): 355.
② Ibid., pp. 5 - 6.
③ Jane Spencer, The Rise of the Woman Novelist: From Aphra Behn to Jane Austen, Oxford: Basil Blackwell Ltd, 1986, viii - ix.
④ David Hume, A Treatise of Human Nature, David Fate Norton and Mary Jane Norton eds., Oxford: Oxford University Press, 2000, p. 15.
⑤ [英] 玛丽·沃斯通克拉夫特:《女权辩护》,王蓁译,商务印书馆1995年版,第32页。

要身份是"男人的动产,先由她父亲占有而后又属于其丈夫"①。艾狄生在他 18 世纪早期非常有影响的文学期刊《旁观者》(*The Spectator*)上强调女德的"家庭色彩",作为现代期刊的创始人之一,他谈论女性时居然荒唐地引用公元前 5 世纪一位男性早已过时的话:"说到你们,只有几句话相劝:专一追求你们女性所特有的美德;遵循你们稳重的天性,不被人家说长道短,就是对你们最大的赞美。"② 18 世纪著名的女德"训导师"詹姆士·福代斯(James Fordyce)、格雷戈里博士(John Gregory)等更是直言不讳地将"取悦男人,供其消遣"确定为女人终身的职业。

一方面,18 世纪英国女性的生存空间和社会活动空间不断萎缩,她们被剥夺了参加政治、社会和经济活动的机会,被禁锢在"房子里"。虽然中上层阶级女性受教育的机会比过去多了,但婚姻依然是女性一生中高于一切的任务,家成了女人的全部世界;照看小孩,讨好丈夫成为中产阶级女性的全部"事业"。福代斯等提供的所谓女性幸福指南实际上不过满足了男人的期望,因此传授给女性的只不过是传统的女德思想,即合宜的社交礼仪和社会风尚,如何相夫教子,全然不顾女性自己的喜恶和幸福。在写作方面,正如伍尔夫在《一间自己的屋子》中所揭示的,"空气中一直弥漫着对女性写作的反对",即使到了 19 世纪初,简·奥斯汀都要随时当心不让佣人、客人及家庭以外的任何人疑心她在写作③。女性写作被认为是一件离经叛道、不务正业、见不得人的事情。除伯尼、萨拉·菲尔丁等极少数女性小说家得到男性的庇护外,贝恩、曼丽、海伍德等大量早期著名的女小说家都在当时"收获"了不少骂名和诽谤,仅仅因为其所属性别。

但另一文化事实表明,在资产阶级意识形态"自由、平等、博爱"的感召之下,似乎人人都相信拥有提高自己经济地位和社会地位的可能。如果说

---

① Jane Spencer, *The Rise of the Woman Novelist: From Aphra Behn to Jane Austen*, Oxford: Basil Blackwell, 1986, p.12.
② [英]安妮特·T.鲁宾斯坦:《英国文学的伟大传统》(上),陈安全等译,上海译文出版社 1998 年版,第 295 页。
③ Virginia Woolf, *A Room of One's Own*, London: Hogarth Press, 1929, p.95.

18世纪之前的文学作品记录的大多是有权人和有钱人的生活，那么，18世纪的英国小说则试图挤进一种"自下而上的历史"①，它的主人公不仅有权贵还有商人、工人、仆人，不仅有富人还有穷人，不仅有男人还有女人。因此18世纪的英国小说不再只专注于"少数人"，而更多地关注商人、工人、女性、仆人等普通大众的日常生活体验。尤其是随着散文体文类的去边缘化，一些女性开始大胆地踏入之前她们做梦都不敢想象的"作家"领域，禁锢她们的房子也成为她们试图思考女性问题、追求自我的自由空间。

尽管18世纪，女性从文化甚至生理层面依然被刻写为被动的、情感的、无创造性的，但不可否认的是，也正是从这时候人们开始质疑这些一直以来的"知识"和规约，开始思考和揭露种种非人性行为，为18世纪末如火如荼开始的通过法律途径全面争取平等的性别权利的运动打下坚实的思想基础。与通常关注"公共事件""公共政治"的男性作家不一样，18世纪的女性作家，受其生活空间及生活经历所囿，更多地表征主人公尤其是女主人公的"私人生活"。她们或痛诉女性疾苦，痛斥社会不公，或只是"以爱情故事、'私人历史'娱乐人，以严厉的女德标准教化人"②。但正如艾伦·莫尔斯在《文学女性》的前言一开篇就发问："为什么现代伟大作家中有那么多是女性？这对文学来说又意味着什么？"③ 18世纪英国开始出现的这一段破天荒地由女性写、写女性、为女性而写的文学史就足以载入史册。如果说"写作本身就是对抗流俗"④，那么这用于18世纪女性小说家身上再合适不过。

因此，性别政治是18世纪英国小说述行的一大主题，它们从某种程度上建构、维护或策略性颠覆性别序列；而当时的女性小说家无疑成了性别述行的主力军，女性身份述行又构成性别述行最重要的一部分。不管是女性主动

---

① E. P. Thompson, "Preface", *The Making of the English Working Class*, London: Victor Gollancz Ltd., 1963.

② 王建香：《共谋抑或颠覆？——18世纪英国女性小说家含混的女德主题》，《国外文学》2013年第1期。

③ Ellen Moers, *Literary Women*, Oxford: Oxford University Press Inc., 1985, iv.

④ Julia Epstein, *The Iron Pen: Francis Burney and the Politics of Women's Writing*, Madison: University of Wisconsin Press, 1989, p. 90.

创造了女性作家身份，还是社会生产了女性作家身份，抑或是二者兼而有之，18世纪兴起的女性小说均构成了英国现代小说传统不可忽视的一部分。如果说18世纪早期的女性小说家们还不得不冒着"不守妇道"的风险，其写作路途举步维艰，那么到了中期，有了塞缪尔·约翰逊、塞缪尔·理查森、亨利·菲尔丁等众多著名男性文人的"撑腰"、鼓励和帮助，不仅越来越多的女性加入小说写作大军，而且女性写作被认为"不仅不会威胁到男性的写作权威或社会地位，反而能维持和强化性别等级序列，为主流意识形态服务"①。另外，女性读者对小说的期待也是女性作家身份产生的重要原因。小说阅读不仅成为中产阶级女性打发大把闲暇时间最好的消遣方式，甚至成为年轻女性获取"社会知识"、扩充情感经验的重要途径。

虽然批评界大多强调18世纪女性小说家们的道德训诫意识，特纳甚至说，道德教化是女性小说家们的"生财之道"②；但同样显著的是她们较为清晰的性别身份意识，尤其是对传统女性社会身份的修正意识。她们试图通过小说这种虚构形式对两性气质——尤其是女性气质进行重新定义，以此建构理想的性别身份和两性关系。萨拉·菲尔丁在《大卫·素朴儿》中"改写"了"好人"形象，不仅"好男人"大卫不同于当时唯物质、理性甚至冷血的男性价值标准，而且小说中的"好女人"也不符合当时唯唯诺诺、被动的女德要求，大多具有独立、智慧、理性等"非女人"品格。同样，一反过去男性评判、女性被评判的模式，"蓝袜子社团"的重要成员萨拉·斯科特的小说《千年圣殿》(*Millenium Hall*, 1762)中，无论是作者，还是小说中的女性人物都是道德教育的主体而非客体，都是设定社会道德标准、评判并改造男人使其从善的重要角色。

本章主要以夏洛特·史密斯、爱丽莎·海伍德和玛丽·沃斯通克拉夫特等18世纪英国"小说之母"为研究对象，关注她们如何通过小说述行，一方

---

① 王建香：《共谋抑或颠覆？——18世纪英国女性小说家含混的女德主题》，《国外文学》2013年第1期。

② Cheryl Turner, *Living by the Pen: Women Writers in the Eighteenth Century*, London: Routledge, 1992, p. 120.

面揭示"女性的屈从地位";另一方面为女性享有作为人的主体地位、为建构女性自我而努力。海伍德、史密斯和沃斯通克拉夫特分别是18世纪早、中、晚期女性小说家的代表。虽然她们都以女性命运为关切主题,但在性别差异表征和性别气质建构等方面体现出不同的特点。对家庭中的男性霸权及两性权力等级制,夏洛特·史密斯的小说主要是揭示和指认,自始至终持一种较为隐晦的批判态度;海伍德的态度更为复杂,体现出批判与谈判并举,突出女性主体意识但又试图获得社会支持;而沃斯通克拉夫特则自始至终保持一种强烈的批判意识,尤其是对女性"天生贞洁、顺从"而男性"天性堕落、好变"①的双重性别标准进行了无情的批判,表达了强烈的两性平等意识。因此18世纪女性小说的性别述行,不仅体现在它们注意到了性别标准,尤其是严苛的性别等级序列不过是社会给定和建构的这一事实,而且试图对性别差异进行表征、批判和重新定义。理解18世纪女性小说家们的文学贡献和思想贡献,就是要透过她们对"性别化"范畴②的表征,看到她们影响读者、影响现实、参与文化建设的重要性和复杂性。

第一节 夏洛特·史密斯《艾米琳》的女性他者身份指认

18世纪是英国现代小说兴起的时代已成定论,但伊恩·瓦特的《小说的兴起》(1957)、麦基恩的《小说的起源》(1988)等男性文学史家们的文献中并没有给予当时的女性小说家一席之地。直到20世纪80年代以来以斯彭德的《小说之母》、斯潘塞的《女性小说家的崛起》等为代表的女性评论家的文献面世,学界才真正重新发现并重视女性小说写作之于现代小说的兴起、

---

① Elizabeth Griffith, *Essays, Addressed to Young Married Women*, London: T. Cadell & J. Robson, 1782, pp. 27–28.

② Sabine Augustin, *Eighteenth–Century Female Voices: Education and the Novel*, Frankfurt and Main: Peter Lang, 2005, p. 2.

之于重划性别疆域的重要贡献。有学者谈到 18 世纪英国女性作者身份时说："追溯小说的历史而不承认阿芙拉·贝恩、爱丽莎·海伍德和佩妮洛普·奥宾（Penelope Aubin），或者研究华兹华斯的诗歌而不谈及夏洛特·史密斯的诗歌已经变得非常困难。"①

夏洛特·史密斯（Charlotte Smith，1749 – 1806）是英国浪漫主义早期重要的诗人，同时也是 18 世纪中后期英国多产的女性小说家。1788—1798 年十年间她出版了不下十部小说，曾一度被称为"一流畅销小说家"②。她生育过 12 个子女，饱受不幸婚姻的折磨。也正是因为她所承受的婚姻的不幸，她的小说一直关注家庭问题，尤其是关注两性间权力的实施与服从、理性的重要性、家长的责任、行为的合适性以及婚姻问题等。她的后期小说更是体现了激进的性别政治观，表达了与同时代著名女权主义者沃斯通克拉夫特同样的两性平等思想以及对传统女性道德的反叛。

人与人之间的礼物交换于理想状态下通常是互赠双方友情、亲情或爱情的象征，具有纯洁无私、无涉物质利益的特点。然而在 18 世纪的英国，礼物交换所包含的社会意义和符号意义要广泛得多。20 世纪早期法国社会学家莫斯（Marcel Mauss）在《论礼物》（又译《论馈赠》）（*The Gift*: *The Form and Reason for Exchange in Archaic Society*，1925）中认为，在西方前商业社会，"礼物机制是将法律、道德、宗教和经济等诸多关系和机构组织起来的'整个社会现象'；礼物交换行为渗透于这一复杂网络的各个方面，赋予其精神和情感的双重意义"③。虽然从严格意义上说，18 世纪的英国已不属于前商业社会，甚至可以说，没有先进的商业文化也就没有当时"奥古斯都时期"的骄傲，但这时两性间"礼物交换"的复杂性和两性间的等级区分，又说明莫斯的这一理论完全适用于 18 世纪英国性别关系研究。夏洛特·史密斯的

---

① Jennie Batchelor and Cora Kaplan, *British Women's Writing in the Long Eighteenth Century*: *Authorship*, *Politics and History*, Hampshire: Palgrave Macmillan, 2005, p. 4.

② Claudia L. Johnson ed., *The Cambridge Companion to Mary Wollstonecraft*, Cambridge: Cambridge University Press, 2002, p. 83.

③ Marcel Mauss, *The Gift*: *The Form and Reason for Exchange in Archaic Society*, trans. W. D. Hall, London: Routledge, 1990, p. 3.

小说《艾米琳》（Emmeline: The Orphan of the Castle, 1788）讲述了女性与男性之间以爱为基础的关系，因此本节对女性作为他者地位的关注重点放在两性间的爱情、友情和亲情关系方面，审视男女之间以爱为名的"礼物交换"，揭示这一行为对"恩情、义务和权力之间的复杂关系……以及 18 世纪礼物交换和义务等范畴的真实内涵"[①] 的反映，并探讨作者是如何通过小说对不对称的性别角色进行揭露和挑战，以及是如何对理想性别关系进行建构的。

一 婚姻中的他者

18 世纪下半叶的英国，中产阶级逐渐得势，启蒙思想在萌芽发展，社会结构也发生了巨大变化。然而，虽然身处前所未有的现代性浪潮之中，女性的幸福依然只能建立在他人身上，也就是男人身上。与通常强调启蒙思想的积极方面不同，特纳在谈到 18 世纪英国中产阶级家庭的型构特点以及启蒙思想对女性生活的负面影响时说："如果说经济实力是使女性退回家中的重要推手，那么启蒙思想则进一步将她们局限于这一空间之内并强化她们在家庭中的道德地位。"[②] 对于 18 世纪英国中上层阶级的家庭结构来说，婚姻仍然主要还是两个家庭之间的经济联合，而远非当事双方的爱情结晶。因此，买卖婚姻、包办婚姻依然是主要的男女结合形式。"婚姻意味着丈夫与妻子在法律意义上合为一体，也就是说，妻子的一切合法的存在均被吊销……她被置于丈夫的羽翼之下或套子之中保护起来，她的一切行为皆以此为前提；换言之，她必须'嫁鸡随鸡嫁狗随狗'（fem‑covert）。"[③] 婚姻就像莫斯所说的礼物交换，交换的有效持续进行，就像每一个礼物都要求互惠一样，"义务网络中的赠予方和受赠方之间，进入了一个物质上或服务性的不断回报与被回报的循

[①] Cynthia Klekar, "The Obligations of Form: Social Practice in Charlotte Smith's *Emmeline*", *Philological Quarterly* 86.3 (2007): 270.

[②] Cheryl Turner, *Living by the Pen: Women Writers in the Eighteenth Century*, London: Routledge, 1992, p. 43.

[③] William Blackstone, *Commentaries on the Laws of England*, Vol. 1, Chicago: University of Chicago Press, 1979, p. 430.

环之中"①。在婚姻这一"礼物交换"的过程中,女人希望通过自己的嫁妆和一辈子勤勤恳恳地服务家庭甚至牺牲自我来获得丈夫的保护,而男人则期望通过婚姻来合法、永久地拥有妻子的身体和财产,以此维护并巩固自己的经济和社会地位。鲁宾斯坦甚至断言:"通过强奸或诱惑以占有她们的肉体,通过结婚以占有她们的财产,这便是一个男子考虑妇女时唯一的出发点。"②

《艾米琳》的女主人公不畏权威,努力证明自己的身份,最终恢复名誉,获得父亲财产的继承权,最终拥有平等、有爱的幸福婚姻。该小说正是因为对合同式婚姻的批判、对婚内婚外女性的艰辛和苦楚的揭示而进入女性主义视野。当父亲过世后,艾米琳的合法遗产被叔父侵占,找到一位真正的保护者是她能够过上体面生活的唯一路径。而对于当时的女性来说,婚姻又是她们高于一切的人生目标,或者说是能够获取幸福的最好"职业"。艾米琳的求婚者大多以提供婚姻保护为名,或觊觎其财产或垂涎其美色,或虽有真情但冲动无能,难以真正担负起保护的责任。城堡代管人马龙尼先生倚仗自己手中握有能够证明艾米琳是城堡合法继承人的证据,虽然他又老又丑,却妄想她这个既"无朋友"也"无财富或关系"的孤女嫁给他,甚至公然宣称这是"平等交易"③。另一个求婚者银行家罗彻利先生"年近五十,身材走样、臃肿不堪""几乎没有什么优点可以让人喜欢他"(110),他写给艾米琳名义上的保护人——其叔父蒙特维尔的求婚信倒更像要购买艾米琳的"契约书",信上写道:"我有6万镑股票……4万镑各种抵押……房子值5千……我在米德尔塞克斯郡还有一处房产,又值1万镑;我每年生意的收入将近3千镑。因此每年总收入接近1万镑。"(43) 他自认为,"年轻貌美""能说会道"的16岁的艾米琳"不会不喜欢这份婚约的"(128—129)。而堂兄迪拉米尔则以城堡主人自居,虽然口口声声爱着艾米琳,却试图左右艾米琳的一切。在父亲

---

① Marcel Mauss, *The Gift*: *The Form and Reason for Exchange in Archaic Societies*, trans. W. D. Halls, London: Routledge, p. 29.

② [美] 安妮特·T. 鲁宾斯坦:《英国文学的伟大传统》(上),陈安全等译,上海译文出版社1998年版,第293页。

③ Charlotte Smith, *Emmeline*: *The Orphan of the Castle*, Loraine Fletcher ed., Toronto: Broadview Press, 2003, p. 55. 本节正文中未标明文献出处的页码均出自该小说。

不同意他娶艾米琳为妻的时候，他逼着她签下婚书与他私奔，有一次甚至闯入艾米琳的房间欲行强奸，以致艾米琳一想到他要成为其保护者或丈夫就"止不住四肢发抖"（63）。因此他对艾米琳一厢情愿的感情，再加上叔父的从中干预，使得迪拉米尔更是无法承担起保护者的责任。

小说里婚姻中的女性更是以活生生的事实证明了18世纪英国家庭中婚姻"礼物交换"的非对称性。"认识的人都要钦佩她"的斯坦福太太15岁结婚，婚后嫁妆完全移交丈夫，并且尽心尽力地履行着作为妻子的职责。可是她却发现丈夫是一个不负责任、一无是处的男人。他无法提供婚姻"礼物交换"中所应该付出的保护而成天在外鬼混，妻子无权也无能力干涉，更遑论什么平等、自立，因为一家之中谁掌握了财产权谁就掌握了话语权。正如更早的女性作家阿斯代尔（Mary Astell, 1666 – 1731）在世纪初愤愤不平地反讽："婚姻法应该立下这样一条铁律，即丈夫应是绝对的、完全的主宰者……妻子不要尝试去分割他的权力，哪怕争辩都不行！做不到这一点她就不配当妻子。"① 丈夫的无能、妻子的无权最终给斯坦福太太和整个家庭留下的是满身债务。丈夫因债入狱以后，被解除了财产权和话语权的斯坦福太太依然只能尽力扮演好妻子的角色，以"礼物交换"中受赠方的身份履行婚姻合同上的义务。若是选择离开丈夫，按照当时的法律，家庭的个人财产全归丈夫，她今后的遗产全部充公，过去所订的一切契约失效，孩子判归丈夫，连探视权都同时被剥夺；甚至连她的人身自由也得不到保障，丈夫可以随时将她抓获、监禁起来②。不幸婚姻中的女性注定无路可逃，无论是离开丈夫还是留守婚姻，对妻子来说都是痛苦甚至悲剧。作为丈夫财产的一部分，作为婚姻礼物交换的受赠方，斯坦福太太唯有顺从忍让，自我牺牲。

对于小说中另一位女性阿黛琳娜来说，结婚之前她的丈夫为了俘获她的芳心可谓大献殷勤。他先是"弄了一张自己的财产证明"给阿黛琳娜的父亲，

---

① Mary Astell, *Some Reflections on Marriage* (1700), New York: Source Book Press, 1970, p. 16.
② Douglas Hay and Nicholas Rogers, *Eighteenth – Century English Society: Shuttles and Swords*, Oxford: Oxford University Press, 1997, p. 44.

然后又向阿黛琳娜承诺,一定会给她一笔能让她满意的财富,能够给她一个称心如意的名分,并且罗列了一堆自己今后作为丈夫的义务,还口口声声说不要求她有任何回报。这样他终于打败了其他求婚者,使得阿黛琳娜"还没有动心之前就出卖了自己的身体",嫁给了这个她"既谈不上爱也谈不上恨"的男人(222)。但是结婚以后他却判若两人。他没有履行自己的承诺与责任,而是成天游手好闲,花光了家里所有的钱财。婚后,阿黛琳娜也曾一心一意经营家庭,唯丈夫的话是从,即使自己生病时也追随丈夫、服侍丈夫,可结果还是得不到他曾承诺的任何保护而独守空房,濒临贫困。她向艾米琳哭诉,其丈夫"既非朋友也非伴侣,保护者就更谈不上了"(224)。难怪斯潘塞如此慨叹阿黛琳娜后来的出轨:"毫无疑问,是她不负责任的丈夫将阿黛琳娜推向爱德华怀抱的。"[1]

18世纪,伴随着英国工业革命而来的是公共领域与私人领域的二分化,而被划为私人领域中的女性的身体、劳动乃至一切都被认为是没有多大价值的,由于"礼物经济"的"目的在于积累象征资本(如被赏识、敬重、认为高贵等资本)"[2],男性以婚姻作为"礼物",以"赠予"婚姻的形式将他者女性固定在受赠方及从属方的位置,由此确立和巩固自己在家庭中的绝对霸权和长期统治地位。因此,斯坦福太太婚后在"失去保护"、面对困难时的无助,阿黛琳娜在身心受到摧残、被逼出轨后受到家庭和社会的谴责,都体现出男女之间的"婚姻"这一最大的"礼物交换"很大程度上仍然约等于商品交换,而且是利益动机被掩盖了的极不公平的商品交换。但作为女性小说家笔下的女性人物,作者在小说最后不仅让艾米琳夺回了城堡,赋予了她经济权力,而且安排她嫁给一个并不是觊觎其财富美色,而能欣赏她的真诚、善良、高贵的个人品质,无私大度、爱人爱己的男人。该小说出版编辑在谈到它为何一出版就在当时年轻女性读者中引起巨大反响时说,因为它"质疑贵

---

[1] Jane Spencer, *The Rise of the Woman Novelist: From Aphra Behn to Jane Austen*, Oxford: Basil Blackwell, 1986, p. 128.

[2] Pierre Bourdieu, "Marginalia — Some Additional Notes on the Gift", trans. Richard Nice, in Alan D. Schrift ed., *The Logic of the Gift: Toward an Ethic of Generosity*, London: Routledge, 1997, p. 239.

族特权，支持社会改革"，使年轻女性读者"乐观地相信，等自己年纪大了，也可以谈判自己的婚姻，女性自己的生活也可以部分由自己做主"（9）。虽然为了小说成功，作者夏洛特·史密斯口头不敢承认，却以小说述行的方式通过人物之口实现了对性别规约的僭越。

二 友情中的他者

男女之间到底有没有真正的友谊？这一直是一个令人困扰却又饶有兴趣的问题，对于盛行双重性别标准的18世纪英国尤其如此。男性被鼓励广交朋友，早日立业；而女性的社会空间非常有限，被禁锢于家庭之内，或者说处于男性的"保护"之下：婚前靠父兄，婚后靠丈夫。婚前与异性接触的目的只是确定结婚对象，而婚后任何与异性的接触都被视为有失妇德。这也是为什么爱丽莎·海伍德笔下的白希，当她盯着日思夜想的心上人肖像出神，肖像的主人突然出现在她面前时，她毫无惊喜反而惊慌失措，避之唯恐不及。著名的女德训导师格雷戈里博士以一位父亲的口吻在谈到男女友谊时警告女儿，也许一个男人会对女人表现出他与同性间友谊所没有的柔情，但是千万要当心："成千上万心地最善良、心思最缜密的女性就曾经毁在那些貌似友谊的男人手里……认为每一个关注你、关心你的男人就是爱你的人，没有比这更荒唐的了。"①

男女之间如何保持有节制的感情，更具体地说，女性如何与男性保持"适度的"关系，尤其是不幸婚姻中的女性如何应对婚外男女之间的关系，常常是18世纪女性小说家的关切点。海伍德的白希、沃斯通克拉夫特的玛丽娅都曾遭遇婚外友谊，只不过被认为是"改过自新"、获得矜持美德的白希予以表面上狠心但实则策略性的拒绝，而被认为"具有革命精神"的玛丽娅则坦然接受并且倍加珍惜。在《艾米琳》中，当阿黛琳娜被狠心的丈夫抛弃而身心疲惫时，爱德华无微不至地照顾她，帮助她，承担起本应由她丈夫承担的"代理保护人"的责任。他陪她出海散心，给予她精神上的抚慰；他默默地陪

---

① John Gregory, *A Father's Legacy to his Daughters*, Boston: James B. Dow, 1834, pp. 41–42.

在她身旁，给予她无微不至的关怀。而当阿黛琳娜回到家再次发现被丈夫欺骗，他又细心照料生病的她，马不停蹄追赶她丈夫。除此之外，他在经济上也不断地资助她。丈夫破产后，阿黛琳娜被爱德华安排到新的住处，当丈夫催促她筹措一笔巨额款项而阿黛琳娜束手无策、焦急地要当掉珠宝首饰时，爱德华慷慨解囊为她解了燃眉之急。

爱德华所提供的这一切物质和精神上的帮助、情感上的支持真的只是出于同情善意，或者只是把阿黛琳娜当成好友的妹妹，抑或纯粹因为男女朋友之间的友谊吗？布尔迪厄关于"礼物交换"的运行和成功机制的论述揭示了答案。他提出"有保证的误认"（guaranteed misrecognition）这一概念，认为"礼物交换"做出一种公正互惠的姿态……互惠的本质必须是"误认"，以避免馈赠和回赠同时发生①。作为"十足的浪荡子"，生性风流的爱德华在和每一个女性成为朋友时都带着明显以占有她们身体为目的的"精心设计"。他对艾米琳甚至已婚的斯坦福太太都曾有过妄想，只不过因为艾米琳已与他最好的朋友德拉米尔立下婚约，而已婚的斯坦福太太行为"太保守"而屡未得逞。"设计"未成，他立马撤身。这个设计也就是布尔迪厄所说的"误认"策略。虽然爱德华没有乘人之危，而是表现出有绅士风度，有爱心而无私心，以保障互惠能够持续进行，但他最初是被阿黛琳娜"纤美可爱的外表""妩媚妖娆的仪态"和"出人意料的天真"（222）所吸引却是不争的文本事实。因此，爱德华所给予的友谊或曰爱的礼物其实只不过打着关心、柔情的幌子而已，至少他的初衷是如此。

实际上，友谊本身已经在给予者爱德华和被给予者阿黛琳娜之间建立起一种不对等的权力关系。正如布尔迪厄所说，权力"生产出以经济为基础的依赖关系，只是披着道德关系的面纱而已"②。通过给予帮助和支持，给予者爱德华在二者关系中的地位提高了，尤其对于生活在"痛苦与遗憾""无尽的

---

① Pierre Bourdieu, *The Logic of Practice*, trans. Richard Nice, Cambridge: Polity Press, 1990, p. 240.

② Ibid., p. 122.

不安"(225)中的阿黛琳娜更是如此。如果阿黛琳娜想使"友谊"继续下去,那么这一"礼物交换"就不能只是单向的,而应是相互的,作为被给予者的她就应该同等量地回报他,以此形成互惠互利的良性循环。如果她在接受礼物后不知回报,就会使互惠断链而被扣上"忘恩负义"的帽子。而一无财产二无地位,除了身体几乎无以为报的阿黛琳娜,在面临究竟是继续痛苦地维持自己的婚姻生活还是委身于另一位男子的两难选择时,她"发现自己的生活不能没有他"(229),最后她以身体与名誉的高昂代价,与爱德华同居并生下了一个私生子作为"礼物"回报。

18世纪之前,对女性的歧视主要从文化层面来解释,如《圣经》中的夏娃吃禁果或古希腊故事中的潘多拉之盒传递出的"红颜是祸水"的思想,但随着现代医学的产生,女性从生理上被解释为"无性的"(asexual),是更仁慈、有责任心、富有牺牲精神的,无怪乎有人感慨,所谓"以爱为基础的家庭……是自有劳动的性别分工以来对女性心理的最大利用,利用来满足男性情感上的需求"[1]。因此,对于一个生活在将"忠诚""贞节"看作妻子生命线、将出轨之罪等同于乱伦的18世纪社会的女性来说,阿黛琳娜要付出的代价有多沉重可想而知。因为对当时的社会来说,婚姻中夫妻的义务和责任执行的是双重标准:"如果说养情妇是一个闲雅绅士的必要条件的话,那么妻子要是出轨就犹如一块宝玉已碎毫无价值,她也落得身败名裂,徒有虚名罢了……性自由是男性而绝不是女性的特权。"[2] 阿黛琳娜"不守妇道"、离经叛道的行为让她备受折磨。来自家庭和社会的各种谴责和羞辱将她几近逼疯,她不仅得不到丈夫的保护,连曾许诺她友谊的爱德华也离她而去,她只能生活在悔恨和痛苦之中。

鲍德里亚说:"表征必须被理解为生产者与消费者两个集团相互作用下的复杂产物。"[3] "消费者"主要由作为出版者以及评论者的男性以及年轻有闲

---

[1] Ruth Perry, "Colonizing the Breast: Sexuality and Maternity in Eighteenth‐Century England", *Journal of the History of Sexuality* 2/2 (1991): 215–216.

[2] Douglas Hay and Nicholas Rogers, *Eighteenth‐Century English Society: Shuttles and Swords*, Oxford: Oxford University Press, 1997, p. 43.

[3] Karen Harvey, *Reading Sex in the Eighteenth Century*, Cambridge: Cambridge University Press, 2004, p. 9.

的女性构成,而作为"生产者"的夏洛特·史密斯,要想获得消费者的认可,要想通过自己的劳动——写作来进入原本不属于女性的"公共领域"① 进而产生劳动价值,那么就不能对主流意识形态,即既定社会秩序和性别秩序构成威胁。即便如此,作为深刻了解和同情自己同性困苦的女性,在小说《艾米琳》中,作者对处于极其不利处境的阿黛琳娜,并没有将她当作堕落的"怪物"而抛弃,或者像大多数流行小说一样给她安排非疯即死的结局,而是让她丈夫意外死亡。阿黛琳娜也在经过一段时间的癫狂和忏悔后,成功地与她的通奸者爱德华结婚。对阿黛琳娜这一结局的安排连当时的女权主义者沃斯通克拉夫特都谴责,认为这种"不真实的人物""错误的表述",会"腐蚀人们的心灵,破坏人们对理性而适度的生活前景的追求,一味追求刺激而罔顾责任"②。相反,今天的女性主义学者却高呼,这一小说以女性主义的方式改写了当时流行的诱惑小说的刻板结局,是"18世纪80年代开明思想的风向标"③。

三 亲情中的他者

18世纪的英国依然是以户头作为社会组织的最基本单位,家中最年长的男性自然是一家的户主④,因而女性的法律权利,尤其是她们拥有和支配财产的权利极其有限。菲尔丁在《汤姆·琼斯》中把索菲娅母亲的不幸直接归为"她是占了便宜的,因为这位乡绅的产业,光一年的收入就有三千多镑,而她的全部财产加起来也不过八千镑",因此她的嫁妆太少直接导致她的地位低

---

① 哈贝马斯在他以18世纪为主要研究历史语境的著作《公共领域的结构转型》中毫不讳言:由于公共领域带有明显的父权特征,女性几乎完全"从资产阶级公共领域中被排挤出去",而且这种排挤根深蒂固,对公共领域的结构具有"建设性"影响。参见[德]哈贝马斯《公共领域的结构转型》,曹卫东等译,学林出版社2002年版,第7—8页。

② Mary Wollstonecraft, "Review of Charlotte Smith's Novel *Emmeline*", *Analytical Review*, 78 (1788): 327.

③ Jane Spencer, *The Rise of the Woman Novelist: From Aphra Behn to Jane Austen*, Oxford: Basil Blackwell, 1986, pp. 127–128.

④ Jeremy Black, *Eighteenth-Century Britain 1688–1783*, Hampshire: Palgrave, 2001, p. 87.

下,"她充其量算一个勤劳的高级女仆,而难说是一个琴瑟和鸣的好妻子"①。基于当时中上层阶级家庭中父亲绝对的经济霸权地位,他对子女的一切拥有绝对的权威,而子女对父亲也唯有无条件地服从。家长的这种权威性和女儿的他者性最大的体现就是对女儿的婚姻安排。虽然18世纪英国女性在婚姻择偶上有了一些自主选择权,但当与父亲的意愿发生冲突时,父母才是最终决定者。在为女儿选择婚恋对象时,他们会考虑经济条件更好、社会地位更高的求婚者,而不会顾及女儿自己的喜好和感情。正如理查森的女性悲剧小说《克拉丽莎》所揭示的,父兄们打着一切为了女儿/妹妹幸福的旗号,实际上期望通过这种联姻扩大家产,提高父系家庭的社会地位。

在《艾米琳》中,阿黛琳娜婚姻的不幸,很大程度上是亲情"礼物交换"不均衡的直接结果。其父亲口口声声说"儿女的幸福是我这辈子唯一的愿望"(221),在对待女儿的婚事上,他多次表示,虽然自己为女儿物色的结婚对象"品行良好,家境富裕",但如果女儿不喜欢,他绝不勉强她,甚至再也不提此事。但同时他又以爱的名义"绑架"阿黛琳娜,说如果她不答应,他还不如"早点去坟墓安享清静算了"(221)。而作为女儿的阿黛琳娜除了同意别无选择,否则就会被戴上"不孝"的帽子。

作为孤儿的艾米琳更是如此。其母亲在她出生后就去世了,父亲不久后也离开了人世,因此她父亲的弟弟——她的叔父理所当然地成为她的监护人,她的代理父亲。作为亲情"礼物交换"的给予者,叔父蒙特维尔勋爵每月给艾米琳提供经济上的资助以及"父亲般的"保护。在她到了可以结婚的年龄,他又为她物色了一个有钱的合适的婚恋对象,保证他的被监护人能够过上富裕的生活。但是,蒙特维尔给予艾米琳的不是不需回报的亲人般的情感和关爱,而更像是在履行冷冰冰的法律合同,或者说是一个商人在做生意。他在给侄女考虑婚姻对象时,金钱是他衡量的唯一要素。一旦艾米琳表示不同意或者反抗,他就以不给她提供经济资助和保护为由来威胁她,恐吓她。当城堡代管人马龙尼先生来求婚,虽然"在他高贵的勋爵胸中"也偶尔有过斗争,

---

① Henry Fielding, *The History of Tom Jones: A Foundling*, London: Penguin Books, 2005, p. 295.

觉得他的侄女不应该嫁给这样"一位出身低微的男人",但他还是希望艾米琳能够明智些,早日"出售"掉自己的孤女身份。而当艾米琳表达气愤,说自己可以"凭诚实的劳动养活自己"后,他以"你现在可是完全依靠我的恩惠"相威胁(66)。言下之意,他的"恩惠"和"善举"不是免费的,而是需要回报的。在艾米琳拒不答应另一个银行家的求婚时,他的"私心"更是变得赤裸裸了:"如果你总是这样不知天高地厚地一次又一次拒绝我的建议的话,我要考虑行使我的职责,不再为你的愚蠢和无礼承担义务。你不再姓我的姓毛伯雷,你不许算作我家的一员;我也不再为你这个忘恩负义、傲慢无礼、名声败坏的人提供任何东西!(135)"因此叔父的亲情不是出自关爱,而是带有条件的。

与莫斯否认礼物交换之间存在物质利益意图的看法不同,布尔迪厄认为"礼物交换"是一种调节支配关系的社会实践,是一种权力的"误认",它"披着迷人的关系的面纱,掩盖暴力的实质",旨在"将由亲属、邻居或劳动关系规定的不可避免的和不可避免地有所图的关系变成有选择性的相互关系,从更深的层次上说,是要把任意的剥削关系(男性剥削女性、兄长剥削弟弟或长辈剥削晚辈)转变成因建立在亲情之上而变得持久的关系"[1]。虽然名义上是艾米琳的保护人和代理父亲,但在亲情"礼物交换"中,蒙特维尔从来就没把艾米琳当作自己的亲人。她只是蒙特维尔从兄长那儿非法继承的城堡的附赠品,甚至是他将城堡永久占有的绊脚石。因此,他不惜使侄女背负"私生子"的声名无亲无故地卑微地活着。在对待艾米琳的婚事上,他几乎对所有明知不匹配的、以金钱为目的的求婚者都不拒绝,而另一方面又想方设法阻止爱得死去活来的儿子与她交往,认为艾米琳这样一位既无财产又无名分的孤女是配不上他儿子的。他不问艾米琳本人意见如何,也不管求婚人是否匹配,只是想尽快将艾米琳嫁出去,这样不仅可以摆脱自己作为监护人的责任,停止对艾米琳的资助,而且更重要的是,艾米琳就永远无法知道城堡

---

[1] Pierre Bourdieu, *The Logic of Practice*, trans. Richard Nice, Cambridge: Polity Press, 1990, p. 126.

和她身世的真相，他也就了却心头大患，可以堂而皇之永远合法地占有他哥哥的遗产。

作为亲情"礼物交换"的受赠者，艾米琳只能不断地履行自己的承诺来顺从叔父。她叔父以他们还年轻、"希望你们两年之内不要结婚"为借口阻止她与他儿子德拉米尔之间的感情，实则拖延时间好让他儿子能找一个门当户对的女子，以此扩大自己的产业。聪明的艾米琳非常清楚自己不利的处境，她知道，女性不过是男人间交换的礼物，是"使男性宰制系统坚固不催的货币"①，而对于"既没有父母也没有兄弟能够安慰、接纳"（150—151）、被贴上"私生女"标签的她尤其如此。因此在与德拉米尔的关系上，她答应没有叔父的同意绝不会嫁给他的儿子。为了不让德拉米尔找到自己，艾米琳不得不离开承载她美好回忆的城堡——她亲爱的父母曾经居住过的地方，在叔父的旨意下东躲西藏过着漂泊的生活，为的就是能够从叔父那里获得微薄的、随时有可能失去的资助和保护。

在夏洛特·史密斯笔下，虽然艾米琳也在究竟该履行自己礼物受赠者的职责，顺从叔父的一切旨意，还是应该获取本该属于自己的财产、独立和自由这两难问题上纠结，但作者无疑更倾向于后者。"天资聪颖，对任何事物理解能力超强"（46），并且已被生活磨炼得非常成熟冷静的艾米琳完全清楚她与叔父之间的这种亲情"礼物交换"中的"误认"实质，而且能够策略性地利用这种"误认"。她一方面在蒙特维尔和他儿子德拉米尔之间巧妙周旋，在不冒犯、不惹怒他们的前提下达到自己不重演好友斯坦福夫人和阿黛琳娜的婚姻悲剧的目的。另一方面在表面顺从之下，艾米琳储藏着巨大的能量，在叔父千方百计要拿到她身世的证据并毁掉时，她成功地保存了下来；在法庭上面对叔父强大的证人团而自己只有一个律师和一个朋友陪伴的时候，她不畏强势，敢于直面，终于为自己恢复了名誉，并且从叔父那儿夺回了属于自己的城堡，成为自己财产的主人。

---

① Linda Zionkowski and Cynthia Klekar, eds., *The Culture of the Gift in Eighteenth-Century England*, New York: Palgrave Macmillan, 2009, p. 145.

小结

18世纪的女性不仅生活在一个"男性拥有无限掌控和受尊重,而女性实现价值、获得成功的独立空间极其有限"的社会之中[1],而且由于被解除了财产权,她们自然也就丧失了其他权利,而只是男性的附属品。一旦女性从男性那儿得到"保护"这一"礼物",无论"误认"与否,女性都要回赠比它高昂得多的礼物——财产、自由乃至生命,否则即要遭受不守妇道、薄情寡义的骂名而备受谴责。特纳在谈到作为整体的18世纪女性小说家时说:"在18世纪社会的父权结构之下,她们的性别对自身的地位具有深刻影响。她们的行为被时代的女德观念所主导、判断和控制。这不仅影响到她们写什么,同时影响了她们为什么写以及如何写。"[2] 对于不得不以写小说的收入作为一大家子生活唯一来源的夏洛特·史密斯更是如此。她得不断申明自己写作只为挣钱,在一部小说的前言中她保证:"我正是想要承担我的义务而不是违背义务才成为作家的。"[3]

作为女性文学传统的重要贡献者[4],在《艾米琳》中,夏洛特·史密斯利用小说述行,一方面揭露女性的屈从地位,尤其是在婚姻、友情、亲情等诸方面的交换所体现的两性间以爱为"礼物交换"、互惠职责的虚幻性和不对称性,认为这种交换是以爱为名的不均衡的权力关系,这种看似公平的交换掩盖了"误认"中的"误"的本质,掩盖了女性难逃不均衡交换这一事实。更重要的是,在对造成这一性别不平等的社会现实进行揭露和批判的同时,夏洛特·史密斯通过安排女主人公最终夺回属于自己的财产,嫁给自己选择的男人;安排被逼婚外情的女子阿黛琳娜重新被家庭接纳,最终与相爱之人团聚的快乐结局,表现出对传统的性别标准进行策略性的

---

[1] Jeremy Black, *Eighteenth - Century Britain 1688 - 1783*, Hampshire: Palgrave, 2001, p. 84.
[2] Cheryl Turner, *Living by the Pen: Women Writers in the Eighteenth Century*, London: Routledge, 1992, p. 3.
[3] Charlotte Smith, "Preface to *Desmond, A Novel*", Dublin: P. Wogan, 1792, iii – iv.
[4] Dale Spender, *Mothers of the Novel: 100 Good Women Writers before Jane Austen*, London: Pandora Press, 1986, p. 228.

颠覆和挑战，对有着相同命运的女性读者认清并超越自己他者身份的鼓舞和希望。

第二节　爱丽莎·海伍德《白希·少了思小姐历险记》的女性自我谈判

多才多产的爱丽莎·海伍德（Eliza Haywood，1693－1756）是18世纪早期英国著名小说家。她主编并主笔的《女性观察者》（*Female Spectator*，1744—1746）无疑是第一份"出自女性，也是为了女性"[①]的杂志。她在文学写作路上耕耘不辍四十余载，写就30多部小说，尤以早期的《过度之爱》（*Love in Excess*，1720）和后期的《白希·少了思小姐历险记》（*The History of Miss Betsy Thoughtless*，1751。以下简称《白希》）在当时影响最大，也最为读者所熟知。《过度之爱》与斯威夫特的《格利佛游记》、笛福的《鲁滨孙漂流记》并称为"1740年前最受欢迎的三大小说"[②]，海伍德也因其文学影响与贝恩、曼丽合称为"美丽三智"（The Fair Triumvirate of wit）[③]。

斯帕克斯（Patricia Meyer Spacks）在《女性观察者》选集导读中说："海伍德写作时一方面观照读者的爱好与期待，但同时也保持自己思想的完整一致。对女性现状的关注是贯穿于她所有文本实践始终的核心主题。"[④] 小说《白希》第二版共四卷，洋洋洒洒一千多页，故事主要围绕女主人公白希的感情生活而展开。按照白希的经历来划分，小说大致可分为三部分：前三卷叙

[①] Sabine Augustin, *Eighteenth－Century Female Voices: Education and the Novel*, Oxford: Peter Lang, 2004, p. 6.

[②] John J. Richetti, *Popular Fiction before Richardson: Narrative Patterns 1700－1739*, Oxford: Clarendon Press, 1969, p. 179.

[③] George F. Whicher, *The Life and Romances of Mrs. Eliza Haywood*, New York: Columbia University Press, 1915, p. 17.

[④] Patricia Meyer Spacks ed., *Selections from the Female Spectator*, Oxford: Oxford University Press, 1999, xii.

述她坚持"最重要的是要让自己高兴"①，但主体性又屡屡受挫的婚前生活；第四卷包括两部分，分别为她隐藏主体性、遵循社会规约、得到家人祝福却并不幸福的婚姻生活；以及丈夫死后她远离城市喧嚣，退隐乡村但与心上人保持秘密通信，并有情人终成眷属的故事。

《白希》中女主人公"改过自新"的过程和结局，体现出与海伍德早期的小说相比更多的道德说教意味。从小说中主要人名的寓意就可见一斑。正是在好人古德曼先生（Mr. Goodman）和"谨慎、忠诚、贤淑"（1：18）的川斯蒂/模范夫人（Mrs. Trusty）的训导下，主人公从"少了思"（thoughtless）成长为"谨言慎行"（thoughtful）的贤德淑女，并最终嫁给了两情相悦的忠沃斯（Mr. Trueworth），找到并实现了自己的"真实价值"。

同样需要指出的是，虽然白希最终如理查森的《帕梅拉》副标题所说"女德有报"，但她的幸福却不完全像帕梅拉那样建立在对社会既定性别程式的屈就和臣服下，而是与剥夺女性主体性的世俗社会谈判的结果。换句话说，她最终的幸福既满足了他人和社会的期望，同时也较大程度上获得了自我身心的满足。正如一位研究者所言，《白希》不仅"反映了一位女性在18世纪英国如何进行性别、社会和经济权力的谈判"，也说明了海伍德"通过话语形式改写性别的文化建构，以及给出了作为经济和政治主体的女性如何控制已有资本的方式的建议"②，里查蒂甚至暗指该小说不过是披着道德的外衣大肆表达情爱幻想，而因此称海伍德具有"女权主义战士的突出品格"③。因此《白希》体现了海伍德通过小说对女性在个人情感与社会价值、女性独有气质与人的共性之间如何调和与平衡的思考。

---

① Eliza Haywood, *The History of Miss Betsy Thoughtless*, Vol. 2, London: T. Gardner, 1751, pp. 233 - 234. 本节引用的小说版本为1751年第二版，共四卷且独立分页，因此正文中再次引用该文献时以"卷：页码"的形式标注。

② Catherine Ingrassia, *Authorship, Commerce, and Gender in Early Eighteenth - Century England*, Cambridge: Cambridge University Press, 1998, p. 136.

③ John J. Richetti, *Popular Fiction before Richardson: Narrative Patterns*, 1700 - 1739, Oxford: Clarendon Press, 1969, p. 8.

一 女性的自我赋权

谈到 18 世纪英国女性现状时，人们每每都会提及她们遭受全方位的压迫，被剥夺了政治权、经济权和话语权。虽然小说写作是女性被允许的为数不多的工作之一，但她们只能使用"男性的语言"，表征男性所许可的内容。但我们不要因此而忽视当时一些有思想、有能力也有胆量的英国女性小说家们在建构女性"能动性及主体性"这一"复杂而又微妙"的重大"工程"[①]中的贡献，要看到她们以小说为媒介，发出女性声音，争得一席经济地位和话语权力，打破"主客"二分性别机制，跨越为她们划定的客体边界，建构有限但难得的自由自主的女性自我[②]所做出的努力。

由于女性一直"作为欲望的客体而不是主体被定义，作为男性定义自己的他者而不是作为与男性他者相对的自我而锚定"，对于 18 世纪早期的女性小说家来说，建构女性主体性的重要内容就是承认女性作为人的基本欲望[③]。海伍德发表于《鲁滨孙漂流记》出版的同一年，产生同样巨大影响的小说《过度之爱》中的几个女性人物不仅有着"无法控制的激情"，而且也敢于追求和表达自己的感情，当时"女性要矜持"的女德戒尺也同时决定了她们如此举动势必失败。作为一位勤劳的女性主体性的建构者，海伍德以女性的情感经历为题材，帮助同时代读者看到女性受压迫的社会事实，更重要的是如何最大限度地为女性争取作为人的"自然和法律"的基本权利。如果说《过度之爱》的女主人公因其"过度之爱"而成为女性欲望的牺牲品，那么《白希》的女主人公则明显经历一个谈判的过程，她从最初"一切为了自己高兴"，一个人对抗整个社会，在多次"遇险"后表面上接受"改造"，但实际上内心继续坚持自我，以"阳奉阴违"的策略，实现在父权制下其女性心灵

[①] Elizabeth Kraft, *Women Novelists and the Ethics of Desire*, 1684–1814: *In the Voice of Our Biblical Mothers*, Hampshire: Ashgate Publishing Limited, 2008, pp. 1–2.

[②] 参见王建香《共谋抑或颠覆？——18 世纪英国女性小说家含混的女德主题》，《国外文学》2013 年第 1 期。

[③] Elizabeth Kraft, *Women Novelists and the Ethics of Desire*, 1684–1814: *In the Voice of Our Biblical Mothers*, Hampshire: Ashgate Publishing Limited, 2008, p. 2.

自由最大限度的保留和获得。

白希早年有"非常富有、诚实、温厚"的父亲的疼爱,父母双亡后又先后有两位监护人——人如其名的富有商人古德曼先生和邻居乡绅川斯蒂先生的精心培养,出落为一位集美丽、聪慧、善良、可爱于一体的姑娘。当白希被古德曼先生接到伦敦后,这位天真、年轻的姑娘就爱上了这个"象征财富、享受和刺激"[1] 的地方,"在激情之劲风的吹拂下,急于驶向生活的海洋"(1:10-11),享受着人们对她美貌的仰慕和赞誉。当监护人川斯蒂夫人对她极度担心,打算带她离开这个充满诱惑和陷阱的是非之地回到乡下时,她并没有选择顺从而是明确表示,所谓"快乐宁静的乡村生活对她来说与将她活埋相比好不了多少",而"除了让自己快乐别无所求"(1:56-59)的她坚持留在伦敦这个大都市。

虽然《白希》中那些有着"过度之爱"的女性都被作为悲剧人物安排为次要人物,作者甚至没有给予她们像主人公一样"改过自新"的机会;但是小说有3/4的内容是关于主人公白希婚前的生活,而且是她拒斥婚姻、追求快乐的生活,可见该小说依然是海伍德一贯的女性欲望主题的延续,是换一种方式,或者说是以男性所能接受的方式伸张女性作为人的欲望。

无论是家庭教育还是社会规约和期望,18世纪的英国女性无疑都被认为是男性欲望的客体。女性的任何僭越行为都可能遭到家庭和社会的双重抛弃。但是结婚前的白希试图颠覆这一欲望主客二元对立。聪明的白希非常清楚自己结婚前的优势,并认为自己完全有自由在"恋爱游戏"中占主体地位,并利用这些优势心安理得、快乐地享受作为客体的男性的爱慕。当同时被司达普和忠沃斯两位绅士追求时,她虽然欣慰或烦恼他们两者的条件都优越到难以取舍,但她更是以玩弄他们,以一种暧昧的态度看到他们为了自己彼此争风吃醋而快乐。读者在阅读该小说中白希对求爱者的折磨行为时,甚至可以听到文字背后作者恶作剧式得意的笑声,感受到那种性别程式被颠覆,女性

---

[1] Ian Watt, *The Rise of the Novel: Studies in Defoe, Richardson and Fielding*, London: Chatto & Windus, 1963, p.180.

成为"暴君"、男性对女性百般顺从的狂欢式的快感。作者称白希为"暴君",但"是一个温柔的暴君":"她说话严厉但又不失甜美;她这一刻给出绝望的威胁但下一刻又有令人欣喜的希望;有时候与其说她拒绝还不如说在邀请……她玩弄自己的恋人就好像在耍弄猴子,但要求他们更加言听计从——要他笑就得笑,要他严肃就不得不听——他们的心情、他们的一举一动全由她来控制……总而言之,顺从是她唯一的要求"(2:229)。她要成为男人情绪的掌控者,甚至把恋爱中的男人比作受天气决定的晴雨表或者恋人掌控的"机器","他们不会自己动,他们的情绪全凭恋人的心情一会儿高涨一会儿低落"(1:143)。当监护人古德曼指责她这种"脚踏两只船""浪费绅士的时间"的做法"不厚道,甚至愚蠢"时,白希却不以为然。她强调自己"不要丈夫!所有的男人对她来说都一样"。何况即使有一百个男士向她求婚,错也不在她。她对监护人的干涉也非常不满,强调自己的生活不要被人安排,无论是兄长的安排还是监护人的干涉都不行,"她才是自己行为和情感的主人"(1:268),并最终双方达成协议:监护人不再干涉她的私事,而白希也不再擅自做出决定。

即使是在古德曼建议下放弃其他追求者,在与心上人忠沃斯"认真地"恋爱的过程中,白希也没有迷失自我,更不愿意放弃自我。当忠沃斯引用"最富有,也是最具智慧的"所罗门所说的"所有娱乐和排场都不过是精神空虚和自寻烦恼"来规训她"脱缰的、不受约束的性情"时,她毫不妥协,甚至反过来提醒他,要知道所罗门"这些话是在他看尽繁华,并且无力再消受时才说的……等我到了那个时候,我也会这样说"(2:90-91)。尤其是当白希与寄宿学校时的玩伴、妓女弗沃德来往,忠沃斯善意提醒并不知情的她不要因为交友不慎影响名誉时,她更是对男人的这种"道听途说"与越权表示不屑,并与他约法三章:"如果你想继续与我保持良好关系,就不得干涉我与谁交朋友;也不得对我的行为指手画脚。"(2:105)这种做派俨然一个已经全面获得法律、经济、政治等平等权利的21世纪现代女性了!

白希一直没有答应忠沃斯的求婚,不是因为对他不满意,相反她承认

"他的为人和举止无可挑剔"（1：128）；也不是因为自己对他缺乏感情，甚至在内心深处她也知道"错过了也许不再有"，但她还是不愿以结婚来结束爱情，因为"一想到从此我将要成为高级保姆就无法忍受"（2：64）。理查森笔下悲剧女性人物克拉丽莎对婚姻的担忧和恐惧，也正是被称为"理查森的先驱"或"女版笛福"[①]的海伍德笔下的白希迟迟不肯结婚的原因：结婚意味着"放弃自己的姓名，标志着她对丈夫绝对的依赖属性——这个陌生男人就是她的全部，胜过她的父亲、母亲及其他任何人……确保他心情好远比她自己的心情重要，不管她认为合不合理"[②]。白希将婚后的女性比作笼中之鸟，"像一只禁闭于笼中的温驯的鸽子，只会咕咕叫、被主人抚摸、繁育后代，无聊死了"（2：89），就是不愿意落入女性权利和自由被剥夺、成为男性生育工具的牢笼。也正因如此，作者海伍德一方面不断重复"虚荣""年轻""自负"这一"整个人性而不只是女性的弱点"来解释白希的鲁莽行为和她拒绝婚姻安排的行为，但另一方面又对她尽量延长"自我权力"时间的做法表示理解。

作为被称为"激情主宰者"[③]的海伍德一贯的婚恋主题小说的女主人公，白希延续了"激情有余、理性不足"的年轻女性的特征。她结婚前坚持"绝不受他人控制"（2：233-234），从不屈服于任何压力，哪怕是兄长和监护人；嘲笑一切以觊觎她财富、美貌为目的的求婚；拒绝陷入一种婚后只是"穿衣打扮、吃吃喝喝"（3：116）的金丝雀似的生活。即使她也因自己"考虑欠周"错失心上人而懊恼，为自己的莽撞几次差点闯了大祸遭人奸污而心有余悸，"善于反思"的白希依然拒绝按照别人要求或希望的模样生活，更不愿意禁锢于约等于牢笼的婚姻之中，她曾自问自答并抱怨道："我想知道为什么大多数女性都迫不及待地要结婚呢？……因为我们被期待这样！——她刚

[①] Dale Spender, *Mothers of the Novel*: 100 *Good Women Writers before Jane Austen*, London: Pandora Press, 1986, p. 81.

[②] Samuel Richardson, *Clarissa*; *Or, The History of a Young Lady*, Angus Ross ed., Harmondsworth: Penguin Books, 1985, pp. 148-149.

[③] Karen Harvey, *Reading Sex in the Eighteenth Century*: *Bodies and Gender in English Erotic Culture*, Cambridge: Cambridge University Press, 2004, p. 31.

刚脱离襁褓,人们就开始叫嚷:某某小姐要结婚啦!不久这个或那个男人就会被挑选出来成为她的丈夫!荒唐至极!我们刚刚开始尝到一点点生活的滋味,他们就要硬生生地将它们夺走!"以至于好心的第一监护人古德曼发现,"要想把她引上对她更有利的理智之路是一件不可能完成的任务"。她甚至指责兄长插手自己的感情、急于以婚姻来牺牲她的幸福以"避免让家人蒙羞"对她不公平甚至有些"下作","她虽然很爱两位哥哥,但她认为他们没有权利对她的行为制定规则;对于该如何应对自己的事务,她自己最有发言权"(3:113)。结婚前的白希公然反抗一切不平、不公、不正,一味追求"我要",拒绝一切"我不要"。也难怪有西方学者认为海伍德以表达女性欲望的"情爱小说""用清晰有力的语言表达了女性身份和自我意识,改写和颠覆了由男性建构的女性标准"[①]。

二 女性的自我隐藏

虽然海伍德完全清楚 18 世纪英国女性的屈从地位,但她绝不愿意主动放弃女性该得的权利,因此她一方面对白希不受任何规束的自我赋权和自我追求表现了极大的包容和理解;另一方面又深知公然对抗规约不切实际,必然遭受痛苦也注定失败。因此"以反映和型构时代社会价值观为己任"[②] 的海伍德赋予白希与一切压制力量抗争的勇气的同时,也帮助她被动或主动地反思自己的生活现状并做出相应的调整,同时也希望通过小说帮助女性读者正视现实:无论成为自我的愿望有多么强烈,不顾一切僭越社会规约的女性最终只会像《过度之爱》中的几位女性人物一样被社会所抛弃;白希早期完全脱离社会习俗规约之下的所谓自由、自我只能是空中楼阁,一意孤行的人很有可能要付出财富、名誉、社会地位甚至生命的代价。也正因如此,斯潘塞在《女性小说家的崛起》中甚至说,《白希》中的"自我发现"不是女性自

[①] Paula R. Backsheider, and John J. Richetti, *Popular Fiction by Women 1660 – 1730: An Anthology*, Oxford: Clarendon Press, 1997, xiv.

[②] Dale Spender, *Mothers of the Novel: 100 Good Women Writers before Jane Austen*, London: Pandora Press, 1986, p. 90.

我意识的觉醒，而是体现作者海伍德"对她在早期作品中所抨击的双重标准的接受……表明给予年轻女性过多自由非常危险"[1]。而海伍德的传记作者斯科菲尔德（Mary Ann Schofield）则肯定了这种18世纪英国女性小说家的迂回战术的特点："海伍德将其作品的真实意义隐藏于男性能接受的外在形式之下"。她还引用他人关于"权力与文本"之间关系的论点说明，两性关系中，作为弱者的女性通常只能迁就以适应作为强者的男性，而弱者最常用的迁就方式就是隐藏自己的权利以避免构成威胁或竞争。因此女性文学通常不会以申诉、宣言等强势的语言来谈及一个敏感的话题，而会采取一种模棱两可、意味深长的象征结构[2]。

因此对于18世纪的英国女性来说，只有认识到自己性别所限并规避社会苛责，得到其所附属的男性的尊重、认可和保护，女性才能有限度地实现自我。而婚姻在当时被认为是女性获得保护的唯一途径。道德家格雷戈里博士在信中警告女儿："要知道一个无人保护的老处女的晚景有多么凄凉。"[3] 白希所经历的多次磨难也帮助她认清了她无力改变压制女性的严苛规约这一事实。她在刚入世不久看望兄长的牛津之行中差点被一位大学生奸污，但作为受害者，她不仅没有得到同情，反而成为满城的谈资和笑料，人们也避之唯恐不及，女房东不断地训斥她，甚至有人写文章讽刺和鄙视她，以至于她意识到"无辜制止不住丑闻，美德远比真相更重要"（1：110），最终只好仓促返回伦敦以躲避各种公开的侮辱。

另外一件更加"险恶的丑陋事件"使她最终不得不答应被安排的婚姻。一个以骗财骗色谋生的伪绅士在苦苦追求白希不成后，利用她的善良和基督信仰，装死骗取她的同情后图谋不轨，虽然碰巧忠沃斯经过她才免遭难以想象的悲剧，但这成为家人催促甚至威逼她结婚以避免再次遭受使自己和家人

---

[1] Jane Spencer, *The Rise of the Woman Novelist: From Aphra Behn to Jane Austen*, Oxford: Basil Blackwell Ltd, 1986, pp. 149-150.

[2] Mary Anne Schofield, "Preface", *Eliza Haywood*, Boston: Twayne Publishers, 1985, p. 6.

[3] John Gregory, "A Father's Legacy to His Daughters", in Janet Todd ed., *Female Education in the Age of Enlightenment*, Vol. 1, London: William Pickering, 1996, p. 68.

名誉受损的危险的直接原因。虽然家庭是18世纪的英国女性的全部世界，但男人，无论是父亲、兄长抑或丈夫，才是家中的主人。而家中的女性，即妻子、姐妹或女儿，又很大程度上影响着整个家庭的名誉；反之亦然，拥有好的美德和名誉的女子才有可能配得上一个好的丈夫。对于未婚的白希来说，"她的年轻、美貌、快乐的性格，以及还有那么一点点虚荣"（3：16）使得她成为所有诱惑对准的目标，诱惑又可能成为破坏家庭荣誉的罪魁祸首，而婚姻又是终止诱惑、保存美德和名誉最好的避难所。因此她的兄长及监护人最重要的"事业"之一就是为她安排一桩好的婚事。在谈到兄长对其婚姻的安排时白希无奈地说："为了使我摆脱他们称为诱惑的东西，他们多么急于使我成婚，我相信任何有好的家世、有一定家产的男人他们都会答应。"（3：173）

白希身边几位女性的不幸更是促使她从过去的"只要我高兴"发生了转变，如小说中类似于《名利场》中丽贝卡式的悲剧人物、一心想改变命运但最终人财两空的芙洛拉；类似于《简·爱》中父权制的牺牲品、"阁楼上的疯女人"式的人物梅乐辛夫人；以及白希儿时的玩伴弗沃德，受人诱惑不幸怀孕后遭抛弃，犯下这种"有辱家门"的行为后，"宁可被毒死、被淹死或被杀死也不愿意苟且活着受父亲的严惩和亲人的羞辱"（1：171－172），而最终被逼做人情妇甚至走上从妓的道路。无论是为个人私欲，还是因生活所迫，她们对"被动、矜持、谨慎"等社会女德的僭越最终落得要么被放逐于遥远的殖民地，要么遭到世人唾弃落入监狱。因此，天性聪颖善良，"对事物的理解力、判断力超群"（2：62）的白希在因为自己的鲁莽、"虚荣"吃了很多苦头之后，带着川斯蒂先生的劝导——"一个谦谦君子真挚的关爱所带来的真正幸福远胜过一千个花花公子假心假意的花言巧语"（2：53），她终于懂得，女性的幸福必须得到他人的祝福，女性的主体性也只有得到社会认可才能获得。

因此虽然对婚姻非常不情愿甚至恐惧，她常常做噩梦，一会儿梦见自己站在泥泞混浊的深水中不知所措，一会儿梦见在长满荆棘的沙漠中艰难前行，一会儿又置身废墟堆中，摇摇欲坠的房顶随时有可能将她砸得粉碎；虽然清醒的时候明明知道结婚以后，自己"幸福的日子就要彻底结束……整个未来的生活注定充满愁苦"（4：14）；虽然临结婚前还在盯着自己私藏的心上人的肖像发呆，但白希还是听从了劝告，放弃"曾经深爱她，她也一直对他心怀最大的好意"但已为人夫的忠沃斯，而同意嫁给蒙登这个她"虽不憎恶但也毫无爱意"（3：232）的男人。连模范女性川斯蒂夫人也一方面规劝白希接受这桩婚姻；另一方面又不得不承认，白希的婚姻"不是出于自己的意愿，而只是顺从亲人的要求"（4：20），是她的妥协甚至是对家中男性——两位兄长无奈的屈从，是对突然离世的监护人留下的遗言的强制执行。

结婚以后，白希谨遵川斯蒂夫人的教诲：要尽好做妻子的本分，对待丈夫要"温柔体贴""谦逊谨慎"，不要侵犯他应得的任何权利，即使自己有理也一定要懂得退让；尤其是结婚前所喜爱的那些娱乐欢愉的活动要完全放弃。她知道，她的"荣誉、名声、内心的安宁以及对于一个贤淑、聪明的女人来说所有最珍贵的东西都有赖于对这些规约的严格遵守"（4：22），而且她也期望，通过遵照所谓贤良妻子的标准来过上快乐的生活。因此，她一方面认真履行作为妻子的责任，严格规范自己的行为，试图以丈夫的快乐为快乐，尽自己最大的能力对丈夫的行为包容忍让，并且洁身自好，拒绝与任何男性单独接触；另一方面分析、总结自己过去情感失败的两大原因是"过于虚荣"和"假装矜持"，并"矫正"自己的"不良"行为，努力使"自己的心智得到提高和完善"，以对得起一个"贤淑贞德妻子"的荣誉（4：96）。她的变化是如此之大，以致小说刚刚出版时不少男性读者都难以接受，甚至认为小说过于平淡无趣，因为女主人公的性格和行为过于中庸、不温不火，"既不可爱到迷人，又不可恨到无耻，我们既无法欣赏她或爱她，也谈不上同情她，甚至自我消遣都难以满足"[①]。

作为受现代性影响最早的女性作家之一的海伍德，离开丈夫后以小说写

[①] "A Review of Miss Betsy Thoughtless", *Monthly Review* 5 (October 1752), Reprinted as Appendix B in Eliza Haywood, *The History of Miss Betsy Thoughtless*, Christine Blouch ed., Peterborough: Broadview Literary Texts, 1998, p. 638.

作作为养活自己和几个孩子的主要经济来源和独立基础,这也是学界谈及她从《过度之爱》到《白希》写作风格变化总出于"市场考虑"①的原因。从某种程度上说,能否挣钱又取决于她的写作能否得到由男性独占的评论界以及以传统女性为绝对主体的读者群的认可和好评。用特纳的话说,"道德教化是她们的生财之道"②。因此对女性小说家们来说,社会给定的女德或"妇道"标准既是她们无形的羁绊,更是她们有限地实现自我的必要条件,"社会身份的确立又反讽性地离不开对传统女德的遵循",或者说"其自我隐藏于妇德之中……她们只能披着诸如'谨慎''谦卑''温顺'等女德观念这层'保护外衣',作为实现自我价值的权衡之计"③。

但是在海伍德的笔下,"改过自新"的白希并没有获得幸福,作者反而在陈述完川斯蒂夫人的劝诫后紧接着就开始详述婚后白希的苦难,以及她自我意识的再次被唤醒。当"白希小姐"变为"蒙登夫人"之后,她的身份也随之发生了根本的变化,从"自己的主人变成了奴隶",完全成为"暴君"丈夫的附属品,"一个必须随时满足和听从自己的高级仆人";而丈夫蒙登也"迫不及待地甩掉了恋人的面具,当起了丈夫和主人",撕下了恋爱时期深情、殷勤、风度的伪装,成为一切事物"最好的判官"(4:25)。他不仅将白希带来的不菲的财产占为己有,而且撕毁婚前签下的法律文书,要求白希将微薄的零花钱用来贴补由于他整天只知挥霍而导致入不敷出的家用开支;甚至野蛮到摔死她与忠沃斯爱情的象征——她最心爱的松鼠宠物。一方面婚后的白希依然视这只松鼠为宝贝说明在其内心深处对这份爱情的坚守;另一方面她丈夫的暴力行为,不仅是对她的不尊重,同时也意味着对她坚守的爱情的践踏。因此忍无可忍的白希发誓再也不与这个被她称为"魔鬼""不配做男人"的丈夫同床睡觉、同桌吃饭,虽然无法离婚但已形同路人。川斯蒂夫人

---

① Catherine Ingrassia, *Authorship, Commerce, and Gender in Early Eighteenth - century England: A Culture of Paper Credit*, Cambridge: Cambridge University Press, 1998, p. 128.
② Cheryl Turner, *Living by the Pen: Women Writers in the Eighteenth Century*, London: Routledge, 1992, p. 120.
③ 王建香:《共谋抑或颠覆?——18世纪英国女性小说家含混的女德主题》,《国外文学》2013年第1期。

告诫她千万不要以自己的名誉冒险，因为"丈夫的错同时更是妻子的错，最终受外人指责和鄙视的永远是妻子"，虽然她据理力争："如果一个丈夫不懂得给予妻子应有的尊重并付诸行动，那么他就不配获得感情和顺从，除非他妻子是个傻子。"(4: 36-37) 但在权衡自己的责任、利益和名声之后，白希最终还是愿意与丈夫谈判，并"夫妻双方各让一步"。虽然谈判结果——白希收敛一些脾气，而丈夫适当增加一些家用补贴——显然不均等，但仍显示出白希不盲从、不失自我的愿望和勇气。

因此在明明不爱丈夫，丈夫也无能给予自己幸福的情况下，白希纵使内心深处"与丈夫永久分开"的声音非常响亮，但她还是依然只能保留婚姻，不过同时也增加了自我保护意识。当丈夫的上司写信向她示爱时，她并没有按照习俗将"如此侮辱性的信件"上交给丈夫，而是相信自己"完全有能力解决这一问题"，"有能力作为自己荣誉的保护者"，因此只是将信件付之一炬。但是白希这种"谨慎""忠诚"的行为没有得到丈夫的认可和尊重，在一次上司对妻子欲行不轨不成之后，他不是尽自己作为保护者的职责，反而令人发指地指责妻子不该因此而毁了自己的前程。丈夫居然无耻到与她好心收留和帮助的一个可怜又可气的女子在自己眼皮底下通奸则是成为压垮白希的最后一根稻草。虽然无论是法律还是社会规约都不会支持她的离婚诉求，但她终于看清楚，女性的无尽忍让、自我牺牲根本得不到幸福，她们的自尊、自由和幸福只能依靠自己，她因此而大声喊出："任何神的律令、人的法律或我一直以来坚守的承诺都再也不能强迫我忍受他的冷漠、侮辱和暴行。"(4: 130) 她决定卸下屈辱的婚姻重轭，不再只是为了他人和社会的期望而无止境地压抑自我。

质疑既有婚姻习俗，尤其是包办婚姻、金钱婚姻，是18世纪英国女性情感小说的一贯主题。以海伍德为代表撰写的"诱惑小说"被认为是制造"天真遭受迫害的迷思"，将女性定性为"受害者，除此无他"[1]，但正是这种表征方式本身揭露和批判了造成女性悲剧的社会习俗。白希压抑自己的情欲、

---

[1] Jane Spencer, *The Rise of the Woman Novelist: From Aphra Behn to Jane Austen*, Oxford: Basil Blackwell Ltd. 1989, p. 112.

接受被安排的婚姻的故事表面上看似劝告女性要矜持、要纯洁才会守得云开见月明，但她不幸的婚姻却是对此的极大讽刺。

自贺拉斯以来的文论家大多强调文学寓教于乐的修辞效果，强调"乐"只是文学的手段，而"教"才是文学的目的，并认为一部优秀的文学作品的秘诀和必要条件是它对事物的"应然"而非"实然"的模仿。但正如一位学者所指出，虽然海伍德在《白希》中的道德说教意味非常明显，她"好像与读者建立了契约关系"，试图通过小说教育读者，但"其教化的方式不是展示世界应该怎样，而是揭示世界是怎样的"①。换言之，小说人物白希的"改过自新"不是作者希望读者要成为的样子，而是希望读者看到她们现在的样子。再换言之，如果说在《过度之爱》中，年轻时的海伍德是乐观、公开地表征女性欲望及强烈批判社会对女性主体性的惩罚，那么成熟后的海伍德在《白希》中并不是妥协于社会规约，而是采取隐藏自我、以迎合为表象的迂回策略，同时揭示女性个体性受压制的社会事实。

三 女性的自我回归

18世纪英国，资产阶级走上历史舞台的标志之一是女性不再是家庭经济共同的贡献者和管理者，两性特质及两性关系也因此被重新定义。男性不仅是社会的主宰也是女性的依靠，女性成为男性的附属和"他者"。虽然"小说中家庭妇女形象的发展……是资产阶级霸权生产的重要工具"②，但是以海伍德为代表的18世纪早期的女性小说家，她们的女主人公乃至她们自身的生活游离于这种"资产阶级霸权"和两性矩阵之外。在《白希》中，海伍德用大量的事实证明，女性主体性的建构和获得的始点必须是超越社会给定的角色界限而产生对自我的认知，如果她们跳不出"他者""欲望客体"等社会严苛的性别角色定位，就势必以失去自我为代价。婚后白希的幻想被打破，她

---

① Shea Stuart, "Subversive Didacticism in Eliza Haywood's *Betsy Thoughtless*", *Studies in English Literature*, 1500 – 1900, 42.3 (2002): 559.

② Ros Ballaster, *Seductive Forms: Women's Amatory Fiction from 1684 to 1740*, Oxford: Clarendon Press, 1982, pp. 9 – 10.

压抑自我而迎合社会却适得其反:丈夫将她不断的迁就和退让视为软弱,对她的漠视、压制、奴役和侮辱变本加厉,直到最终超出了所有妻子能够忍受的极限。这正是海伍德们率先将性别气质问题化,并为探索在父权社会中女性如何有策略、有限度地建构主体性地位所做出的努力。

此外,作者海伍德离开丈夫的行为受到大量非常有影响力的人物的责难这一亲身经历表明,18世纪的英国女性主动摆脱婚姻束缚被认为是有违女德、大逆不道的事情。小说中甚至通过在同样情境之下作为女性的白希离婚的艰难与作为男性的古德曼先生可以一气之下将有过错的妻子赶出家门进行隐性对比,"批判铭刻在社会、经济、话语实践中的父权意识形态"①。托德(Janet Todd)如此总结离婚女性的惨状:"她的家庭情况会变得一团糟;更可怕的是,任何体面人的圈子从此都将与她无缘。"② 因此经受婚姻磨难的白希不再像结婚前一样独自公然反抗社会不公,或者懵懂草率地追求新的感情依托。她反思和批评自己过去的鲁莽,"我并不是天生的傻瓜,但我过去的一切行为却证明了我是多么缺乏理性"(4:92),并且开始懂得如何策略性地利用"社会支持",逐渐实现自我。也难怪海伍德的传记作者斯科菲尔德说:"白希·少了思是理性与感情、现实与表象等矛盾冲动必要而有效调和的典范。"③

白希在与丈夫蒙登的感情破裂后,虽然决定不惜一切挣脱婚姻的枷锁,但她清楚"光自己觉得理由充分还不够,也要充分听取亲戚朋友的意见"(4:130)。她担心自己不仅会面临沉重的舆论压力,而且法律也不可能给自己应得的保护。她打算先将自己离开丈夫的决定及原因详细地告知兄长和监护人,以获得他们像当时催促她结婚以确保家庭荣誉免受损害一样的全力支持。因此她第一时间就此事向兄长寻求帮助。哥哥对她表示深切的同情,并对她离

---

① Catherine Ingrassia, *Authorship, Commerce, and Gender in Early Eighteenth - century England: A Culture of Paper Credit*, Cambridge: Cambridge University Press, 1998, p. 109.
② Janet Todd, *The Sign of Angellica: Women, Writing and Fiction*, 1660 - 1800, New York: Columbia University Press, 1989, p. 112.
③ Mary Anne Schofield, *Eliza Haywood*, Boston: Twayne Publishers, 1985, p. 97.

开不忠丈夫的行为表示极力支持,而且建议她搬来同住,要"做她最好的朋友,给她最佳的保护"。她又拜访了性格谨慎、口碑极佳的朋友拉维特夫人,并获得了她的鼓励:"守着这样卑鄙的丈夫不仅是对你很不公平,也是对天下所有做妻子的不公平。"(4:136)得到各方鼓励后,白希又写信给另外一位兄长以及监护人川斯蒂夫妇汇报自己生活的变故及对策,希望他们原谅她的"先斩后奏"。

在兄长的帮助下,白希还咨询了专业律师,商量如何保证离婚后能够获得基本的生活保障,但被告知:"即使妻子有足够的证据证明丈夫为过错方,法律也绝不会强制他离婚,更不会因为收受了她所有嫁妆而支付她应得的生活补偿,除非他是一个大度和珍视荣誉的人。"(4:138)面对这样荒唐的法律,作为"新女性"的作者海伍德没有使白希重新陷入泥淖,而是安排她丈夫突然病逝,并且临终前承认错误:"都怪我,我错了!让你受委屈了!请饶恕我!"(4:159)清晰地表现出她对女性尊严和正义的强调。

18世纪早期,更具体地说,在理查森和菲尔丁的小说得到公认之前,小说这一文类因其"显著的女性特征"[1]似乎难登大雅之堂。女性小说家更是难逃被讽刺和污辱的"双重窘境:写作不成功会被咒骂,即使写作成功了一样会遭到鄙视"[2]。虽然海伍德的"朋友圈"中有斯蒂尔(Richard Steele)、笛福等鼓励和欣赏她的文学写作,但她同时代的许多男作家批评她"不女人"(unfeminine)。理查森称她为"堕落的样板"[3];斯威夫特甚至攻击她为"愚蠢、无耻、乱写乱涂的女人"[4];更不用说蒲柏在《愚人志》(The Dunciad, 1742)中对海伍德"不知廉耻的末流文人"这一尽人皆知的辱骂了。诸多如

---

[1] Laura L. Runge, *Gender and Language in British Literary Criticism 1660 – 1790*, Cambridge: Cambridge University Press, 1997, p. 81.

[2] Jacqueline Pearson, *The Prostituted Muse: Images of Women & Women Dramatists*, 1642 – 1737, New York: St. Martin's Press, 1988, p. 7.

[3] Jane Spencer, *The Rise of the Woman Novelist: From Aphra Behn to Jane Austen*, Oxford: Basil Blackwell Ltd. 1989, p. 76.

[4] Dale Spender, *Mothers of the Novel: 100 Good Women Writers before Jane Austen*, London: Pandora Press, 1986, p. 86.

此不堪的人身攻击除了基于他们对来自女性同行竞争的尴尬和焦虑[1]外,同样源于他们不满于海伍德及其女主人公的"不女人"。有学者认为海伍德后期以《白希》为代表的小说"主题突变",甚至《白希》之前海伍德近十年不敢写小说,都与蒲柏对她的攻击有直接的因果关系,同时体现出海伍德试图为自己早期的情爱写作之错"赎罪"[2]。但海伍德后期的道德家庭小说以及劝诫期刊文章并不代表作者以女主人公的"改过自新"主张对性别定式和社会道德的皈依,更不是倡导女性自我的完全丧失,而是在现有条件下有策略的主体性的保留以及对不公平的性别程式有限度的跨越。

白希一直在究竟是要做个他人眼中的好女人还是做快乐的自己,或者说在要自由还是要"保护"等问题上与社会谈判。虽然在严苛的父权制下,女性只能采取"阳奉阴违"的策略,表面上顺从男性的支配和控制,但内心深处保留自我,策略性抵制父权制的压制和奴役。正如一位著名的18世纪英国女性小说研究家所说,几乎在海伍德的所有小说中,"女性欲望都不只是一个统帅性的隐喻,而且是小说的主题和情节生成的土壤"[3]。在无奈接受被兄长和监护人安排的婚姻后,白希依然冒着名誉扫地的风险,花重金购买和私藏心上人忠沃斯的肖像,即使与蒙登结婚后也从不离身,这就是她不愿放弃自我的证明,只不过她以"友谊""感恩"为幌子来掩盖自己内心坚持真爱的真相。每当受到丈夫的冷漠、鄙视或虐待时,她便会想起忠沃斯"为人谦卑、洞察人心,他慷慨、勇敢、聪明,他谈吐优雅得体",会想起当时他对自己无微不至的关心和包容,后悔在他求爱时她虚荣的矜持(3:115)。她密切关注结婚以后的忠沃斯一点一滴的动静,尤其当得知他妻子不幸去世的消息时,她为他的痛苦而痛苦,但又为他恢复单身而心中暗自高兴,只不过"她的理智、正直和善良的品性使她立刻制止住自己越位的情绪"(4:103)。海伍德

---

[1] Dale Spender, *Mothers of the Novel: 100 Good Women Writers before Jane Austen*, London: Pandora Press, 1986, p. 4.

[2] Christine Blouch, "Eliza Haywood and the Romance of Obscurity", *Studies in English Literature*, 1500–1900, 31.3 (1991): 540.

[3] Ros Ballaster, *Seductive Forms: Women's Amatory Fiction from 1684–1740*, Oxford: Clarendon Press, 1992, p. 157.

甚至还安排了一次尚处在婚姻状态的白希与忠沃斯的偶遇,将白希压抑的强烈感情公之于众。一方面是躲避丈夫迫害的白希由于难以控制对忠沃斯的思念之情,拿出私藏的肖像聊以慰藉而泪流满面的真情流露;另一方面是被依然钟爱她的忠沃斯发现并试图回以拥抱时,她虽然"内心矛盾"但依然发出"温柔的警告",强调自己身为他人之妻不能与其他男性交谈与见面。作者虽然以"不要相信一个女性对自己美德的夸夸其谈,除非看到了她拒绝真爱的男人时态度的不可动摇"(4:154)的诗句,对白希这种维护"名声与内心平静"的"自制能力"和"得体表现"建议读者鼓掌喝彩,但这种行动与语言的反差更是凸显出白希压抑真情的痛苦,以及海伍德对女性情感和自我的强调。

如果说对女性而言,"公共规训"的核心是要求接受被安排的婚姻,并自始至终行为规矩,保持零欲望,那么白希压抑欲望的痛苦本身就说明她的主体意识尚未泯灭,因为"懂得欲望就是认识自己……尊重自己和欲望是希望摆脱受他人奴役和虐待的开始"[1]。因此在小说最后,海伍德不仅让白希坦言,她与蒙登的婚姻是"顺从劝诫的牺牲品",甚至以此为戒请求川斯蒂夫人准许她以"爱,无限的爱"(4:175)作为再婚的唯一条件,更是安排一个皆大欢喜的结局。虽然白希在丈夫去世后跟随川斯蒂夫人回到了乡间,但她与忠沃斯却从未间断秘密书信往来。对白希的这一次"越矩"行为,那些曾经关心她,却以爱的名义、以包办婚姻的形式"剥夺"她自主性的人虽然大吃一惊,但仍表现出一致的"通情达理"的姿态。白希在给忠沃斯的情书中对爱的渴望和大胆表达,女德模范川斯蒂夫人表示了理解;尤其是当白希看到忠沃斯来访所表现的忘我的喜悦,把"规训"和"自我规训"了许久的女性矜持和被动全都抛在脑后,快速奔跑迎接他时,川斯蒂夫人甚至表现出由衷的欣赏;一直被蒙在鼓里的兄长对白希"突如其来的"爱情非但毫无责备,反而赞誉她是"最好的决定者"(4:158)。

---

[1] Margaret Doody, *The True Story of the Novel*, New Brunswick: Rutgers University Press, 1996, p. 262.

小结

海伍德的小说是 18 世纪甚至是整个女性文学史中"女性写、写女性",同时很大程度上也是"为女性而写"的女性小说传统中很重要的构成部分。她的小说《白希》有许多章节标题表明,是作者欲以小说作为与读者对话的媒介,如第一卷 19 章"将使读者变得更聪明"(1:224)、第三卷 5 章"与其说以娱乐读者为目的还不如说是打算教育读者"(3:51)、第 13 章"特别值得那些即将步入婚姻的人注意"(3:131)、第四卷 4 章"包含对新娘的劝诫"(4:17),等等,不胜枚举。

海伍德以其女性特有的细腻情感和笔触关注女性较为狭窄的生活空间和受限的情感表达,小说最后安排白希和心上人忠沃斯双双丧偶、恢复单身,并且"有情人终成眷属"的理想结局,表明了以海伍德为代表的 18 世纪早期英国女小说家们前所未有地意识到女性自我的重要性。有学者甚至认为她们对 18 世纪启蒙主体性的形成起到了至关重要的作用,她们的小说"教会读者,男女读者,如何清晰地表达自己的欲望"[1]。也有学者认为海伍德的女性人物是对欲望的"自觉表演"[2],但其实可以更进一步说,她笔下的白希是在同时进行情感与理智、个性与顺从的双重"自觉表演":表演理智和顺从是表面迎合既定性别气质,实质是为了掩盖或策略地体现自身真实;表演情感和个性是将小说设为一块"飞地",一块在现实生活中被设为禁区的地方,用小说虚构的方式表达现实中女性作为人的基本需要,当然也是以文学述行的方式为现实中的女性读者设定一个努力的方向。

伍尔夫在《一间自己的屋子》中说:"如果没有海伍德等先驱们,就不会有简·奥斯汀、勃朗特姐妹、乔治·艾略特的写作,正如如果没有马娄就没

---

[1] William Warner, "Formulating Fiction: Romancing the General Reader in Early Modern Britain", in Deidre Lunch and William B. Warner eds., *Cultural Institution of the Novel*, Durham: Duke University Press, 1996, p. 284.

[2] Emily H. Anderson, "Performing the Passions in Eliza Haywood's Fantomina and Miss Betsy Thoughtless", *The Eighteenth Century* 46.1 (2005): 1.

有莎士比亚,没有乔叟就没有马娄,没有那些被遗忘的诗人铺平道路、驯服语言,就没有乔叟一样。"① 以海伍德为代表的18世纪英国女性小说家们,体现出与同时代绝大多数男性作家笔下不同的女性人生,表征既非"天使"亦非"魔鬼"的平凡女性生活,以小说的形式帮助读者看到时代的"妇女问题",并为19世纪女性小说的繁荣,为帮助后来者思考并试图解决这一"妇女问题"奠定了坚实的思想和话语基础。

第三节 玛丽·沃斯通克拉夫特《女人的苦难》的女权诉求

18世纪后期,英国资产阶级已经登上历史舞台,"天赋人权"的启蒙思想可以说已深入人心。但女性,作为人类的一半,其基本权利却远未得到重视。她们依然只是作为男人的附属品而存在,经济上尚且无法独立,更遑论享有与男性平等的政治权利和社会权利。18世纪早期斯蒂尔在某一期《旁观者》中对女性角色的基本定义依然是:女性"在世界上的作用概括起来不外乎作为女儿、姐妹、妻子和母亲的各种责任而已"②。海伍德、伯尼等许多18世纪英国女性小说家,为了使自己的写作获得由男性独霸的评论界的认可,也只能策略性地表达对造成性别不平等的社会的不满。而深受启蒙思想的影响,18世纪末著名的政论家、哲学家、文学批评家和作家,更是西方女权主义思想史上最重要的先驱——玛丽·沃斯通克拉夫特(Mary Wollstonecraft, 1759 - 1797),不仅是英国最早的人权辩护者之一③,更是以其短暂的一生成为坚定的女权辩护者。

---

① Virginia Woolf, *A Room of One's Own*, London: Penguin Books Ltd, 1929, p. 98.
② Richard Steele, *The Spectator* (2 April, 1712), in Henry Morley ed., *The Spectator: A New Edition*, London: Routledge, 1891, p. 499.
③ Claudia L. Johnson ed., *The Cambridge Companion to Mary Wollstonecraft*, Cambridge: Cambridge University Press, 2002, p. 1.

不仅她在《女权辩护》(*A Vindication of the Rights of Woman*, 1792) 中的女权思想掷地有声，同时她的小说也成为她为女性争取权利的重要途径。她通过小说世界中女性的困境以及抗争，帮助现实世界中的读者看清自己被身处其中的社会压迫的事实，鼓励女性为争取自己应得的权利而努力。如果说她的第一部小说《玛丽》(*Mary, A Fiction*, 1788) 跟随当时流行的感伤小说潮流，讲述女性个体的情感悲剧，而她的第二部小说，也是最后一部小说《女人的苦难》(*Maria or The Wrongs of Woman*, 1798)①，则是将女性作为整体，倾诉她们受法律和社会规约压迫的"苦难"事实。标题中的"女人"与其政论《女权辩护》标题中的"女性"一样，既没有限定冠词，也不是复数，因此"她"不只是小说女主人公玛丽娅，甚至也不是某一类中产阶级或下层阶级女性，而是女性整体。

《女人的苦难》延续了18世纪女性小说批判金钱婚姻、包办婚姻、两性双重标准的写作传统②，它采用当事人诉说的形式，情节非常简单，甚至简陋。连作者自己也在序言中说："很多事件我本可以写得更戏剧性些，但那样就会牺牲我的主要写作目的：用大量证据证明法律不公和社会习俗给女性带来的痛苦和压迫。"③ 也就是说，有些评论家所指责的小说缺乏情节，实际上是作者沃斯通克拉夫特有意而为之：她特意舍弃小说的文学性而成全其述行性。它以主人公玛丽娅在法庭上的控诉作为故事的高潮同时也是结尾，主人公以自己的亲身经历痛斥现行婚姻制度将妻子视为丈夫任意支配的财产和随意践踏的奴隶，这已经昭示了小说述行的目的：通过小说对父权制下不公平的法律和不合理的女德予以无情鞭笞，更是在启蒙思想影响之下对女性应得权利的呼吁和抗争。

---

① 基于该小说与《女权辩护》的呼应关系，读者、学界常常以其副标题"女人的苦难"来指称它。甚至不同出版社所给的小说标题不同，有的是 *Maria or The Wrongs of Woman*, 有的则是 *The Wrongs of Woman or Maria*。

② Jane Spencer, *The Rise of the Woman Novelist: From Aphra Behn to Jane Austen*, Oxford: Basil Blackwell, 1987, p.137.

③ Mary Wollstonecraft, *Maria or The Wrongs of Woman*, London: W. W. Norton & Company, 1975, p.21. 本节正文中未标明文献出处的页码均出自该小说。

一 倡导平等的两性权利

两性间平等的法律权利是以沃斯通克拉夫特为杰出代表的第一波女性主义者最重要的诉求，也是她的"女性主义圣经"《女权辩护》和小说《女人的苦难》共同的核心思想。小说一开始就将读者带进一个压抑的世界：女主人公玛丽娅昏迷几天后醒来，在惊恐中意识到自己被禁闭在疯人院，四周高墙，孤苦无助。小说中的疯人院/监狱是写实，玛丽娅遭丈夫陷害，被麻醉后强行关入疯人院，因为虽然没有哪个时期明文规定丈夫可以囚禁妻子，但据文学史家考证，英国直到19世纪末的1891年才宣布丈夫囚禁妻子违法①，反讽性地证明这一直是社会不成文的规矩。但它更是一种隐喻，正如玛丽娅在绝望中喊道："这个世界就是一个巨型监狱，而女性一出生就是其中的奴隶！"（27）

从标题可以看出，小说主要是关于以玛丽娅为代表的已婚女性的苦难故事，因此也就是对18世纪英国婚姻制度对女性不公的控诉。出生于中产阶级家庭且一直得到富有的叔叔经济支持的玛丽娅本可以过着殷实的生活，但根据18世纪的英国法律，结婚以后女性只是男性的"动产"②，妻子只能被施舍而没有主动的财产支配权，因为像丈夫的一切物件、牲畜一样，妻子也只是他财产的一部分。因此当她的妹妹经济困难时，丈夫维纳布尔不仅不允许提供任何帮助，甚至她带着妹妹一起生活的请求也被拒绝。不仅如此，玛丽娅更是她的丈夫以各种手段多次向她叔叔索要、骗取钱财的借口。

尽管玛丽娅婚后不久就发现丈夫是一个不学无术、游手好闲、道德败坏的无耻之徒，但是她也无力改变自己的命运，6年的婚姻生活只能在无尽的痛苦和忍让中度过。她谨遵女德，甚至试图改善丈夫的趣味和道德，也都无济于事。她痛苦地指责婚姻是"禁锢我一生的巴士底狱"，虽然自己完全有能力

---

① Alice Browne, *The Eighteenth-Century Feminist Mind*, Sussex: Harvester, 1987, p. 48.
② Jane Spencer, *The Rise of the Woman Novelist: From Aphra Behn to Jane Austen*, Oxford: Basil Blackwell, 1987, p. 12.

享受生活所给予的无尽快乐,但"这个不公正的社会给我戴上了镣铐,这个美丽的星球于我不过是一个巨大的空洞而已"(103)。虽然小说中玛丽娅和杰迈玛都不止一次称呼女性为"被这个世界放逐的人"(27、28、53、104),但玛丽娅绝不像许多18世纪小说中的女性人物那样接受屈从或自动放逐。正如作者在《女权辩护》中所说,一味强调女性对丈夫的缺点甚至罪恶无条件服从就是违反神圣的人权,难道"最神圣的权利只属于男性"[1]?对婚姻彻底失望的玛丽娅"不再自欺欺人",下定决心与丈夫分居。最终因为丈夫在败光所有家产后,仅仅为了向一位债主借贷500英镑而无耻到企图以妻子的身体做交易,虽然深知离开丈夫后自己每一步都将艰难异常,但是再也无法忍受屈辱的她,还是拖着怀孕的身体毅然离家出走。

但由于一旦签下婚约,妻子就成了丈夫永久性的合法财产,作为法律"将女性判定为丈夫财产这一人类偏见的受害者"(94),玛丽娅又怎能逃过丈夫的魔爪呢?因为按照18世纪英国法律,即使丈夫为过错方,妻子也不能离开丈夫,更不能离婚,"她不能将不忠的丈夫赶出家门,无论他多么罪不可赦也无权将他与孩子分开;他依然是自己命运的主人,世界也照常对他微笑;而相反,如果她胆敢报复或寻找慰藉则必将被贴上'可耻的'标签"(104)。对于胆敢离开丈夫的妻子,法律给予丈夫要求她无条件回归家庭的权力,哪怕使用暴力强制手段。因此玛丽娅离家的日子只能东躲西藏,即使丈夫的罪恶罄竹难书,擅自离家的她也得不到法律的保护和支持。极其反讽的是,在逃跑过程中向她丈夫告密的正是一位同样受婚姻法迫害的、被丈夫败光所有财产后变得一无所有的女房东。女房东在请求玛丽娅原谅其出卖她的自私行为时所说的那句"只要是由法律决定的事情,女人永远是输得最惨的一方"(128),既道出了她个人的悲惨处境,以及她只能靠出卖同类以获取丈夫这个唯一合法"保护者"可怜的无奈,也是她对玛丽娅不要做无谓的抗争、应该回归家庭的规劝,更完全是18世纪所有女性生活的真实写照。

尽管佩恩在《人权宣言》中清楚地表明,公民权利是人作为社会一分子

---

[1] [英]玛丽·沃斯通克拉夫特:《女权辩护》,王蓁译,商务印书馆1995年版,第105页。

所具有的权利,这种公民权利不仅要靠个人能力而获得,同时也是"与安全和保护有关的权利"①,但在18世纪的英国,女性得不到国家法律声称的人人应享有的保护,更不要奢谈因丈夫之错而得到补偿。玛丽娅不仅讽刺地说,"如果女人也有国家的话",英国却没有一寸地方能容得下她(108)。她本可以带着尚在襁褓中的女儿远走欧陆,但这一计划因丈夫的贪婪而无法实现。当得知叔叔为她女儿留下大笔遗产并以玛丽娅为指定监护人后,她丈夫为了霸占财产抢走了女儿,并下迷药把玛丽娅关进了疯人院。在监狱中,玛丽娅写下长文控诉"社会体制强加给我们这一性别"的苦难史,以告诫下一代女性"吸取经验和教训,不屈不挠地追求自己的幸福"(74),更是在同为苦难人的女看守杰迈玛的帮助下逃出监狱,在法庭上与丈夫当面对峙,为自己、为所有女性权利呐喊。正如弗格森(Moria Ferguson)在小说导读中所说,玛丽娅"坚强的抗争意志和逐渐觉醒的自我意识"(15)是她能够勇于直面法律不公和克服各种困难的动力。

　　不只作为受害者的玛丽娅表达了对不公的法律的控诉,作者借小说中唯一的理想男性——被玛丽娅称为"胜似父亲"的叔叔之口也批判了现行婚姻关系中截然不同的两性标准。作为法律受惠者的他观察到,丈夫如要离开妻子,占有的财产就是他的"万能钥匙",只要离开后不让失去财产的妻子受冻挨饿他就不会给自己的名声留下污点并能轻易得到社会的原谅,如若妻子"不知足"则更能助他得到大度、宽容的赞誉;而如果一位妻子"俨然理性动物一样声称思想自由而藐视奴隶制度",想离开"徒有其名、从未履责的自然保护者"就会遭到鄙视和驱逐(106)。同样的遭遇,不同的性别结局完全不一样,离开丈夫的妻子可能会失去人们的尊重甚至失去整个世界。当叔叔发现自己的资助永远无法填满玛丽娅丈夫的欲望沟壑,她的婚姻只能给她无尽的痛苦和羞辱的时候,他甚至多次暗中鼓励玛丽娅离开不负责任的丈夫,他认为"如果她的丈夫既不珍惜她的感情也不给予她应得的尊重,不应该将一纸婚约作为女性永久性的束缚"(105)。沃斯通克拉夫特也借此阐明自己的婚

---

① 王德禄、蒋世和:《人权宣言》,中国图书刊行社1989年版,第146页。

姻观：同为"上帝的创造物"，婚姻中夫妻应该享有平等的经济权和彼此的责任和尊重，尤其是当丈夫因为过错和恶行不配再拥有妻子的爱情和尊重时，婚姻就不应该成为禁锢妻子的枷锁，就应该赋予女性解除婚约的自由。虽然 18 世纪英国女性从法律意义上讲是实实在在的"非存在"（nonentity）[1]，她们同时被剥夺了起诉权利和被起诉权利，但玛丽娅勇敢地替代被丈夫指控"通奸"和"诱奸"罪的情人达恩福德站在被告席上，整个庭审变成了她对奴役自己的丈夫的指控，对给她带来悲惨生活的黑暗社会的指控。她不仅公开谴责丈夫的行为是人性所不齿的，痛数丈夫无数次不忠、婚内婚外的失责、无耻，更是公然挑战国家法律，挑战社会规约。她谴责这是个"错误的世界"，是一个只顾男人需求而奴役女性、将重轭压在弱者肩上的世界。她不仅要求法律给予她离开一个从未保护妻子、无德无能的丈夫的权力，声称自己拥有得到法律公正和人性的权利；而且呼吁对现行不公正的法律进行修改，认为法律和社会应该承认心智成熟的女性有自己的是非观和公正观，应该给予她们理性、谨慎做出决定的权利。

《女人的苦难》不仅关注女性婚姻的苦难，正如《女权辩护》一样，同时体现了对作为受压迫者的女性平等权利的全面观照。当中产阶级男性几乎不用为生计发愁，财产继承法、婚姻法都可以成为他们体面生活的保障，即使能力、道德远不如女性的男人，他们就业、赚钱的机会也要多得多，但社会给予女性的就业机会则少得可怜。沃斯通克拉夫特同时代一位关注女性经济状况的作家韦克菲尔德（Priscilla Wakefield）在谈到当时女性就业困境时说："男性不仅垄断了绝大多数最有利的工作，通过宣扬女性的本性不适合工作，或者以这些工作需要多么广博的知识而将她们几乎完全排除出去；即使是许多原本一直被打上女性特征的工作也逐渐被剥夺。"[2]《女权辩护》中甚至从同一职业用词的变化，从"接生婆"（midwife）到"产科医生"（accou-

---

[1] Jane Spencer, *The Rise of the Woman Novelist*: *From Aphra Behn to Jane Austen*, Oxford: Basil Blackwell, 1987, p.12.

[2] Priscilla Wakefield, "Reflections on the Present Condition of the Female Sex" (1798), in Fiona Robertson ed., *Women's Writing* 1778–1828: *An Anthology*, Oxford: Oxford University Press, 2001, p.200.

cheur)①，直观地说明了 18 世纪的现代文明反而使得本来就狭窄、低微的女性职场雪上加霜这一社会现实，并且认为社会和政府应该为女性的屈从地位负责。沃斯通克拉夫特质问道："政府如果不照顾诚实、独立的妇女，不鼓励她们从事令人尊敬的职业，那么这个政府难道不是有缺陷和非常不注意它半数成员的幸福吗？"②

《女人的苦难》中通过不同阶层的几个女性人物的悲惨遭遇回答了女性的苦难"谁之错"的问题。玛丽娅的妹妹"有才艺有学问"并未为她改善经济提供多少有利条件。对女性来说，"维持生计的方式少之又少，即使是有失体面的工作也是如此"③。她只能"得益于"自己"迷人的外貌"，嫁给一位老叟，最终因价值得不到实现甚至找不到一位有共同语言的人而孤独地住在大宅里抑郁而亡。对于"无论什么职业，她们都能表现出色"（96）的女性来说，找到一份仅能勉强为生、与女仆地位差不多的家庭教师职位对她们来说都是一种奢求，就更不用说像小说中疯人院女看守杰迈玛这些没有受过教育、出身贫寒的社会最底层的女性了。在自己还需要被看护的年纪，杰迈玛就被继母利用照顾同父异母的妹妹；年纪稍大一点被当包袱甩给一家服装店当学徒，像骡子一样累死累活；16 岁时被男主人强奸怀孕后遭解雇赶出家门而流落街头，当过乞丐，干过小偷。虽然她自认为"对事物的感受和语言表达远超出我的地位"（61），但身为贫穷女性，尤其是名声被玷污的女性，有能力的她即使找一份卑贱的苦工都不容易。她用亲身经历证明"书本上说每一个愿意干活的人都可以找到一份工作"（64）只适用于男性。她因此而肯定，假设她是一个男性，只要有一半她现在的努力或能力，就足以过上非常体面的生活。

玛丽娅和杰迈玛的苦难是 18 世纪女性苦难的缩影。"生为女人一生受苦"（131）、"为什么我们不生为男人"（90）是女性对身处父权社会这个大牢笼

---

① Mary Wollstonecraft, *A Vindication of the Rights of Woman*, Carol H. Poston ed., New York: Norton, 1988, p. 148.
② [英]玛丽·沃斯通克拉夫特：《女权辩护》，王蓁译，商务印书馆 1995 年版，第 191 页。
③ Mary Wollstonecraft, *Thoughts on the Education of Daughters*, London: J. Johnson, 1787, p. 69.

近似绝望的呻吟;"我要求有自己对公正的判断"(148)、"我申请离婚"(149)则是女性痛苦后的爆发,是对自己基本权利的诉求,是欲冲出牢笼拯救自己、拯救女性的呐喊。

二 摒除双重的两性标准

可以说英国历史上没有哪个时代像 18 世纪一样对女性的道德和行为进行如此严苛的约束。贞洁、顺从、忍耐既是当时社会公认的女性美德,同时也是约束、禁锢甚至惩罚女性行为的戒尺。斯蒂尔以一个男性的角度谈到两性差异时说:"男人和女人的灵魂很不一样,因为它们被创造时所赋予的功能不一样……它们的美德分别叫男性气质和女性气质。"[1] 而沃斯通克拉夫特则义正词严地指出,女性气质是一种文化建构,而且是一种错误的建构。在《女权辩护》中,她开门见山地告诫她的女性同胞不要沉醉于那些看似赞美实则"奴化"女性心灵的优美辞藻,并且指出对于任何一个人,当然同样对于女性来说,"品德比优美更重要","可钦佩的抱负的首要目的是养成人的品格,不考虑男女的差别,其他次要的目的都应该用这个简单的标准加以衡量"[2]。

《女人的苦难》中玛丽娅的痛苦和屈辱正是基于社会歧视性的两性双重贞洁标准。丈夫先是婚内多次出轨,甚至在外育有私生女儿,最后竟卑鄙到利用妻子的身体作为交易筹码为自己谋取财富。作为婚姻受害者,忍无可忍的玛丽娅愤然离家来捍卫自己的尊严本无可厚非,甚至理应得到社会的同情,但事实却是,这种正当行为却反过来被认为不守妇道,因为按照 18 世纪英国女德标准,"女人就得忍受丈夫的疏忽、不忠甚至鄙视,一定得耐心忍受"[3]。在外租房过程中,玛丽娅遭遇到"男人绝对不会有的麻烦"(119),要么受人一顿道德训斥,要么干脆被人拒之门外。她发现女人根本就不是一个独立

---

[1] Richard Steele, *The Tatler* (1710), Vol. 3, George A. Aitken ed., London: Duckworth and Co., 1899, p. 304.
[2] [英]玛丽·沃斯通克拉夫特:《女权辩护》,王蓁译,商务印书馆 1995 年版,第 6 页。
[3] Mary Robinson, *A Letter to the Women of England on the Injustice of Mental Subordination*, Oxford: Woodstock Books, 1998, p. 10.

人，如果不提及一位男性的名字就租不到一间像样的房子，但对于生活圈子狭窄的女性来说这无异于向丈夫告知自己的住处，所以下定决心永不回头屈服的玛丽娅只好租住于一位曾经受惠于她的成衣店主家，但不久就遭到店主和她丈夫的告密。更糟糕的是，由于社会赋予男性作为妻子主子的特权，作为施害者的丈夫竟荒唐地变成了受害者，本应得到保护的她却反过来遭到丈夫登报通缉。为了不连累女房东，同时担心房东的再次出卖，所以玛丽娅只得像"一个被追捕的重罪犯一样"（122）悄悄溜走，可是再也无人敢收留。

18 世纪英国许多小说，尤其是女性小说，通常以性诱惑及其危害作为小说的主要情节，以强化居于女德之首的女性贞洁观。理查森的帕梅拉"女德有报"、伯尼的伊芙琳娜"有情人终成眷属"靠的都是女主人公面对性诱惑时对贞洁的坚守。虽然《女人的苦难》很大程度上也属于此类"诱惑小说"，但沃斯通克拉夫特不是劝诫女性贞洁，而是揭示这个社会中，作为性引诱者的男性不仅逍遥法外而且生活毫不受影响，被引诱上当的女性则往往遭到引诱者和社会双重抛弃[①]这一社会事实，并以此来观照和控诉现实社会中禁锢女性行为所行使的双重道德标准。小说中的两个女性人物，无论是因遭强奸而失去贞洁的杰迈玛，还是因为丈夫无德无能、对婚姻绝望而放弃贞洁的玛丽娅，其失贞行为不仅没有获得应得的同情，反而受到社会的各种指责。

沃斯通克拉夫特将以玛丽娅为代表的女性的苦难归为"将贞洁、顺从和忍受伤害视为女性所有美德"这一"错误的道德观"（147），早在《女权辩护》中她就对苛求女性单方面的贞洁观进行了批判。她多次明确表示，社会流行的"男性无须贞洁"的观念正是导致人类身体和道德的双重祸害的主要因素。换言之，它不仅是男性犯下侮辱和损毁女性的邪恶和愚蠢罪行的根基，更应归为女性软弱甚至堕落而忽视勇敢、疏于培养理智的罪魁祸首[②]。因为对

[①] Jane Spencer, *The Rise of the Woman Novelist: From Aphra Behn to Jane Austen*, Oxford: Basil Blackwell, 1987, p. 112.

[②] ［英］玛丽·沃斯通克拉夫特：《女权辩护》，王蓁译，商务印书馆1995年版，第213页。

一位女性来说，"一旦失去贞操就失去了一切可尊敬的东西"①。小说中杰迈玛的母亲以及杰迈玛作为下层阶级女性已经是性别和阶级的双重受压迫者，更因遭人强奸失去贞洁而导致身败名裂。其母亲生下她不到几天就悲愤而亡，离开了这个令她饱尝羞辱和贫穷的世界，留下杰迈玛重复母亲的悲剧。对于18世纪英国女性来说，"羞辱比贫穷更可怕"。遭强暴怀孕后的杰迈玛从未"感觉有人视自己为同类"（51）。在残酷现实面前，走投无路的她为了生存什么活都干。她的人性逐渐被麻痹，当过妓女，做过小偷，进过济贫院，甚至为了自己有个安身之地间接导致和她命运相似的女性自杀，最终"闭上眼睛、硬起心肠"接受了疯人院看守这份"高薪"但明显是"充满恶行"的工作（69）。玛丽娅离开丈夫的行为，更是僭越了稳居女德之首的"贞洁"观念。因此被丈夫冤枉关进疯人院很长时间，幸得女看守杰迈玛相助逃出之后的玛丽娅，不仅没有得到人们的同情，反而遭受各种流言蜚语的中伤，她曾经熟识的女士们都视她为洪水猛兽，对她避之唯恐不及。

作为18世纪末深受启蒙思想影响的女权主义者，沃斯通克拉夫特不仅通过小说《女人的苦难》帮助读者看清女性遭受不公和歧视的社会事实，更是对这一现象做出病理性诊断，揭示双重道德标准的压迫性本质，尤其是揭示错误的家庭与社会教育与歧视性的法律一起祸害女性的共谋作用。首先，正确的家庭教育显得非常重要，尤其对于被剥夺了学校教育的大多数18世纪英国女性来说。但正如玛丽娅在反思自己早期过于冲动导致婚姻不幸时说："但凡我的家能更温暖些，或者我之前对社会的认知更丰富些，我当时也不至于那么急着向他人敞开心扉。"（79）玛丽娅在充满性别偏见的环境中长大，她很小就发现家里有很多"很不合理""很矛盾"的偏见。母亲一直遵循忍耐、温驯、好脾气等"消极的品德"（73），一生对父亲唯唯诺诺，逆来顺受，从不敢说一个"不"字。事业不得意的父亲在家里极尽家长淫威，对妻子、女儿颐指气使，甚至其妻子尚未去世就已被自家女仆"俘获"，早已忘了自己的丈夫身份。在反思自己的悲剧人生时，玛丽娅一直耿耿于怀父母对儿子和女

---

① ［英］玛丽·沃斯通克拉夫特：《女权辩护》，王蓁译，商务印书馆1995年版，第90页。

儿截然不同的两种培养方式。因为自己的性别,玛丽娅很少得到父母的关爱,而从小被要求"无休止地局限于家庭琐事,无条件地服从命令";而其哥哥作为家中的儿子却"有着天生的优势",被父母宠成"家里的第二暴君""其他家人的噩梦",得以延续父权"传统"。许多在她哥哥那里被"称为勇气和智慧的东西在我这里却是鲁莽、无礼而遭到残酷的压制"(75—76)。母亲临终前将自己多年积蓄全部留给了儿子,而对于玛丽娅这个在其重病期间悉心照料的女儿,除了为她祈求上帝保佑外,其临终遗言就是"耐心一点,一切都会过去"(87)。

沃斯通克拉夫特认为,18世纪英国大量男性权威的写作对女性错误的教育更是把女性引入歧途,企图将她们培养成为名副其实的"第二性"。随着英国资产阶级的成熟,中产阶级女性已经不再是家庭财富的主要贡献者和家庭劳动的执行者,"家有'闲妻'成为一个家庭地位的标志"[1],因此出现大量专为培养女性成为好妻子的行为指导书。其中尤以格雷戈里博士的《一位父亲给女儿的赠言》(*A Father's Legacy to His Daughters*,1761)、福代斯的《告年轻女性书》(*Sermons to Young Women*,1766)最有影响力。格雷戈里认为矜持、谨慎等是女性较之于男性来说"最优秀的品质"[2];而福代斯则强调女性对男性的改造作用。这两位对18世纪女性行为影响巨大的道德家将女性理想化而使男女两性二元对立,认为男性"天生暴力",女性"天生温柔和感情细腻"。沃斯通克拉夫特在《女权辩护》中对此进行了一一解构和批驳,揭露他们鼓励、主张女性以柔弱、顺从、矜持为美德的真实目的,一针见血地指出这种看似对女性的褒扬,实则不过是将女性培养成为取悦男性的尤物,而为男性犯错甚至犯罪寻找借口。她认为他们"贬低人类的半数",灌输"丈夫犯错,妻子之责"[3]的错误思想,才真正应该为女性"作为更加虚伪、懦弱、

---

[1] Sabine Augustin, *Eighteenth - Century Female Voices: Education and the Novel*, Oxford: Peter Lang, 2004, p. 8.

[2] John Gregory, "A Father's Legacy to His Daughters", in Janet Todd ed., *Female Education in the Age of Enlightenment*, Vol. 1, London: William Pickering, 1996, p. 5.

[3] James Fordyce, "Sermon V", in Janet Todd ed., *Female Education in the Age of Enlightenment*, Vol. 1, London: William Pickering, 1996, pp. 201 - 202.

无用的社会成员"① 负责。

沃斯通克拉夫特在《女权辩护》中旗帜鲜明地向两性双重道德标准提出挑战，坚决抵制"美德有性别之分"这一传统谬见，认为一旦美德变为一种相对观念，它只会成为掌握话语权、裁决权的男性有用的借口，而主张所有的社会责任都是"人的责任"，"指导完成这些责任的原则必须是相同的"②。因此虽然她的小说写作和教育思想深受法国启蒙思想家卢梭的影响，甚至有人认为她的第一部小说《玛丽》就是以卢梭的《爱弥儿》(*Emile, or On Education*, 1762) 为原型③，但是卢梭教育思想中关于完美男人和完美女人的双重性别标准一直受到沃斯通克拉夫特的批判，尤其是他的"女人生来就要取悦男人，服从男人，所以她的责任就是尽量迎合她的主人，这就是她生存的伟大目的"这一对女性"近于污辱性的谬论"更是她在《女权辩护》中极力驳斥的。她坚定地认为"只有当两性间的美德建立在理性基础之上，当男女之间的爱情因履行彼此的责任而历久弥坚，一个社会才可能盛行美德"④。

在《女人的苦难》中，一方面是丈夫无限制地索取、无底线地不负责任；另一方面又要求妻子无限地忍耐，痛苦的玛丽娅勇敢地发出了自己的质问。她坦承，夫妻感情破裂时妻子理应为忽略丈夫的感受而受到指责，但同时她又质问："有谁给过男人同样的劝告呢？……凭什么女人就比男人更应该忍受一个龌龊的伴侣呢？"(95) 玛丽娅一方面驳斥道德学家所持的"好女人应该以无条件钟爱丈夫为职责，而丈夫只要能够给妻子提供基本生活保障就算顶好男人"的谬见，认为这种坚固的"好女人"女德是牢笼，它会剥夺女性锻炼理智的勇气和机会，同时也熄灭激发她们情感、培养高尚情操的"想象之火"，因此而告诫女性，"不能扭曲自己的心智，迁就、取悦爱人或丈夫，

---

① [英] 玛丽·沃斯通克拉夫特：《女权辩护》，王蓁译，商务印书馆1995年版，第27页。
② 同上书，第63—64页。
③ Claudia L. Johnson, ed., *The Cambridge Companion to Mary Wollstonecraft*, Cambridge: Cambridge University Press, 2002, p.191.
④ [英] 玛丽·沃斯通克拉夫特：《女权辩护》，王蓁译，商务印书馆1995年版，第98、214页。

除非他们也同比例地取悦我们"（102）。

沃斯通克拉夫特认为，"提高只能是相互的"①，赋予女性自由不仅能使她们成为有德行的聪明人，而且男人也会同时变得更聪明更有德行；相反，长期对女性进行错误的教育和无下限的限制与打压，只会给女性个人成长和社会进步带来无尽的隐患。明确主张为了女性、为了社会应该提倡两性平等，社会应该接受和支持女性摆脱不幸婚姻的权利，正是沃斯通克拉夫特以来最核心的女权主义主张。

三　养成合理的女性人格

身处父权制的18世纪英国，沃斯通克拉夫特不可能完全摆脱传统的性别规约，她要求女性成为好公民从很大程度上依然主要是成为好妻子、好母亲，因此其所有作品依然强调妻子和母亲角色是女性的"天职"。但作为女权主义者，她又有着高于同时代人的自我意识，她认为女性的苦难正是源于她们被剥夺自我、被培养成为他人附属品的事实。她在《女权辩护》的前言中就开门见山地指出，本书的目的就是"呐喊"：要重视女性才能和品德的培养，要将女性培养成"更高尚的动物""更高贵的人"，要使她们"成为更可尊敬的社会成员"②。因此她毫不含糊地劝告女性要做一个精神上受尊重的人，而不是"肉体受崇拜而陶醉"的人；要做一个有能力、身心独立的人，而不是软弱、受人怜悯、最终遭人轻视的人。总的来说是要做一个"人"而不只是"妇女"，甚至做一个男性所反感的"男性化"的人，即获得男性才能和品德，并以此提高人类品格，使女性成为更高尚的动物、有尊严的女性。她因此批评那些企图把女性培养成男人迷人的情妇而不是有理性的妻子的伦理和婚恋小说，是"毒害我们年轻女性心灵的畸形魔鬼"③。在《论女儿教育》（*Thoughts on the Education of Daughters*，1787）中，她呼吁女性"停止叹息、

---

① ［英］玛丽·沃斯通克拉夫特：《女权辩护》，王蓁译，商务印书馆1995年版，第227页。
② 同上书，第4—6页。
③ Claudia L. Johnson ed., *The Cambridge Companion to Mary Wollstonecraft*, Cambridge: Cambridge University Press, 2002, p. 85.

擦干眼泪",培养理性,追求自己的幸福①;而在《女人的苦难》中她更是通过塑造两个健康、理性、善良但又饱受不公待遇的女性人物,呼吁社会承认女性的心智,发挥女性的能力。

如果说《女权辩护》为了突出女性的理性潜能而有意忽视她们正当的情感需求,那么《女人的苦难》中女主人公的理性与情感兼具,则是18世纪以来女性小说试图建构的理想的女性气质。无论是中产阶级女性玛丽娅还是下层阶级女性杰迈玛都具有心智健康、理性、独立这些"本属于男性气质"的性格特点。虽然缺少正确的家庭教育,也无法享受和男性同等的学校教育,得益于叔叔的正确培养,以及自身极大的热情,玛丽娅学会了"要自尊自重,要培养辨识和践行崇高行为的能力,独立而不以物喜不以己悲的精神"(78)。虽然她也曾为了早日摆脱父兄的虐待、改善自己和妹妹的境遇而一时冲动结了婚,但"取悦男性"这一被认为是18世纪英国女性获取幸福的唯一途径以及"整个妇女教育趋向的唯一目标"②却从来不是她生活的目的;柔弱、顺从、无底线的忍让这些18世纪英国女德标准也不是她的性格。她有着强健的体魄,坚定的意志,"痛苦和忧虑只会使她青春的颜色更加明亮"(48);更重要的是,她是一位有理性、有能力的"新"女性。出生于中产阶级家庭的她,结婚前就成为家中的顶梁柱,母亲病重时独自承担起照顾的责任,母亲病逝后又成为两个妹妹的"母亲",结婚以后更是充当家中年老体弱的父亲、一无是处的哥哥的"救火员"。当丈夫败光了继承的殷实家业以及玛丽娅的丰厚嫁妆之后,也是她独挑重担打理家务,甚至代替丈夫救济他恨不得早点摆脱的私生女。更不用说她为了自由和尊严,毅然离开一个品德败坏、毫无家庭责任感的丈夫的勇敢行为了。她明知离开丈夫意味着被切断一切经济来源,甚至冒着遭社会唾弃的危险,但是为了获得独立人格她愿意付出任何代价;她敢于冲破关押女性的牢笼,"恨不得用一排大炮扫射,清除污浊的空气,为

---

① Mary Wollstonecraft, *The Works of Mary Wollstonecraft*, Vol. 4. Marilyn Butler and Janet Todd eds., London: Pickering & Chatto, 1989, p.37.
② [英]玛丽·沃斯通克拉夫特:《女权辩护》,王蓁译,商务印书馆1995年版,第34页。

自己打出一片能够自由呼吸和活动的空间"(118),开始自己的新生活。

虽然《女人的苦难》以女主人公在疯人院中的爱情为主线,但是小说并未设置理性的男人帮助情感至上的女性心智成熟的情节,也没有男性"英雄救美"的结局。玛丽娅的情人虽然与她有着共同的命运,在许多社会问题上也有共同见解,但作者并没有把他刻画为"英雄",反而在他遭到玛丽娅的丈夫以通奸和诱奸双重罪指控,临上法庭时将他"遣送"出国处理自己的事情,而安排独立、理性的玛丽娅替代他出庭申辩。玛丽娅亲自写下对丈夫及对社会的长篇控诉书,在庭审上慷慨激昂,以一敌百,可以清晰地见出她超出常人的理性、智慧和勇气。尤其耐人寻味的是,虽然小说尚未完成作者沃斯通克拉夫特就被产褥热夺走了生命,但作者早已设计好故事可能的结尾:玛丽娅发现情人不忠,再次怀孕的她自杀未遂时,女看守杰迈玛带着她的女儿来到病床边,玛丽娅决心要为女儿活着,"不再让她孤独地生活在这个灾难的世界"(152)。这表明沃斯通克拉夫特要帮助读者一方面看到女性的幸福要靠自己;另一方面看到女性作为整体"目前的绝望和未来的希望"[1]。

如果说玛丽娅的经历表明只要机会均等,女性完全有能力和男性一样成为对社会有用的公民,那么杰迈玛的反传统、独立和理性则反讽性地证明女性苦难的根源不在个人而在社会。沃斯通克拉夫特承认女性智力低于男性,甚至行为卑贱,但她认为这绝不是女性个人的问题,更不是女性整体性别的问题,而是整个畸形社会所导致的必然问题,是源于"错误的教养",是社会"不许妇女有足够的智力"[2]。杰迈玛当小偷只因在走投无路时不至于饿死,甚至她挤走男人身边一个和她同样可怜的女人间接导致她走投无路而自杀身亡,也只因自己无家可归,为了自己有一个安身之所。作者一方面安排杰迈玛因此而深深地自责为没有人性的"狼"或"魔鬼";另一方面又以"贫穷就是罪恶"对她的"非人性"行为表示谅解。玛丽娅对在其母亲尚未去世时

---

[1] Claudia L. Johnson ed., *The Cambridge Companion to Mary Wollstonecraft*, Cambridge:Cambridge University Press, 2002, p. 207.

[2] [英] 玛丽·沃斯通克拉夫特:《女权辩护》,王蓁译,商务印书馆1995年版,第23、27页。

就勾引父亲甚至鸠占鹊巢的女仆非常气愤,但即使后来女仆又"色诱"她的兄长,玛丽娅谴责的也是"把女性变成魔鬼"的畸形社会,因为"利用男性的放荡不羁,是女性可能出人头地的唯一方式"(88)。

18 世纪女性小说研究专家珍妮特·托德(Janet Todd)甚至认为,小说中杰迈玛以其"无性的女性"(unsexed woman)形象颠覆 18 世纪盛行的"男性即理性"与"女性即情感"二分法:"由于时代判决男人理性而女人感性,感性的玛丽娅在许多方面是女性即情感的典范,而克制、无情的杰迈玛就是无性的女性,是魔鬼。"① 对于沃斯通克拉夫特来说,理性不是无情,或者正如笛福笔下的女性人物——以偷窃致富的摩尔或以玩弄感情获取安全感的罗克珊娜一样,杰迈玛的"理性"只是无情社会的产物②。

虽然沃斯通克拉夫特主张女性勇敢地写作,"为自己发声,而不只做应声虫",但另一方面她又批评当时大量的女性小说是把女性"变为情感奴隶"的帮凶,是鼓励女性继续成为家庭和社会中的"零符"(nought),是对女性的"毒害"③,她甚至建议这些女性作家为了自己也为了大多数女性丢掉手中的笔。因此《女人的苦难》以小说述行的方式,来强化沃斯通克拉夫特在《女权辩护》中对压制性社会的批评和对应赋予女性独立人格的主张。小说一方面帮助读者看清社会现实:无论是女性从一来到人世就开始的家庭教育,还是本来机会就不多的学校教育,抑或是整个社会的期待和要求,都不是希望将女性培养成一个理性的人而是做男性迷人的情妇;另一方面又表达出对这种明显带歧视性的性别地位和教育的担忧,认为这样只会使得本该怀有更高抱负、完全可以依靠自己的能力和美德争得尊重的"现代文明妇女",最终只是满足于急切地通过爱情来获得根本靠不住的幸福。它因此而告诫女性,任何时候都不能以牺牲自己作为人的本性为代价。

---

① Janet Todd, *Women's Friendship in Literature*, New York: Columbia University Press, 1980, p. 208.

② Janet Todd, *The Sign of Angellica: Women Writing and Fiction*, 1660 – 1890, New York: Columbia University Press, 1989, p. 250.

③ Mary Wollstonecraft, *The Works of Mary Wollstonecraft*, Vol. 1. Marilyn Butler and Janet Todd eds., London: Pickering & Chatto, 1989, pp. 3 – 5.

更重要的是，虽然"沃斯通克拉夫特把理想的道德意识看作'个人实现'或个人幸福的前提和途径"①，但这种"道德意识"是双向的、共同的。也就是说，她所倡导的女性品格是以人类两性共同进步为前提的，人类的进步和幸福不能以牺牲任何一方为代价。在谈道为何要培养女性的心智时她说："我不是希望她们有支配男人的力量；而是希望她们有支配自己的力量。"在谈到两性道德修养同等重要时她也明确指出："上帝给人类指定的走向美德或幸福的道路只有一条，就是要承认妇女有灵魂。"反过来说也就是，如果社会只是将女性培养成为男性"无足轻重的欲望客体"②或者增加男性财富的筹码，那么人类要实现美德、走向幸福也就成为一句空话。

小结

作为女性权利最坚定的辩护者，沃斯通克拉夫特在《女人的苦难》中继承和发扬了18世纪女性小说一贯的主题，通过小说述行，表达对女性现状全方位的关注和思考，倡导和努力实现女性"思想、经济、性别和社会"③等多方面解放的政治主张。沃斯通克拉夫特明确表示，她要"使本书发生作用"，要以言行事，因此她写作时在乎的是"事"而不是"言"（6）。

从17世纪末贝恩开始到18世纪末沃斯通克拉夫特小说《女人的苦难》发表的一个多世纪里，虽然经过了无数女性小说家对女性气质这一"禁锢性文化建构物"④的解构和争取女性权利的努力，但英国女性依然是二等公民，是波伏娃所说的"第二性"。在这样的背景之下，沃斯通克拉夫特将小说写作、文学批评、政治论著与社会现实行动相互交织，共同编织成自己以男女

---

① 黄梅：《推敲"自我"：小说在18世纪的英国》，生活·读书·新知三联书店2003年版，第424页。
② [英] 玛丽·沃斯通克拉夫特：《女权辩护》，王蓁译，商务印书馆1995年版，第2—7、23、78页。
③ Cheryl Turner, *Living by the Pen: Women Writers in the Eighteenth Century*, London: Routledge, 1992, p. 54.
④ Janet Todd, *The Sign of Angellica: Women Writing and Fiction, 1660 – 1890*, New York: Columbia University Press, 1989, p. 237.

平等为核心的女权主义思想具有重大的历史意义。

阿甘本（Giorgio Agamben）在《何为同时代?》("What is the Contemporary?")一文中认为，一个聪明的人不与自己的时代为伍但又不可改变地属于其时代；同样，"同时代人"是"既（不得不）附着于时代，同时又与时代保持距离"[1]。18世纪女性小说家们不仅以文学作为"观察新社会的一种手段"[2]，更是以一种巧妙的方式，运用"双重声音"[3]模式，闯入由男性把持的文学界，开启父权社会所规定的女性行为准则与女性自身需要的个体自由、个人愿望之间的谈判。表面上以传统的、社会许可的叙事方式强化社会性别秩序，实则不仅再现、揭示当时女性屈从的社会地位，更是帮助女性读者甚至所有读者了解社会、思考自身；不仅为创立小说这一新文学类型、建构女性小说家这一"新的"身份，而且为抒写女性独特经验、寻求两性平等做出了不可磨灭的贡献。

---

[1] Giorgio Agamben, "What is the Contemporary?", in *What is an Appratus and Other Essays*, trans. David Kishik and Stefan Pedatella, Stanford: Stanford University Press, 2009, p. 41.
[2] ［美］安妮特·T. 鲁宾斯坦：《英国文学的伟大传统》（上），陈安全等译，上海译文出版社1998年版，第413页。
[3] Sabine Augustin, *Eighteenth - Century Female Voices: Education and the Novel*, Frankfurt and Main: Peter Lang, 2005, p. 2.

结　语

　　18世纪英国小说兴起于英国现代性发生时期，社会、经济、政治、文化面临着一系列重大变革，正如马歇尔·伯曼所说，"一切坚固的东西都烟消云散了"。现代性的不确定性、文化冲突甚至文化危机、制度性的文化霸权和种族歧视、普遍性的阶级矛盾、性别关系和女性气质的变化等问题，始终在激发人们进行探索和行动。这既是英国小说兴起和繁荣的肥沃土壤，也是其发挥功用、影响社会的时代契机。黄梅在《推敲自我》中说，18世纪英国小说通过"对经验的表达，对世事的评述，对未来的构想，对信仰的探讨以及对读者的劝与诫"达到教育公众的目的，"以虚构文学思考、应对当代社会问题和思想问题乃至介入政治时事"；而读者通过阅读小说，"深化思想，扩展识见，培育性格"[①]。哈贝马斯则将18世纪英国文学中作者、作品与读者之间的互动关系称为"对'人性'、自我认识以及同情深感兴趣的私人相互之间的亲密关系"，或一种"作为现实的补偿关系"[②]。因此，小说被赋予了其他文学形式所不可替代的社会功能，没有哪个时期像18世纪的英国小说那样积极参与并建构文化意识，作者、读者、社会之间形成了非常紧密的互动协作关系，为发现和构建新的社会形态而共同行动。

　　在西方学界，随着20世纪80年代以来文学研究的"文化转向"，尤其是

---

　　① 黄梅：《推敲"自我"：小说在18世纪英国》，生活·读书·新知三联书店2003年版，第5页。
　　② [德]哈贝马斯：《公共领域的结构转型》，曹卫东等译，学林出版社2002年版，第54页。虽然哈贝马斯谈及它们的关系时分别以18世纪的书信体小说和心理小说为参照，但是他在本小节中对18世纪其他体裁小说的同等观照就可以见出这些对三者关系的总结并非专指。

文化研究进入理论主流位置，18世纪英国小说研究重获新生，小说与社会、文化的同构关系得到了前所未有的重视。研究者们分别利用新马克思主义、新历史主义、后殖民主义、女性主义、话语分析等理论，从社会学、历史学甚至经济学、政治学等诸多视角，对18世纪英国小说对阶级、种族、国家、性别、城市等的表征进行了全方位较深入的探究。其关切点从国家的政治体制、殖民扩张、社会控制、城市化等宏观层面，到家庭责任、消费观念、文化趣味等微观层面，几乎无所不包。因此18世纪英国文学研究在西方学界出现了数量和质量上的"双井喷"。在我国学界，虽然刘意青在2000年版《英国十八世纪文学史》序中提到我国对18世纪英国文学研究依然处于一种"尴尬境地"——"过去对这个世纪的总体重视不够，研究缺乏"[①]；但21世纪以来，我国已涌现出不少优秀的相关研究文献。黄梅的《推敲"自我"：小说在18世纪的英国》、曹波的《人性的推求：18世纪英国小说研究》（2009）、胡振明的《对话中的道德建构——18世纪英国小说中的对话性》（2007）的"自我""人性""道德"等主题关切，以及"推敲""推求""建构"等赋予文学话语能动性、文学与社会的互文性的思想旨趣，都为本研究提供了较为丰富的养分。

研究"18世纪英国小说的述行性"，以英国性、道德、现代性、性别身份等为主要维度，研究在社会、经济、政治、文化全面转型时期，小说这种"新的"文学形式如何一方面"逼真地"再现18世纪英国的社会与历史情境，如何表征时代"新的"价值观和人们"新的"生活和思维方式；同时更关注它们的述行效果，它们如何积极参与并协同型塑"物质现实"和社会观念，主动承担起引导和规范人们日常行为、建构或稳固社会道德等方面的述行责任；以及它们带来了怎样"全面的社会与心理转型"、怎样的社会习性的变化，以及怎样的阶级、性别等关系变化的述行效果。

这是文学述行理论的一次有益的具体落实与运用，以及对以奥斯汀、塞尔等为代表的日常语言哲学家将虚构话语排除出言语行为理论范畴的做法的

[①] 刘意青：《英国十八世纪文学史》，外语教学与研究出版社2000年版，第1页。

补充。本研究将言语行为理论运用于文学研究，探讨以述行理论研究文学的可行性和具体路径，发现18世纪英国小说"以言行事"的社会功能，考察小说这一虚构叙事不仅可以反映现实而且也在建构现实这一述行特征；致力于发现18世纪小说的写作、阅读与当时社会、文化语境的紧密联系，发掘18世纪英国小说中诸文学要素在建构社会和文化现实时展现的合力。

这是18世纪英国小说研究的一次深化与拓展。虽然20世纪80年代以来西方学界相关的研究文献出现井喷之势，但我国学界的相关研究主要仍然集中于笛福、菲尔丁、斯威夫特等少数几个男性小说家。不仅18世纪小说整体研究文献屈指可数，且研究视角也较为单一，尤其是对18世纪英国女性小说家崛起这一文学奇观，以及她们对小说的兴起和繁荣做出的重要贡献的重视远远不够。所以，本研究不仅关注笛福、斯威夫特、理查森、菲尔丁、斯摩莱特、哥尔斯密等大受学界宠爱的18世纪英国经典作家如何以小说述行，考察这些"男性大家"[①]眼中的现实和理想现实，同时"挖掘"那些未被列入经典的作家，以她们的小说为重要关切，尤其是爱丽莎·海伍德、萨拉·菲尔丁、范尼·伯尼、夏洛特·史密斯、安·拉德克利夫、玛丽·沃斯通克拉夫特等当时红极一时，后来却被埋没了近两个世纪的女性小说家，关注她们在由男性独霸的文坛上如何"神奇地"异军突起，既关注她们作为女性的特殊述行方式，也关注她们对人类共同问题的思考。如此，不仅可以扩大我国英国文学的研究视野，同时也能为我国英国文学史的编写及修订提供重要参考，特别是在阐明小说的兴起这一重大文学事件时，可以帮助避免遗珠之憾。

这有助于重新发掘和认识小说的社会价值与作用。通过对18世纪英国小说与社会现实之间深刻的互动关系的探讨，可以发现小说不仅仅是言说，更不仅仅是虚构的、不着边际的言说，它本身就是在行动，在进行关于思想意识、价值观念、社会理想、自我身份、权利义务的现实实践；它是建构社会意识形态的文化领导权的重要文化实践，也是现实社会实现革故鼎新、推陈

[①] Jane Spencer, *The Rise of the Woman Novelist: From Aphra Behn to Jane Austen*, Oxford: Basil Blackwell Ltd, 1986, viii.

出新的必要探索和开拓。本研究通过发掘 18 世纪英国小说"兼具指称和建构的双重功能"①，不仅考量文学作品是如何反映社会现实的，而且以探求文本现实和社会现实的互文性特征，观照小说的文本意义（meaning）与现实意义（significance）之间，尤其是小说与各种形象建构之间的重要关联为旨趣；总结小说以虚构话语影响读者、影响社会现实以及传播文化、生产文化时体现出来的双重述行特征。

总之，18 世纪的英国小说不仅是在"说事"，在"反映" 18 世纪英国和世界的某些现实情状，同时也是在"做事"，小说家、读者、文本和社会一起述行，一起以言行事。它们在写作、阅读、交流中"做事"，在认知、反思、批判、传播中"做事"；它们共同建构国家/民族身份，共同张扬、型塑社会伦理道德，共同追求、完善现代社会和现代生活，规训性别身份和权利。它们既反映了上升时期资产阶级的道德理想和政治意图，又体现了与正在形成中的 18 世纪新的社会伦理、主体意识、民族认同等方面的同构关系。研究 18 世纪英国小说的述行性，不仅有助于重新认识和发掘 18 世纪英国小说的社会价值，看到小说作为社会意识形态与物质实现之间的中介和通道，也为我们借转型时期的 18 世纪英国社会这一他山之石，反观我国当下的现代性发生提供有益的参考。

---

① 王建香：《当代西方文论中的文学述行理论》，中国广播电视出版社 2009 年版，第 142 页。

参考文献

一 英文文献

Abrams, M. H. *The Mirror and the Lamp: Romantic Theory and the Critical Tradition*, Oxford: Oxford University Press, 1953.

Adams, Hazard, ed. *Critical Theory since Plato*, New York: Harcourt Brace Jovanovich, 1971.

Addison, Joseph. "Pleasures of Imagination", *Spectator*, No. 411, June 21, 1712.

Aers, David, Jonathan Cook and David Punter, eds. *Romanticism and Ideology: Studies in English Writing 1765 – 1830*, London: Routledge & Kegan Paul, 1981.

Agamben, Giorgio. *What Is an Appratus and Other Essays*, Trans. David Kishik and Stefan Pedatella, Stanford: Stanford University Press, 2009.

Anderson, Benedict. *Imagined Communities: Reflections on the Origin and Spread of Nationalism*, London: Verso Books, 1991.

Anderson, Emily H. "Performing the Passions in Eliza Haywood's *Fantomina* and *Miss Betsy Thoughtless*", *The Eighteenth Century* 46.1 (2005).

Aravamudan, Srinivas. *Tropicopolitans: Colonialism and Agency, 1688 – 1804*, Durham: Duke University Press, 1999.

Astell, Mary. *Some Reflections on Marriage.* New York: Source Book Press, 1970.

Augustin, Sabine. *Eighteenth – Century Female Voices: Education and the Novel.* Oxford: Peter Lang, 2004.

Austin, J. L. *How to Do Things with Words.* Cambridge, Mass. : Harvard University Press, 1962.

Backsheider, Paula R. and John J. Richetti. *Popular Fiction by Women* 1660 – 1730: *An Anthology.* Oxford: Clarendon Press, 1997.

Baldwin, Elaine, et al. , *Introducing Cultural Studies.* London: Prentice Hall Europe, 1999.

Ballaster, Ros. *Seductive Forms: Women's Amatory Fiction from* 1684 – 1740. Oxford: Clarendon Press, 1992.

Barker, Chris. *The Sage Dictionary of Cultural Studies.* London: Sage Publications, 2004.

Barker, Gerard A. "*David Simple:* The Novel of Sensibility in Embryo", *Modern Language Studies* 12. 2 (1982) .

Batchelor, Jennie and Cora Kaplan. *British Women's Writing in the Long Eighteenth Century: Authorship, Politics and History.* Hampshire: Palgrave Macmillan, 2005.

Battestin, Martin C. , ed. *Dictionary of Literary Biography: British Novelists,* 1660 – 1800. Michigan: Gale Research Company, 1985.

Bellamy, Liz. *Commerce, Morality and the Eighteenth – Century. Novel.* Cambridge: Cambridge University Press, 1998.

Bending, Stephen, Andrew McRae, eds. *The Writing of Rural England* 1500 – 1800. Hampshire: Palgrave Macmillan, 2003.

Benjamin, Walter. *Charles Baudelaire: A Lyric Poet in the Era of High Capitalism.* Trans. Harry Zohn. London: New Left Books, 1973.

Berg, Maxine. *Luxury and Pleasure in the Eighteenth Century Britain*. Oxford: Oxford University Press, 2005.

Berlin, Isaiah. ed. *The Age of Enlightenment: The Eighteenth Century Philosophers*, New York: Signet Classics, 1956.

Berman, Marshall. *All That Is Solid Melts into Air: The Experience of Modernity*. London: Verso, 1983.

Berry, Helen. "Polite Consumption: Shopping in Eighteenth - Century England". *Transactions of Royal Historical Society* 2002 (12).

Black, Jeremy. *Eighteenth - Century Britain 1688 - 1783*. Hampshire: Palgrave, 2001.

Blackstone, William. *Commentaries on the Laws of England*, Vol. 1. Chicago: University of Chicago Press, 1979.

Blouch, Christine. "Eliza Haywood and the Romance of Obscurity". *Studies in English Literature*, 1500 - 1900, 31.3 (1991).

Boswell, James. *Life of Samuel Johnson*. Ed. R. W. Chapman. Oxford: Oxford University Press, 1976.

Bourdieu, Pierre. *Distinction: A Social Critique of the Judgment of Taste*. Trans. Richard Nice. Cambridge, Mass.: Harvard University Press, 1984.

Bourdieu, Pierre. *The Logic of Practice*. Trans. Richard Nice. Cambridge: Polity Press, 1990.

Brooks, Christopher. "Goldsmith's *Citizen of the World*: Knowledge and the Imposture of 'Orientalism'". *Texas Studies in Literature and Language* 35.1 (1993).

Brown, Laura. *Ends of Empire: Women and Ideology in Early Eighteenth - century English Literature*. Ithaca, New York: Cornell University Press, 1993.

Browne, Alice. *The Eighteenth - Century Feminist Mind*. Sussex: Harvester, 1987.

Burney, Fanny. *Evelina; Or, The History of a Young Lady's Entrance into the*

World. London: Harrison and Son, 1861.

Butler, Judith. *Gender Trouble: Feminism and the Subversion of Identity.* London: Routledge, 1990.

Carey, Daniel and Lynn Festa, eds. *The Postcolonial Enlightenment: Eighteenth – Century Colonialism and Postcolonial Theory.* Oxford: Oxford University Press, 2009.

Carroll, John, ed. *Selected Letters of Samuel Richardson.* Oxford: Clarendon Press, 1964.

Caygill, Howard. *Art of Judgment.* Oxford: Basil Blackwell, 1989.

Clingham, Greg, ed. *Sustaining Literature: Essays on Literature, History, and Culture,* 1500 – 1800. Lewisburg, Penn.: Bucknell University Press, 2007.

Conan, Michel. *Bourgeois and Aristocratic Cultural Encounters in Garden Art,* 1550 – 1850. Washington D. C.: Dumbarton Oaks Research Library and Collection, 2002.

Copley, Stephen. ed. *Literature and the Social Order in Eighteenth Century England.* London: Croom Helm, 1984.

Davis, Herbert, ed. *The Prose Works of Jonathan Swift.* Oxford: Basil Blackwell, 1965.

Defoe, Daniel. *Roxana.* London: Penguin Books, 1982.

Defoe, Daniel. *The Life, Adventures, and Pyracies of the Famous Captain Singleton.* Montana: Kessinger Publishing, 2004.

Dickie, George. *The Century of Taste: The Philosophical Odyssey of Taste in the Eighteenth Century.* Oxford: Oxford University Press, 1996.

Dickinson, H. T. *A Companion to Eighteenth – century Britain.* Oxford: Blackwell Publishing Company, 2002.

Dijk, Teun A. van. *Text and Context: Explorations in the Semantics and Pragmatics of Discourse.* London: Longman, 1992.

Doody, Margaret Anne and Peter Sabo, eds. *Samuel Richardson: Tercentenary Essays*. Cambridge: Cambridge University Press, 1989.

Doody, Margaret. *The True Story of the Novel*. New Brunswick: Rutgers University Press, 1996.

Downie, J. A. "Defoe, Imperialism, and the Travel Books Reconsidered", *Yearbook of English Studies*, Volume 13, 1983.

Eagleton, Terry. *Literary Theory: An Introduction*. Oxford: Basil Blackwell, 1983.

Eagleton, Terry. *The English Novel: An Introduction*. Oxford: Blackwell Publishing, 2005.

Eagleton, Terry. *The Ideology of the Aesthetic*. Oxford: Basil Blackwell, 1990.

Eagleton, Terry. *The Rape of Clarissa: Writing, Sexuality and Class Struggle in Samuel Richardson*. Oxford: Basil Blackwell, 1985.

Eliza, Haywood. *The History of Miss Betsy Thoughtless*. London: T. Gardner, 1751.

Elliott, Kamilla. *Portraiture and British Gothic Fiction: The Rise of Picture Identification 1764 – 1835*. Baltimore: Johns Hopkins University Press, 2012.

Emerson, Giles. *Sin City: London in Pursuit of Pleasure*. London: Granada Media, 2002.

Epstein, Julia. *The Iron Pen: Francis Burney and the Politics of Women's Writing*. Madison: University of Wisconsin Press, 1989.

Esterhammer, Angela. *Creating States: Studies in the Performative Language of John Milton and William Blake*. Toronto: Toronto University Press, 1994.

Faller, Lincoln B. *Crime and Defoe: A New Kind of Writing*. Cambridge: Cambridge University Press, 1993.

Ferguson, Frances. *Solitude and the Sublime: Romanticism and Aesthetics of Individuation*. London: Routledge, 1992.

Fielding, Henry. *The History of Tom Jones: A Foundling*. London: Penguin Books, 2005.

Fielding, Sarah. *The Adventures of David Simple*. Montana: Kessinger Publishing, 2010.

Fish, Stanley. "Speech – Act Theory, Literary Criticism and *Coriolanus*". *Centrum* 3.2 (1975).

Flavin, Michael. *Gambling in the Nineteenth – century English Novel*. Eastbourne: Sussex Academic Press, 2003.

Flynn, Carol Houlihan. *The Body in Swift and Defoe*. Cambridge: Cambridge University Press, 1990.

Garson, Marjorie. *Moral Taste: Aesthetics, Subjectivity and Social Power in the Nineteenth – century Novel*. Toronto: University of Toronto Press, 2007.

Gautier, Gary. "Marriage and Family in Fielding's Fiction". *Studies in the Novel* 3 (1995).

Giddings, Robert. *The Tradition of Smollett*. London: Methuen & Co. Ltd., 1967.

Godden, Grace M. *Henry Fielding: A Memoir*. Montana: Kessinger Publishing, 2004.

Goldsmith, Oliver. *The Citizen of the World, or Letters from a Chinese Philosopher Residing in London to His Friends in the East*. London: E. Spragg, 1800.

Goldsmith, Oliver. *Collected Works of Oliver Goldsmith*. Ed. Arthur Friedman. Oxford: Clarendon Press, 1966.

Green, Martin. *Dreams of Adventure, Deeds of Empire*. London: Routledge and Kegan Paul, 1980.

Gregory, Jeremy and John Stevenson. *The Routledge Companion to Britain in the Eighteenth Century* 1688 – 1820. London: Routledge, 2007.

Gregory, John. *A Father's Legacy to his Daughters*. Boston: James B. Dow, 1834.

Griffith, Elizabeth. *Essays, Addressed to Young Married Women*. London: T. Cadell & J. Robson, 1782.

Halde, Jean – Baptiste Du. *The General History of China Containing a Geographical, Historical, Chronological, Political and Physical Description of the Empire of China, Chinese – Tartary, Corea, and Thibet*. London: R. Brookes, 1736.

Hancher, Michael. "Beyond a Speech – Act Theory of Literary Discourse". *MLN* 92.5 (1977).

Harvey, Karen. *Reading Sex in the Eighteenth Century: Bodies and Gender in English Erotic Culture*. Cambridge: Cambridge University Press, 2004.

Hay, Douglas and Nicholas Rogers. *Eighteenth – Century English Society*. Oxford: Oxford University Press, 1997.

Huang Mei – chen. "Sense and sensibility in Ann Radcliffe's *The Mysteries of Udolpho*". *Fiction and Drama* 2.2 (1990).

Hulme, Peter and Ludimilla Jordanova, eds. *The Enlightenment and Its Shadows*. London: Routledge, 1990.

Hume, David. "Of the Standard of Taste". In Eugene F. Miller ed., *Essays Moral, Political, and Literary*. Indianapolis: Liberty Press, 1985.

Hume, David. *A Treatise of Human Nature*. Eds. David Fate Norton and Mary Jane Norton. Oxford: Oxford University Press, 2000.

Hunter, J. Paul. *Before Novels: The Cultural Contexts of Eighteenth – Century English Fiction*. New York: W. W. Norton & Company, 1990.

Hunter, Lynette. *Literary Value/Cultural Power: Verbal Arts in the Twenty – First Century*. Manchester: Manchester University Press, 2001.

Ingrassia, Catherine. *Authorship, Commerce, and Gender in Early Eighteenth – century England: A Culture of Paper Credit*. Cambridge: Cambridge University Press, 1998.

Israel, Jonathan I. *Radical Enlightenment: Philosophy and the Making of Mo-

dernity, 1650 – 1750. Oxford: Oxford University Press, 2001.

Jameson, Fredric. *The Political Unconscious: Narrative as a Socially Symbolic Act*. Ithaca, New York: Cornell University Press, 1981.

Johnson, Claudia L., ed. *The Cambridge Companion to Mary Wollstonecraft*. Cambridge: Cambridge University Press, 2002.

Johnson, Samuel. "Essay on the Description of China", *Gentleman's Magazine* 12 (1742).

Johnson, Samuel. *The Yale Edition of the Works of Samuel Johnson*. Eds. W. J. Bate and Albrecht B. Strauss. New Haven: Yale University Press, 1969.

Jordan, Sara. *The Anxiety of Idleness: Idleness in Eighteenth – century British Literature and Culture*. Lewisburg, Penn.: Bucknell University Press, 2003.

Kames, Henry Home. *Elements of Criticism*. Edinburgh: Bell & Bradfute, 1817.

Kaul, Suvir. *Eighteenth – century British Literature and Postcolonial Studies*. Edinburgh: Edinburgh University Press, 2009.

Keane, Angela. *Women Writers and the English Nation in the 1790s: Romantic Belongings*. Cambridge: Cambridge University Press, 2004.

Kelly, Gary, ed. *A Journey through Every Stage of Life*. London: Pickering and Chatto, 1999.

Keymer, Tom. *Richardson's Clarissa and the Eighteenth – Century Reader*. Cambridge: Cambridge University Press, 1992.

Kitson, Peter J. *Romantic Literature, Race and Colonial Encounter*. New York: Palgrave Macmillan, 2007.

Klekar, Cynthia. "The Obligations of Form: Social Practice in Charlotte Smith's *Emmeline*". *Philological Quarterly* 86.3 (2007).

Kraft, Elizabeth. *Women Novelists and the Ethics of Desire, 1684 – 1814: In the Voice of Our Biblical Mothers*. Hampshire: Ashgate Publishing Limited, 2008.

Kramnick, Jonathan Brody. *Making the English Canon: Print Capitalism and the Cultural Past*, 1700 – 1770. Cambridge: Cambridge University Press, 1999.

Lazarus, Neil. ed. *The Cambridge Companion to Postcolonial Literary Studies*. Cambridge: Cambridge University Press, 2004.

Leavis, Q. D. "The Englishness of the English Novel". *Higher Education Quarterly* 35. 2 (1982).

Lunch, Deidre and William B. Warner, eds. *Cultural Institution of the Novel*. Durham: Duke University Press, 1996.

Manlove, C. N. *Literature and Reality* 1600 – 1800. London: The Macmillan Press, 1978.

Marshall, Bridget M. "An Evil Game: Gothic Villains and Gaming Addictions". *Gothic Studies* 11. 2 (2009).

Marshall, Peter and Glyndwr Williams. *The Great Map of Mankind: British Perceptions of the World in the Age of Enlightenment*. London: J. M. Dent and Sons Ltd., 1982.

Mauss, Marcel. *The Gift: The Form and Reason for Exchange in Archaic Society*. Trans. W. D. Hall. London: Routledge, 1990.

Mckendrick, Neil, et al., *The Birth of a Consumer Society: The Commercialization of Eighteenth – century England*. London: Europa Publications Ltd, 1982.

McKeon, Michael. *The Origins of the English Novel* 1600 – 1740. Baltimore: Johns Hopkins University Press, 1987.

McKeon, Michael. "The Pastoral Revolution". In Kevin Sharpe and Steven N. Zwicker eds., *Refiguring Revolutions: Aesthetics and Politics from the English Revolution to the Romantic Revolution*. Berkeley: University of California Press, 1998.

Miles, Robert. *Ann Radcliffe: The Great Enchantress*. Manchester: Manchester University Press, 1995.

Miller, Eugene F., ed. *Essays Moral, Political, and Literary*. Indianapolis:

Liberty Fund, 1987.

Miller, J. Hillis. *Literature as Conduct: Speech Acts in Henry James*. New York: Fordham University Press, 2005.

Miller, J. Hillis. *Speech Acts in Literature*. Stanford: Stanford University Press, 2001.

Moers, Ellen. *Literary Women*. Oxford: Oxford University Press Inc., 1985.

Moglen, Helene. *The Trauma of Gender: A Feminist Theory of the English Novel*. Berkeley: University of California Press, 2001.

Moore, Robert E. "Dr. Johnson on Fielding and Richardson". *PMLA* 66.2 (1951).

Norton, Rictor. *Mistress of Udolpho: The Life of Ann Radcliffe*. London: Leicester University Press, 1999.

Novak, Maximillian E. *Daniel Defoe: Master of the Fiction*. Oxford: Oxford University Press, 2001.

Novak, Maximillian E. *Eighteenth Century English Literature*. London: Palgrave Macmillan, 1983.

Nussbaum, Felicity. *The Brink of All We Hate: English Satires on Women, 1660 – 1750*. Lexington: University of Kentucky Press, 1984.

Nussbaum, Felicity. "Effeminacy and Femininity: Domestic Prose Satire and David Simple". *Eighteenth – Century Fiction* 11.4 (1999).

Ohmann, Richard. "Literature as Act". In Seymour Chatman ed., *Approaches to Poetics*. New York: Columbia University Press, 1973.

Ohmann, Richard. "Speech Acts and the Definition of Literature". *Philosophy and Rhetoric* 4.1 (1971).

Palmeried, Frank. *Humans and Other Animals in Eighteenth – Century British Culture: Representation, Hybridity, Ethics*. Aldershot: Ashgate Publishing Company, 2006.

Pearson, Jacqueline. *The Prostituted Muse: Images of Women & Women Dramatists*, 1642 – 1737. New York: St. Martin's Press, 1988.

Perkin, Harold. *The Origins of Modern English Society* 1780 – 1880. London: Routledge & Kegan Paul, 1969.

Perry, Ruth. "Colonizing the Breast: Sexuality and Maternity in Eighteenth – Century England". *Journal of the History of Sexuality* 2/2 (1991).

Petrey, Sandy. *Speech Acts and Literary Theory*. London: Routledge, 1990.

Plumb, J. H. *The Commercialization of Leisure in Eighteenth – century England*. Berkshire: Reading University Press, 1972.

Pohl, Nicole and Brenda Tooley, eds. *Gender and Utopia in the Eighteenth Century*. Hampshire: Ashgate, 2007.

Poovey, Mary. "Ideology and *The Mysteries of Udolpho*". *Criticism* 21, 4 (1979).

Postman, Neil. *Building a Bridge to the 18th Century: How the Past Can Improve Our Future*. New York: Alfred A. Knopf Inc., 2000.

Price, Fiona L. *Revolutions in Taste, 1773 – 1818: Women Writers and the Aesthetics of Romanticism*. Surrey: Ashgate Publishing Ltd., 2009.

Radcliffe, Ann. *The Mysteries of Udolph*. Ontario: Parentheses Publications, 2001.

Ray, William. *Story and History: Narrative Authority and Social Identity in the Eighteenth – Century French and English Novel*. Cambridge Mass.: Basil Blackwell, 1990.

Richardson, Samuel. *Pamela; or, Virtue Rewarded*. London: Penguin Books, 2003.

Richardson, Samuel. *Clarissa; Or, The History of a Young Lady*. Harmondsworth: Penguin Books, 1985.

Richetti, John J. *Popular Fiction before Richardson: Narrative Patterns* 1700 – 1739. Oxford: Clarendon Press, 1969.

Richetti, John J. *The Cambridge Companion to Daniel Defoe.* Cambridge: Cambridge University Press, 2008.

Richetti, John J, ed. *The Cambridge Companion to the Eighteenth–century Novel.* Cambridge: Cambridge University Press, 1996.

Robertson, Fiona, ed. *Women's Writing* 1778–1828: *An Anthology.* Oxford: Oxford University Press, 2001.

Robinson, Mary. *A Letter to the Women of England on the Injustice of Mental Subordination.* Oxford: Woodstock Books, 1998.

Rogers, Katherine M. *The Troublesome Helpmate*: *A History of Misogyny in Literature.* Seattle: University of Washington Press, 1966.

Runge, Laura L. *Gender and Language in British Literary Criticism* 1660–1790. Cambridge: Cambridge University Press, 1997.

Said, Edward. *Orientalism.* Harmondsworth: Penguin, 1978.

Sauer, Carl Ortwin. *The Morphology of Landscape.* Berkeley: University of California Press, 1947.

Scheuermann, Mona. *Her Bread to Earn*: *Women, Money, and Society from Defoe to Austen.* Kentucky: University Press of Kentucky, 1993.

Schofield, Mary Anne. *Eliza Haywood.* Boston: Twayne Publishers, 1985.

Scott, Walter. "Charlotte Smith". In *Miscellaneous Prose Works*, Edinburgh: Cadell and Co., 1827.

Searle, John R. "A Classification of Illocutionary Acts". *Language in Society* 5.1 (1976).

Sekora, John. *Luxury*: *The Concept in Western Thought, Eden to Smollett.* Baltimore: Johns Hopkins University Press, 1977.

Short, Brian, ed. *The English Rural Community*: *Image and Analysis.* Cambridge: Cambridge University Press, 1992.

Simpson, K. G. "Roderick Random and the Tory Dilemma", *Scottish Literary*

Journal 11 (1975).

Skinner, John. *Construction of Smollett: A Study of Genre and Gender*. London: Associated University Presses Inc., 1996.

Smith, Adam. *An Inquiry into the Nature and Causes of the Wealth of Nations*. Ed. R. H. Campbell and A. S. Skinner. Oxford: Oxford University Press, 1976.

Smith, Charlotte. *Emmeline: The Orphan of the Castle*. Ed. Loraine Fletcher. Toronto: Broadview Press, 2003.

Smollett, Tobias. *The Adventures of Roderick Random*. Oxford: Oxford University Press, 1979.

Smollett, Tobias. *Continuation of the History of England*. London: Richard Baldwin, 1965.

Smollett, Tobias. *The Expedition of Humphry Clinker*. New York: Cosimo Classics, 2005.

Sorensen, Janet. *The Grammar of Empire in Eighteenth – century British Writing*. Cambridge: Cambridge University Press, 2000.

Spacks, Patricia Meyer, ed. *Selections from the Female Spectator*. Oxford: Oxford University Press, 1999.

Speck, W. A. *Literature and Society in Eighteenth – Century England*, 1680 – 1820. London: Longman Limited, 1998.

Spencer, Jane. *The Rise of the Woman Novelist: From Aphra Behn to Jane Austen*. Oxford: Basil Blackwell, 1986.

Spender, Dale. *Mothers of the Novel: 100 Good Women Writers before Jane Austen*. London: Pandora Press, 1986.

Staves, Susan. *A Literary History of Women's Writing in Britain* 1660 – 1789. Cambridge: Cambridge University Press, 2006.

Stewart, Carol. *The Eighteenth – Century Novel and the Secularization of Ethics*. Surrey: Ashgate Publishing Ltd, 2010.

Stuart, Shea. "Subversive Didacticism in Eliza Haywood's *Betsy Thoughtless*". *Studies in English Literature 1500 – 1900* 42.3 (2002).

Sutherland, James, *English Satire*. Cambridge: Cambridge University Press, 1958.

Swift, Jonathan. *Gulliver's Travels and Other Writings*. Boston: Houghton Mifflin Company, 1960.

Thomas, Donald. "The First Poetess of Romantic Fiction: Ann Radcliffe, 1764 – 1823". *English Journal of the English Association* 15.8 (1963).

Thompson, E. P. *The Making of the English Working Class*. London: Victor Gollancz Ltd., 1963.

Tisdale, Hope. "The Process of Urbanization". *Social Forces* 20, 3 (1942).

Todd, Janet. *The Sign of Angellica: Women Writing and Fiction, 1660 – 1890*. New York: Columbia University Press, 1989.

Todd, Janet. *Women's Friendship in Literature*. New York: Columbia University Press, 1980.

Todd, Janet. ed. *Female Education in the Age of Enlightenment*. London: William Pickering, 1996.

Turley, Hans. "Piracy, Identity, and Desire in Captain Singleton". *Eighteenth – Century Studies* 31.2 (1997 – 1998).

Turner, Chery. *Living by the Pen: Women Writers in the Eighteenth Century*. London: Routledge, 1992.

Veblen, Thorsein. *The Theory of the Leisure Class: An Economic Study of Institutions*. New York: Macmillan, 1989.

Watt, Ian. *The Rise of the Novel: Studies in Defoe, Richardson and Fielding*. London: Chatto & Windus, 1963.

Watt, James. "Goldsmith's Cosmopolitanism". *Eighteenth – Century Life*

30. 1 (2006).

Wheeler, Roxann. *The Complexion of Race: Categories of Difference in Eighteenth - Century British Culture.* Philadelphia: University of Pennsylvania Press, 2000.

Whicher, George F. *The Life and Romances of Mrs. Eliza Haywood.* New York: Columbia University Press, 1915.

Williams, Murial Brittain. *Marriage: Fielding's Mirror of Morality.* Alabama: University of Alabama Press, 1973.

Williams, Raymond. *Marxism and Literature.* Oxford: Oxford University Press, 1977.

Williams, Raymond. *The Country and the City.* Oxford: Oxford University Press, 1973.

Williamson, Tom. *The Transformation of Rural England: Farming and the Landscape*, 1700 - 1870. Exeter: University of Exeter Press, 2002.

Wilson, Kathleen. *The Island Race: Englishness, Empire, and Gender in the Eighteenth Century.* London: Routledge, 2003.

Wirth, Louis. "The Urban Society and Civilization". *American Journal of Sociology* 45. 5 (1940).

Wollstonecraft, Mary. "Review of Charlotte Smith's Novel *Emmeline*". *Analytical Review*, 78 July, 1788.

Wollstonecraft, Mary. *Maria or The Wrongs of Woman.* London: W. W. Norton & Company, 1975.

Wollstonecraft, Mary. *A Vindication of the Rights of Woman.* Ed. Carol H. Poston. New York: Norton, 1988.

Wollstonecraft, Mary. *The Works of Mary Wollstonecraft.* Eds. Marilyn Butler and Janet Todd. London: Pickering & Chatto, 1989.

Wollstonecraft, Mary. *Thoughts on the Education of Daughters.* London:

J. Johnson, 1787.

Woolf, Virginia. *A Room of One's Own*. London: Hogarth Press, 1929.

Zionkowski, Lindaand Cynthia Klekar, eds. *The Culture of the Gift in Eighteenth – Century England*. New York: Palgrave Macmillan, 2009.

Zomchick, John P. *Family and the Law in Eighteenth – Century Fiction: The Public Conscience in the Private Sphere*. Cambridge: Cambridge University Press, 1993.

二 中文文献

［德］哈贝马斯：《公共领域的结构转型》，曹卫东等译，学林出版社1999年版。

［德］瓦尔特·本雅明：《巴黎，19世纪的首都》，刘北成译，上海人民出版社2006年版。

［美］M. H. 艾布拉姆斯：《镜与灯：浪漫主义文论及批评传统》，北京大学出版社2004年版。

［美］爱德华·W. 萨义德：《文化与帝国主义》，李琨译，生活·读书·新知三联书店2007年版。

［美］安妮特·T. 鲁宾斯坦：《英国文学的伟大传统》，陈安全等译，上海译文出版社1998年版。

［美］本尼迪克特·安德森：《想象的共同体：民族主义的起源与散布》，吴叡人译，上海世纪出版集团2005年版。

［美］理查德·利罕：《文学中的城市：知识与文化的历史》，吴子枫译，上海人民出版社2009年版。

［美］刘易斯·芒福德：《城市发展史——起源、演变和前景》，宋俊岭、倪文彦译，中国建筑工业出版社2008年版。

［美］马泰·卡林内斯库：《现代性的五副面孔》，顾爱彬、李瑞华译，商务印书馆2003年版。

［美］马歇尔·伯曼：《一切坚固的东西都烟消云散了——现代性体验》，徐大建等译，商务印书馆2003年版。

［美］雷·韦勒克、奥·沃伦：《文学理论》，刘象愚等译，生活·读书·新知三联书店1984年版。

［英］E. 霍布斯鲍姆、T. 兰杰：《传统的发明》，顾杭、庞冠群译，译林出版社2004年版。

［英］巴特·穆尔－吉尔伯特等编《后殖民批评》，杨乃乔等译，北京大学出版社2001年版。

［英］布莱恩·特纳：《身体与社会》，马海良等译，春风文艺出版社2000年版。

［英］玛丽·沃斯通克拉夫特：《女权辩护》，王蓁译，商务印书馆1995年版。

［英］塞缪尔·理查森：《帕梅拉》，吴辉译，译林出版社2002年版。

［英］莎士比亚：《莎士比亚全集》，朱生豪译，人民文学出版社1992年版。

曹波：《人性的推求：18世纪英国小说研究》，光明日报出版社2009年版。

陈弘编《英国艺术家随笔》，东方出版中心1999年版。

陈嘉明：《现代性与后现代性十五讲》，北京大学出版社2006年版。

高奋：《18世纪英国小说理论探微》，《外语与外语教学》1998年第10期。

高奋：《是模仿的真实，还是虚构的真实？——论18世纪英国小说创作实践》，《杭州大学学报》1998年第1期。

何兆武、柳卸林主编《中国印象——世界名人论中国文化》，广西师范大学出版社2001年版。

贺昌盛、孙玲玲：《"中国热"的背后——以钱锺书〈十七、十八世纪英国文学中的中国〉为中心》，《湖北第二师范学院学报》2009年第7期。

胡振明：《对话中的道德建构——十八世纪英国小说中的对话性》，对外经济贸易大学出版社 2007 年版。

黄梅：《推敲"自我"：小说在 18 世纪的英国》，生活·读书·新知三联书店 2003 年版。

姜智芹：《西镜东像》，中央编译出版社 2014 年版。

赖骞宇：《18 世纪小说的文化意义》，《江西社会科学》2004 年第 12 期。

赖骞宇：《试论 18 世纪英国小说文体的形成与社会文化的关系》，《南昌大学学报》2006 年第 5 期。

刘炅：《恐惧审美与意识形态：十八世纪末四部哥特小说之解读》，外语教学与研究出版社 2008 年版。

刘晶菁：《哥尔斯密〈世界公民〉中的中国"他者"形象》，《牡丹江师范学院学报》2012 年第 4 期。

刘意青：《英国十八世纪文学史》，外语教学与研究出版社 2000 年版。

吕大年：《理查逊和帕梅拉的隐私》，《外国文学评论》2003 年第 1 期。

钱锺书：《钱锺书英文文集》，外语教学与研究出版社 2005 年版。

王建香：《当代西方文论中的文学述行理论》，中国广播电视出版社 2009 年版。

王建香：《共谋抑或颠覆？——18 世纪英国女性小说家含混的女德主题》，《国外文学》2013 年第 1 期。

吴谨：《小说成熟在于"互文"手段——回顾 18—19 世纪英国小说的成长》，《外国语》2000 年第 6 期。

徐贲：《走向后现代和后殖民》，中国社会科学出版社 1996 年版。

殷企平、高奋、童燕萍：《英国小说批评史》，上海教育出版社 2001 年版。

张德明：《英国旅行文学与现代性的展开》，《汉语言文学研究》2012 年第 2 期。

后　　记

　　本书的撰写和出版得到了国家社科基金的资助，特在此致谢。同时也感谢湘潭大学社科处的领导和同人在我的课题申报、结题时的无私奉献、帮助；感谢中国社会科学出版社郭晓鸿老师为本书出版所做的耐心细致的工作。

　　本书的写作过程不可谓不漫长而艰辛，从获得资助开始，到正式完成结题付梓，前后历时八年整。所涉重要小说三十多部，且绝大多数尚无中译，甚至有三部重要小说只找到一百多年前的英文花体版；更不用说各种海量的关于18世纪英国历史研究、哲学思想研究和相关小说家的传记和研究等英文专著、期刊文献需要梳理，因此写作过程实际上也包含了大量的翻译工作。

　　令人欣慰的是，虽然研究工作量巨大，其中更是有其他研究任务插队或过于劳累身体不适而被迫暂停，甚至还有好心人规劝放弃，但今天这一工作终于完成。感谢自己即使各种任务压身，甚至腰肩颈同时"突出"时从未放弃的倔强和坚持，更要感谢一路走来许多令我感动的人和事，我知道正是因为"天时地利人和"才有了今天这一小小的成就。

　　感谢湘潭大学外国语学院文卫平教授、胡强院长，感谢他们一直以来在我科研路上的引领、鼓励和支持；感谢曾经一年充实而快乐的康桥岁月，感谢剑桥大学图书馆为本书翔实的文献提供有力保障；感谢我永远的依靠、亲爱的家人，一起以办公室为家、以学校食堂为餐厅的简单生活，为本书的写作争取每分每秒；感谢我可爱的研究生们，虽然相关人员都已经毕业有了工作，但与他们一起为本书查阅资料、商讨问题的滋味至今难忘；感谢国社课题结题时几位匿名评审老师中肯的建议,为我结题后的后续修改指明方向。还要感谢的人太多,在此对所有帮助、关心过我的人表示衷心的感谢!

  本书的写作有两点遗憾在此不得不做一说明。一是研究方法的运用可能还须进一步深化。文学述行理论在国内还属于较新的研究方法和路径,将它应用于小说研究更是尚处于探索阶段,因此文本阐述时对该理论的运用也许还显得不够圆熟和深入。二是研究对象的选择难免偏颇。虽然力图做到经典作家和"新发现"的作家并重,男性作家与女性作家并重,但整体来说更偏向于一些国内不太熟知的作家作品,尤其是女性作家的作品。好在近年来国内的 18 世纪英国小说研究快速升温,本研究权且抛砖引玉,期待更多方家进一步深入探讨。